JULES DE GASTYNE

L'HONNEUR D'UNE MÈRE

JULES DE GASTYNE

POUR L'HONNEUR D'UNE MÈRE !

LES MAITRES DU ROMAN POPULAIRE
ARTHÈME FAYARD et Cie
Editeurs
18-20, Rue du Saint-Gothard, PARIS

POUR L'HONNEUR D'UNE MÈRE !

PREMIÈRE PARTIE

I

Dans l'ombre, les amants échangeaient un dernier baiser.

Et ce fut l'éternel dialogue qui se perpétue à travers les siècles...

— Déjà partir !

— Il le faut !

— Encore un baiser...

— Adieu !

— A demain. Chez toi.

— Oui, ma chérie... je t'en prie, laisse-moi partir !... Il se fait tard... Rester davantage ce serait fou.

Alors la duchesse Huberte de Faucigny dénoua avec un soupir l'étreinte dont elle embrassait son amant, le vicomte Roland de Maubuée...

— Allons, fit-elle, adieu ! Va !...

Et, encore enlacés, les amants s'approchaient de la fenêtre.

La duchesse l'ouvrit doucement... pour s'assurer, comme chaque nuit, avant le départ de son amant, que tout était tranquille.

L'air frais du dehors s'engouffra dans la chambre, et la clarté indécise de la nuit vint éclairer vaguement le groupe.

La duchesse Huberte, vêtue d'un long peignoir flottant, se dressait, superbe, en tout l'éclat d'une beauté à son apogée.

Ses lourds cheveux noirs s'épandaient autour d'elle, faisant sur sa robe blanche un manteau d'ombre.

Elle avait entouré le cou de son amant, et par ce geste les larges manches, glissant, découvrirent les admirables bras jusqu'aux épaules superbes.

Le vicomte dénoua doucement l'étreinte de l'amoureuse, et, se penchant sur l'appui de la fenêtre, il regarda dehors.

Mais, brusquement rejeté en arrière, il repoussa, d'un geste rude, la duchesse qui s'était avancée.

Puis, mettant sa main sur la bouche de Mme de Faucigny.

— Tais-toi ! fit-il à voix très basse et étouffée... Il y a quelqu'un... là... en bas...

Alors, muets, retenant leur souffle, ils restèrent l'un contre l'autre, attendant...

Lentement, d'instinct, ils se reculaient dans l'ombre de la chambre, s'éloignant de cette fenêtre ouverte sur la nuit, comme si les étoiles elles-mêmes eussent été des témoins redoutables.

Un long temps se passa...

Ils se regardèrent...

Leurs yeux habitués à cette relative obscurité, se virent, très pâles tous deux...

— Qu'as-tu ? murmura Mme de Faucigny.

— Un homme...

— Tu en es sûr ?

— Très sûr...

— Un domestique peut-être... allant à quelque rendez-vous.

Le vicomte secoua la tête.

— L'homme était arrêté sous la fenêtre, fit-il, et j'ai vu briller un chapeau de soie.

— Le duc qui rentrait du cercle, fit la duchesse... C'est normal.

Mais le tremblement de sa voix basse démentait l'assurance de ses paroles...

— Pourquoi était-il arrêté ?... Et...

A ce moment on entendit le gravier du jardin de l'hôtel crier sous des pas.

Avec force, la duchesse saisit le poignet du vicomte.

Et ils ne parlèrent pas !...

C'était vrai... Il y avait quelqu'un là, et quelqu'un qui semblait épier.

La duchesse, affolée, la tête perdue, s'assit sur le lit en désordre.

Et, comme une bête traquée, elle jeta les yeux autour d'elle avec effarement !...

— Il faut pourtant que tu partes, fit-elle sourdement. C'est le duc ! Il sait ! Il va te tuer !...

Ses dents claquaient.

Le vicomte, pâle et résolu, mit encore une fois sa main sur la bouche de la duchesse.

— Tais-toi ! mais tais-toi donc !... On peut entendre du jardin, fit-il la bouche tout près de l'oreille de Mme de Faucigny...

Mais elle s'éperdait... et, se dégageant :

— Il faut partir... à tout prix... fit-elle... Le duc est atrocement jaloux... Il nous tuera !...

— Partir !... Impossible... s'il reste dans le jardin... Il n'y a pas d'autre issue !...

On entendait en bas des pas crier sur le sable, et par moments il y avait un silence.

On semblait observer... attendre...

Soudain la duchesse sursauta.

Une voix venue du jardin l'appelait.

— Huberte !

La voix du duc !

— Dieu ! fit-elle, je suis perdue !... que faire ?

Le vicomte était brave.

— Il n'y a rien à faire, dit-il résolument... qu'à attendre... s'il vient...

— Mais je ne veux pas !... J'ai peur, Roland !... J'ai affreusement peur !... Il nous tuera, te dis-je.

— Huberte ! fit encore la voix, mais plus haute qu'au premier appel.

La duchesse, défaillante, les jambes flageolantes, se laissa tomber assise sur son lit.

Elle tremblait d'épouvante, et ses yeux hagards fixaient stupidement la fenêtre ouverte...

Alors elle eut un cri sourd :

— Il rentre... Il va venir... Il va venir !...

On entendit en effet, juste au-dessous de la fenêtre de la chambre de la duchesse, se refermer la porte de l'hôtel.

Mme de Faucigny bondit vers la porte, pour s'assurer qu'elle était bien fermée, et d'un geste instinctif, elle s'accota le long de la portière, comme pour mieux défendre l'entrée de la chambre...

Elle haletait d'une peur folle, incapable d'une pensée.

Il venait et les tuerait !...

Elle voyait déjà son amant étendu, la poitrine trouée d'une balle... et autour de lui du sang... qui rougirait sa robe blanche !

— Non, cria-t-elle soudain, je ne veux pas... va-t'en !...

— Trop tard ! murmura Roland... Le duc est dans l'escalier... Je ne puis plus sortir.

— La fenêtre...

— Impossible !... Deux étages !...

On marchait dans le couloir...

Alors la duchesse, d'un geste fou, montra une porte au vicomte...

— Cache-toi là...

Mais lui eut un haussement d'épaules.

— Et après ? fit-il... C'est gagner quelques minutes... Non, je reste !...

— Va-t'en ! cache-toi, te dis-je... Tu me fais mourir ! Mais cache-toi donc !

Elle le poussait à présent vers la porte...

— C'est un petit salon qui sépare ma chambre de celle de Reine.

Elle s'arrêta, frappée d'une idée soudaine.

— Viens, fit-elle.

Et avant que le jeune homme eût le temps de comprendre, elle l'entraîna vivement.

Dans l'ombre complète des rideaux tirés, ils se heurtaient à des meubles.

La duchesse, à tâtons, atteignit la porte, tenant toujours en sa main glacée la main du vicomte.

De l'autre, et sans précaution, elle heurta rudement le bois à coups pressés.

Quelques secondes à peine se passèrent et la porte s'ouvrit.

Une jeune fille blonde et charmante, avec les yeux gros de sommeil qui s'ouvraient en un étonnement d'enfant surpris, apparut.

— C'est vous, maman ?... Vous êtes malade ?...

La jeune fille, qui tenait à la main une petite lampe d'argent, dont la lueur éclairait sa demi-nudité, eut un recul à la vue de l'homme surgi là, devant elle.

Ses sourcils se froncèrent et elle regarda la duchesse de Faucigny, sa mère.

Celle-ci, hagarde et livide, poussait le vicomte de Maubuée dans la chambre de la jeune fille, dont le charmant visage s'était empourpré, et, balbutiante, ivre de terreur, elle fit, la voix rauque :

Ton père... Il monte... Il l'aurait tué !...

Alors la jeune fille eut un cri de colère.

Elle venait de comprendre.

Sa mère !... Un homme chez sa mère, la nuit !... Un amant !... Et elle le lui amenait... à elle... pour les sauver !

Le sang ardent des Faucigny se souleva d'une colère folle !

Mais déjà la duchesse fuyait dans l'ombre, regagnant sa chambre.

Et la jeune fille regarda profondément le vicomte.

Elle était très pâle à présent, et sur ses yeux d'un bleu profond ses sourcils ramassés faisaient une ligne de dureté.

Elle réfléchissait...

Puis une résolution passa sur son visage, qui s'était assombri d'une gravité triste : sans souci de son sein découvert, elle referma la porte de sa chambre et, posant sa lampe sur une petite table, non loin de son lit — son lit de vierge ! — elle dit froidement :

— Mon père en serait mort ! — Restez ici, monsieur, et si le duc de Faucigny vous voit — chez sa fille — je dirai que vous êtes mon amant !

Ses lèvres prononçaient ce mot pour la première fois !

Et elle resta blanche sous la honte qu'elle dut éprouver...

— Mademoiselle, balbutia le vicomte éperdu, je ne puis consentir à jouer ce rôle infâme... je...

— Voulez-vous donc tuer celui de qui vous avez volé la femme ? fit durement la jeune fille. — Il en mourrait, vous dis-je !

Et, superbe, elle releva la tête vers le vicomte anéanti...

— Pensez-vous donc, monsieur, que si je n'avais cette certitude, je vous eusse reçu ici, la nuit, chez moi ?...

Elle parlait encore que la voix irritée du duc de Faucigny parvint jusqu'à eux...

Elle s'arrêta, plus pâle, et devant l'attitude bouleversée du jeune homme, elle eut un petit rire de mépris.

— Allons, monsieur ! Songez à jouer votre rôle pour le bien tromper !

Avec une amertume indéfinissable, elle ajouta :

— Moi, je ferai de mon mieux.

Et, sublime en son geste, elle dénoua ses cheveux — elle avait vu ainsi ceux de sa mère ! — et elle alla s'étendre sur son lit... blanche martyre, plutôt qu'amoureuse !

Bouleversé, le vicomte se taisait, résolu à sauver l'honneur de cette enfant, qui assumait héroïquement la honte d'une autre par amour filial...

Elle avait fermé ses yeux, et d'une voix dure, elle ordonna :

— Approchez-vous, monsieur !

Il obéit.

Précipitamment, elle lui dit :

— Prenez bien garde à ce que vous allez faire, monsieur. — Ne vous jouez pas de la vie de mon père !... Ne vous trompez pas sur ce que vous croyez être votre devoir... La duchesse de Faucigny doit rester indemne d'un soupçon... Je vous le répète : déclarer que vous n'êtes pas mon amant, c'est déshonorer sans rémission la duchesse, et c'est tuer mon père !...

Elle tressaillit...

Un poing rude frappait à la porte de sa chambre.

II

Reine de Faucigny tourna vers le vicomte ses yeux éperdus d'angoisse :

— Monsieur de Maubuée, fit-elle d'une voix basse et rapide, je vous hais bien, et pourtant je vous implore... pour mon père... Je ne veux pas que mon père se tue de désespoir... Songez à ce remords dans notre vie... Le voici... Il va entrer... Obéissez-moi. Je réponds de votre vie !...

Le vicomte eut un geste pour protester.

Ah ! la cruelle jeune fille, qui poussait le mépris jusqu'à paraître croire qu'il pouvait craindre pour lui !

— Reine ! cria le duc derrière la porte, pourquoi ne réponds-tu pas ?

Alors, comme une martyre qui attend le coup suprême, elle ferma les yeux, et, les mains jointes instinctivement, elle attendit.

Et d'une brusque poussée, le duc de Faucigny ouvrit la porte.

D'un coup d'œil il embrassa cette étrange scène...

Sa fille, pâle et immobile, les cheveux dénoués, et enveloppée de son long vêtement de nuit, chastement enroulé autour de ses pieds...

Et à quelques pas, le vicomte de Maubuée, très correctement vêtu d'une pelisse doublée de fourrure, s'ouvrant sur un habit...

Derrière le duc, Mme de Faucigny, chancelante, restait sur le seuil, n'osant avancer, éperdue...

Alors le duc s'arrêta.

C'était un homme d'environ soixante ans, d'attitude hautaine et rude.

Il se tourna vers la duchesse et lui dit :

— Entrez, duchesse, et veuillez refermer la porte.

Mme de Faucigny obéit, et, incapable de se tenir debout, se laissa tomber sur un siège.

Le duc s'avança vers le vicomte de Maubuée.

— Que faites-vous ici, monsieur de Maubuée ? dit-il d'un accent glacé, et qu'il maîtrisait avec effort...

— Duc, répondit simplement le vicomte, je suis à vos ordres !

— Pour l'instant, monsieur, il s'agit bien d'un duel !... Plus tard nous verrons. Répondez !... que faites-vous chez Mlle de Faucigny à deux heures du matin ?

— Monsieur, je n'ai rien à répondre ! fit froidement le vicomte, dont les yeux se baissèrent sous les regards anxieux des deux femmes tremblantes.

— Monsieur ! cria le duc, dont la figure rude s'empourpra... vous êtes un misérable !... Un larron d'honneur ! Et j'ai le droit de vous tuer !...

Alors, blanche et froide, Mlle de Faucigny se laissa glisser de son lit en retenant pudiquement autour d'elle les plis de son vêtement de nuit !...

— Mon père, fit-elle d'une voix qu'elle raffermit, vous ne tuerez pas M. de Maubuée !

Le duc, à la voix de sa fille, si chérie, tressaillit.

Il la regardait, ses sourcils froncés...

Et ses regards, de la fille allaient à la mère, comme pour une constatation...

La jeune fille alors, éclairée d'une intuition, comprit que son père *doutait de sa faute !*

Elle s'approcha du vicomte, et hardiment la sublime enfant jeta ses bras autour du cou de l'homme qu'elle exécrait...

Elle dit :

— Vous ne le tuerez pas !... C'est mon amant !

— Tonnerre de Dieu ! hurla le duc, qui, levant le bras, s'élança vers sa fille.

Mais les grands yeux purs le regardaient venir et ne sourcillèrent pas devant la menace.

De lui-même, le bras s'abaissa.

— Tu mens, Reine ! cria le duc... Pourquoi me fais-tu ce mensonge abominable ?

Et comme elle ne répondait pas, son bras toujours au cou du vicomte qui était devenu pâle comme s'il allait mourir, le duc courut à sa femme, qui tremblait convulsivement.

Il lui prit la main, et, la secouant :

— Huberte ! cria-t-il... elle ment, n'est-ce pas ?... Ce n'est pas vrai, ce qu'elle a dit, ce n'est pas vrai !...

Et, se tournant encore vers la jeune fille :

— Tu es bien toujours ma petite fille immaculée... ma petite hermine !... Reine, tu as menti !... Ma petite fille tu veux torturer ton vieux père !... Mais pourquoi ?... pourquoi ?...

Et le vieillard eut un sanglot.

Mais, se redressant, il marcha vers le vicomte, dont le front s'emperlait d'une sueur d'angoisse.

— Si ma fille a dit vrai, monsieur, que comptez-vous faire ?

Le vicomte, doucement, se dégagea des bras dont il sentait la douceur à travers la batiste, sur son cou.

— Ce que vous ordonnerez, monsieur, répondit-il.

— On ne répare pas l'honneur d'une fille en se battant avec le père, dit rudement le duc de Faucigny... On atténue la honte en l'épousant.

La duchesse eut un cri.

Mais la jeune fille, telle qu'une marmoréenne statue, resta immobile et figée.

Au cri d'Huberte, le duc la regarda... et encore, comme tout à l'heure, ses regards, lentement, allaient de l'une à l'autre...

Puis, s'adressant au vicomte, il dit hautainement :

— Demain, monsieur de Maubuée, vous aurez l'honneur de venir demander à la duchesse et à moi, la main de Mlle de Faucigny, notre fille...

III

Maintenant, Reine de Faucigny était seule...

L'hôtel était retombé au silence.

La petite lampe éclairait de sa lueur tranquille et douce la chambre virginale.

Une quiétude infinie émanait des choses, contrastant avec le tumulte qui agitait le cœur de la jeune fille.

Par-dessus son vêtement de nuit, elle avait jeté un peignoir de laine blanche, et, assise, les coudes aux genoux et le menton en ses mains jointes, l'œil fixé devant elle, elle songeait !...

Ainsi sa mère avait un amant... sa mère !...

Elle revoyait avec un frisson de dégoût, d'horreur, le geste d'affolement de la duchesse échevelée, qui, de ses bras nus, poussait l'homme qu'elle voulait cacher... chez elle... chez sa fille... profanant son innocence heureuse pour sauver la vie de son amant et peut-être la sienne !

Puis elle revécut toute la scène...

... Le vicomte pâle et qui se taisait... l'attitude écrasée de sa mère, qui l'avait laissée se déshonorer, s'accuser...

Puis elle se souvint de la colère... puis du doute qu'elle avait lu aux yeux de son père...

Et une sorte de joie douce vint atténuer sa peine...

Son père ne voulait pas la croire coupable.

Il lui avait crié :

— Tu mens !... pourquoi fais-tu ce mensonge ?

Oh ! ce cri d'amour paternel !... de confiance absolue !... ce démenti à sa propre accusation !...

Elle aimait ardemment son père, ce rude et si loyal gentilhomme, qui avait toujours eu pour elle des tendresses de mère... qui adoucissait pour lui parler, quand elle était petite, sa voix de commandement, sa voix de soldat !

Elle se souvint des années de son enfance, où ce père se mettait à genoux sur le tapis du grand salon, là-bas, en leur château normand, pour qu'elle lui grimpât sur le dos !...

Des tendresses, des tendresses... des douceurs, voilà tout ce qu'elle se rappelait.

Il l'avait toujours adorée, sa fille !...

C'était lui, qui, la voulant hardie et brave — en vraie fille de race — lui apprenait à monter un cheval fougueux et à le mater d'un poignet nerveux.

Il lui disait en riant :

— Il faut avoir sous l'enveloppe féminine un cœur d'homme... Du courage, fillette !... De la vaillance, morbleu !...

Et il riait d'aise quand la fillette — intrépide déjà — levait son bras menu, ajustait et abattait un sanglier au détour du bois — tandis que la duchesse suivait avec d'autres dames la chasse, mollement étendue sur les coussins d'une voiture.

Ah ! son père, comme elle l'aimait !

Et c'est cet homme qui était trahi !

« Du courage, fillette !... De la vaillance, morbleu ! »

Elle avait eu ce soir un triste, bien triste courage !...

Elle avait, pour épargner à son père une peine qu'elle devinait devoir être mortelle, elle avait consenti — elle son hermine comme il l'appelait — elle avait consenti à perdre sa tendre estime... à...

Un frisson la secoua encore, et son charmant visage, meurtri et pâli de cette douloureuse veillée, s'empourpra sous un afflux de honte mortelle...

— Vous ne le tuerez pas... parce qu'il est mon amant !

Comment avait-elle pu prononcer ces paroles :

— C'est mon amant !

Et elle était restée toute droite sous la menace d'un bras levé sur elle.

Sur elle !

Fallait-il qu'il souffrît, ce père si tendre, pour l'avoir ainsi menacée !...

Des larmes vinrent à ses yeux et lentement roulèrent sur ses joues pâlies...

— Et lui, murmura-t-elle, lui, s'il savait !...

Et soudain elle se releva, plus pâle, avec de l'horreur en ses yeux.

— Mais il saura, fit-elle... Il saura, puisque *l'autre* viendra demain demander ma main !

Ah ! miséricorde !

Et qu'est-ce que je vais devenir, à présent ?

« Du courage, fillette. De la vaillance, morbleu ! »

— Oui, père, du courage j'en ai eu...

« Oui, je serai vaillante pour souffrir.

« Mais je ne vais pas être seule à souffrir.

« Il y a un homme loyal comme vous, père, noble comme vous, et qui m'aime et que j'adore ! qui doit partir très loin et à qui je me suis fiancée !...

Elle allait et venait, parlant à voix haute en son bouleversement.

Elle avait les yeux secs à présent, toute glacée de désespoir.

— Demain approche... Mon Dieu, que faire... que dire pour que cet homme ne vienne pas ?...

« Je ne puis pourtant pas dire à mon père : « Père, je suis fiancée au comte de Mauléon... et je lui ai juré de l'attendre et de l'épouser... s'il revient. Et s'il ne revenait pas, d'être fidèle à son souvenir... Un soldat comme mon père... et mon père qui l'aimait comme un fils !...

Elle eut un sanglot.

— Mon Dieu, ayez pitié de moi... Je souffre trop !... je n'ai pas mérité de souffrir ainsi !

Et ses yeux se portèrent vers le Christ appendu au chevet de son lit.

Elle leva les mains et tomba à genoux.

Affaissée, elle pleurait maintenant. Elle pleurait éperdument...

— Raymond... murmurait-elle dans ses larmes, comme si l'absent eût pu l'entendre... Raymond... ce n'est pas de ma faute... Je ne pouvais pas faire autrement... mon père, pense donc !... Que serait devenu mon pauvre père ?...

« C'est abominable enfin que cette chose soit arrivée... Nous étions si heureux ! Et notre tristesse à cause de notre séparation avait bien sa douceur, puisqu'on ne doutait pas l'un de l'autre...

« — Reine, si je meurs là-bas en ma mission... ma dernière pensée ira vers toi... et tu la sentiras venir se poser sur tes cheveux et t'envelopper d'une caresse très douce...

« Il me disait ces choses... hier... hier, oui... pourtant... il n'y a de cela que quelques heures... et maintenant !...

« Ah ! s'écria-t-elle soudain, et tout cela par la faute de ma mère !

Elle eut un geste de révolte.

— Ma mère !... Je serais tentée de la haïr !

La jeune fille qui n'a pas vécu, qui est restée à l'abri des passions, qui n'a pas connu les tentations et les désenchantements, et la tendresse d'âme, n'a pas d'indulgence.

Elle jugeait sa mère avec la sévérité d'un cœur jamais troublé et pur profondément, et qui n'avait pas soupçonné le mal.

Toute sa pitié, toute sa tendresse se reportaient sur son père.

Elle se sentait à cette heure loin de sa mère, si belle, trop belle, trop jeune, affolée de mondanités, assoiffée de plaisirs... sa mère qu'elle avait vue ce soir diminuée à ses yeux... tremblante et pâle, les cheveux épars, avec de la peur et presque de la démence dans le regard...

Puis sa pensée revint encore à l'ami si tendrement aimé...

Le comte Raymond de Mauléon était soldat.

Ils s'aimaient d'une tendresse douce, exempte de hâte...

Ils avaient joué ensemble étant enfants et s'étaient aimés toujours.

Leurs yeux, depuis longtemps, s'étaient avoué leur mutuelle affection, sans que leurs lèvres eussent eu besoin de se le dire...

Mais le jeune homme était envoyé en mission au Sénégal.

Il partait pour deux ans.

Il savait les dangers de ces pays assassins, où la fièvre vous guette et vous terrasse... où tout est péril...

Et quand il avait dit à Reine de Faucigny :

— Je vais partir !

Il l'avait vue — avec quelle joie profonde ! — il l'avait vue pâlir affreusement et chanceler.

Ils étaient en la cohue élégante d'un bal.

Il l'avait entraînée vers une serre, et la faisant asseoir, il lui avait dit :

— Pourquoi es-tu pâli, Reine ?

Elle avait levé ses yeux profonds sur lui, et avec une tristesse infinie et une noble franchise, elle avait dit à l'ami de son enfance :

— Parce que tu pars, Raymond.

L'accent avec lequel elle avait prononcé ces mots avait été plus éloquent que les plus passionnées démonstrations.

Ils restèrent silencieux l'un et l'autre, se regardant profondément, et d'un mouvement spontané ils joignirent leurs mains pour une solennelle promesse.

La jeune fille parla la première.

— Je t'attendrai, fit-elle simplement.

Et comme le jeune homme, éperdu de joie et d'émotion, ne parlait pas, elle se pencha vers lui, et, tendant son front charmant avec un geste adorable de grâce, elle lui dit :

— Raymond, embrasse ta fiancée !...

A genoux, prostrée au pied de son lit, elle sanglotait en se souvenant...

IV

A quelques jours de là, le comte de Mauléon, qui s'était présenté chez la duchesse de Faucigny et n'avait pas été reçu, la duchesse ayant fait répondre qu'elle était souffrante, apparaissait un des premiers à l'entrée des salons du duc, ouverts pour une solennelle réception, et tout de suite ses yeux se portèrent sur Reine, debout à l'entrée du salon d'honneur, à côté de son père et de sa mère pour recevoir les invités.

Il s'aperçut qu'elle était extrêmement pâle... Il devint aussitôt inquiet... et ses yeux, pendant qu'il saluait le duc et la duchesse, l'interrogèrent anxieusement. Mais elle détourna son regard... et il lui sembla que le sourire par lequel elle répondit à son inclinaison respectueuse, était triste, embarrassé, presque contraint.

Il reçut un coup violent au cœur.

Son inquiétude devint de l'angoisse.

Et tout son sang se glaça.

Avait-il donc eu tort d'espérer, de compter sur ce bonheur souverain, supraterrestre pour ainsi dire, et dont la pensée l'avait fait vivre pendant ces derniers jours, depuis le serment échangé, dans une ardente fièvre !...

Il s'était promis un tel bonheur de cette soirée à passer près d'elle, surtout maintenant, depuis que, par son engagement, il la savait sienne !

Il s'attendait à la voir, radieuse comme lui, toute rayonnante du bonheur entrevu, et c'est ainsi qu'elle lui apparaissait !

Que s'était-il passé ?

Reine avait-elle fait à sa mère la confidence de leur mutuel et chaste amour ?

Et la mère avait-elle désapprouvé le libre choix fait par sa fille ?

Le père avait-il été mis au courant ? Et était-ce lui qui s'opposait à l'union projetée ?

Raymond ne savait rien... et il redoutait tout.

Il lui semblait maintenant que le duc s'était montré froid avec lui... avait répondu mollement à son amicale poignée de main.

Il lui avait paru plus solennel, plus grave que d'ordi-

[illegible]... et la duchesse ne l'avait même pas regardé lorsqu'il s'était incliné respectueusement devant elle...

Oui... C'était cela... Ce mariage ne leur plaisait pas. On l'avait dit à Reine... et Reine, sa promise, son amie d'enfance, le soleil de sa jeunesse, Reine, pour obéir à son père et à sa mère, se détournait de lui... le délaissait...

Quel crève-cœur !

Il retombait dans le néant et l'ombre après avoir vécu des heures d'apothéose et de rêve.

Le pauvre garçon s'éloigna, chancelant, comme frappé à mort, et alla s'asseoir tristement dans le coin d'un salon encore presque désert, pour se repaître de sa douleur.

Pourtant, s'il s'était retourné, il aurait pu surprendre le regard douloureux, tout ombré de larmes et de tendresse, avec lequel la pauvre Reine le suivait, et sa pensée aurait changé de cours, mais sa douleur n'eût pas été moins profonde pour avoir une autre cause... une cause qu'il ignorait et ne pouvait deviner...

Il était allé s'asseoir derrière un groupe de plantes vertes qui le cachaient presque entièrement, et il y avait il ne savait combien de temps qu'il était là, abîmé dans son chagrin... ne voyant rien autour de lui... isolé... et comme à cent lieues de tous ces invités qui arrivaient incessamment, et peu à peu emplissaient de leur cohue élégante... épaules nues et habits noirs... et de leur confus murmure les salons étincelants et pleins de fleurs... quand il perçut tout près de lui de confidentiels chuchotements.

Machinalement, il prêta l'oreille et voici ce qu'il entendit :

— Il paraît que c'est à une véritable soirée de fiançailles que nous assistons... Oui, c'est un secret encore... Mais tout à l'heure la nouvelle sera officielle... La demande a été faite il y a deux jours.

— Mlle de Faucigny se marie ?

— Oui...

— Avec qui ?

— Avec le comte de Maubuée.

Raymond étouffa un cri et se leva.

Il était si blême qu'il eût fait peur à ceux qui l'auraient aperçu.

Était-ce vrai ? N'avait-il pas rêvé ?

N'était-il pas le jouet d'un horrible, d'un monstrueux cauchemar ?

Reine fiancée ! Le lendemain presque de leur engagement ? Reine qui l'aimait... qui le lui avait dit... qu'il considérait hier encore comme sa femme future, qui lui avait dit qu'elle l'attendrait, avec quel accent, avec quels regards !... Elle mentait donc !... Elle avait donc voulu se jouer de lui, de son amour ?

Ce n'était pas possible. Il n'y pouvait pas croire.

Celui dont on avait prononcé le nom... il le connaissait... Il l'avait rencontré dans différents salons... et jamais il n'avait remarqué qu'il s'occupât de Reine... Reine et lui se connaissaient à peine.

Il est vrai que des bruits avaient couru... sur lui et sur sa mère... Il n'y avait pas cru ; quelles infamies ne dit-on pas parfois derrière les éventails mondains ? Et si ces bruits avaient été exacts, cela ne pouvait que rendre impossible ce mariage.

Justement, ceux dont il avait surpris la conversation en parlaient maintenant de ces bruits... et c'était aussi pour les démentir.

Il s'éloigna...

Il allait au hasard... fendant le flot toujours grossissant des invités.

Machinalement, il cherchait Reine.

Il l'aperçut à l'entrée d'un salon.

Elle était seule. Elle semblait chercher aussi.

Qui ?... Lui ou l'autre ?

Cette question atroce déchira son cœur horriblement.

Il alla à elle.

Avant qu'il l'eût questionnée, elle dit, la voix doucement douloureuse :

— Je vois que tu sais tout, mon pauvre Raymond.

Elle avait deviné à sa physionomie qu'il venait de tout apprendre...

— Ainsi, interrogea-t-il, blême d'angoisse, c'est vrai ?

Elle inclina la tête, lentement, incapable de prononcer une autre parole.

Et il lut dans son regard une telle souffrance difficilement comprimée qu'il resta saisi, ne comprenant plus.

— C'est vrai, s'écria-t-il, tu m'abandonnes ?... Moi qui vais partir... qui n'avais d'espoir...

— Il le faut, mon pauvre ami, fit avec une infinie tristesse, mais fermement cependant, la malheureuse jeune fille. Il le faut !

— Mais je t'aime, moi ! gémit l'infortuné Raymond.

— Et moi ? fit la jeune fille.

— Tu m'aimes aussi ?

— Tu le sais bien. Je te l'ai dit et je ne sais pas mentir.

— Alors ?

— Ne m'interroge pas, mon pauvre ami, je ne puis rien te dire... Je souffre.

— Tu souffres ? s'écria-t-il, tout éperdu de pitié.

— Atrocement...

— C'est le duc ?

— Ne me demande rien... et va-t'en... on nous observe.

Elle lui montra sa mère qui les regardait.

— Ah ! fit-il tout bas, je vais en mourir !

— Et moi, crois-tu donc que je vais pouvoir vivre ?

Elle s'éloigna, le laissant avec son malheur... avec cette certitude de son malheur qu'elle lui avait ainsi enfoncée en plein cœur... et dont il saignait cruellement.

Il regarda autour de lui... crut qu'on s'étonnait de son attitude, et de nouveau il chercha l'isolement et le silence.

Il ne pouvait plus douter. Reine n'était plus à lui, mais à un autre... Elle venait de le lui déclarer elle-même... Mais elle paraissait aussi désespérée que lui... et il ne comprenait plus.

Sa douleur atteignait les dernières limites.

Et cette question le torturait.

— Que s'est-il passé ?

Il avait vu à l'attitude de Reine, à ses paroles restées pour lui mystérieuses, mais pourtant décisives, qu'elle n'avait pas cessé de l'aimer...

Et il ne s'expliquait pas ce qui était arrivé.

À quelle contrainte cédait-elle ?

Était-ce son père, sa mère, les deux, peut-être ? Mais alors comment n'avait-elle pas eu la force de résister ?... Comment n'avait-elle pas puisé dans son amour l'énergie nécessaire pour repousser une union qui devait lui être odieuse, si elle l'aimait, lui, comme elle venait de le lui dire encore ?

Comment n'avait-elle pas lutté courageusement pour sauver son bonheur à elle et le bonheur de son ami d'enfance ?

Lui, il aurait anéanti le monde pour ne pas être séparé d'elle.

Était-ce une question de fortune, d'ambition ?

Il était aussi riche que ce vicomte de Maubuée et d'une aussi haute noblesse.

Alors... il ne comprenait pas le mobile...

Sa raison s'éperdait...

Ou peut-être Reine avait-elle cru l'aimer d'amour et s'était-elle aperçue qu'elle n'avait pour lui que de l'amitié, une amitié de sœur.

Mais non, elle le lui aurait dit et elle ne laisserait pas voir sur son visage ce désespoir qu'il y avait lu.

À ce moment, un heurt léger le fit sursauter.

Il se retourna.

C'était le vicomte de Maubuée qui, involontairement, l'avait touché en passant.

Il eut un regard de folie et un geste de démence.

Mais l'autre ne l'avait même pas vu... absorbé dans d'autres pensées...

Il passait...

Alors Raymond se renferma de nouveau dans son inconsolable douleur. Tout lui semblait amer et odieux...

La joie qu'il voyait autour de lui serrait davantage son pauvre cœur meurtri...

Il sentait sa douleur sans remède.

Il aurait voulu partir... quitter ces salons — en fête pour les autres... en si grand deuil pour lui... et il ne le pouvait pas.

La présence de Reine le retenait... le tenait comme cloué dans cette demeure de joie où il ne pouvait que souffrir... dont les lumières pour lui s'étaient pour ainsi dire éteintes et où il n'y avait plus que des ténèbres.

Il espérait la revoir encore... que peut-être un mot tomberait de ses lèvres qui lui permettraient d'espérer et que l'horrible songe se dissiperait.

Il ne pouvait pas croire malgré tout à la réalité de son malheur.

Comme elle était belle, ce soir !

Jamais peut-être encore elle ne lui avait paru plus belle, avec cette pâleur qui donnait un nouvel éclat à ses yeux... et ce chagrin qui imprimait à tout son être une expression attendrie et touchante qui l'avait fait frémir jusqu'au fond des entrailles.

Oh ! oui, il l'aimait... Il l'aimait à en perdre la raison... Il l'aimait à en mourir... et elle allait lui être ravie... appartenir à un autre... à un autre !...

Il répétait ce mot sans cesse dans l'intensité de sa jalousie.

A un autre !... A un autre, ces yeux qui lui avaient souri si souvent et dont le sourire avait empli son cœur de tant de douceur... ces yeux qu'il s'était habitué depuis longtemps à regarder comme siens !

A un autre... ces bras divins... ces épaules... tous ces trésors si jalousement et si respectueusement convoités... et qu'il avait espéré posséder !

A un autre !... à un autre !...

Ce n'était pas possible ?...

Il allait s'éveiller !

De nouveau il se sentit toucher le coude très doucement.

C'était Reine.

— Viens me prendre tout à l'heure pour danser, lui dit-elle... En dansant, je te parlerai.

Et elle s'éloigna sans lui laisser le temps de répondre.

Un peu d'espoir entra dans son cœur desséché par l'angoisse. Tout n'était pas fini peut-être... puisqu'elle ne l'abandonnait pas.

Il attendit avec impatience que l'orchestre eût commencé à se faire entendre, puis dès les premiers accords, il se dirigea vers le salon où il avait vu Reine disparaître.

V

Raymond avait saisi le bras de Mlle de Faucigny et il entraînait doucement l'adorée vers le salon où l'on dansait.

Le contact de sa chair... de cette chair bénie qui palpitait sous sa main, et qui peut-être, pensait-il, allait lui échapper... lui donnait comme une sensation de folie.

Il ne parlait pas... il attendait... il attendait l'atroce confidence...

Et Reine aussi restait muette, hésitant à frapper le coup qui pouvait tuer son ami...

Puis tout à coup, elle se décida.

Après avoir regardé autour d'elle, comme pour s'assurer qu'on ne les observait pas.

— Les minutes sont précieuses, Raymond, dit-elle fiévreusement... Dans quelques instants peut-être nous allons être séparés pour toujours.

Il murmura :

— Séparés !

Avec un accent si douloureux que la jeune fille tressaillit.

— Oui, dit-elle, il le faut... Mais avant d'être désunis, je veux que tu saches une chose, Raymond, c'est que je ne t'ai pas menti... que la fille du duc de Faucigny n'a qu'une parole... que c'est toi que j'aime... toi seul... et que je t'aimerai toujours...

Raymond, à ces mots, eut un geste d'horrible angoisse et ce cri lui échappa :

— Mais pourquoi ?

— Ne me demande rien... fit vivement la jeune fille... ne m'interroge pas... ne m'interroge jamais... je ne puis rien te dire... Tes questions m'enlèveraient tout courage, tout l'atroce courage qu'il me faut pour accomplir jusqu'au bout mon cruel sacrifice... et tu peux voir, par ce que je souffre combien je t'aimais... combien je t'aime...

Des larmes perlaient à ses yeux.

Raymond, l'âme déchirée de toutes les douleurs, murmura :

— Et je vais partir... partir, te laissant malheureuse...

— Désespérée... fit Reine.

— Sans consolation !

— Rien ne pourrait me consoler...

— Moi, du moins, il me reste une ressource... Je puis mourir.

Elle comprit ce qu'il voulait dire. Et vivement :

— Si tu m'aimes, Raymond... si tu m'as aimée... ne va pas te faire tuer... ne va pas mourir... Je n'aurai peut-être que toi plus tard... pour panser par ton amitié les blessures dont souffrira mon pauvre cœur !

En entendant ces paroles, Raymond comprit davantage encore toute l'intensité, toute l'inévitabilité de son malheur.

— Il n'y a donc plus, s'écria-t-il, aucun espoir ?

Elle secoua la tête douloureusement.

— Aucun !

Raymond allait parler.

Mais Reine lui montra le duc et la duchesse de Faucigny, debout à l'entrée du salon et qui les regardaient.

Ils se mirent à valser.

Et c'était elle, la courageuse jeune fille, qui entraînait le jeune homme et qui le soutenait !

Car il n'était plus à son bras qu'une masse inerte, tant ce qu'il venait d'entendre avait tari en lui toute énergie et toute sa vie !

Quand M. et Mme de Faucigny eurent disparu, et que les valseurs purent reprendre haleine un peu, Raymond murmura :

— Ainsi, cet homme que tu vas épouser ?...

— Je le hais, fit violemment Reine, je le hais et je l'exècre !...

— Et il le sait ?

— Il le sait. Je ne lui ai pas caché.

— Et il t'oblige ?...

— C'est moi qui veux ce mariage... qui l'exige...

— Toi ?

Elle regarda.

Elle vit sur sa physionomie toute la stupeur désespérée où ces paroles étranges le plongeaient... et elle lui dit :

— Tu ne comprends pas... Tu ne peux pas comprendre... Ne cherche pas à savoir... Dis-toi seulement qu'il faut une raison puissante... terrible.

Raymond fit sourdement :

— Si je le tuais ?...

— M. de Maubuée ?...

— Cet homme, ce rival qui t'arrache à mon amour... qui te rend malheureuse...

— Je te défends, entends-tu, je te défends de lui chercher querelle !...

A ce moment, justement, comme avant de se remettre à valser à nouveau — car Raymond ne pouvait se décider à desserrer les bras qui entouraient cette taille délicate qui palpitait d'amour et de colère tout à la fois — à ce moment, comme ils levaient les yeux, ils aperçurent ensemble à quelques pas d'eux, immobile, et qui semblait ne rien voir autour de lui, très pâle et le regard très sombre, le vicomte Roland de Maubuée...

Il avait un air étrange.

Et Reine frémit en l'apercevant.

Elle comprit qu'il venait vers elle... qu'il voulait lui parler.

Elle se dégagea sans hâte... eut la force de sourire à Raymond...

Elle lui dit tout bas :

— Il faut que je te quitte... De tristes devoirs m'appellent... Mais je garderai toujours, quoi qu'il arrive, dans quelque lieu que ma cruelle destinée m'entraîne, le souvenir radieux de notre amour... Ce sera la seule goutte de rosée qui mettra un peu de fraîcheur sur la vie desséchée et stérile qui m'attend désormais... Adieu, mon

— ..., mon seul ami, fit-elle en pressant avec une expression d'une infinie tendresse la main du jeune homme étourdi par la douleur et dont tout l'être se déchirait...

Puis elle l'abandonna pour aller au-devant de celui qui venait à elle...

Raymond regarda celui-ci. Leurs regards se croisèrent... deux éclairs d'épée ou de foudre.

Et il s'éloigna vivement.

Il sentait qu'il allait éclater en sanglots ou faire un malheur.

Roland de Maubuée s'approcha alors tout à fait de Reine de Faucigny.

— Ne craignez-vous pas, mademoiselle, lui dit-il, que l'on s'étonne ?...

— Et de quoi, monsieur ? demanda la jeune fille, dont le visage s'était instantanément transformé. De doux et tendre, le regard était devenu dur et hautain...

— Mais, fit le comte, un peu décontenancé par le ton dédaigneux avec lequel Reine lui parlait, de notre attitude à tous les deux.

— Je ne comprends pas.

— Tout le monde ici sait à cette heure que nous sommes fiancés... puisque le duc a appris à ses amis notre futur mariage...

— Eh bien ?...

— On ne nous a pas vus encore ensemble... Vous m'avez dit de m'efforcer de jouer notre comédie de façon à bien tromper le duc... Il ne me faut pas, à moi, maintenant beaucoup d'efforts pour cela... depuis que j'ai eu le bonheur...

— Monsieur ! interrompit Reine.

Et le regard qu'elle lui jeta dit tout le mépris qu'elle montrait pour l'amant de sa mère.

Il s'arrêta, pâle de rage, et, changeant de ton :

— Mais c'est vous, maintenant, mademoiselle, qui paraissez vous dérober.

— Vous avez raison, monsieur... Je me dois à mon père, à son repos, à son bonheur. Qu'ordonnez-vous ?

— Je n'ordonne pas... Je prie...

— Qu'importe !... Que voulez-vous que je fasse ?

— Mais que vous acceptiez, ne fût-ce qu'un instant, pour donner le change, le bras que je vous offre respectueusement.

Reine mit sa main sur le bras tendu.

— Marchez, dit-elle l'air impérieux, je vous suis !

Et ils firent quelques pas en silence dans les salons.

On se pressait autour d'eux.

On les complimentait.

On parlait de leur bonheur futur.

Reine étouffait.

Quant à Roland, il était dans un état étrange.

Depuis la veille, il aimait Reine.

Il n'avait pu voir, dans l'intimité où il l'avait aperçue, la pure et si noble jeune fille sans ressentir pour elle une admiration infinie, qui bien vite s'était changée en un véritable amour... ou plutôt en une sorte de culte enivré qu'il n'avait jamais ressenti pour la duchesse, déjà presque oubliée à cette heure.

Il aimait Reine et il savait qu'il n'en pouvait être aimé, qu'un abîme sans fond les séparait.

Il l'aimait... et il venait de s'apercevoir qu'elle en aimait un autre et une jalousie atroce l'avait mordu au cœur.

Il l'aimait. Elle serait sa femme et il n'aurait sur elle aucun droit...

Il l'aimait et toujours il serait haï d'elle, peut-être méprisé.

Ce serait son châtiment.

Mais bien qu'il se rendît justice et fût convaincu qu'il n'avait rien à espérer, il ne pouvait s'empêcher de frémir au contact de cette main posée sur son bras.

Et il devinait une vie de souffrances et de tortures inouïes.

Il aurait voulu parler... implorer son pardon... fût-ce à deux genoux... se traîner dans la poussière, dans la boue.

Mais il n'osait pas même lever les yeux sur celle qui l'avait cruellement jugé.

Et, malgré les brûlures atroces qui le déchiraient, il lui fallait paraître aimable et sourire.

Après un instant, il osa balbutier à l'oreille de la jeune fille...

— Je donnerai ma vie mille fois pour que ce qui a été ne soit pas.

Reine le fixa de ses grands yeux durs.

— Que voulez-vous dire, monsieur ?

— Et qu'il me soit permis de réaliser le rêve impossible que je fais en ce moment...

— Un rêve ?

— Vous allez être ma femme...

— Vous savez dans quelles circonstances, monsieur, dit sèchement la jeune fille... Vous savez que des abîmes profonds et larges comme des océans nous séparent... Ne l'oubliez pas et ne tentez jamais de les franchir !..

— Vous ne me pardonnerez pas !

— Jamais !

Ce mot tomba sur le malheureux, tranchant et net comme un couperet de guillotine.

Il courba le front.

— Je ne puis pas me plaindre, dit-il. J'ai tout mérité !

Et il quitta Reine.

Presque aussitôt un bras le saisit.

C'était celui de la duchesse de Faucigny.

— Voilà dix minutes, dit-elle, que je vous observe, vous et elle... N'allez pas l'aimer, ce serait trop terrible !

— Vous savez bien, dit-il, qu'elle ne m'aimera jamais.

— Et vous ?

Il ne lui répondit pas.

Une flamme étincela dans les yeux de la duchesse de Faucigny.

La jalousie l'avait brûlée au cœur à son tour.

Elle allait parler, mais à ce moment elle vit les yeux du duc, son mari, rivés sur elle, gros de soupçons, et elle se tut.

— Allez rejoindre votre fiancée, dit-elle à Roland qu'elle laissa...

Et elle se dirigea vers le duc pour tâcher d'assoupir à nouveau le doute mordant peut-être en son cœur et qui pouvait s'être réveillé à leur aspect.

VI

De haute taille, portant la moustache et la royale, depuis longtemps grisonnantes, ayant aux tempes des cheveux frisés, jadis blonds, maintenant blancs, le duc Enguerrand de Faucigny avait fort grand air.

Il ressemblait à ces chevaliers d'autrefois, dont on voit les portraits altiers à Versailles ou au Louvre. Il avait été soldat. Il était général quand avait éclaté la Révolution de 1848. Il avait donné sa démission et vécu, dès lors, dans la retraite, enfermé en l'hôtel princier, entouré de grands jardins, qu'il possédait rue de Sèvres, et qui lui venait de son père, ancien chambellan du roi Louis XVI.

Il n'avait recommencé à recevoir que depuis quelques années — quand sa fille avait grandi. Il avait été adoré par femme la duchesse Huberte, qu'il avait épousée à quarante ans, lorsqu'elle avait dix-sept ans à peine, mais, depuis quelque temps, bien qu'il aimât toujours Huberte du même amour, il lui semblait que l'affection de la jeune femme se refroidissait.

Il en souffrit beaucoup, mais il ne pouvait pas trop en vouloir à Huberte.

— Elle est jeune, se disait-il, et je vieillis !

Il reporta sur sa fille toute sa tendresse.

Mais jamais la pensée que la duchesse pût aimer un autre homme, pût se rendre coupable d'une faute n'avait effleuré son esprit.

Il avait en elle une confiance illimitée.

Il la jugeait trop haute, trop fière pour s'abaisser à une trahison — et à la douleur qu'il ressentait de voir Huberte devenir indifférente, ne s'était mêlé aucun sentiment de crainte ou de jalousie — jusqu'au jour où un domestique vint le prévenir qu'il avait vu sur le mur du jardin des traces d'escalade.

Un malfaiteur ou un amant?

L'esprit du duc se mit à travailler. Il devint sombre.

Et il commença à douter de la duchesse.

Parfois il fixait sur celle-ci des yeux qui l'épouvantaient. Et plusieurs fois elle se dit :

— Saurait-il ?

Puis elle se rassurait en voyant qu'il ne lui disait rien. Elle était, du reste, à ce moment, dans la période aiguë de la passion.

Elle aurait sacrifié pour aller à son amant son honneur, son mari... le monde entier.

Ses rendez-vous avec Roland de Maubuée dataient de quelques jours à peine, et les difficultés qu'elle avait pour voir son amant, dont elle était folle, aiguisaient encore son amour.

Elle prendrait plus de précautions, voilà tout, mais renoncer à voir Roland lui paraissait au-dessus de ses forces.

Cependant le duc, qui avait semblé abandonner toute suspicion, le duc veillait toujours.

Lui qui rentrait de bonne heure autrefois, après avoir fait à son cercle quelques parties de whist, revenait quelquefois très tard, maintenant, à son hôtel.

Et il y pénétrait avec la précaution d'un jaloux qui épie.

Huberte s'en était aperçue, mais, ainsi que nous l'avons dit, elle n'avait pas la force de repousser son amant.

Elle continuait à lui ouvrir, en tremblant, sa fenêtre.

La crainte qui la tenait augmentait encore l'âpreté de son bonheur.

Et cela dura jusqu'à la nuit dont nous avons raconté les tragiques péripéties.

Maintenant Huberte se croyait sauvée.

Le dévouement héroïque de sa fille avait écarté d'elle la foudre.

Mais elle subissait un autre genre de souffrance.

Elle avait surpris certains regards du vicomte à Reine, qui avaient fait passer des frissons dans toute sa chair.

Elle avait peur que son amant n'aimât Reine et qu'elle ne fût délaissée par lui.

La pensée de ce mariage forcé qu'elle ne pouvait pas empêcher, que sa trahison rendait nécessaire, l'accablait. Elle en arrivait à haïr sa fille, à être jalouse d'elle.

Reine ne pourrait-elle pas voir Roland quand elle le voudrait, Roland, son mari, quand elle serait obligée, elle, comme avant, avec plus de terreurs encore qu'avant, de guetter une entrevue volée, et de quelques minutes à peine.

Et si Reine allait aimer Roland!

C'était possible encore, cela.

Roland n'était-il pas pour Huberte le plus aimable des hommes, celui qu'aucune femme ne pouvait voir sans l'aimer?

Jamais Huberte n'avait encore été torturée à ce point. Et plus elle voyait la date fatale, inévitable, plus sa torture augmentait.

Par moments, elle avait des envies folles d'aller à son mari, et de tout lui dire, au risque de payer de sa vie sa révélation.

Mais elle pensait à Roland.

C'est Roland aussi qu'elle condamnait à la mort.

Et elle reculait.

C'est dans cet état d'esprit que la coupable avait dû s'occuper de donner des ordres pour la soirée de contrat. Chaque détail de cette soirée avait été pour elle un nouveau crève-cœur, avait enfoncé plus avant en elle la lame qui la déchirait.

Et quand la soirée vint — qu'elle vit Reine, belle à damner les saints dans sa toilette, claire moins pâle qu'elle, elle subit toutes les affres de la plus angoissante jalousie.

Elle aurait voulu fermer à Roland les portes de l'hôtel et lui crier :

— Tu ne la verras pas !

Mais il lui fallait, au contraire, les lui ouvrir toutes grandes et le conduire à Reine en lui disant :

— Voilà ta fiancée !

« Demain, elle sera ta femme.

Sa femme !

Et, pendant toute la soirée, elle ne perdit de vue ni sa fille ni son amant ; mais, à ce moment, s'arrachant pour un instant à sa préoccupation jalouse, elle s'aperçut qu'elle aussi était épiée.

Elle remarqua les regards dont la poursuivait son mari.

Et elle eut peur.

S'il se doutait ! pensa-t-elle.

Et ce fut surtout quand elle eut jeté à Roland cette menace :

« Ne va pas l'aimer ; ce serait trop terrible ! »

Ce fut alors qu'une terreur l'envahit.

Elle vit le duc, près d'elle, qui la fixait de tous ses yeux.

Avait-il entendu ?

Elle renvoya Roland à sa fiancée et courut rejoindre son mari.

Celui-ci venait de disparaître dans un petit salon, à l'écart de la foule qui avait envahi tout l'hôtel.

Et elle le trouva accoudé à la cheminée, tout rêveur, ne regardant rien, perdu dans elle ne savait quelles pensées.

Elle alla à lui, lui toucha le coude, doucement :

— Enguerrand !

Il se retourna d'un sursaut brusque :

— Ah ! c'est vous ?

Et il essaya de se composer un maintien plus calme.

Elle demanda :

— Qu'avez-vous ? Etes-vous souffrant ?

— J'ai remarqué, dit le duc d'une voix sombre, en plongeant son regard au fond des yeux de sa femme, combien ma fille semblait heureuse d'épouser l'homme qu'elle s'était choisi !

— Elle est heureuse, n'est-ce pas ? fit la duchesse qui n'avait pas saisi l'ironie profonde de ses paroles.

— Oui, fit le duc, heureuse comme celles que l'on torture, heureuse comme celles que l'on crucifie !

— Mais pourquoi ? fit Huberte, l'air étonné.

— Pourquoi ? c'est à vous que je le demanderai, madame, fit le duc avec violence ; à vous, sa mère.

— A moi ? se récria la duchesse.

— A vous ! Je sais qu'il se passe ici quelque chose que je ne m'explique pas, je sais que l'on me trompe, que l'on me ment. Qui et pourquoi ? Voilà ce que je voudrais savoir. Voilà ce que je vous demande !

— Mais, fit Huberte effarée, je ne sais rien.

— Je sais, poursuivit le duc, que ma fille hait cet homme.

— Celui qu'elle va épouser ? Qu'on a trouvé ?

— Qu'on a trouvé en sa chambre, oui, et qui est son amant, car vous n'en doutez pas, vous, qu'il soit son amant ?

— Mon ami..., bégaya la duchesse éperdue.

— Eh bien ! moi, fit le duc, j'en doute encore, j'en doute malgré toutes les apparences.

« Et je veux savoir la vérité.

« Je la saurai !

« Reine aimait un de ses amis d'enfance, Raymond de Mauléon.

« Je m'en étais aperçu.

« Elle me l'avait presque avoué.

« Il est ici.

« Ils se sont parlé.

« Et Raymond paraît désespéré.

« Et Reine est triste jusqu'à la mort.

« Tout cela n'est pas clair.

« Je veux les interroger tous les deux et apprendre la vérité.

Et le duc se dirigea vers la porte.

Il en avait déjà soulevé la portière, quand Huberte se pendit à son bras.

— Où allez-vous? demanda-t-elle.

Elle était d'une pâleur livide et toute tremblante.

— Je vous l'ai dit : parler à Raymond.

— Ici? ce soir?

« Ce n'est pas le moment.

« Nous avons des invités.

« Je vous en prie, calmez-vous; on peut remarquer votre agitation.

— Que m'importe !

— Que va-t-on penser? Que va-t-on dire?

— Je veux parler à Raymond.

« Je veux parler à ma fille.

« Je veux savoir la vérité !

Et, s'arrachant à l'étreinte de la duchesse, il s'élança hors du salon et disparut au milieu des danseurs.

Huberte resta atterrée.

— Nous sommes perdus ! pensa-t-elle.

« Nous avons réussi tout au plus à gagner quelques jours.

« Mais c'était fatal.

« Il fallait que le destin s'accomplît.

Et elle demeura immobile, toute seule en la pièce, comme anéantie, n'ayant plus aucune force pour se défendre.

Les sons de la musique, le bruit des danses parvenaient jusqu'à elle.

Elle entendit des murmures, des éclats de rire étouffés.

Elle murmura amèrement :

— Ils s'amusent ! Ils rient !

Puis, portant la main à son cœur comme pour l'arracher de sa poitrine, elle ajouta :

— Et nul ne se doute de ce que je souffre !

« Aimer ! Aimer ! Là est le malheur ! Là est le mal !

« Toutes les douleurs, toutes les tortures, toutes les terreurs seront maintenant mon lot parce que j'aime, parce que j'aime un homme que je ne dois pas aimer, et qui va aimer ma fille, et qui ne m'aimera plus, et que ma fille — horreur des horreurs ! — aimera peut-être à son tour !

« Ah ! mieux vaut mourir !

« Et qui me délivrera ?

Elle se tordait les bras, les cheveux épars, les joues inondées de larmes brûlantes, pendant qu'autour d'elle les danses continuaient, que les fleurs répandaient leurs parfums et qu'on était heureux !

Saurait-elle jamais maintenant, elle, ce que c'est qu'être heureux ?

Tout son bonheur s'était effondré en ce cataclysme inouï.

Mais elle se rappela soudain qu'elle était maîtresse de maison, qu'elle recevait.

Elle s'arracha à sa douloureuse torpeur et rentra dans le bal après avoir tamponné ses yeux avec son fin mouchoir de batiste.

VII

A grands pas, le duc traversait les groupes des danseurs, cherchant Raymond. Des invités l'arrêtaient, le saluaient, lui serraient la main.

Il échangeait à peine quelques mots banals et reprenait ses recherches.

Il traversa un à un tous les salons, fouillant les groupes.

Raymond n'y était pas.

Peut-être était-il parti déjà.

Il alla à la porte d'entrée pour s'informer auprès des domestiques si on l'avait vu sortir, et il l'aperçut qui endossait son paletot pour s'en aller.

Il l'appela brusquement :

— Raymond !

Le jeune homme se retourna, reconnut le duc et devint très rouge.

— Duc.. bégaya-t-il...

— Tu pars ? demanda M. de Faucigny qui avait connu Raymond tout petit et qui le tutoyait.

— Oui, répondit le jeune homme.

Il ajouta avec un sentiment de tristesse infinie :

— Je n'ai plus rien à faire ici.

Le duc devina le désespoir qui se cachait sous ces amères paroles et il dit :

— Remets ton paletot aux domestiques et rentre un instant dans le salon avec moi. J'ai à te causer.

Raymond tressaillit, pris d'un espoir.

Et, précipitamment, il enleva son pardessus.

Puis il suivit le duc.

Ils se montrèrent un instant en silence dans les salons éclairés et pleins de monde, cherchant un coin pour causer, puis le duc attira Raymond dans l'embrasure d'une fenêtre.

Et il lui dit :

— Tu as vu Reine?

— Oui, duc.

— Tu lui as parlé?

— Oui

— Et c'est ce qu'elle t'a dit qui t'a fait partir ?

— C'est ce que j'ai appris surtout.

— Qu'as-tu appris?

— Qu'elle allait se marier.

« Qu'elle épousait M. de Maubuée.

— Tu ne le savais pas ?

— Comment l'aurais-je su ?

— Reine aurait pu te le dire.

— Reine? Il y a quelques jours à peine elle m'a dit qu'elle m'aimait, qu'elle n'aimerait jamais que moi.

— Elle t'a dit cela ?

— Oui.

« Et nous devions nous épouser quand je serais de retour.

« Je devais vous demander sa main. Elle m'y avait autorisé.

— Vous vous aimiez ?

— Je l'aime toujours, moi.

— Et elle ?

— Je ne sais pas, fit le pauvre garçon avec un accent de désespoir navré.

Le duc demeura silencieux.

Il semblait perdu en ses réflexions.

Et son soupçon revenait, terrible, le soupçon — non seulement de la vérité — car il ne lui serait jamais venu à l'esprit, mais le soupçon qu'on lui mentait — qu'on lui cachait quelque chose.

Quoi ?

Que pouvait-il s'être passé ?

Il ne le devinait pas.

Reine aimait Raymond. Elle le lui avait dit.

Et on surprenait dans sa chambre un autre homme — un amant peut-être.

Et quand on la forçait à épouser cet homme — qui l'avait compromise, — elle semblait accepter cette union comme une obligation à laquelle elle ne pouvait se soustraire.

Pourquoi ? Pourquoi ?

Qu'est-ce que tout cela voulait dire ?

Le duc eût donné sa vie pour le savoir.

Et il venait de comprendre que Raymond ne le lui apprendrait pas... que Raymond ne savait rien comme lui et ne comprenait pas.

Il demanda :

— Tu n'as pas cherché à connaître, à deviner les raisons de ce changement produit tout à coup en l'esprit de Reine ?

— J'ai pensé, dit Raymond, qu'elle avait cru m'aimer et qu'elle s'était aperçue ensuite qu'elle ne m'aimait pas. Qu'elle aimait un autre homme.

— Ce Maubuée ?

— Il paraît.

— Je ne l'avais jamais vu près d'elle, dit le duc.

— Il venait quelquefois à l'hôtel... Je l'y ai rencontré.

— Voir Reine ?

— Voir la duchesse.

— Oui, la duchesse, répéta le duc sourdement, la duchesse...

Et, de nouveau, il retomba dans son silence.

Puis, tout haut, se parlant à lui-même :

— Oh ! savoir ! savoir !

Raymond ne prononça pas une parole.

Il devinait ce qui se passait en l'esprit du duc.

Et un éclair se fit soudain en lui.

Il se rappela les bruits qui couraient et qui étaient arrivés jusqu'à lui, et il eut l'idée du drame qui avait pu se passer et dont Reine peut-être était la pitoyable victime.

Alors il s'observa, devint plus circonspect.

Et un espoir entra dans son cœur.

— Peut-être, pensa-t-il, m'aime-t-elle toujours.

« Peut-être est-elle contrainte à ce mariage.

« Elle m'a parlé de raisons... de raisons terribles qu'il ne fallait pas lui demander, qu'elle ne pouvait pas me dire.

« Oui, c'est cela... elle m'aime ! elle m'aime ! Il était impossible qu'elle se fût trompée à ce point !

Et un bonheur intense se lut sur le visage altéré du pauvre garçon.

Le duc s'étonna du changement soudain produit dans la physionomie de Raymond.

Il demanda brusquement :

— A quoi penses-tu ?

Raymond se réveilla comme en sursaut.

Et il répondit :

— Je vais partir.

— Tu vas partir ?

— Dans deux jours... pour le Sénégal.

— Oui, on me l'avait dit, fit le duc, lentement.

Puis, il ajouta :

— Tu ne seras pas ici pour le mariage.

— Pour le mariage ?

— Le mariage de Reine ?

— Ah ! oui, le mariage de Reine, bégaya Raymond. Non, je n'y serai pas.

— Ainsi, tu en prends ton parti, de ce mariage ?

— Que puis-je y faire ? Elle ne m'aime pas.

— C'est vrai, fit le duc... puisqu'elle ne t'aime pas.

Et, avec une sorte de rage concentrée :

— Eh bien ! adieu ! je ne te retiens plus : tu peux partir, maintenant.

— Vous me permettrez bien de venir vous faire mes adieux, à vous et à la duchesse ?

— Mais, certainement. Tu sais bien que nous sommes toujours heureux de te voir.

Raymond s'inclina profondément et quitta le salon.

Cinq minutes après, il était dehors.

Quand au duc, il resta quelque temps encore immobile dans l'embrasure de la fenêtre, et ses réflexions, ses doutes terribles l'assaillirent de nouveau.

Il se demandait si Raymond savait quelque chose.

Mais quoi ?

En tout cas, sa passion ne devait pas être bien violente.

Il paraissait se consoler facilement.

— Il faudra, pensa le duc, que je voie Reine, que je parle à Reine.

« Elle seule, peut-être, laissera échapper le secret.

« Elle m'aime !

« Elle ne pourra pas me voir souffrir sans que son cœur saigne.

« Et elle me dira tout, pourquoi elle croit de son devoir d'épouser ce vicomte de Maubuée, pourquoi cet homme a été surpris chez elle.

« Et ce qui s'est passé, ce qu'on me cache...

« C'est moi qui la force à épouser cet homme qui l'a compromise.

« Mais était-il là pour elle ?

« Et si ce n'était pas pour elle, pour qui y était-il ?

A ce moment la pensée de la duchesse effleura l'esprit de M. de Faucigny.

Il la repoussa avec horreur.

A quoi allait-il songer là ?

La duchesse, sa femme.

Ah ! si cela était possible, il la tuerait !

Et il tuerait cet homme !

Mais cela n'était pas ; cela ne pouvait pas être.

Dieu lui épargnerait cette douleur !

La duchesse laisserait-elle épouser à sa fille son amant ? Non, non, c'était trop horrible !

Il repoussa ces idées.

— Et pourtant, fit-il ensuite...

Puis il laissa tomber sa tête en ses mains, en proie à un accablement profond.

Il fut arraché à sa morne torpeur par un attouchement léger au bras.

— Que faites-vous donc là ? demanda la duchesse. On vous cherche partout.

— On me cherche ?

— Moi qui vous cherche. On s'étonne de votre absence.

Le duc regarda sa femme et dit :

— J'étais là avec Raymond.

— Raymond ?

— Le comte de Mauléon.

Mme de Faucigny eut un tressaillement.

Et elle fixa sur le duc des yeux pleins d'inquiétude.

— Vous savez, reprit M. de Faucigny, qu'il a eu l'espoir un moment d'épouser Reine ?

— Oui, je le sais.

— Que Reine même avait pris avec lui des engagements ?...

— Reine a changé d'avis. Elle aime Raymond comme un camarade, non comme un fiancé.

« Mais vous, mon ami, venez, reprit la duchesse, changeant de conversation, nous ne pouvons rester plus longtemps loin de nos invités.

— Oui, dit le duc, je vous suis,

Et il pensa :

— Je parlerai à Reine. Je parlerai à Reine. Il faut que je lui parle !

Et il rentra dans les salons sur les traces de sa femme.

Celle-ci, de son côté, se disait :

— Raymond n'a rien compris.

« Il a compris peut-être et dans deux jours, il sera loin.

« Mais il faut que je voie Reine et que je la prévienne.

Et, laissant le duc avec des amis qui s'étaient approchés de lui, elle alla, à travers les danses, à la recherche de sa fille.

VIII

Reine avait vu partir Raymond. Elle l'avait vu disparaître à travers les salons, évitant les danseurs, la tête basse et le dos comme secoué par le désespoir

Il ne s'était pas retourné.

Il n'avait pas cherché à la revoir.

Il partait.

Il partait et peut-être en son âme la maudissait-il ; cette amie d'enfance, cette compagne autrefois aimée, qui le trahissait et allait bientôt en épouser un autre.

Quel déchirement pour la pauvre enfant !

Et comme son cœur saignait au milieu des musiques joyeuses de ce bal donné en son honneur — en l'honneur de son involontaire trahison !

Elle pensait avec une intraduisible amertume, qui mettait en ses yeux de brûlantes larmes, elle pensait combien elle eût été heureuse, dans une soirée pareille, si Raymond avait été le héros de la fête dont elle était l'héroïne, à la place de cet homme odieux, haï, méprisé, et dont elle allait bientôt porter le nom, à qui elle appartiendrait, l'amant de sa mère !

A certains moments, le sacrifice paraissait être au-dessus de ses forces.

Elle se demandait si elle pourrait l'accomplir jusqu'au bout et si quelque incident heureux ne viendrait pas à temps l'arracher à cet effroyable cauchemar.

Elle étouffait.

Elle haïssait sa mère à qui elle devait ces tortures sans nom.

Et elle se disait que, pour elle, elle ne les eût pas supportées.

Mais il y avait son père, le père adoré et vénéré, qui souffrirait autant qu'elle, peut-être — car plus, ce n'était pas possible — s'il apprenait l'épouvantable vérité !

Il y avait ce père honoré et glorieux qui rougirait sous la honte et qui pourrait en mourir.

Et pour son père, pour le duc, elle était résolue à tout supporter.

Elle laissa partir Raymond.

Elle le laissa disparaître sans chercher à le rappeler, à le retenir, sachant qu'il s'éloignait pour toujours — son ami, son seul ami — celui qui possédait toute son âme.

Comme son cœur était gros, à la pauvre enfant, et quels efforts elle devait faire pour ne pas éclater brusquement en sanglots à la face de ces gens qui venaient la féliciter de son bonheur.

Son bonheur !

Dites le martyre, la géhenne, l'enfer !

Etre pour la vie à cet homme, plus vil pour elle que la boue foulée aux pieds, plus odieux que la haine et plus exécrable que le malheur.

Etre à lui...

Etre sa chose...

Ou plutôt passer pour l'être. Car elle ne serait rien pour lui : jamais, la cérémonie terminée, il ne s'approcherait d'elle.

Jamais le bout de ses doigts n'effleurerait l'extrémité de sa main.

Cela, elle se le promettait bien. Elle le jurait. Et pourtant, elle ne comprenait pas, en son innocence, quel crime ce serait...

Ne pouvant être à Raymond, elle ne serait à personne.

Et s'il voulait la contraindre, parler de ses droits, s'il pouvait en parler sans être foudroyé, elle avait pour s'échapper une porte toute ouverte — la mort — qui serait pour elle une volupté et une délivrance !

Elle pensait à ces choses horribles, au milieu de cette fête donnée pour elle, parmi le rayonnement destres
fête donnée pour elle, parmi le rayonnement des lustres

— Vous êtes seule ?

— Et avec qui serais-je ? interrogea-t-elle, et elle pensa, puisqu'il est parti !

— Vous êtes assez belle, fit la duchesse, pour qu'on s'empresse autour de vous.

— Je hais ma beauté, interrompit Reine avec violence.

« Je hais ceux qui pourraient la remarquer et qui pourraient m'en féliciter.

« Je voudrais être vieille, laide, exécrable, avoir la gale et la peste, être pour tous un objet d'horreur, car alors tous me fuiraient, et je serais moins malheureuse !

— Est-ce vous, fit la mère, qui parlez ainsi ?

« Vous, jeune, belle...

— Ce n'est pas pour me faire vos compliments, ma mère, interrompit la jeune fille, que vous êtes venue vers moi.

« Qu'avez-vous à me dire ?

— Viens.

La duchesse attira Reine à l'écart.

Et elle lui dit en l'emmenant :

— Calmez-vous ; parlons sans nous emporter, que personne ne remarque votre agitation.

« Vous êtes toujours décidée à sauver votre père ? à lui épargner l'effroyable douleur ?...

— Que lui causerait la découverte de votre trahison ! Oui, madame.

« Je n'ai pas l'habitude de me reprendre quand je me suis donnée.

« Que faut-il encore ?

— Prendre garde.

— A quoi ?

— Votre père veut vous interroger.

— Je redirai ce que j'ai dit déjà.

— Peut-être a-t-il conçu des soupçons ?

— Je m'efforcerai de les dissiper.

« Vous avez peur pour vous, madame ! fit la jeune fille avec un accent de mépris inexprimable.

« Pour vous ou pour votre amant ?

« Soyez tranquille, je vous sauverai tous les deux.

« Vous pouvez aller le lui dire.

« Je serai maudite par Raymond.

« Je serai maudite par mon père.

« Mais vous aurez la vie sauve, lui et vous.

« Et toute honte sera épargnée à mon père.

« C'est tout ce que vous avez à me demander, madame ?

« Eloignez-vous.

« J'ai promis de danser.

« Et je crois qu'on vient me rappeler ma promesse.

« Il faut bien que je danse, n'est-ce pas, puisque je suis la reine de la fête ?

« C'est en mon honneur, pour mes fiançailles, qu'on a allumé tous ces lustres... cueilli toutes ces fleurs.

— Reine ! fit la duchesse.

— Quoi ! que voulez-vous encore ?

— Vous ne me pardonnerez jamais !

— Qu'ai-je à vous pardonner, madame ?

« Vous m'avez donné la vie.

« Vous me la reprenez.

« Vous êtes libre !

— Que tu es cruelle, mon enfant !

— Cruelle ?

— Tu ne sais pas ce que je souffre aussi !

— Vous souffrez ?

— En doutes-tu ?

« Je souffre de te voir malheureuse.

« Et que ce soit par ma faute.

« Je souffre de ce qui se passe.

« Et j'abomine mon crime.

« Tu ne sais pas, toi, tu es trop jeune encore, ce que c'est que d'aimer, quelle force a sur nous ce sentiment qu'on appelle l'amour.

« Surtout quand c'est le premier amour.

« Je ne pouvais pas aimer ton père.

— Je ne vous demande pas de confidences, madame, fit Reine hautainement.

« On va venir.

« Eloignez-vous !

« Il ne faut pas qu'on voie combien vous êtes pâle.

« Vous me recommandiez le calme tout à l'heure.

« C'est vous qui n'êtes pas calme, madame.

« Moi, tout à l'heure, je sourirai quand il faudra que je sourie.

Et, souriant en effet, Reine mit la main sur le bras du danseur qui venait la chercher et s'éloigna avec lui.

La duchesse la suivit un instant du regard, et elle murmura :

— Ah ! je suis une misérable !

En même temps, une voix lui disait :

« Elle n'aimera jamais Roland. Tu peux être tranquille. »

Mais une autre voix murmura à son oreille :

« Roland ne l'aimera-t-il pas ? »

Et ses tourments jaloux la reprirent et la torturèrent.

IX

Quand, les sons de l'orchestre éteints, les invités partis, Reine pénétra seule en sa chambre, elle poussa un soupir qui dégénéra en un long et tragique sanglot.

Alors, elle vit se lever de l'ombre de la pièce une haute silhouette.

Et elle poussa un cri, un cri de surprise et d'effroi tout à la fois.

Elle avait reconnu son père.

— Ah ! pensa-t-elle, voilà la véritable épreuve qui commence, celle que je redoutais par-dessus tout.

Et, essuyant à la hâte ses yeux humides, elle alla vers le duc.

— Reine, dit celui-ci, je viens à toi, comme à mon seul refuge.

« Je vois, je sens que tu est malheureuse.

« Je sais ton père... je souffre.

« Dis-moi la vérité !

— Mais quelle vérité, papa ? demanda la jeune fille en se raidissant contre son émotion.

— Dis-moi pourquoi tu es malheureuse.

— Je ne suis pas malheureuse, répondit Reine.

— Je t'ai observée ce soir. Je t'ai entendue tout à l'heure. Ne cherche pas à me mentir, à me tromper.

« Tu sais combien je t'aime, Reine, combien je t'ai aimée toujours.

Le vieillard s'était laissé tomber sur un siège.

Et Reine qui le connaissait hautain et altier, ne l'avait jamais vu ainsi.

On eût dit qu'il avait des larmes dans les yeux.

Elle sentit son cœur pris d'une étrange pitié.

Et elle soupira :

— Moi aussi, papa, je t'aime.

« Je t'aime de toute mon âme.

« Et je voudrais t'épargner même un ennui.

« Tu es tout ce que j'ai aimé au monde.

« La tendresse que j'avais pour ma mère...

— Que tu avais ? fit observer le duc. Ne l'aimes-tu donc plus ?

Reine ne répondit pas d'abord.

Mais elle vit que sa froideur impressionnait le duc, et elle dit après un instant :

— Si, papa, je l'aime, mais pas comme toi.

— Eh bien ! Reine, ma petite Reine, dit le père en attirant sa fille sur ses genoux, puisque tu m'aimes ainsi, puisque tu souffrirais de voir ton père malheureux, dis-moi la vérité.

— Mais quelle vérité ?

— Cet homme n'est pas ton amant.

« Cet homme surpris chez toi...

« Que je te contrains d'épouser.

« Tu ne l'aimes pas !

— Mais si, papa.

— Tu me mens ! fit le duc avec violence.

— Pourquoi mentirais-je ? demanda l'enfant, s'efforçant de cacher le trouble qui s'emparait d'elle.

— Je ne le sais pas, moi, fit M. de Faucigny, et c'est ce que je veux savoir ; mais je sens que l'on me cache quelque chose, que l'on me ment.

« Et pourquoi me ment-on ?

« Pour me tromper.

« Pour que je croie ce qui n'est pas.

« Que je ferme les yeux et que je ne voie pas ce qui est, peut-être.

Et le malheureux se couvrit le visage avec un mouvement d'horreur, qui fit tressaillir Reine et la glaça.

Elle s'efforça de cacher son impression.

Et d'un ton tranquille, elle murmura :

— Je ne te comprends pas, papa.

— Tu vas me comprendre, ma chérie, fit le père, toujours tendre, et tu vas comprendre aussi combien je souffre et combien sont horribles les pensées, les doutes qui m'assaillent.

« Je ne crois pas que cet homme soit ton amant.

« Je ne crois pas — et cela depuis ce soir peut-être — que, bien qu'on l'ait surpris chez toi, dans ta chambre, ce soit chez toi qu'il allait...

— Et chez qui, papa ? demanda Reine, qui frémit.

— Ne me force pas à le dire.

« Ne me force pas à nommer...

Il s'arrêta, n'osant prononcer le nom qui venait à ses lèvres.

Alors, Reine comprit que le moment de la lutte était venu, qu'il fallait à tout prix chasser de l'esprit de son père ce doute, si elle voulait que son sacrifice ne restât pas inutile.

Elle se jeta sur le sein de son père... Elle entoura son cou de ses bras et elle dit :

— Tu te trompes, papa.

« C'est moi qui suis la coupable.

« Moi seule.

Sa voix tremblait effroyablement.

Des larmes roulaient sur ses joues.

Son père, essayant de la repousser :

— Je t'en prie, fit-elle, ne me maudis pas.

« Ne me condamne pas !

« J'étais jeune.

« Je ne savais pas.

— Je ne te maudirai, fit le duc, que si tu continues à me mentir.

— Mais je ne mens pas, mon père.

— Je ne te crois pas, fit le duc avec énergie.

« Je ne crois pas, malgré que tu t'accuses toi-même, que tu aies poussé l'oubli de ton nom, de la pudeur, jusqu'à immoler ta pureté...

« A devenir la fille indigne.

— Papa !

— Où as-tu connu le vicomte de Maubuée ?

— Chez nous, mon père.

— Quand lui as-tu donné le droit de pénétrer dans ta chambre, dans ton lit ?

— Dans mon lit ? se récria Reine, dont le visage s'empourpra d'une rougeur violente.

— Eh ! oui, cria le duc, dans ton lit, puisqu'il est ton amant...

« Que tu le dis.

« Tu vois bien que tu me mens !

« Tu es si ignorante et si pure encore que tu ne sais pas que c'est dans son lit qu'on reçoit son amant !

« Non, Reine, non, ma fille, ne cherche pas à me tromper.

« Et cette tristesse qui se lisait sur tes yeux, ce soir.

« Et ces larmes que tu as versées.

« Tu n'aimes pas cet homme.

« Il n'est pas ton amant.

« Tu te dévoues, tu te sacrifies pour sauver une coupable.

« Mais c'est moi que tu perds, mon enfant.

« C'est moi que tu tues ! acheva le malheureux père.

Et il éclata en sanglots.

Il y eut un silence, un long silence.

Reine ne savait plus que penser.

Elle ne savait plus que faire surtout, pour convaincre son père.

Et elle se dit qu'il le fallait pourtant.

Qu'il fallait sauver l'honneur de sa mère.

Elle murmura :

— Je ne sais pas ce qui vous fait avoir ces idées, mon père.

« Pourquoi vous doutez de mes paroles.

— Je doute de ta honte ! cria le père.

« Je ne doute pas de ton cœur.

« C'est parce que tu m'aimes que tu me mens.

« Mais ton mensonge sera inutile, ma pauvre enfant.

« Il n'arrachera pas de mon cœur le doute terrible qui s'y est tapi, qui le ronge, et qui me conduira au tombeau.

« Je doute de ta mère, vois-tu.

« J'en doute pour la première fois de ma vie.

« Je savais qu'elle ne m'aimait plus.

« Mais de là à être coupable, à fouler aux pieds son honneur d'épouse, à traîner dans la boue le nom que je lui ai donné, il y avait loin, n'est-ce pas ?

« Sais-tu que je l'ai aimée follement, ta mère ?

« Que je l'aime encore.

« Qu'elle était, quand je l'ai épousée, ce que j'ai connu de plus radieux et de plus beau.

« Ce que j'ai le plus respecté.

« Et s'il me fallait maintenant la mépriser, voir se changer en ténèbres cette lumière qui s'échappait de ses yeux et qui éclaira ma vie, j'aimerais mieux mourir cent fois, vois-tu, j'aimerais mieux voir s'éteindre le soleil et crouler le monde.

« Mais j'ai peur maintenant.

« J'ai peur que ce soit elle qui ait commis la faute.

« Et que, pour cacher cette faute...

— Alors, fit Reine, c'est ma mère qui me ferait épouser son amant ?

— C'est vrai ! dit le duc.

« Je suis fou.

« Elle n'est pas capable de cette monstruosité.

« Et toi-même tu ne t'y prêterais pas.

« Pardonne-moi, mon enfant.

« Mais par moments, ma raison s'égare en pensant que toi, mon hermine, tu as été souillée.

« Un moment d'égarement et de folie, mon père.

« Je ne sais pas comment cela s'est fait.

« Cet homme est venu.

« Il a abusé de ma jeunesse et de ma candeur.

— Et Raymond ?

— Je n'aimais pas Raymond, dit la pauvre enfant.

Et en proférant ce mensonge, ce blasphème, une rougeur s'étendit sur ses joues et un effroi entra dans son cœur.

— Du moins, s'empressa-t-elle d'ajouter, je ne l'aimais pas d'amour, bien que j'aie toujours eu pour lui une grande affection.

« Et c'est parce que je l'ai vu ce soir.

« Parce qu'il ne m'a pas caché sa douleur, son désespoir, que j'étais triste, et que j'ai pleuré.

« Mais on n'est pas maîtresse de son cœur, papa.

« Et j'aime M. de Maubuée, acheva la malheureuse jeune fille, si bas que c'est à peine si ces dernières paroles s'entendirent.

— Tant mieux ! fit le duc, car bientôt il sera ton mari.

« Et il vaut mieux, vois-tu, ajouta-t-il, que les époux s'aiment.

Puis il se dirigea vers la porte pour sortir.

Reine avait senti toute la cruelle ironie contenue dans les paroles de son père. Elle courut au duc :

— Tu pars ainsi, papa ?

— Oui, puisque tu m'as convaincu maintenant.

« Et que je n'ai plus rien à te demander.

— Sans me pardonner, sans m'embrasser ?

— Oui, c'est vrai, dit M. de Faucigny, je l'oubliais.

— Tu ne m'aimes plus, papa ?

Le duc ne répondit pas.

Il prit entre ses mains la tête de sa fille.

Il y déposa un baiser glacé et se retira.

— Ah ! fit Reine, il ne m'aime plus !

« Il me méprise !

« Je suis la plus malheureuse des femmes !

Et elle éclata en longs sanglots.

Et après un moment :

— Méprisée par mon père ! Maudite par Raymond ! Par tout ce que j'aime ! Contrainte de subir un être odieux et de déchirer de mes mains mon propre cœur.

« Voilà ton ouvrage ! ma mère !

« Ton monstrueux ouvrage !

« Et je ne sais pas si tout ce que j'aurai souffert ne sera pas inutile.

« Si j'aurai rendu à mon père le repos et le bonheur.

Sur ces amères pensées, sans prendre la peine de se déshabiller, la pauvre enfant se jeta sur son lit.

Mais c'est en vain qu'elle chercha le sommeil.

Le sommeil ne devait plus fréquenter sa couche.

X

Raymond de Mauléon avait quitté l'hôtel de Faucigny, la tête remplie des pensées les plus contradictoires. Il y avait pour lui un fait certain, et qui suffisait à le plonger dans le plus sombre désespoir. Reine se mariait. Reine, malgré ses promesses, épousait un autre homme que lui.

Elle était fiancée au vicomte Roland de Maubuée.

Pourquoi cela ? Pourquoi Reine, son amie d'enfance, Reine, qui lui avait dit, juré qu'elle l'aimait, pourquoi Reine, brusquement, sans même l'avertir, avait-elle ainsi changé d'avis et lui causait-elle cette douleur ?

Avait-elle tout oublié ?

S'était-elle mise tout d'un coup à aimer cet homme dont jamais elle ne lui avait parlé, que jamais il n'avait vu auprès d'elle, qui semblait étranger à sa vie ?

Ce n'était pas possible.

Il y avait là un mystère.

Un étrange et ténébreux mystère.

Lequel ?

D'après les paroles échappées au duc, Reine n'aimait pas Roland. D'après ce qu'elle lui avait dit elle-même, c'est lui seul, qu'elle aimait toujours.

Alors, quoi !

Pourquoi ce mariage ?

Ce mariage hâtif.

Était-ce donc sa mère qui l'y contraignait !

Sa mère avait donc assez de pouvoir sur sa fille, sur son mari, pour peser ainsi sur leur volonté ?

Et pourquoi le sacrifiait-elle, lui ?

On chuchotait tout bas dans le monde que ce Roland de Maubuée était ou avait été l'amant de la duchesse.

C'était donc son amant que cette mère indigne imposait à sa fille ?

Et Reine le savait-elle ?

Raymond aurait voulu la voir, causer avec elle.

Et il allait partir.

S'il se présentait chez le duc il ne serait pas reçu.

Il partirait donc sans rien savoir, avec cette énigme au fond du cœur.

Comme il allait souffrir !

Comme il allait souffrir, au loin, quand il se dirait que Reine était mariée, que Reine, qui devait l'attendre, était la femme d'un autre !

Et que jamais peut-être il ne la reverrait !

Il l'avait tant adorée !

Il l'adorait tant encore malgré tout.

Depuis qu'il avait l'âge de raison, qu'il avait conscience de lui-même, toutes ses pensées, toutes ses aspirations avaient été vers elle.

Elle avait été la lumière et la joie de sa première jeunesse.

A dix ans, ils s'aimaient.

Et depuis, jamais ils n'avaient cessé de se voir et de s'aimer.

C'était si bien entré dans leur esprit qu'ils devaient un jour vivre ensemble, être mari et femme, que jamais Raymond n'avait jeté les yeux sur une autre femme, ne s'était douté même que d'autres femmes existaient que Reine.

Pour lui, Reine personnifiait toutes les beautés, toutes les grâces et toutes les splendeurs féminines à la fois.

C'était une femme et toute la femme.

C'était l'amour et tout l'amour.

Le comte de Mauléon, père de Raymond, avait été le compagnon d'armes du duc de Faucigny.

Quand ils avaient donné ensemble leur démission, ils étaient venus habiter l'un près de l'autre pour ne pas se séparer. Puis le père de Raymond était mort.

Et sa mère et lui avaient continué à fréquenter l'hôtel de Faucigny, où ils étaient comme chez eux.

Plus tard, seulement, quand Reine était devenue une jeune fille, les visites avaient été plus espacées et plus cérémonieuses, car Mme de Mauléon, retenue en sa chambre par des douleurs qui ne la quittaient pas, ne pouvait plus accompagner son fils.

Raymond était donc obligé de se montrer plus circonspect.

Mais il était toujours reçu par le duc avec la même cordialité et par Reine avec la même joie.

La duchesse seule se montrait un peu froide envers lui.

Peut-être rêvait-elle pour sa fille une autre union.

C'est ce qu'avait pensé souvent Raymond, et cette idée le désespérait.

Mais Reine l'avait toujours rassuré.

— Ne crains rien, lui disait-elle.

« Je suis à toi, à toi pour la vie.

« Et nous avons mon père pour nous.

Maintenant elle était à un autre.

Et le père lui-même semblait prendre parti contre sa fille et contre lui.

Que s'était-il donc passé ?

Et qu'est-ce que cela voulait dire ?

Reine épousait un homme qu'elle n'aimait pas.

Qu'elle affirmait lui être odieux.

Oh ! comme il faisait bien de partir !

Il serait mort de douleur s'il lui avait fallu voir se lever à Paris le jour de ces cruelles noces !

Au loin, il y penserait moins.

Il trouverait, où il allait, des dangers, la mort peut-être, et la mort, ce serait l'oubli !

Il n'avait que quelques pas à faire pour rentrer chez lui, mais il marchait si lentement, absorbé par ces cruelles pensées, que l'aurore paraissait déjà quand il se trouva à sa porte.

Il rentra avec précaution, de peur de réveiller sa mère qui pourtant ne dormait guère.

Il trouva dans le vestibule, orné de boiseries de chêne et meublé de bahuts de prix, son flambeau tout préparé.

Mais il n'eut pas la peine de l'allumer.

Il faisait jour déjà dans l'escalier.

Il foula d'un pied précautionneux le tapis épais, et quand il fut arrivé au premier étage, il passa devant une glace et poussa presque un cri de surprise et d'effroi.

Il s'était fait peur à lui-même, tant il était blême, tant ses traits étaient défigurés par la douleur.

Souvent, quand il arrivait là, à l'entrée du couloir conduisant à sa chambre, il s'entendait appeler par la voix dolente de sa mère, qui voulait le voir avant qu'il entrât chez lui.

Et cette halte lui faisait du bien.

Il disait à sa mère ce qu'il avait fait dans la journée, quels étaient les rêves qui avaient hanté son esprit.

Et surtout il lui parlait de Reine et de son amour.

Il était heureux de causer d'elle, des projets qu'il faisait pour l'époque où il serait de retour.

Il partait parce qu'il était trop jeune pour se marier et qu'il voulait s'aguerrir, faire quelque chose, acquérir quelque gloire, pour rendre plus illustre encore le nom qu'il espérait donner à Reine.

Il disait toutes ces choses à sa mère avec la naïveté et l'abondance de son cœur jeune, ardent, tout empli d'illusions.

Et sa mère, qui avait longtemps combattu ses idées de départ — car il lui en coûtait de se séparer de son fils, qu'elle ne reverrait plus, disait-elle — sa mère s'était à la fin laissée gagner par l'enthousiasme de Raymond et n'avait plus essayé de résister à ses projets.

Elle le voyait aussi revenir avec des galons et le ruban rouge.

Et surtout, elle le voyait heureux, si heureux !

Ce matin-là, Raymond redoutait l'appel de sa mère.

Il avait peur qu'elle ne lût sur son visage son désespoir, qu'il voulait lui cacher du moins jusqu'à son départ.

Mais il n'avait pas fait deux pas vers sa chambre, et malgré toutes les précautions prises, qu'il entendit une voix bien connue s'élever de l'hôtel endormi.

— Raymond !

Il s'arrêta net, devenu plus blême encore.

Et il hésita.

Mais la voix reprit :

— Raymond, c'est toi ?

« Avec quelle impatience je t'attendais !

Il ne pouvait pas ne pas répondre.

Il essaya de se composer un visage tranquille, d'effacer les traces des larmes récentes, puis il se dirigea vers la chambre de sa mère, et il poussa la porte, qui n'était jamais fermée pour qu'il pût y entrer à toute heure.

XI

La comtesse de Mauléon n'était pas couchée. La femme de chambre l'avait, quelques instants auparavant, comme elle ne pouvait pas dormir, aidée à descendre de son lit, et à s'étendre sur une chaise longue, le haut du corps relevé par de nombreux coussins.

Une petite lampe, ornée d'un abat-jour de soie d'un rose tendre, éclairait la pièce d'une lueur mélancolique et douce, et à cette lueur apparaissait la tête décharnée et pâle d'Anaïs de Mauléon, illuminée par de grands yeux noirs pleins de vivacité et de lumière.

— Comme tu rentres tard, mon enfant ! dit-elle en voyant entrer son fils.

« Je n'avais pas voulu dormir sans te voir.

« Mais pourquoi ne venais-tu pas ?

« J'ai été obligée de t'appeler. Et si je ne t'avais pas appelé peut-être ne serais-tu pas venu ?

— J'avais peur de vous déranger, ma mère, dit le jeune homme, précisément parce qu'il est tard ou plutôt de très bonne heure.

— Pourtant, tu dois avoir beaucoup de choses à me dire, ce matin, car tu viens de la voir ?

La comtesse savait que son fils avait passé la soirée à l'hôtel de Faucigny.

Raymond ne répondit pas à ces paroles.

Mme de Mauléon crut qu'il ne voulait pas parler parce que la porte séparant sa chambre du cabinet où couchait sa camériste, pour être prête à son premier appel, n'était pas fermée.

Elle lui dit :

— Va fermer la porte de Marguerite.

Et lui indiquant un siège auprès d'elle :

— Et assieds-toi là. Tu vas tout me dire.

« Songe que c'est l'avant-dernier jour que nous nous voyons, — puisque tu pars — et que je ne serai plus de ce monde, peut-être, quand tu reviendras !

— Oh ! ma mère ! fit Raymond, pourquoi me parler ainsi ?

« Vous voulez donc m'enlever tout courage ?

— Non, mon enfant, mais je suis vieille, toujours souffrante.

Il s'était laissé tomber sur un tabouret, près de la chaise longue, après avoir fermé la porte communiquant avec la chambre de la domestique.

— Maintenant, dit la mère, parlons de toi.

« Ou plutôt parlons d'elle.

« Tu l'as vue ?

Pour toute réponse, le jeune homme éclata en sanglots.

— Ah ! mon Dieu ! s'écria la mère, effarée devant cette désolation, qu'y a-t-il ?

— J'ai vu Reine ce soir pour la dernière fois.

— Que me dis-tu là, mon pauvre enfant ?

— La vérité, ma mère.

— Elle ne t'aime pas ?

— Elle va se marier, épouser un autre homme, le vicomte de Maubuée. C'est à une soirée de fiançailles que je viens d'assister.

— Et tu ne le savais pas ?

— Je ne savais rien.

— Comment cela s'est-il fait ? Sans te prévenir.

— Sans me prévenir, ma mère.

— Mais elle, tu l'as vue... tu lui as parlé.

— Je l'ai vue, et je lui ai parlé.

— Que t'a-t-elle dit ?

— On l'oblige à ce mariage. Il y a, m'a-t-elle dit, des raisons terribles. Elle ne s'est pas expliquée autrement. Elle m'a affirmé qu'elle n'aimait pas cet homme qu'on la force à épouser et qu'elle m'aimait toujours, moi. Mais elle se marie, ma mère ! Elle se marie, comprenez-vous ?

— Oui, mon pauvre enfant, oui, je comprends, fit la comtesse de Mauléon, dont les yeux s'étaient mouillés de larmes..

« Et tu l'aimes ?

— Je l'adore, ma mère.

— Et tu pars.

— Et je ne la reverrai plus !

« Si je reviens, elle sera l'épouse d'un autre !

— Mon pauvre enfant ! dit Mme de Mauléon.

Et cherchant la main de son fils, elle la prit et la pressa tendrement.

Il y eut un long silence attendri.

La mère et le fils pleuraient ensemble.

— Mais peut-être, fit la comtesse, y a-t-il quelque espoir encore ?

Raymond secoua la tête douloureusement.

— Je ne le crois pas, ma mère.

« Ce qui s'est passé ce soir me paraît définitif. Tout bonheur est éteint pour moi.

— Veux-tu que je parle au duc ?

« Je puis lui envoyer un mot, le prier de venir.

— Non, ma mère, fit Raymond, ce serait inutile.

Il ajouta :

— Comme il est heureux que je parte !

« Si je n'étais pas parti, je serais mort de douleur.

— Et tu espères, là-bas, mourir autrement, fit la comtesse, d'une voix amère, d'une maladie ou d'une flèche ?

— Je ne sais pas, ma mère, mais quel que soit le malheur qui me frappe maintenant, il me sera doux auprès de celui dont je souffre.

— Et moi, mon fils, tu m'oublies ? Je ne compte plus pour toi ? Tu ne songes pas à vivre pour moi ? Tu ne penses pas que si je te perdais, je mourrais de désespoir ?

« Tu es tout à ton amour. Tu ne vois que lui.

— Je l'aimais, ma mère, à en mourir ! gémit le douloureux Raymond.

« Songe que je l'ai aimée toujours.

« Que je n'ai aimé qu'elle. Que je n'aimerai qu'elle !

« Te rappelles-tu nos jeux quand nous étions petits ?

« Et nos éclats de rire et nos bonheurs de toutes les heures ?

« Elle était si gracieuse déjà, ma mère, et si jolie !

« Vous vous rappelez que vous m'avez dit bien souvent en riant quand je vous parlais d'elle :

« Il faut en faire ta femme, Raymond, puisque tu l'aimes tant. »

« Et ce fut mon seul rêve, le seul but de ma vie : en faire ma femme un jour !

« Hélas ! le rêve est envolé. Ce but, auquel j'aspirais, je ne l'atteindrai jamais !

« Elle va devenir la femme d'un autre, ma mère... d'un autre, comprenez-vous ?

— D'un M. de Maubuée ? m'as-tu dit.

— Oui, ma mère.

— Tu le connais ?

— Je l'ai vu.

— Je n'ai jamais entendu parler de ce nom-là. Est-il de notre monde ?

— Il est de bonne noblesse, paraît-il.

— Riche ?

— Je ne sais pas.

— Alors, d'où vient qu'on lui ait donné la préférence ?

« Tu le vaux bien, je suppose, et Reine t'aime.

« Et le duc avait de l'affection pour ton père et pour toi.

« C'est donc la duchesse qui fait ce mariage, qui vous sépare, sa fille et toi ?

« Pour quelle raison ?

— Je ne la connais pas, ma mère.

« Et ce que j'ai supposé un instant serait trop monstrueux.

— Qu'as-tu donc supposé, mon enfant ?

— Je n'ai eu cette pensée qu'une minute.

« Ensuite je l'ai repoussée avec horreur.

— Mais quelle pensée ?

— On a dit que ce vicomte de Maubuée avait fait la cour à la duchesse de Faucigny, qu'il était son amant même.

« Je ne l'ai pas cru.

« Vous connaissez la duchesse, ma mère ?

« Elle me paraît incapable...

— Elle était bien jeune, dit Anaïs de Mauléon, quand elle a épousé le duc. Et elle est bien jeune encore, quand lui est déjà un vieillard.

« Jamais jusqu'à cette heure, je n'avais entendu mal parler d'elle, mais il y a un âge terrible pour les femmes qui n'ont pas aimé — et Huberte n'a jamais aimé son mari — cet âge, c'est celui où elle est arrivée maintenant, de trente-cinq à quarante ans.

« Elle est fort belle encore, plus belle même qu'elle ne l'était à l'époque de son mariage.

« Ce mariage avait été pour elle, qui était sans dot quoique de bonne noblesse, un rêve inespéré.

« Pendant longtemps elle en a gardé à son mari une reconnaissance qu'elle ne cherchait pas même à dissimuler, et qui, d'abord, sans doute l'a préservée de toute faute.

« Mais la chair est faible, mon fils.

« Et peut-être, en effet, la duchesse a-t-elle succombé.

— Cela n'expliquerait pas, s'écria Raymond, pourquoi elle contraindrait sa fille à un mariage odieux !

« Même si elle aimait ce M. de Maubuée,

« Ce serait une raison, au contraire...

— Qui sait, dit la comtesse, ce qui s'est passé ?

« Quel mobile la fait agir ?

« On a vu souvent, mon fils, des mères donner à leur fille... »

— Leur amant ?

— L'homme qu'elles aiment, pour pouvoir l'avoir auprès d'elles, le voir à leur gré et n'avoir pas pour rivale une femme étrangère.

— Mais c'est vouer leur enfant au malheur.

— Cela s'est vu, mon fils.

— Mais si cela était, ma mère, mon devoir serait de prévenir Reine, de lui ouvrir les yeux.

— Peux-tu lui expliquer ce que tu viens de me dire ?

« Et d'ailleurs, ajouta la comtesse, est-ce vrai ?

« Je ne le crois pas, quant à moi.

« C'est une supposition que j'ai faite.

« Et je ne pense pas que Huberte soit tout à coup descendue si bas.

« Peut-être n'a-t-elle pour ce vicomte de Maubuée que de la sympathie, un commencement d'affection même, si tu le veux, et croit-elle, en le donnant à Reine, faire le bonheur de celle-ci.

— Mais pourquoi Reine, qui ne l'aime pas, ne se révolte-t-elle pas ?

« Son père la soutiendrait.

« Elle prétend qu'elle m'aime, et elle semble se résigner à son sort.

« Bien plus même, elle paraît avoir à cœur de ne pas s'y soustraire.

« On dirait qu'en épousant cet homme, qu'elle déclare lui être odieux, elle accomplit un devoir.

— C'est qu'il y a là-dessous, mon fils, quelque chose que nous ne savons pas, que nous ne nous expliquons pas, et que peut-être nous apprendrons plus tard.

— En tout cas, dit Raymond, mon malheur est désormais bien complet.

— Peut-être Reine, fit la mère, est-elle plus à plaindre que toi.

— Si elle m'aimait comme je l'aime, fit Raymond.

— Il serait à souhaiter, mon fils, qu'elle ne t'aimât pas.

« Peut-être y aurait-il alors quelque remède à son malheur.

— Vous le jugez donc sans remède, ma mère ?

— Sans remède, comme le tien, mon pauvre enfant.

Elle ajouta avec une sorte d'exaltation fataliste :

— Tu n'étais pas né pour le bonheur.

« Je m'en doutais...

Quand tu es venu au monde, le destin s'appesantissait sur nous.

« Ton père perdait son grade, sa santé.

« Et moi je cessais d'être heureuse.

« Tu fais bien peut-être de partir.

« Tu seras tué et je mourrai de chagrin.

« Et la douleur finira pour nous !

Elle ne parla plus.

Elle avait laissé tomber sa tête entre ses mains, et des larmes filtraient à travers ses doigts blancs et fins, que la maigreur avait rendus transparents.

Le jour était haut maintenant.

Le soleil passait à travers les doubles rideaux restés fermés.

Et la lampe continuait à brûler sur la cheminée.

On n'avait pas songé à l'éteindre.

— Ouvre les rideaux, mon fils, dit la mère, éteins la lampe et va essayer de prendre un peu de repos, de trouver un peu de sommeil.

— Du repos, ma mère, fit Raymond, du sommeil, quand toutes les fibres de mon cœur saignent !

« Ah ! je ne dormirai plus !

« Je l'aimais trop.

« Je l'aimerai trop, toujours !

Des rideaux tirés, le soleil inonda la chambre de sa chaude clarté, et dans la grande lumière, la comtesse de Mauléon apparut plus blanche encore et plus pâle.

Elle semblait ne tenir à la vie que par un souffle.

Le cœur de Raymond se serra d'une infinie pitié.

— Je viens te parler de mes maux, dit-il, ma pauvre mère, comme si tu n'avais pas assez de tes souffrances.

— Que sont nos douleurs, mon enfant, auprès de celles dont nous voyons souffrir nos fils ?

« Si je pouvais, au prix de ma vie, racheter le bonheur !

— Je le sais, ma mère, ma tendre mère, s'écria Raymond attendri. Je sais combien tu m'aimes, et je ne veux plus vivre désormais que pour toi.

« Et quand je serai de retour...

Avec ses doigts pâles, la comtesse ferma la bouche de son fils.

— Va dormir, dit-elle, l'interrompant.

« Nous parlerons de cela plus tard.

Et l'ayant embrassé avec toute la tendresse qu'elle pouvait mettre en ce baiser, elle le renvoya.

XII

Pour rentrer chez lui, après avoir quitté la chambre de sa fille, le duc de Faucigny devait passer devant celle de sa femme. Il aperçut de la lumière sous la porte.

La duchesse ne dormait pas, sans doute.

Un moment il pensa à entrer, mais il se demanda ce qu'il ferait là... Il n'y apprendrait rien assurément et laisserait voir à Huberte ses soupçons, injurieux pour elle si elle n'avait rien à se reprocher et qui ne pouvaient que lui être indifférents si elle l'avait trompé et ne l'aimait plus.

Il était trop fier pour étaler sa souffrance et voulait ensevelir dans le silence toute sa douleur.

Il passa sans heurter la porte.

S'il était entré, il aurait vu un spectacle qui peut-être eût changé le cours de ses pensées, fait tomber ses colères et excité sa pitié.

Il aurait contemplé sa femme, l'altière Huberte de Faucigny écroulée au pied de son lit, ses cheveux noirs épars, les yeux inondés de larmes, dans l'attitude de la désolation et du remords.

Car Huberte n'était pas de ces femmes qui sont heureuses de leur chute, et dans le cœur desquelles l'amour étouffe tout autre sentiment.

Dès le lendemain de sa faute, elle l'avait regrettée et pleurée, et maintenant qu'elle voyait toutes les horribles conséquences qu'elle pouvait avoir pour sa fille, pour elle-même et pour eux tous, elle la maudissait et l'exécrait.

Elle maudissait l'heure d'égarement et de folie qui allait sans doute leur coûter si cher, à sa fille innocente et à elle-même.

Et elle se demandait, en ce moment de retour sur elle-même, comment cela s'était fait, comment elle avait pu, elle si orgueilleuse et si haute, oublier tous ses devoirs.

On sait déjà dans quelles conditions elle s'était mariée, qu'elle avait épousé jeune le duc de Faucigny de plus de vingt ans plus âgé qu'elle, et sans l'aimer.

Une union de convenance à laquelle l'avait contrainte une mère restée sans fortune.

Elle était alors d'une inoubliable beauté, le front le plus blanc et le plus pur, éclatant sous une forêt de cheveux sombres, une taille de reine et de grands yeux où dormaient tous les rêves de l'adolescence.

Le duc en était épris follement.

Au lendemain du mariage, pour montrer à tous son trésor, M. de Faucigny, bien en cour, dans tout l'éblouissement de sa brillante fortune, lança Huberte dans un tourbillon de plaisirs et de fêtes qui auraient tourné la tête à bien des femmes et qui la laissa fidèle à son mari, indifférente à toutes les tentations.

Elle s'accommoda mieux de la solitude dans laquelle elle vécut enfermée, quand le duc eut donné sa démission et vécut, isolé, dans son hôtel.

C'est à cette époque que Reine vint au monde et Huberte se consacra entièrement à l'éducation de sa fille.

Pour elle et pour le duc s'écoulèrent des années de paix et de bonheur.

Ce n'est que bien plus tard, et vers la trente-cinquième année, que l'heure de la tentation sonna, terrible, pour Huberte de Faucigny.

Comme tant de femmes aussi irréprochables qu'elle, elle ne voulut pas voir se faner sa beauté sans avoir aimé et sans l'avoir offerte, telle qu'un éblouissant bouquet tout imprégné de parfums, à celui qu'elle jugerait digne de le cueillir et de le respirer.

Pour le malheur de la jeune femme, qui, avec un autre homme, serait peut-être restée vertueuse, quoique aimante, Huberte de Faucigny fit la rencontre du comte Roland de Maubuée.

Beau garçon, sans cœur, prêt à tout sacrifier à son plaisir, Roland était le dernier homme que dût aimer une femme comme Huberte, qui se fût contentée d'un amour tout de poésie et de rêve.

M. de Maubuée, hélas ! n'était ni un rêveur ni un poète.

Dès qu'il eut remarqué l'impression qu'il avait produite sur la duchesse de Faucigny, il n'eut plus qu'un désir, qu'une pensée : séduire Huberte ; tâche d'autant plus désirable et plus glorieuse pour lui que la duchesse paraissait plus inaccessible.

Il ne lui laissa plus une minute de repos, la poursuivit de ses assiduités et ne fut satisfait que lorsqu'elle eût succombé.

Dès lors, la duchesse ne fut plus la même femme.

L'amour l'embrasa et la consuma tout entière.

Comme elle ne pouvait pas voir Roland hors de son hôtel, que dans l'hôtel elle pouvait être surprise par les allées et venues des domestiques et devait rester avec lui d'attitude cérémonieuse, elle le reçut chez elle la nuit.

Et l'on a vu quelles conséquences eut cette folle imprudence.

Huberte ne se serait jamais doutée, cependant, qu'elles dussent être si terribles.

Comme elle avait surtout la terreur de son mari, comme elle redoutait par-dessus tout son indignation et son mépris, elle avait songé d'abord à son salut et à celui de son amant.

Et, réduite à cette extrémité, elle n'avait pas hésité à sacrifier l'honneur de sa fille.

Elle savait que celle-ci aimait Raymond de Maubuée et en était aimée.

Elle expliquerait tout à Raymond, et le préjudice causé n'aurait pas de suites graves, pensait-elle.

Malheureusement, les événements avaient tourné autrement.

Le duc obligeait le séducteur présumé de Reine à rendre à celle-ci l'honneur qu'il lui avait ravi, croyait-il.

Et Huberte de Faucigny se trouvait maintenant en présence de la situation la plus effroyable qui se fût dressée jamais pour son châtiment devant l'esprit d'une mère coupable et d'une amante.

Elle était éprouvée à la fois dans tous ses sentiments et avait à souffrir de tous les maux.

L'avenir était fait pour elle de terreurs et de douleurs de toutes sortes.

Et quand elle l'envisageait, ses cheveux se hérissaient d'effroi sur son front qui blêmissait.

Ce mariage était pour la duchesse un abîme de douleur et de honte où chaque pas qu'elle ferait l'enfoncerait davantage.

Et sa fille ?

Elle allait donc souffrir qu'elle sacrifiât sa beauté, sa jeunesse, son amour ?

Elle aurait le courage de laisser s'accomplir pour elle cet acte d'immolation sublime ?

Et comment l'empêcher maintenant ?

Comment essayer de faire revenir sur sa résolution son mari qui, déjà, elle s'en était aperçue, avait des doutes ?

premier mot qu'elle dirait, tous ses doutes renaîtraient plus vivaces.
Bientôt il finirait par tout apprendre.
Et alors ce serait la honte, l'humiliation, la mort.
Et sa fille ?
N'était-ce pas la honte pour elle, la honte imméritée ?
Ne serait-ce pas la mort pour son amour ?
La mort pour elle-même peut-être ?
Car la pauvre enfant pouvait mourir de chagrin.
Et c'est elle qui avait fait cela !
C'était sa faute qui était cause de tant de malheurs !
Pourquoi l'avait-elle commise ?
Pourquoi était-elle tombée ?
Pourquoi s'était-elle laissée aller à subir l'acte irréparable ?
Elle aimait.
Et malgré toutes ces horreurs qu'elle prévoyait, dont elle était l'auteur, elle n'avait pas la force encore de maudire son amour, tant il s'était emparé d'elle, tant il la tenait par le cœur, par la chair, par tout l'être.
Elle maudissait la faute.
Elle ne maudissait pas l'amour.
Et malgré l'excès de calamités où il l'entraînait, elle sentait qu'elle n'avait pas l'énergie de le repousser, de s'arracher de Roland.
Et cette idée surtout la faisait souffrir, la faisait se labourer la poitrine de ses ongles ensanglantés, dans cette heure terrible, faite de regrets, de remords et de terreurs.
Et, honte des hontes, ce qui la faisait le plus souffrir encore à cette heure, elle en avait la conscience, ce n'était pas le malheur de sa fille, de sa fille sacrifiée, perdue à jamais pour celui qu'elle aimait, contrainte de briser son cœur et de souffrir toujours, c'était la pensée de savoir que Reine allait avoir pour mari Roland, son Roland à elle, et que celui-ci pouvait l'aimer !
Oui, pour la malheureuse femme, pour cette affolée d'amour, c'était là encore, au sein de tant de douleurs de tous genres, le pire des supplices !
Et c'est pour éviter ce supplice qu'elle eut un instant l'idée de tout avouer et qu'elle fit un pas pour se diriger vers la chambre de son mari.
Mais c'est à cette heure, précisément, qu'elle entendit la marche du duc dans le couloir.
Elle comprit qu'il revenait de chez sa fille.
Elle se dressa, blême d'épouvante, les cheveux épars, dans l'angoisse de ce qui s'était passé, et elle n'eut plus d'autre peur, c'est que sa fille se fût trahie et que les soupçons de son mari n'eussent pris plus de consistance.
Elle ne songeait plus aux aveux dont elle avait eu un instant la pensée, et elle n'aspirait, à cette heure, qu'à son salut et à celui de son amant.
Le justicier devant lequel elle avait songé à se présenter passait là, et elle n'avait plus d'autre désir que de fuir le châtiment qui tomberait de ses mains.
Elle se demandait, le front [illegible], s'il avait appris quelque chose et s'il allait entrer.
Il s'était arrêté devant la porte.
Elle ne l'entendait plus.
Sûrement, il savait tout.
Il allait venir.
Elle se leva.
Elle sortit de l'accablement hébété où elle gisait, et se dressa, prête à la lutte.
Mais les pas s'entendirent de nouveau.
Ils devenaient moins distincts.
Le duc était passé.
Il ne savait rien et s'éloignait.
Le cœur de la coupable se rassura un peu.
Elle eut un élan involontaire d'admiration et de reconnaissance pour sa fille sublime, qui n'avait pas livré le secret.
Elle pensa à se montrer aussi forte qu'elle.
Et comme le jour était venu, elle trempa dans l'eau ses yeux rougis et s'habilla.
Elle allait quelquefois, le matin, assister à la messe de sept heures dans l'église de Saint-Germain-des-Prés, où elle rencontrait Roland.
Elle eut l'espoir de l'y trouver ce matin-là, bien qu'elle ne lui eût pas donné rendez-vous, et s'apprêta à sortir.

XIII

En frac et en cravate blanche, tel qu'il sortait des salons du duc de Faucigny, Roland de Maubuée, qui ne voulait pas se coucher, car il savait qu'il ne dormirait pas, étant poursuivi par la vision de la pure jeune fille qu'il venait de quitter et pour laquelle il brûlait déjà de redoutables désirs, Roland de Maubuée, disons-nous, se fit conduire dans un des cercles qu'il fréquentait sur la rive droite, place Vendôme.
Il y entra vers quatre heures du matin, le visage pâle et les yeux fatigués, et se dirigea aussitôt vers le salon de jeu.
Plusieurs de ses amis se trouvaient là. Il leur tendit la main.
Et l'un d'eux lui dit :
— Nous n'espérions pas te voir cette nuit.
— Et pourquoi donc ?
— N'était-ce pas la soirée des fiançailles ?
— J'en sors, dit Roland.
Un autre ami, qui avait été absent, demanda :
— Et qui se marie ?
— Moi, répondit M. de Maubuée.
— Toi !
— Oui.
— Et avec qui ?
— Avec Mlle de Faucigny.
— Mes compliments ! fit l'ami... Elle est charmante.
— Vous la connaissez ?
— Je l'ai rencontrée dans le monde.
Pour changer la conversation, Roland demanda des nouvelles de la partie, puis, s'approchant de la table, il se mit à jouer.
Les émotions du jeu pouvaient seules le distraire de ses pensées, calmer les agitations de la fièvre qui le consumait.
Roland venait d'avoir vingt-sept ans.
Maître, à sa majorité, de sa fortune qui avait été considérable, resté sans famille, car il avait de bonne heure perdu tous les siens, il s'était lancé aussitôt, libre et sans frein, dans une vie de dissipation et de plaisirs. Fréquentant les cercles, les restaurants à la mode, les coulisses des théâtres et des…, jetant l'argent par les fenêtres, renommé pour ses bonnes fortunes, car il était jeune, plein d'entrain, joli garçon, avec des yeux vifs et des moustaches aux pointes hérissées, il était devenu en peu d'années un viveur renommé et redoutable ; car, las bientôt de ses conquêtes dans le monde facile, il avait cherché dans le grand monde, que son nom et ses anciennes relations lui ouvraient, de nouvelles victimes, plus difficiles, et, partant, plus glorieuses.
La duchesse de Faucigny, pour son malheur, avait été une de ces victimes, et sans doute la plus éclatante...
Il avait triomphé d'elle sans amour... plutôt par vanité, car le cœur, pour Roland de Maubuée, avait jusqu'ici tenu peu de place en ses passions.
Le viveur était donc tout étonné... et presque épouvanté de ce qui se passait en lui depuis qu'il avait vu Reine de Faucigny les bras nus, les épaules découvertes, les cheveux en désordre, cent fois plus belle ainsi qu'en ses salons, avec une robe montante de jeune fille et l'édifice correct de sa chevelure.
Il reconnaissait qu'il l'aimait passionnément, qu'il la désirait comme il n'avait désiré personne encore.
Et il se disait que, dans les circonstances où était née cette passion, des abîmes sans fond, un crime même les séparaient.

Il ne pouvait pas faire qu'il n'eût été l'amant de la mère, et se dissimuler qu'il commettait un véritable inceste en devenant le mari de Reine.

Mais cela n'était pas pour arrêter un viveur sans scrupules comme Roland de Maubuée.

La barrière vraie, infranchissable, c'était la répugnance, la haine, le mépris de Reine, qui jamais ne s'effaceraient.

S'il pouvait commettre le crime sans remords, jamais Reine, qui ne l'aimait pas, à qui il serait sans doute toujours odieux, jamais Reine ne s'y résoudrait.

Et ce mariage, qui aurait été pour lui, en d'autres circonstances, avec l'amour possible de Reine, le plus radieux des rêves, ce mariage, dont on le félicitait, allait devenir une source de tortures sans nom, telles que Tantale n'en avait jamais connues, et que n'en renfermaient pas de pires les enfers de tous les peuples.

Il y fallait ajouter la jalousie de la duchesse, de la mère, dont l'amour ne s'était pas éteint, dont il fallait avoir à tenir compte, et qui allait à chaque pas faire naître pour lui de nouveaux tourments.

C'est pour échapper à ces pensées, à ces angoisses, qu'il n'avait pas voulu rentrer chez lui, mais il se disait qu'il ne les éviterait pas toujours, qu'elles reviendraient plus persistantes et plus tenaces, et que c'en était fini pour lui de tout bonheur et même de tout repos.

Il aurait pu peut-être par la fuite se soustraire à ces tortures.

Mais fuir, c'était compromettre la duchesse, faire naître des soupçons, causer peut-être à celle qui l'avait aimé et qui l'aimait encore des maux irréparables.

Fuir, c'était se séparer de Reine.

Et il ne le pouvait plus.

Il redoutait de devenir le mari de Mlle de Faucigny et il y aspirait cependant.

Il la verrait, du moins, et elle ne serait à personne.

Et c'était pour lui une consolation de savoir cela, — comme ce serait un délice sans nom seulement de l'apercevoir.

Pour la première fois de sa vie il aimait, lui qui avait fait tant de passions et n'avait pas encore aimé.

Tel était l'homme auquel la duchesse de Faucigny avait sacrifié l'honneur de sa vie, le repos de sa vie et sans doute l'honneur et le bonheur de sa fille.

Cet homme, — pour fuir l'image de celle-ci, le chaos de ses tumultueuses pensées, — cet homme s'était mis à la table de jeu.

Il prit une banque et la tint jusqu'au jour, jusqu'à ce que les pontes, écœurés, l'abandonnassent...

Il gagnait.

Il gagnait tout ce qu'il voulait.

Les jetons, l'or, les billets de banque s'entassaient devant lui.

Il ne les voyait pas.

Il n'y prenait pas garde...

Et un des joueurs ayant risqué, en pensant à son futur mariage, une plaisanterie de mauvais goût, lui disant que c'était un mauvais présage, il ne l'entendit pas...

Quand il n'eut plus personne devant lui, il se leva... jeta les cartes, et le croupier, qui était près de lui, l'aida à enfourner pêle-mêle son gain dans ses poches...

Jamais peut-être encore cet homme n'avait vu insouciance pareille, détachement si complet de toute pensée de lucre...

Quand il eut fini, Roland lui laissa pour sa peine une poignée de louis, puis il lui dit :

— Envoyez-moi chercher une voiture.

— Oui, monsieur.

Et Roland quitta le salon.

Presque tous ses amis étaient partis déjà...

Dans l'antichambre on lui mit, presque sans qu'il s'en aperçût, son pardessus sur les épaules, son chapeau sur la tête, et on lui dit que sa voiture était avancée.

Il descendit...

Le jour était venu.

Une clarté blafarde pénétrait au bas de l'escalier, aux tapis épais, sous les tentures.

Et il trouva sur le seuil un de ses amis qui se disposait à sortir.

— Tiens, fit celui-ci, tu rentres ?

— Oui.

— Tu t'es décidé à cesser de rafler les billets de banque ?

— Il n'y avait plus personne.

— Veinard !

Et comme Roland, sorti dehors, cherchait du regard la voiture qu'on était allé retenir, l'ami demanda :

— Tu as une voiture ?

— Oui.

— Tu vas me déposer chez moi... C'est ton chemin.

— Avec plaisir.

Roland était heureux, en effet, de ne pas rester seul, d'avoir auprès de lui quelqu'un.

Pourtant il ne causa guère.

C'est à peine si, dans le cours du trajet, qui était long, car Roland et son ami habitaient sur la rive gauche, celui-ci put arracher à M. de Maubuée quelques machinales paroles.

Il le quitta en se demandant ce qu'il avait, et si c'était l'approche de son mariage qui le rendait ainsi.

Et Roland, resté seul, retomba dans ses réflexions.

Enfin le fiacre s'arrêta devant sa porte, rue de Verneuil...

Et il descendit.

Il faisait grand jour.

Déjà des boutiques s'ouvraient au rez-de-chaussée des maisons voisines.

Roland paya son cocher, monta l'escalier de sa maison, et quand il fut entré chez lui, il se demanda ce qu'il allait faire.

Pas une minute il ne songea à se coucher.

Mais dehors, à cette heure, il ne trouverait personne.

Toutes ses connaissances dormaient encore...

Et il ne pouvait pas demeurer chez lui.

Alors il se rappela que souvent la duchesse de Faucigny allait assister, en l'église Saint-Germain-des-Prés, à la messe de sept heures.

Peut-être s'y rendrait-elle ce matin-là.

Il ne tenait pas autrement à la voir.

Mais elle pouvait avoir quelque avis à lui donner, quelque recommandation à lui faire, et c'était un moyen de passer quelques instants...

Il reverrait les endroits où il l'avait connue, bien que le souvenir de cette passion — qui ne fut jamais de sa part une grande passion, — ne lui fût pas très précieux, mais il avait eu près de la duchesse d'intimes jouissances d'amour-propre.

Et il ne pouvait pas les oublier tout à fait.

Roland occupait, rue de Verneuil, un vaste appartement situé au premier étage et meublé luxueusement avec tout le confort moderne.

Son cabinet surtout — qui était la pièce où il se tenait d'ordinaire — était somptueux.

Il n'avait pour tout domestique qu'un vieux valet de chambre qui l'avait connu tout petit, et dans lequel il avait la plus grande confiance.

Il se nommait Philippe.

Et Roland, dans les enjouements de ses premières années passées à Paris, l'avait nommé par plaisanterie *Roi des Français*.

Et, quand il était de bonne humeur, il ne l'appelait jamais autrement.

Or, Philippe avait coutume de se lever tard.

Il n'était pas encore descendu.

Roland avait une sonnette donnant dans sa chambre.

Il la tira.

Et quelques instants après le vieux domestique apparaissait.

— Tu vas me préparer mes habits pour sortir, dit Roland... et tu enverras chercher un fiacre.

Philippe regarda son maître, encore en habit et cravate blanche, et qui, il le voyait bien, ne s'était pas couché.

Et il demanda :

— Monsieur sort si tôt ?

— Oui.

— Monsieur ne se couche pas ?

— Non.
— Monsieur va se tuer...
— Ah ! fit Roland d'un ton amer, je n'aurai pas ce bonheur !
En même temps, il vidait sur un meuble ses poches pleines de pièces d'or et de billets de banque...
Philippe, surpris, murmura, ne comprenant pas qu'on songeât à mourir quand on avait tant d'argent devant soi.
— Monsieur a gagné pourtant !
— Oui, j'ai gagné.
— Beaucoup ?
— Je ne sais pas. Prépare mes habits tout de suite. Je suis pressé. Il faut que je sois dehors à sept heures.
— Bien, monsieur, dit le domestique, et il disparut dans une pièce voisine.

XIV

Une des premières personnes que vit, en l'église Saint-Germain-des-Prés, Roland de Maubuée, ce fut la duchesse, agenouillée sur un prie-Dieu, devant le maître-autel et semblant suivre avec attention la messe basse qui s'y disait.
Elle avait, sur les dalles sonores, entendu son pas élégant et relevé...
Elle eut un frémissement et se releva à demi.
Et alors il faillit crier, crier de surprise et d'effroi, tellement il la vit changée et défaite.
Il avait peine à la reconnaître, tant se lisait de détresse sur son front blême, dans ses grands yeux noirs, qu'habitait l'épouvante.
Ce fut un éclair...
Elle s'était retournée et avait repris sa prière sans paraître faire attention à lui, car il y avait là des fidèles qui l'observaient.
Il vint se placer près d'elle silencieusement et parut, comme elle, s'absorber en une oraison...
Mais c'étaient d'autres pensées que des pensées pieuses qui se pressaient en son cerveau où régnaient l'inquiétude et la fièvre...
Des minutes se passèrent, très longues... dans la paix de l'église, troublée à peine de temps à autre par un pas furtif de retardataire, ou par une toux qu'on s'efforçait d'étouffer.
A l'autel, le prêtre continuait ses oraisons..., auxquelles répondait à voix basse un enfant de chœur, qu'on voyait aller et venir, tantôt chargé du livre des évangiles, tantôt portant les burettes...
Puis la messe se termina...
Et Huberte se leva lentement.
Au lieu de se diriger vers la sortie de l'église, elle prit une allée transversale et alla s'agenouiller sur une chaise devant un autel caché entre des piliers, où la lumière du jour parvenait à peine et où personne ne priait.
Et elle l'attendit.
Il ne tarda pas à la rejoindre.
— Prenez une chaise, dit-elle d'une voix qui frémissait, et mettez-vous près de moi. J'ai à vous parler.
Il s'agenouilla comme elle s'était agenouillée elle-même, le plus près d'elle possible, et il attendit qu'elle s'expliquât.
Que pouvait-elle avoir à lui dire ?
— J'ai passé, commença-t-elle, une nuit terrible.
« J'ai subi à la fois toutes les tortures et toutes les tristesses.
« Il ne faut plus nous voir.
« Il ne faut plus qu'un regard de nous, un frémissement de notre chair dévoile à âme qui vive ce que nous sommes l'un à l'autre...
« Et désormais, entre nous tout est fini...
« Ce serait un crime abominable et sans nom.
« Mais le duc a des soupçons qu'il faut faire cesser.
« Et c'est cela que je voulais vous dire.
Il l'écoutait, rigide, sans parler.
Ne plus la voir, c'était ce qu'il désirait aussi...
Mais elle poursuivit :
— Quant à votre femme...
« A celle qui va devenir votre femme...
« A ma fille...
« Vous savez aussi que vous ne devez être son mari que de nom.
« Que ce serait un crime aussi abominable si vous vouliez près d'elle invoquer vos droits d'époux...
« Et que je suis jalouse...
« Et que j'ai mérité que vous ne me trompiez pas.
« Je vous ai assez sacrifié... surtout à cette heure, où j'ai immolé pour vous... outre mon honneur, le repos de ma vie... la confiance de mon mari... le bonheur de ma fille... je vous ai assez sacrifié pour que vous n'exigiez plus rien de moi et de nous.
« Notre vie à tous les trois est finie désormais. Par notre faute, à tous les deux...
« Vous ne pensez pas avoir la prétention de nous survivre, vous le principal coupable — vous qui m'avez entraînée à l'abîme.
Elle cessa de parler.
Il l'avait écoutée sans un mot, le sang glacé...
Il comprenait ce qu'elle voulait de lui.
Mais il ne se sentait pas capable d'un tel héroïsme et il était épouvanté.
Il ne fit pas un mouvement quand elle eut cessé de parler. — Il ne prononça pas une parole.
Elle le regarda, et peut-être lut-elle dans ses yeux ce qui se passait en lui, car elle eut un frémissement plein d'horreur.
Et se rapprochant, l'air impérieux :
— Vous allez me jurer, dit-elle...
« Vous allez me jurer au pied de ces autels, sur tout ce que vous avez de précieux et de cher, que ma fille, malgré votre mariage, sera toujours une étrangère pour vous.
« Que vous ne chercherez ni à abuser de sa faiblesse ni à la séduire.
« Et que vous ne l'aimerez pas.
« Que vous la fuirez dès que vous le pourrez sans troubler la quiétude de mon mari.
« Que vous lui rendrez enfin sa liberté aussitôt que cela sera possible.
« Elle aime un autre homme, vous le savez.
« Un autre homme qu'elle nous sacrifie, et qui se lamente et qui pleure, comme elle se lamente et pleure elle-même.
« Il faut qu'elle ait sa part de bonheur.
« Et que cet homme soit un jour son mari.
« Vous divorcerez dès que je vous l'ordonnerai.
Roland ne répondait pas.
Ces paroles avaient mis en son âme d'étranges ardeurs... de singuliers sentiments de jalousie et de révolte.
Il eut à la bouche un mot de refus violent.
Il n'osa pas le prononcer...
Il se contenta de garder le silence.
Huberte s'étonna.
Et, plus énergique, presque menaçante :
— Jurez, fit-elle, jurez... ou, je vous l'affirme, j'empêche cette union monstrueuse..., je dis tout à mon mari, et il nous tuera tous les deux.
Ce n'est pas cette dernière menace qui effraya Roland.
Mais il eut peur d'être séparé de Reine — loin de laquelle il ne se sentait plus la force de vivre.
Et il répondit :
— Ne vous ai-je pas donné ma vie ?
« Ne suis-je pas prêt à faire tout ce que vous demandez ?
— Vous ne l'aimez pas ?
— Pourrais-je l'aimer puisque je vous aime, vous !
— Non, fit vivement Huberte, ne prononcez plus ce mot... Vous n'en avez plus le droit...
« Il faut enfouir en notre cœur cet amour — comme on enfouit quelque chose de rare et de précieux, comme

en enfermé un trésor sans prix, un parfum digne du ciel — et s'y glisser jusqu'à la mort...

« Il sera pour moi ma sauvegarde...

Il me tiendra lieu de tout ce que j'ai perdu, le bonheur et l'estime de moi-même...

« Et il occupera en moi une telle place qu'il ne pourra pas même s'y glisser un regret...

« Je ne vous reprocherai donc rien, quoi qu'il arrive, car vous m'avez donné ce que personne ne m'avait donné encore — et ce que personne ne pouvait peut-être me donner — quelques heures de bonheur parfait.

« Mais il faut me rester fidèle, bien que nous devions être séparés, et ne pas me trahir... jamais.

« Vous vous rappelez ce que je vous ai dit quand vous m'avez suppliée de céder à votre passion ?

Il inclina la tête.

— Vous ne l'avez pas oublié ?

« Je vous ai dit :

« — Je serai à vous à une condition, à condition que ce soit absolument sans partage, et pour la vie.

« Vous m'avez répondu :

« — Je vous aimerai toujours.

« J'ai ajouté :

« — Ce n'est pas assez. Je veux que vous vous engagiez à n'aimer aucune autre...

« Et vous vous êtes engagé... solennellement, sur l'honneur.

— Je sais tout cela.

— Or, l'heure est venue, reprit-elle, de tenir ce serment.

« Et j'exige que vous le teniez.

— Je le tiendrai.

— Sachez, fit Huberte, que pour moi il n'y a plus rien au monde que notre amour... et un amour fait seulement désormais de souvenirs — et qu'aucune considération ne m'arrêterait si vous manquiez à votre parole.

« J'ai tout foulé aux pieds pour vous appartenir, ma réputation, l'honneur de mon mari, les sentiments de gratitude que j'avais pour lui.

« Je suis pour vous, — moi demeurée jusque-là sans tache, devenue odieuse et infâme...

« La vie n'a plus pour moi de prix... Et je bénirai l'heure où elle me sera ravie... Ne croyez donc pas que rien puisse me retenir. Mais vous ne me tromperez pas, Roland... Vous ne mentirez pas à vos promesses. Et vous m'aimerez.

« Vous m'aimerez, moi seule, jusqu'à la fin... Et jamais la pensée d'une autre femme ne réveillera votre esprit.

« Vous me le promettez... vous me le jurez ?

— Je n'ai pas besoin de jurer de nouveau, dit Roland, pour éviter une réponse directe.

« Un seul serment suffit pour lier les hommes comme moi.

Huberte parut satisfaite de cette réponse...

— Séparons-nous donc, dit-elle.

« C'est la dernière fois, peut-être, que nous nous parlons librement.

« Désormais, nous ne nous verrons plus que dans le monde.

« Et n'oublions pas qu'il nous faudra surveiller nos gestes, nos regards, et jusqu'à nos pensées.

« Et que nous allons subir, moi du moins, un supplice que personne peut-être avant nous n'a connu.

« Qu'il me faudra paraître indifférente et glacée quand tout mon être brûlera...

« Et que je devrai prendre sans frémir la main que vous me tendrez cérémonieusement, quand toute ma chair aspirera à s'y poser.

« Mais je serai forte.

« Et vous n'aurez à craindre de ma part aucune imprudence.

« Je dois ce sacrifice au mari sans reproche que j'ai odieusement trahi.

Elle quitta sa chaise.

Et debout :

— Adieu Roland, fit-elle.

« Adieu à jamais !

Elle lui tendit la main.

Il n'osa pas la prendre.

Il était si loin, lui, de la hauteur de ces pensées !...

Son esprit était plein de désirs si différents !

Pendant qu'elle parlait, il ne songeait qu'à ceci : comment persuader à Reine que, malgré les apparences, sa mère est demeurée innocente, et que jamais il n'avait été son amant ?

Oui, voilà ce qu'il voulait essayer de faire croire à la jeune femme, pour qu'un jour peut-être...

Il en avait après tout séduit de plus farouches...

La duchesse, d'abord, qui paraissait de vertu si hautaine, si inaccessible...

Le voyant absorbé ainsi, si absorbé qu'il ne voyait pas la main qu'elle lui tendait, Huberte lui dit :

— A quoi pensez-vous ?

Il eut un sursaut.

Puis vivement :

— Mais à ce que vous venez de me dire — que nous ne devons plus nous voir...

— Plus en amants, du moins, dit Huberte, mais en étrangers...

« Et cela vous coûte ?

— Plus que je ne saurais l'exprimer, fit-il hypocritement.

— Il faut subir ce sacrifice en expiation de notre faute, mon ami. Adieu !

Cette fois, il prit la main qu'elle lui offrait...

Il la serra distraitement et laissa partir la duchesse.

Quand elle fut loin déjà, il sortit à son tour de l'église...

Et tout en s'en allant pensif, à travers les rues, il se disait :

— Comment me ferai-je aimer de Reine... ou par quel moyen pourrai-je reconquérir son estime ?...

Quant à Huberte, elle avait l'âme plus sereine...

Elle avait loin d'elle rejeté sa faute...

Elle espérait un jour réparer le mal fait et se réhabiliter par le repentir...

XV

Après le départ de son fils, la comtesse de Mauléon était restée longtemps rêveuse. Elle ne voulait pas que son enfant s'en allât désespéré, et elle cherchait en son esprit par quel moyen elle pouvait apporter à son âme un peu de réconfort.

Elle pensait que le comte de Mauléon, son mari, avait eu avec le duc de Faucigny des relations affectueuses, qu'elle-même avait été autrefois trop bien reçue chez le duc pour que Raymond méritât d'eux autre chose qu'un refus sec et sans explications.

Si Raymond ne voulait pas en demander, elle voulait savoir, elle, ce qui s'était passé, pour quelles raisons on avait repoussé son fils.

Si c'était parce que Reine ne l'aimait plus, Raymond n'avait plus qu'à oublier la jeune fille, et il lui semblait que, partant avec cette conviction, il souffrirait moins.

Elle ne voyait pas, elle, d'autre motif au refus du duc.

Peut-être aussi des raisons de convenance obligeaient-elles les Faucigny à ce mariage. Alors ce serait une consolation encore pour Raymond de savoir que Reine ne le repoussait pas, conservait peut-être de lui, en son cœur, le meilleur souvenir.

Dans tous les cas, Mme de Mauléon avait à cœur d'être renseignée.

Elle appela sa femme de chambre, se fit apporter de quoi écrire, et elle envoya au duc un petit billet où elle le priait de venir la voir.

Une heure après à peine, M. de Faucigny se faisait annoncer chez son amie.

Après s'être informé de sa santé, il dit tout de suite :

— Je sais, comtesse, pourquoi vous m'avez fait venir... et ce que vous allez me demander, car je connais les rêves que nos enfants avaient faits.

— Le mien surtout, dit Mme de Mauléon.

— Reine aussi, fit le duc, du moins je le croyais.

— Vous le croyez ?

— Oui, car je me suis aperçu depuis que je m'étais trompé ou que ma fille avait changé d'avis.

— Reine n'aime pas Raymond ?

— Sans doute... Autrement nous ne lui aurions pas imposé un autre mari... Nous ne l'aurions pas obligée à un mariage qui ne lui plaisait pas, avec un homme que nous connaissions à peine, moi, du moins.

— Il s'agit, dit la comtesse, d'un certain vicomte de Maubuée.

— Sur lequel j'ai pris des renseignements, fit le duc... Il est de bonne noblesse... encore riche, paraît-il, mais cela est de peu d'importance pour la duchesse et pour moi...

« Ce que nous désirons avant tout, c'est le bonheur de Reine.

La comtesse avait laissé parler son ami, aussi étonnée de ses paroles, de l'assurance avec laquelle il les prononçait, que de la pâleur de ses traits et de la nervosité de toute sa personne.

Était-il sûr de ce qu'il disait, et ne cherchait-il pas à cacher le fond de sa pensée ?...

La comtesse sentait, dans la tranquillité sûrement affectée et l'air d'indifférence du duc, elle ne savait quelle souffrance secrète, mais profonde.

Elle s'imaginait que cette union ne plaisait pas au duc, et qu'il s'y résignait, elle ne savait pas pourquoi.

Elle demanda :

— Mais êtes-*vous* sûr, duc, que Reine n'aime pas mon fils ?

— Si je suis sûr ! fit aussitôt M. de Faucigny.

Et il s'arrêta court, comme s'il craignait d'avoir trop parlé.

— Mon fils m'a dit pourtant, reprit la comtesse, qu'elle lui avait affirmé qu'elle l'aimait toujours. Et que même en cette soirée de fiançailles, à laquelle il a assisté, le pauvre enfant, sans avoir été prévenu, elle lui avait renouvelé cette assurance, lui disant que c'était lui seul qu'elle aimait... et qu'elle ne cesserait jamais de l'aimer.

Le duc passait la main sur son front.

Il était évident que ces paroles lui causaient un trouble extrême, renouvelaient tous ses chagrins et tous ses doutes.

— Tenez, comtesse, fit-il, ne parlons pas de cela.

« Je ne puis vous donner aucune explication.

« Je ne sais rien de ce qui se passe.

« Je sais seulement que Reine doit épouser M. de Maubuée.

« Elle ne peut pas épouser un autre homme.

« Ne me demandez pas autre chose.

« Si je croyais ce que vous me dites, que Reine aime votre fils, et n'a pas cessé de l'aimer, cela me mènerait à des suppositions que j'aime mieux repousser.

« Que je repousse avec horreur.

« Mais cela n'est pas.

« Reine, elle me l'a affirmé elle-même, Reine s'est trompée sur ses sentiments... Elle avait pour Raymond, son ami d'enfance, une profonde et sûre affection.

« Mais ce n'était pas de l'amour.

« Elle me l'a expliqué.

« Et elle aime M. de Maubuée, puisqu'elle est sa maîtresse.

Mme de Mauléon sursauta violemment.

— La maîtresse de quelqu'un, elle ?

« Jamais, non jamais je ne le croirai !

— Je préfère tout vous dire, comtesse, pour que vous voyiez que ce n'est pas volontairement que nous avons fait de la peine à votre fils et parce que je sais qu'on peut tout vous dire, à vous, et que ce secret de honte demeurera en votre cœur.

— Je ne le crois pas, dit aussitôt Mme de Mauléon.

« Je ne le croirai jamais.

« Et Raymond ne le croira pas plus que moi.

— Que croyez-vous donc ? demanda le duc, qui devint pâle comme la mort, et dont la voix trembla.

Il ajouta :

— J'ai surpris, moi qui vous parle... J'ai surpris M. de Maubuée, la nuit, dans la chambre de ma fille, entendez-vous ? de ma fille... de Reine...

La comtesse, à demi soulevée, fixait de ses yeux agrandis son interlocuteur, qu'une indignation soulevait...

Elle eut comme une intuition soudaine de ce qui s'était passé, des doutes qui torturaient le malheureux... Et elle prononça :

— Je ne savais pas cela !

« Vous l'avez surpris ?

— Oui, poursuivit le duc, je l'ai surpris, cet homme, chez Reine, la nuit... Et comprenez ce que je souffre, bien que je l'aie surpris moi-même, et bien qu'il m'ait avoué qu'il était l'amant de ma fille, et que Reine elle-même me l'ai dit, eh bien ! il y a des moments où je ne le crois qu'à moitié... où je ne crois pas que Reine ait un amant.

« Vous-même, comtesse, vous ne le croyez pas ?

— Je ne le croyais pas, dit Mme de Mauléon, qui ne voulait pas augmenter les tortures de son ami, mais je ne savais pas ce que vous venez de m'apprendre.

— Et vous croyez maintenant ?

— Il faut bien se rendre à l'évidence, mais ce sera un des plus profonds étonnements de ma vie.

Le duc s'était levé.

Il marchait avec agitation de long en large, devant le fauteuil où les douleurs clouaient Mme de Mauléon.

Il murmura, les dents serrées :

— L'évidence, l'évidence...

« Oui, elle est là, en effet.

« Je ne puis pas nier l'évidence.

« Elle est là, ma fille est la maîtresse de M. de Maubuée.

« Et jamais je ne saurai autre chose.

« Et c'est moi qui oblige Reine à ce mariage pour tâcher d'apprendre la vérité.

« Si elle n'aime pas cet homme, elle ne l'épousera pas, n'est-ce pas ?

— Si elle ne l'aimait pas, dit la comtesse de Mauléon, elle ne l'aurait pas reçu chez elle, la nuit.

— C'est vrai, dit le duc.

« C'est vrai...

« Et vous avez raison.

« Enfin, elle l'épouse.

« Peut-être sera-t-elle heureuse !

On voyait que M. de Faucigny parlait au hasard, sans savoir ce qu'il disait, l'esprit ailleurs, probablement aux soupçons terribles qui dormaient en son cerveau.

La comtesse de Mauléon le contemplait avec une sorte d'épouvante.

Elle avait la conviction qu'il suffisait d'un mot pour changer en certitudes les soupçons du malheureux.

Et ce mot, elle voulait se garder de le laisser échapper.

Elle murmura :

— Cela arrive souvent.

« Les idées des jeunes filles changent.

« Il n'est pas étonnant que Reine, qui n'avait fréquenté que mon fils, se soit laissée séduire par les charmes d'un nouveau venu.

« Mais Raymond va souffrir horriblement...

« Il n'avait pas changé, lui !

« Son amour est toujours aussi haut et aussi grand.

« Enfin, il part, peut-être oubliera-t-il !...

« Je lui dirai, sans lui faire connaître les détails que vous venez de m'apprendre, que ce mariage est nécessaire.

« Et j'espère qu'il se consolera.

Le duc s'était déjà dirigé vers la porte.

Il revint tout à coup près du fauteuil où gisait la comtesse de Mauléon.

Et il dit en la fixant de la flamme de ses yeux de fièvre :

— Alors, vous croyez cela, vous ? que Reine a un amant ? que Reine peut avoir oublié qu'elle est la fille du duc de Faucigny — et avoir subi cette honte d'avoir un amant ?...

— Quand l'amour parle, dit lentement la comtesse, dans le cœur des jeunes filles, il n'y a plus de père, plus d'honneur, plus de nom.

— Vous auriez fait cela, vous ?

— Qui peut être sûr de soi ?

— Alors, fit le duc sourdement : elle l'épousera. Et tout sera réparé !

« Je ne pourrais pas faire autre chose que de les marier...

« Il s'était mis à mes ordres.

« A quoi m'eût-il servi de le tuer ?

« Sa mort n'eût pas rendu à ma fille l'honneur ravi.

— Oui, dit la comtesse sourdement, les marier, c'était le plus sage.

— Mais vous m'avez dit qu'elle aimait votre fils.

« Qu'elle le lui avait dit même après... le soir des fiançailles.

— Elle n'avait pas voulu le désespérer...

« Avoir l'air de manquer à ses serments...

« C'était une consolation qu'elle lui laissait.

— Mais que lui a-t-elle dit alors pour justifier son mariage ?

« Que c'était moi qui l'obligeais — ou sa mère ?

— Je ne sais pas, fit la comtesse.

« Il ne me l'a pas dit.

« Il était désespéré et content de partir pour n'être pas là le jour des noces.

« Et peut-être en son esprit — j'en tremble encore — avait-il une autre idée ; — c'est que la mort viendrait bientôt mettre fin à son chagrin.

« Il me l'a presque laissé entendre.

« Et j'étais si malheureuse que j'ai voulu vous voir... vous parler...

« Excusez-moi si je vous ai laissé voir ma douleur.

« Mais je suis mère, duc, et je voulais défendre jusqu'au bout le bonheur de mon fils.

— Je ne vous en veux pas, dit M. de Faucigny.

« Je suis heureux de vous avoir dit ce que je vous ai dit.

« Vous verrez ainsi qu'il ne faut pas nous en vouloir, à la comtesse et à moi, qu'aucune pensée d'intérêt ne nous a guidés.

« Et je vous affirme pour ma part que j'aurais préféré cent fois voir ma fille épouser le comte de Mauléon, votre fils, que ce M. de Maubuée pour lequel je n'ai aucune sympathie, mais auquel je ne puis refuser mon estime...

— Il ne me reste plus, dit la comtesse, qu'à faire des vœux pour le bonheur de Reine.

« Je l'aimais beaucoup.

« Je l'aime encore.

« Elle est digne, malgré sa défaillance d'un instant, d'être heureuse.

Le duc ne répondit pas.

Il restait sombre.

Sa pensée demeurait voilée sous les ténèbres de son front comme sous les nuées noires d'un ciel orageux.

Et il se retira tout rêveur, après avoir salué la comtesse.

Quand il fut parti, celle-ci sembla illuminée d'une vision.

Et elle eut comme le pressentiment du drame.

Et elle murmura involontairement :

— Les malheureux !

En même temps, une grande admiration s'éleva en son âme pour Reine, qui lui apparut comme une sublime martyre de l'amour filial, et elle resta éblouie de cette lumière.

Ce fut en cet état que quelques instants après la surprit son fils.

XVI

Comme tous les malheureux qui ont peine à porter le fardeau de leur douleur, et qui croient, par l'agitation de la marche, la secouer et s'en débarrasser, Raymond était sorti au hasard, et il avait marché sans but.

Il rentrait machinalement, ne sachant où porter ses pas.., quand il vit sortir de chez lui quelqu'un qu'il ne put apercevoir qu'imparfaitement, mais dont la silhouette l'avait fait tressaillir.

Il avait cru reconnaître le duc de Faucigny.

Il franchit vivement le seuil de sa maison, courut à la pièce où il savait trouver sa mère, et demanda aussitôt :

— Qui est venu ? J'ai cru voir le duc.

— C'est lui, en effet, dit la comtesse de Mauléon, qui sort d'ici.

— Tout n'est donc pas désespéré, s'écria son fils, frémissant d'un dernier espoir.

— Hélas ! soupira la mère.

Raymond leva les yeux sur elle, vit la tristesse de son regard.

Et aussitôt, la légère flambée de joie qui avait éclairé son visage, s'éteignit.

Il interrogea :

— Que voulait-il ? que vous a-t-il dit ?...

Avant de répondre, la comtesse de Mauléon parut réfléchir.

Elle se demandait ce qu'il fallait dire à son fils, s'il valait mieux arracher tout de suite de son cœur la dernière espérance... ou lui laisser croire encore qu'il était aimé.

Elle pensa que, puisque son amour était désormais sans espoir, il était plus sage de l'enlever tout à fait.. et ne rien laisser voir de l'idée qui lui était venue que Reine pouvait être innocente, et s'immolait peut-être pour sauver une coupable qui lui était chère.

Et quand elle eut pris mentalement cette résolution, elle dit :

— Le duc venait m'assurer que ses sentiments à notre égard n'ont pas changé, qu'il n'a pas oublié l'amitié qu'il portait à ton père, et qu'il eût été heureux, quant à lui, de te voir épouser sa fille, mais que le mariage de Reine avec le vicomte de Maubuée avait été rendu nécessaire par ce qu'il avait appris.

— Quoi donc, ma mère ? demanda Raymond, dont une angoisse soudaine avait pâli davantage encore les joues déjà très pâles.

— Je ne sais pas, mon fils, bégaya la mère, si je dois te dire...

— Oui, ma mère, tout, interrompit Raymond, avec violence, je veux tout savoir... je dois tout savoir... Ce n'est pas au moment où l'on m'arrache le cœur qu'il faut essayer de m'épargner une souffrance... Toutes seront au-dessous maintenant de celle qui m'étreint en ce moment.

« Parlez, ma mère, parlez sans crainte.

— Eh bien ! avoua madame de Mauléon, bien qu'elle ne crût pas, elle, ce qu'elle disait, Reine a un amant.

— Ce Maubuée ?

La comtesse inclina la tête.

Mais Raymond s'écria violemment :

— Ce n'est pas vrai, ma mère, on vous a menti !

« Qui vous a dit cela ?

— Le duc.

— On a menti au duc !

— Mais c'est le duc lui-même qui a surpris...

— Quoi ?

— Un homme dans la chambre de sa fille.

— Dans la chambre de Reine ?

— Oui, la nuit.

— Mensonge ! fit Raymond avec une violence plus grande encore.

« Reine coupable ! Reine indigne !

« Jamais je ne le croirai !..

« Ah ! ma mère, de quelle monstrueuse intrigue sommes-nous victimes, moi et elle, elle surtout !

« Reine coupable !

« Reine déshonorée !

« Je croirais plutôt à la chute du ciel.

« Qui vous a dit cela ?... Le duc ? On a menti au duc, ma mère. On l'a trompé !

Mais qui ?... Puisque c'est lui, je te le répète...

— Il a été victime d'une erreur ; d'une illusion ; de je ne sais quelle odieuse machination.

« Mais Reine est innocente, je le jure.

« Je le sens en mon cœur.

« Mon amour me le dit.

— Le duc, fit la comtesse, impitoyable, a surpris le

nuit dans la chambre de sa fille, le vicomte de Maubuée.

— Et il ne l'a pas tué ?

— Il y a songé, mais il a pensé que la mort du misérable ne rachèterait pas le déshonneur de sa fille.

— Et il a préféré la lui donner en mariage ?

— Il l'a obligé à réparer la faute commise.

— Et vous avez cru cela, ma mère ?

— Puisque le duc me l'a dit.

« Et, du reste, cet homme a avoué.

— Qu'ont-ils avoué ?

— Qu'ils s'aimaient.

— Que l'un était l'amant, l'autre la maîtresse ?

« Quand donc, ma mère, Reine a-t-elle menti ?

« Est-ce quand elle me disait qu'elle m'aimait toujours et que cet homme lui était odieux ?

« Car elle m'a affirmé cela, hier encore, le soir même des fiançailles, quand cet homme était à deux pas de nous.

« Était-ce quand elle disait cela à son père ?

« Je ne sais... mais elle a menti... sûrement menti.

« Et j'aime mieux croire que ce soit à son père qu'elle a menti qu'à moi.

« Pourquoi m'aurait-elle menti, à moi ?

« Quel intérêt ?

« Elle était libre de ne plus m'aimer et de me le dire.

« J'en serais mort... Mais, pouvait-elle s'en douter si elle ne m'aimait plus ?

— Elle avait peur, sans doute, de te faire de la peine.

— Et vous croyez, ma mère, qu'elle ne m'en faisait pas en me disant qu'elle allait en épouser un autre ?

— Elle ne voulait pas avoir l'air d'avoir changé de sentiment...

— Et ne prouve-t-elle pas qu'elle en a changé, quand elle consent à mettre sa main dans la main d'un autre ?

Mme de Mauléon ne répondit pas.

Elle ne savait plus quoi dire, par quelles paroles apaiser le chagrin de son fils.

Celui-ci reprit :

— Enfin, croyez-vous, vous, ma mère, à cette monstruosité, Reine ayant un amant ?

— Cela m'a surprise, en effet, mais comme c'était le père lui-même qui me l'apprenait, et qui me disait qu'il avait trouvé cet amant, la nuit, dans la chambre de sa fille, et que c'était pour cela qu'il obligeait Reine à l'épouser, bien qu'il eût de la répugnance, lui, à lui donner cet homme, j'ai bien été obligée de me rendre à l'évidence.

— Et vous croyez, ma mère, que le vicomte de Maubuée est l'amant de Reine de Faucigny ?

— Je ne crois rien...

« Je répète ce qu'on m'a dit.

« Ce que le duc, le père, m'a dit.

— Et qu'ils s'aiment ?

— Je ne sais rien.

— Et que c'est à moi que Reine a menti ?

— Je ne puis rien te dire, mon pauvre enfant.

— Alors, s'écria Raymond, je sais, moi, ce qui me reste à faire... tuer cet homme !

— M. de Maubuée ?

— Oui.

— Tu [illegible] te battre ?

— L'un de nous deux, ma mère, vous devez le comprendre, est de trop sur la terre.

« Reine dit à son père que M. de Maubuée est son amant.

« Reine m'a dit à moi qu'elle m'aimait...

« Il faut qu'elle cesse de mentir.

« Qu'il n'y ait plus qu'un homme dont elle puisse dire qu'elle l'aime...

Et il s'élança vers la porte.

La comtesse, soulevée à demi sur son fauteuil, s'accrocha de ses mains tremblantes à ses vêtements.

— Raymond, gémit-elle !

— Quoi ? fit-il, brusquement retourné.

— Tu me fais mourir...

« Tu ne vas pas te battre.

— Je veux tuer cet homme !

— Et s'il te tue ?

— Il mettra fin à mes maux.

— Et moi... moi, ta mère ?

— Je ne puis vivre, ma mère, sans amour.

« Je ne puis vivre, en me croyant trahi.

« Je vous en prie, laissez-moi.

« Laissez-moi partir !

Il essayait de s'arracher à l'étreinte frémissante de la comtesse.

Mais celle-ci se cramponnait à son fils de toute la force de sa faiblesse.

Et Raymond n'osait pas la repousser trop violemment. Il la savait si frêle ! Un choc trop rude pouvait la briser.

La comtesse gémit :

— Je t'en prie, mon fils, aie pitié de moi !

Elle ajouta :

— Et si cela n'était pas,

« Si Reine et toi, comme tu l'as cru, vous êtes victimes d'une épouvantable intrigue ?

« Si elle n'était pas coupable ?

— Oh ! ma mère, il est inutile maintenant — fit le jeune homme dont la jalousie s'était allumée et le torturait cruellement, il est inutile de chercher à me donner le change.

« Cet homme est l'amant de Reine.

« Son père vous l'a dit.

« Et vous n'avez pas douté de sa parole.

« Il faut donc qu'il meure.

« Il faut que le soleil de demain n'éclaire pas vivant celui qui a osé se dire l'amant de Reine, car il l'a dit, le duc vous l'a répété, il a dit qu'il était son amant.

« Et par cette parole seule, ma mère, même si le fait n'existait pas, il a mérité la mort.

« Laissez-moi partir, ma mère.

« Laissez-moi passer.

Et de nouveau Raymond essaya d'échapper aux mains fébriles de la comtesse.

— Te battre, murmura celle-ci.

« Te battre, toi, mon fils.

« Et que vais-je devenir quand je t'attendrai... quand je serai là, ne sachant si tu vas me revenir vivant ou si l'on te rapportera mort ?

« Mes cheveux ne vont-ils pas blanchir ? se sécher d'angoisse ?

« Aie pitié de moi, mon fils, aie pitié de moi !

Elle fit un effort, se laissa glisser à genoux.

Et Raymond, ému jusqu'aux larmes, se baissa pour la relever.

Elle soupira.

— Tu pars demain.

« Tu me quittes peut-être pour toujours.

« Conserve-moi les dernières heures.

« Oublie tout ce qui n'est pas moi !

Il était parvenu à la mettre sur son fauteuil.

Il dit :

— Je ne puis pas, ma mère, oublier Reine.

« Je ne puis pas oublier mon amour.

« Je ne puis pas oublier qu'un homme s'est vanté d'avoir été l'amant de celle que j'aime.

« Et que je dois le punir.

« Si ce n'est pas vrai, je délivre Reine.

« Si c'est vrai, je me venge.

« Mais il faut que mon fer troue la poitrine de ce félon.

« Ou que le sien vienne, en la mienne éteindre ce cœur dont les ardeurs jalouses me font tant souffrir !

Et, profitant d'une seconde où sa mère avait desserré son étreinte, il s'arracha de ses bras.

Puis, sans rien écouter, il s'élança dehors.

— Mon fils ! gémit la douloureuse mère.

« Mon pauvre enfant...

« Que Dieu te protège !...

Et elle retomba sur son fauteuil... où elle resta immobile et comme paralysée.

XVII

La comtesse de Mauléon était encore dans l'état de prostration où l'avait plongée le départ de son fils, quand on vint la prévenir qu'une jeune dame très élégante, le visage couvert d'une épaisse voilette, et qui n'avait pas voulu dire son nom, désirait lui parler. Cette dame avait ajouté que madame la comtesse serait heureuse de la recevoir.

Tout de suite Mme de Mauléon pensa à Reine de Faucigny et donna l'ordre de la faire entrer.

C'était Reine, en effet, qui se présentait, Reine, le cœur gros, qui avait peine à contenir ses larmes et qui, lorsqu'elle aperçut la mère de Raymond, se jeta dans ses bras et se mit à sangloter bruyamment en disant :

— Je sais qu'il part demain et je ne veux pas qu'il emporte de moi un mauvais souvenir, qu'il croie que j'ai cessé de l'aimer et que je l'ai trahi et que j'ai trahi notre amour, notre cher et saint amour. Ce que je ne peux pas lui dire à lui, ce que je ne confierai à personne, je vais le confier à vous, sa mère, à vous qui garderez en votre cœur mon secret et qui ne le direz qu'à lui, quand vous jugerez que le moment sera venu, car moi, sans doute, je ne le verrai plus !

« Je ne verrai plus celui qui a tout mon amour, tout le parfum de ma jeunesse, et tout mon bonheur. Je ne le verrai plus, mais je ne veux pas qu'il m'accuse, je ne veux pas qu'il me condamne.

Elle cessa de parler.

Les larmes la suffoquaient.

La comtesse, émue au delà de toute expression, lui essuya les yeux de ses mains, et l'attirant sur son sein :

— Tu l'aimes, mon enfant, dit-elle.

— Si je l'aime ! fit la pauvre Reine.

« Je l'aime de toutes les forces de mon être.

« Je n'ai jamais aimé que lui.

« Et, je n'aimerai jamais que lui.

— Et l'on vous sépare.

— C'est un crime fit Reine violemment, qui nous sépare — le crime de ma mère — ma mère avait un amant — mon père l'a surpris.

« Il s'est réfugié chez moi.

« Et pour épargner à mon père une effroyable douleur.

— Oh ! dit la comtesse, je comprends.

« J'avais pressenti le drame déjà.

« Je ne l'ai pas dit à mon fils.

— Vous saviez donc ?...

— Ton père est venu me dire les raisons qui rendaient impossible ton union avec Raymond et qui t'obligeaient à épouser M. de Maubuée.

— Il vous a dit que j'avais un amant ?

— Il le croit, du moins.

— Et, il faut, dit Reine vivement, qu'il le croie, qu'il continue à le croire.

« Mon pauvre père !

« S'il apprenait qu'il est trahi, il souffrirait trop !

« Et vous savez quelle adoration j'ai pour lui !

« Je subirai tout pour lui épargner les terribles tortures qui assombriraient ses derniers jours s'il apprenait, s'il soupçonnait même la honte de sa femme, de ma mère.

« Il ne se doute de rien, n'est-ce pas ?

— Je ne sais pas, répondit la comtesse.

« Il y a des moments où j'ai cru qu'il avait le soupçon de la vérité — comme je l'ai eu moi-même, en t'entendant, mais je me suis efforcée de l'éloigner de son esprit.

« Il est parti persuadé.

— Que j'étais coupable ? C'est ce qu'il faut. Il vaut mieux qu'il me maudisse, moi... et qu'il continue à avoir foi dans ma mère.

— On te contraint à un mariage odieux.

— Qu'importe ? si je sauve mon père.

— Sublime enfant ! dit la comtesse, c'est ta jeunesse, ton bonheur, ton amour que tu sacrifies.

— Cet homme ne sera jamais mon mari que de nom.

— Et il accepte cette union ?

— Il le faut, à cause de ma mère.

« S'il s'y refusait maintenant, c'est moi qui l'obligerais à tenir la parole qu'il a donnée à mon père.

— Chère, chère enfant, murmura la comtesse, qui pleurait, comme tu vas souffrir !

— Heureusement, fit Reine, Raymond ne sait rien. Il croit seulement que je ne l'aime plus.

— Il sait tout, dit la comtesse.

— Il sait tout ?

— Je lui ai tout dit.

« Tout ce que le duc m'avait dit.

— Qu'un autre avait été surpris chez moi, la nuit ?

— Oui, et le nom de cet amant.

— Grand Dieu ! Et il me méprise maintenant !

— Je voulais arracher de son cœur un amour qui ne pouvait plus lui causer que des douleurs, lui enlever tout courage. Je voulais le guérir, en lui disant ce que je ne croyais pas moi-même.

« Je voulais le sauver du désespoir, et je n'ai fait que le conduire peut-être à la mort.

Reine sursauta.

— À la mort ?

— Il m'a quittée en me disant qu'il allait tuer cet homme.

— Monsieur de Maubuée ? Il croit donc ?

— Il ne croit pas que cet homme soit ton amant.

« Il a foi en toi, car il t'aime.

« Il t'aime, hélas ! par-dessus tout.

« Mais il sait que cet homme a déclaré qu'il était ton amant.

« Et cela a suffi.

« Il veut lui faire rentrer dans la gorge son mensonge.

« Et il est parti.

— Pour se battre ?

— Pour provoquer cet homme.

— Grand Dieu !

— Si Reine, a-t-il dit, est innocente, je la délivre. Si elle est coupable, je me venge !

— Il va se battre, répéta Reine sourdemend.

« Se battre pour moi.

« Être tué peut-être.

« Et c'est sa faute... la faute de ma mère !

Il y eut un long silence, un long silence ému.

Puis la comtesse soupira :

— J'ai prié... je vais prier encore.

« Peut-être Dieu aura-t-il pitié de nous !

— S'il tuait cet homme, dit Reine, ce serait la délivrance !

— Mais s'il est tué !... fit la mère.

— Dieu nous protégera ! dit Reine de Faucigny.

« Je vais le prier aussi...

Elles cessèrent de parler encore.

Leurs lèvres, tremblantes, balbutiaient tout bas des supplications.

Puis Reine demanda :

— Et quand doit-il se battre ?

— Je ne sais pas. Il est parti. J'ai voulu le retenir. Il m'a repoussée. Je n'ai qu'un fils, moi... qu'une affection. Lui mort, il ne me reste plus rien.

— À moi, fit Reine, il me reste lui et mon père.

« Je ne puis plus aimer ma mère.

« Quant à celui dont je vais porter le nom, c'est de l'exécration, de l'horreur que j'aurai pour lui.

« Ah ! si j'étais seule — si je n'avais pas mon père — c'est dans la mort que j'irais chercher un refuge contre tant de douleurs.

« Si Raymond est tué, il sera bien heureux !

— Et moi ? fit la comtesse.

« Tu ne penses pas à moi, mon enfant.

« Crois-tu que je lui survivrai ?

— Mon père mort, dit Reine, je vous suivrai dans la tombe tous les deux.

[illegible] ajouta [illegible] :

« Voilà de quoi nous parlons maintenant — de mort et de tombeau — et hier encore, joyeux, le cœur plein d'espoir, ivres d'amour, nous n'avions à la bouche que les mots de bonheur.

« Une heure a suffi pour tout changer.

« Une faute.

« Et cette faute, ni l'un ni l'autre ne l'a commise.

« C'est le crime d'une autre que nous expions.

« La honte d'une autre qui rougit nos fronts.

« Pour sauver l'honneur de ma mère, je fais le désespoir d'un homme que j'adore et de sa mère qui m'est si chère aussi.

« Mais pouvais-je faire autrement ?

« Et Raymond, quand il saura tout, me condamnera-t-il ?

— Il t'admirera, dit la comtesse de Mauléon.

« Et il t'aimera plus cent fois peut-être.

« Il t'aimait pour ta beauté.

« Il t'aimera aussi pour ton grand cœur.

« Mais saura-t-il jamais ce que tu as fait ?

« Aurai-je le temps de le lui dire ?

« Peut-être n'est-il déjà plus !

— Je ne crois pas, dit Reine, que Dieu nous abandonne ainsi.

« Il donnera la force à son bras.

« Et il reviendra vainqueur après nous avoir vengées !

Mais, comme Reine achevait ces paroles, on entendit soudain dans le vestibule, le bruit confus de plusieurs pas et de voix que l'on cherchait à étouffer.

La comtesse de Mauléon dressa sa tête blême, qui bleuit encore.

Et elle dit, en proie à une inexprimable angoisse :

— Ah ! mon Dieu ! Que se passe-t-il ?

Et elle tendait son attention vers la porte.

— Quel est ce bruit ? reprit-elle. Qui vient ici ? Va voir ! J'ai peur !

Et elle resta saisie, tragiquement soulevée, le sang glacé.

Reine, prise de peur aussi, courut à la porte, l'ouvrit, puis elle poussa un grand cri, un cri effrayant qui emplit tout l'hôtel.

A ce cri, la comtesse comprit tout.

Elle fit un effort surhumain pour quitter son fauteuil.

Et, dressée, elle aperçut par la porte vitrée ouverte, dans la pénombre du vestibule, des ombres confuses ; et au milieu de ces ombres, son fils étendu, soutenu sur les bras qui le portaient et si pâle qu'il devait être mort.

Elle eut un sourd gémissement.

Et elle tomba en arrière, inanimée.

Elle était morte !

XVIII

Arraché aux étreintes désespérées de sa malheureuse mère, Raymond s'était précipité dehors, avait sauté dans la première voiture vide et s'était fait conduire au cercle où il espérait trouver Roland de Maubuée, son rival.

Justement on lui répondit que le jeune homme était là.

— Dites à M. de Maubuée, ordonna-t-il, que je désirerais le voir sans retard.

— Monsieur veut-il me donner sa carte ? Je la remettrai à M. de Maubuée.

— Voici, dit Raymond, qui sortit une carte de son portefeuille.

Et dans l'antichambre tendue d'étoffes rouge sombre où on le fit attendre, il se mit à marcher de long en large, martelant le tapis de ses pas fiévreux.

Puis on vint lui dire que M. de Maubuée l'attendait.

Il s'élança et trouva, à l'entrée du salon de jeu, Roland venu au-devant de lui.

Il lui jeta un effrayant regard, puis d'un ton qu'il s'efforçait de maintenir ferme, mais sous lequel on sentait un frémissement de fureur, il demanda :

— Voulez-vous avoir l'obligeance monsieur de Maubuée, de me dire quel jour nous sommes ?

A cette singulière question, Roland eut un léger sursaut.

Puis il regarda son interlocuteur, vit le trouble de sa physionomie, les efforts qu'il faisait pour cacher ce trouble.

Et un sourire lui vint aux lèvres.

Il avait compris.

Alors il répondit de son air le plus aimable :

— Je crois que nous sommes le 20, monsieur de Mauléon.

— Vous en avez menti ! vociféra Raymond qui n'était plus maître de lui.

Et il leva la main comme pour frapper son ennemi.

Celui-ci arrêta ce geste.

— C'est inutile, monsieur.

« Je sais ce que vous désirez.

« Et je suis à vos ordres.

« Je trouverai facilement dans le cercle deux amis qui s'aboucheront avec les vôtres. Vous voulez, n'est-ce pas, que la chose ait lieu le plus tôt possible ?

— Aujourd'hui même, fit Raymond, dont les yeux étincelaient.

— C'est aussi mon désir, répondit Roland.

« Je n'aime pas les querelles qui traînent.

« Un de mes amis possède à Neuilly une villa avec un grand jardin, nous pourrons nous y rencontrer.

— Où que ce soit et à quelque arme que vous choisirez, mais le plus tôt possible, fit Raymond.

— Je vais prévenir deux amis, dit Roland de Maubuée, et à l'heure que vous indiquerez, ils seront à la disposition des vôtres.

— Mes amis seront ici dans une heure, dit Raymond.

— Bien. Ils y trouveront les miens.

Les deux hommes se saluèrent, et Roland rentra dans le salon, pendant que Raymond quittait le cercle pour aller chercher des témoins.

Personne, autour d'eux, n'avait remarqué l'incident.

Moins de deux heures après, Roland ayant choisi l'épée, les deux adversaires se trouvèrent l'un devant l'autre, le fer à la main, dans le jardin de la villa de Neuilly appartenant à l'ami de M. de Maubuée.

Ils étaient alignés dans une large allée sablée, ombragée par de hauts arbres, qui avait vu déjà plusieurs rencontres, et qui semblait disposée, en effet, pour les combats singuliers.

Les témoins avaient tiré au sort les épées, le terrain.

Et le directeur du combat vint mettre l'une vis-à-vis de l'autre la pointe des deux épées.

Puis, se retirant d'un saut léger, il donna le signal du combat.

Les deux adversaires, quoique un peu pâles, paraissaient fort calmes, mais dès que les mots sacramentels : « Allez Messieurs ! » eurent été prononcés, Raymond se rua littéralement sur son adversaire.

Il le chargea tout de suite de furieux coups d'épée, que l'autre para très habilement, avec un sang-froid extraordinaire.

Et presque dès le premier contact, il y eut un corps à corps que les témoins arrêtèrent.

A la seconde reprise, Raymond parut s'être calmé un peu, mais on voyait visiblement qu'il n'était pas tout à fait maître de lui, qu'une fureur qu'il n'arrivait pas à contenir faisait vibrer son bras, et que ses coups manquaient de mesure, tandis que son adversaire, l'air tranquille, le bras assuré, ne livrait rien au hasard.

Et ce qui devait arriver arriva.

A la troisième reprise, Raymond s'embrocha presque de lui-même sur le fer tendu d'un coup sec par Roland.

Il pâlit horriblement et tomba, la tête en avant.

Les témoins se précipitèrent, tant ceux de l'adversaire que les siens.

Et on appela les médecins.

On le croyait mort.

Il n'en était rien, heureusement, mais sa blessure

qui avait traversé un des poumons, était fort grave, pouvait même devenir mortelle.

Et l'on hésita sur ce qu'on devait faire.

L'ami de Roland qui avait prêté son jardin offrit de faire transporter le blessé dans sa maison et de l'y faire soigner jusqu'à ce qu'il fût transportable.

Mais Raymond, qui avait repris connaissance, insista tellement pour qu'on le conduisît chez lui qu'on n'osa pas résister à sa prière.

Et, couché sur des oreillers, dans un des landaus qui l'avait amené avec ses témoins sur le lieu du combat, il fut ramené au pas jusqu'à sa porte.

Puis ses amis, aidés des domestiques, le montèrent dans sa maison.

On sait ce qui se passa, comment sa mère, ayant entendu le bruit fait dans le vestibule, et ayant aperçu son fils, ayant sur son visage la pâleur de la mort, avait poussé un cri de désespoir et était tombée.

Or ce cri, qui n'avait rien d'humain et qui avait échappé à tous, avait frappé l'oreille de Raymond, qui depuis un moment ne donnait plus signe de vie et qu'on croyait évanoui.

Et avant que ceux qui le portaient pussent s'opposer à son dessein, le blessé s'était échappé de leurs bras et précipité, tout sanglant, vers sa mère.

Malgré sa faiblesse, malgré les souffrances horribles de sa blessure, que ses efforts avaient rouverte, il la prit dans ses bras.

Il porta sa bouche à ses lèvres et constata que le souffle de cette bouche était éteint.

Alors il poussa un gémissement éperdu.

— Ma mère est morte ! ma mère est morte !

On s'était précipité autour de lui, ses amis, les médecins.

Il les écarta tragiquement.

— Ma mère est morte, criait-il, je veux mourir !

Et il s'efforçait d'arracher les linges qui bandaient sa poitrine.

A ce moment, une voix douce frappa son oreille.

— Raymond !

Il crut rêver, regarda.

Et il aperçut Reine.

Alors il se dressa.

Et le doigt tendu, frémissant, il indiqua la porte à Mlle de Faucigny, en criant :

— C'est toi qui l'as tuée. Va-t'en ! va-t'en !

Puis il retomba sur le corps étendu de sa mère pendant qu'on s'empressait autour de lui.

Écrasée sous la malédiction inattendue de l'homme qu'elle aimait, Reine s'était enfuie.

XIX

Le coup le plus rude qui pouvait frapper la malheureuse Reine de Faucigny venait de s'abattre sur elle. Il lui avait été porté par celui qu'elle aimait par-dessus tout, par Raymond de Mauléon. Raymond l'avait maudite... Raymond ne l'aimait plus... Raymond se croyait trahi par elle !... Elle était venue chez lui, à l'insu de tous, pour confier à Mme de Mauléon le secret de son sacrifice, afin que celle-ci le fît connaître à son fils — et que le cœur au moins de l'aimé lui restât, et à défaut du cœur qui pourrait un jour appartenir à une autre, l'estime du moins et la pitié... Et voilà qu'elle ne pouvait même plus compter sur cette satisfaction, qui l'aurait consolée dans ses souffrances... Mme de Mauléon était morte sans avoir pu parler à son fils, et celui-ci lui attribuait la mort de sa mère et sa propre blessure, car c'était pour elle, pour sa trahison, devait-il penser, qu'il avait été frappé et que sa mère venait de mourir. Raymond ne devait plus avoir pour elle en son cœur que du mépris et de la haine... Donc, pour la pauvre enfant, tout était fini !... Raymond se détachait d'elle et elle n'avait plus personne pour l'encourager et la soutenir dans la vie d'abominable martyre qui allait désormais être la sienne, plus personne et plus rien, pas même un souvenir !...

Elle rentra chez elle en se traînant, du pas d'une biche blessée à mort, et la première personne qui se présenta à elle, quand elle eut franchi les portes de l'hôtel de Faucigny, ce fut son père.

Il s'étonna.

— Tu étais sortie ?

— Oui, papa.

— Seule ?

— Ma mère était occupée.

— Il fallait te faire accompagner.

— Oh ! mon père, je n'y ai pas pensé.

— Et pourquoi donc ?

M. de Faucigny, tout en parlant, examinait sa fille avec un commencement d'inquiétude, se demandant quel événement avait pu survenir encore, si ce n'était pas assez des doutes qui le torturaient et des angoisses de tous genres qu'il avait à subir depuis quelques heures.

Il remarqua qu'elle avait les yeux rougis, les traits fatigués par la souffrance.

Et il demanda :

— Tu as pleuré ?

— Pleuré, mon père ?

— Tu as les yeux tout rougis.

A ce moment, Reine, de son côté, regarda le duc.

Elle lut sur son front la terrible pensée qui devait y dormir.

Et elle n'eut plus qu'une idée, qu'un désir : chasser cette pensée, la faire fuir pour toujours.

Et elle dit :

— J'étais sortie, mon père, précipitamment, et sans prévenir personne, parce que je viens d'apprendre une terrible nouvelle.

— Et laquelle ?

— On m'avait dit que Raymond se battait.

— Raymond ?

— Oui, pour moi ; car vous savez qu'il m'aimait, mon père, qu'il m'aime, et depuis qu'il a appris mon mariage, il souffre horriblement.

— Et avec qui, demanda M. de Faucigny, doit-il se battre ?

— Il ne doit pas se battre. Il s'est battu. Je suis arrivée trop tard. Je voulais empêcher ce duel.

— Et avec qui s'est-il battu ?

— Avec M. de Maubuée.

— Ton fiancé ?

— Oui, dit Reine sourdement, mon fiancé.

— Et que s'est-il passé ?

— Raymond a été blessé.

— Gravement ?

— Je ne sais pas. Je suis partie. Comme on le rapportait chez lui tout sanglant, sa mère a subi une telle secousse qu'elle est morte.

M. de Faucigny leva les bras au ciel.

— Morte, Mme de Mauléon !

— Oui, mon père, pour moi, à cause de moi que ces malheurs arrivent. Si je n'avais pas trahi Raymond, mon ami d'enfance.

— Oui, dit Enguerrand de Faucigny, pourquoi l'as-tu trahi ?

— Je ne sais pas, mon père.

— Tu aimais donc bien cet homme ?

— Cet homme ?

— Cet homme à qui tu t'es donnée...

— Ah ! oui, fit Reine, rappelée soudain au sentiment de sa situation, de la terrible situation, qu'elle ne devait pas oublier.

— Oui, répéta-t-elle, je l'ai aimé... et je ne sais pas s'il ne va pas, maintenant qu'il a versé le sang de Raymond, me devenir odieux.

— Tu es encore libre, ma fille, dit Enguerrand de Faucigny, de ne pas l'épouser.

Et, en prononçant ces paroles, il fixait insidieusement Reine, comme pour surprendre sur sa physionomie quelque expression qui l'éclairât.

Mais l'héroïque jeune fille comprit ce que cherchait

son père... une lueur au milieu des ténèbres où son esprit angoissé se débattait.

Elle se reprit vivement.

Et elle dit :

— Je ne puis plus, mon père, ne pas l'épouser. J'ai commis une faute et je ne puis rester déshonorée.

— C'est vrai, dit le père, il y a l'honneur, l'honneur qui commande !

Et il quitta sa fille, se dirigeant rêveur, vers la porte.

Reine pensa :

— Il doute toujours... Pauvre père !

Et elle courut s'enfermer en sa chambre.

Enguerrand de Faucigny était dehors.

Il n'avait pas demandé sa voiture.

Il chercha un fiacre du regard, en vit un, l'arrêta et se fit conduire chez Mme de Mauléon.

Il voulait savoir ce qui s'était passé.

Il trouva l'appartement dans le plus grand désarroi, avec des allées et venues effarées de domestiques, de gens entrant et sortant avec l'allure spéciale que l'on prend quand le malheur s'est abattu sur une maison.

Il ne trouvait personne à qui parler et nul ne semblait faire attention à lui.

Il était entré sans avoir eu besoin de sonner, par la porte restée grande ouverte et par laquelle on passait sans cesse.

Il avisa enfin un des domestiques dont la figure lui était connue et lui demanda ce qui était arrivé.

Cet homme reconnut le duc de Faucigny, un des amis de sa maîtresse, et il dit :

— Ah ! monsieur, un grand malheur ! Madame de Mauléon est morte. Et M. Raymond est gravement blessé.

— Oui, on m'a appris cela. Ma fille qui était ici,

— En effet, j'ai vu mademoiselle.

« Je ne savais pas qu'elle fût partie.

« Nous avons tous la tête perdue.

— Où est Mme de Mauléon ?

— On l'a transportée dans sa chambre...

— Je puis la voir ?

— Mais oui, monsieur.

« On a envoyé chercher des religieuses.

« Elles prient au pied de son lit.

« La pauvre femme ! Elle aimait tant son fils !

« Quand elle l'a vu revenir, livide, avec du sang sur ses vêtements, cela a été trop terrible pour elle.

« Elle n'a pas pu y résister.

« Elle a poussé un cri, et elle s'est affaissée.

« Elle était morte.

« Depuis longtemps, elle était souffrante...

— Oui, dit Enguerrand de Faucigny, je le sais. Il ne lui fallait pas de grandes émotions. Et Raymond ?

— On ne sait rien encore, monsieur le duc. Du moins, moi, je ne sais rien... Des médecins sont autour de lui, des chirurgiens.

« Je crois qu'on est en train de sonder la blessure.

— Je le verrai tout à l'heure, dit M. de Faucigny. Conduisez-moi vers Mme de Mauléon.

Le duc marchait lentement, tout pénétré d'une douleur profonde.

Comme l'avait dit sa fille, c'était par elle que le malheur était venu visiter cette maison, frappant à mort la mère, et peut-être le fils...

Mais il était sur le seuil de la chambre, transformée en chapelle funéraire...

Sous la lueur dorée et clignotante des cierges, il vit se détacher sur la blancheur du lit le visage amaigri et couleur de vieil ivoire de Mme de Mauléon qui, avec ses yeux clos, offrait l'aspect du repos et de la béatitude enfin conquis.

Et il s'avança.

Il se laissa glisser à genoux à côté des sœurs en prière, et il pria longuement.

Il priait le ciel de l'éclairer, de lui montrer enfin la lumière, car il se débattait cruellement, ne sortait un instant de l'ombre et de l'incertitude, que pour y retomber ensuite plus profondément...

Le malheureux, malgré tout ce qu'il entendait, ne pouvait pas croire à l'indignité de sa fille, n'arrivait pas à l'admettre.

N'aurait-elle pas eu plus de douleur, plus de remords qu'il ne lui en avait vu si elle était réellement coupable ?

Pourrait-elle supporter la lumière du jour après avoir vu sa faute causer autour d'elle des désespoirs et des morts ?

De telles choses dépassaient son entendement.

Il avait tant cru au cœur de Reine, à sa loyauté, à son innocence, à toutes les qualités qu'il avait reconnues en elle !

Se serait-il donc trompé à ce point ?

Mais si elle n'était pas coupable, de quelle intrigue infâme, odieuse, à laquelle elle se serait associée, elle, sa fille, sacrifiant son amour, son bonheur, ne serait-il pas victime ?

Cela aussi dépassait son entendement.

Il se releva.

Il avait les yeux rougis de larmes.

Et la douleur effroyable qui le rongeait se voyait sur ses traits ravagés et flétris par tant d'heures cruelles.

Quand il voulut marcher, il chancela, et une des religieuses se leva pour le soutenir.

Mais il la remercia et se dirigea seul vers la porte.

Quand il fut sorti de la chambre, il demanda s'il pouvait pénétrer près de Raymond.

— Je vais m'informer, dit le domestique auquel il s'était adressé, auprès des médecins.

— Allez, mon ami.

Et il attendit dans le couloir, tête nue, n'ayant pas songé à mettre son chapeau, qu'il tenait à la main.

Au bout de quelques minutes, le domestique revint vers lui.

— Oui, monsieur le duc, dit-il, vous pouvez venir.

Et l'homme ayant marché devant lui, pour lui indiquer le chemin, il le suivit d'un pas hésitant.

XX

Quand M. de Faucigny pénétra dans la chambre de Raymond, une âcre odeur de chloroforme le prit à la gorge.

Il vit sur une table une cuvette pleine d'éponges ensanglantées parmi un fouillis de linges rougis, et par la porte du cabinet de toilette, restée ouverte, il vit le dos énorme du chirurgien, qui se lavait les mains avec de grands bruits d'eau.

L'opération était terminée.

Il y avait encore autour du malade deux médecins qui achevaient de bander sa plaie et de l'installer dans son lit.

Raymond avait les yeux clos, le visage terrifié et semblait dormir encore.

Le duc s'avança avec précaution, et du regard il interrogea un des docteurs.

— Tout s'est bien passé, dit celui-ci. Aucun organe essentiel n'a été atteint, et s'il ne survient pas de complications imprévues, tout nous porte à croire que la guérison sera rapide.

— Il n'y a pas de fièvre, dit l'autre médecin, et la plaie a bonne apparence.

M. de Faucigny, désignant le blessé du regard, demanda :

— Il dort ?

— Il est réveillé... Nous l'avons réveillé... Mais l'esprit est encore engourdi, et il a de la peine à ouvrir les yeux ; c'est l'effet habituel produit par l'absorption du chloroforme.

Le chirurgien, qui avait fini sa toilette, rentra dans la chambre.

— Tout ira bien, dit-il.

Il aperçut M. de Faucigny.

— Monsieur est un parent ?

— Un ami, le duc de Faucigny.

— Monsieur ! fit l'homme de l'art, qui s'inclina gravement.

— Alors, demanda le duc, vous avez bon espoir ?

— Plus que de l'espoir, maintenant. C'est une certitude, une certitude que le rétablissement sera prompt. Ah ! dame, un moment, ça n'allait pas. Mais tout s'est bien terminé. Notre blessé a supporté très bien l'opération. Il est jeune, vigoureux, très sain, et ce sera tout au plus maintenant l'affaire de quelques jours. Mais cependant, il ne faut pas trop le faire parler. Il ne faut pas qu'il s'agite, qu'il s'impatiente. Cela pourrait lui donner la fièvre, et avec la fièvre on ne sait jamais où l'on va. Malheureusement, il n'a plus personne pour s'occuper de lui. Sa pauvre mère...

— Oui, dit le duc, je viens de la voir. La blessure de son fils l'a tuée.

— C'était fatal, avec sa maladie. Il ne lui fallait pas d'émotions, et dame !...

Et la phrase du chirurgien s'acheva dans un geste expressif.

Puis il ajouta :

— Je vais laisser près du malade un de mes internes. On a envoyé chercher des sœurs, et je suis persuadé que tout ira bien maintenant. Au revoir, messieurs !

Le praticien serra la main des deux médecins qui étaient là, s'inclina devant le duc de Faucigny et s'éloigna.

C'était un homme de grand renom, commandeur de la Légion d'honneur, réputé pour l'audace et l'habileté de ses opérations, membre de l'Institut.

Les deux docteurs le saluèrent avec une extrême déférence et le conduisirent jusqu'à la porte.

M. de Faucigny s'était rapproché du lit de Raymond.

Il regarda le blessé avec une expression de pitié incommensurable, et il lui sembla, bien que les yeux demeurassent clos, que les lèvres remuaient.

Il se pencha et il entendit ce mot, prononcé presque imperceptiblement :

— Maman !

L'attendrissement du duc augmenta.

— Il songe à sa mère, se dit-il ; peut-être la vision de la pauvre femme, morte pour lui, hante-t-elle son esprit encore engourdi par l'anesthésie...

Il n'osa pas lui parler, le rappeler à la réalité de son malheur.

Et il s'assit en silence à son chevet, attendant que le pauvre garçon se réveillât de lui-même...

Les médecins étaient sortis pour causer avec le chirurgien... et M. de Faucigny était seul dans la chambre avec Raymond, le domestique s'étant éloigné aussi pour emporter les linges et les objets de vaisselle qui avaient servi pour l'opération.

Et quelques minutes se passèrent dans un silence profond, oppressant.

Puis Raymond s'agita.

Et il prononça plus haut le mot qu'il avait dit déjà :

— Maman !

Et il ouvrit les yeux.

Il vit près de lui M. de Faucigny, qu'il reconnut, et un grand frisson traversa son corps...

— Le duc ! fit-il.

Le père de Reine frémit de son côté.

Et, prenant doucement la main du malade :

— Oui, c'est moi, mon cher Raymond, qui suis venu prendre de vos nouvelles.

— Ah ! oui, fit le jeune homme, vous connaissez la nouvelle... Ma pauvre mère...

— Je viens de prier près d'elle...

— Elle l'a tuée ! gémit le blessé.

M. de Faucigny devint très pâle.

— Et qui, demanda-t-il, l'a tuée ?

— Elle... celle que j'aimais...

— Ma fille ?

— C'est à cause d'elle que je me suis battu, et en me voyant blessé...

— Oui, dit le duc sourdement. Et c'est à Reine que vous attribuez ?...

— C'est à elle que j'attribue tous mes malheurs, la mort de ma pauvre mère...

« Je l'ai maudite... je l'ai chassée...

— Ma fille ?...

— Je l'avais tant aimée !... je l'aime tant peut-être encore !... car je ne sais plus si je l'aime ou si je la déteste... Je l'aimais tant que la trahison m'a été cent fois plus pénible...

« Pourquoi me disait-elle qu'elle m'aimait si ce n'était pas vrai ?

« Je ne lui en aurais pas voulu de ne pas m'aimer.

« Je lui en veux de m'avoir trompé, de m'avoir menti jusqu'au dernier moment, et hier encore elle m'affirmait qu'elle m'aimait, qu'elle n'aimait que moi.

« Et un autre était son amant !

« Car cet homme a déclaré qu'il était l'amant de Reine. Et c'est ce qui m'a désespéré.

« J'ai voulu le tuer pour ce blasphème, si c'était un blasphème.

« Ou pour me venger d'avoir été trahi, s'il avait dit la vérité.

— Et que croyez-vous maintenant, Raymond ? demanda le duc.

Et ses yeux en prononçant ces paroles se fixèrent, anxieux et attentifs, sur le blessé, comme s'ils avaient voulu arracher de son cerveau le secret qui y dormait peut-être.

Raymond comprit l'angoisse, la torture de ce regard.

Il répondit :

— Je ne sais pas.

« Pendant longtemps, je n'ai pas voulu admettre que Reine fût capable de me tromper et de me mentir.

« Et maintenant encore, quand je me rappelle la lumière et la franchise de ses yeux de bonté, et tout le rayonnement doux qui s'en dégage, et dont le seul souvenir me transporte, je ne puis pas y croire.

« Mais les faits sont là. Cet homme est son amant.

« Vous l'avez surpris. Lui-même a tout dit.

« Et j'ai vu dans ses yeux, moi, avec mes yeux de rival et de jaloux, j'ai vu qu'il l'aimait.

— Il l'aime ? dit le duc, tressaillant.

— Il l'aime, j'en suis sûr.

« On ne se trompe pas, duc, quand on aime soi-même, à l'expression des yeux de son rival.

« Il l'aime. Il est jaloux...

« Il a voulu me tuer.

« Si vous aviez vu avec quelle férocité, avec quelle rage il s'est jeté sur moi, sur moi qui ne lui avais rien fait, qu'il connaissait à peine hier.

« Il n'y a qu'un amant, et un amant jaloux, pour avoir cette froide cruauté.

« Oui, il l'aime, il l'aime, répéta le malheureux.

Et il se tordait sur son lit de souffrance.

Le duc l'écoutait avec un sentiment de soulagement presque, car les paroles de Raymond chassaient l'affreux cauchemar qui, depuis l'heure funeste, ne cessait de l'oppresser.

Si, comme le disait Raymond, M. de Maubuée aimait Reine, il était possible qu'il eût profité d'un moment de défaillance de sa fille.

Et que Reine fût sa maîtresse.

Alors, tout soupçon s'effaçait de son esprit.

Il n'y avait plus que la faute de Reine, que son mariage avec son séducteur allait réparer.

Mais ce qu'il ne s'expliquait pas, en ce cas, c'est l'air de désolation et de tristesse qu'il avait remarqué sur le visage de sa fille.

Mais Reine n'aimait peut-être pas M. de Maubuée ?

Elle s'était ressaisie après la chute et était revenue à son premier amour, à Raymond, et elle souffrait d'être obligée d'épouser un homme qu'elle haïssait peut-être maintenant, et à qui elle se repentait d'avoir appartenu.

Mais ces mots, qui précisaient la situation de Reine vis-à-vis de M. de Maubuée qui faisaient penser de nouveau à M. de Faucigny que sa fille avait un amant, ces mots soulevèrent en lui le sentiment d'incrédulité et de répulsion dont il ne pouvait se défendre.

Il secoua la tête et dit :

« C'est impossible !
« Reine n'a pas succombé.
« Reine n'est pas une fille perdue.
« C'est ma fille !
— Si cet homme, dit Raymond, a abusé d'elle.
— Il l'aurait prise de force alors ? Où ? comment ? dans quelles circonstances ? Non, non, je ne crois pas cela, je ne puis pas le croire !

Raymond avait tressailli.

Lui aussi, au fond de l'âme, il ne pouvait pas croire à l'indignité de celle qu'il avait aimée, qu'il aimait toujours.

Il s'était plus d'une fois reproché sa violence de tout à l'heure.

Et il avait pleuré, en pensant à la malédiction qu'il avait lancée à la pauvre enfant quand il avait vu tomber sa mère.

Il aurait voulu retirer ces paroles échappées à l'excès de sa douleur et en demander pardon à deux genoux à celle qui les avait entendues, à celle qu'elles avaient frappée.

Il partageait donc, au fond du cœur, les angoisses, les doutes du duc, et il ne savait que penser.

Il demanda :

— Que croyez-vous donc, duc ?

M. de Faucigny secoua la tête d'un air attristé, avec accablement.

— Je ne crois rien, dit-il. Je ne sais que croire. Si cet homme l'aime. Et il l'aime, vous me l'avez dit.

— Oh ! de cela je suis sûr, fit Raymond.

— Alors, fit le duc, tout est possible.

« Et il faut laisser les choses suivre leur cours.

— Qu'il l'épouse ?

— Oui.

— Et qu'elle soit malheureuse ?

— Peut-être ne le sera-t-elle pas s'ils s'aiment.

— Oui, dit Raymond sourdement... s'ils s'aiment...

Et il ne parla plus.

Cette pensée qu'ils s'aimaient, que Reine pouvait aimer un autre homme, était trop pénible pour lui pour qu'il pût la supporter.

Son sang s'était glacé dans ses veines.

Il lui semblait qu'il mourait...

Et il souhaitait de mourir.

M. de Faucigny le vit tout d'un coup si pâle, si défait, qu'il eut peur. Il appela.

Les médecins accoururent.

Mais Raymond les accueillit avec un sourire, sourire plein de tristesse et d'amertume.

— Ce n'est rien, dit-il.

« Un peu de faiblesse. C'est passé.

Il se tourna vers M. de Faucigny.

Et lui serrant les mains :

— Je ne verrai pas cela, murmura-t-il à son oreille...

« Ma pauvre mère est morte...

« Rien ne me retient plus ici.

« Je vais partir pour ne plus revenir jamais...

— Moi, dit le duc, je ne puis pas partir...

« Et je verrai cela, ma fille malheureuse peut-être.

Il se releva... passa ses mains sur son front comme pour en chasser d'obsédantes pensées.

Et il s'éloigna après avoir serré la main de Raymond, sans un mot.

XXI

Quand le duc fut parti, Raymond repassa en son esprit tout ce qui venait d'être dit entre eux, se rappela les jeux de physionomie, les impressions fugitives qui avaient passé sur le visage du père de Reine, et il se dit :

— Il ne croit pas à la culpabilité de Reine.

« Et je ne puis pas y croire non plus.

« Si elle était innocente ?

« Si elle m'aimait toujours ?

« Je serais un misérable... Et que doit-elle penser de moi !

« Mais, en voyant tomber ma mère, une folie m'a pris.

« Je n'ai pas été maître de ma raison.

« Et j'ai tout oublié, les soupçons qui m'étaient venus et les raisons que j'avais de croire que Reine ne m'avait pas trahi.

« Me pardonnera-t-elle ?

Et le blessé leva vers le ciel des yeux qui imploraient.

A ce moment, on revint près de lui, et ses pensées prirent un autre cours.

Il songea à sa malheureuse mère que ces incidents avaient tuée et qu'il ne reverrait plus.

Et une tristesse infinie s'empara de tout son être.

Comme son ciel s'était assombri brusquement !

Hier soir, il était si heureux, nageant en pleine lumière, en plein soleil !

L'avenir s'ouvrait devant lui, brillant et radieux, entre une mère qui l'adorait et une jeune fille digne de toutes les tendresses et de tous les respects, éclatante de toutes les beautés, qu'il aimait de toute son âme et dont il se croyait aimé...

Il allait partir avec la promesse qu'elle était à lui pour toujours, sûr qu'il reviendrait glorieux, ayant devant les yeux cet espoir et cette foi...

Et voilà que tout s'était effondré.

Sa mère était morte.

Reine allait en épouser un autre.

Et quand il reviendrait, il ne trouverait plus personne l'attendant.

Aucun cœur ne battrait à son retour...

Autour de lui, il n'y avait que la solitude et l'abandon, et l'amertume d'un bonheur disparu et devenu la proie d'un autre.

Le malheureux secoua la tête et murmura en se roulant sur son oreiller :

— Oh ! mourir ! mourir !

A ce cri, l'interne que le chirurgien avait laissé près du blessé et qui lisait près de la fenêtre, accourut vers le lit.

Il prit la main de Raymond qui pendait et l'interrogea avec inquiétude.

— Qu'avez-vous ?

« Vous souffrez ?

Le blessé le regarda sans paraître comprendre ce qu'il disait, et il ne répondit pas.

— Il ne faut pas, dit le gardien, vous agiter ainsi... Il ne faut pas penser.

Raymond répéta :

— Ne pas penser !

Et de nouveau, il garda le silence.

Puis il demanda au bout d'un instant :

— Pourrai-je voir ma mère, l'embrasser avant qu'elle me quitte pour toujours ?

— Cela dépendra de vous, monsieur, dit l'interne. Si vous êtes raisonnable.

— A elle, fit Raymond, je pourrai dire ma souffrance, et quoique morte, son cœur me comprendra.

— Ne vous agitez pas, dit l'interne, si vous voulez vous guérir.

Et il borda le lit du blessé.

Le duc de Faucigny avait quitté Raymond dans un état d'esprit plus violent encore qu'avant d'avoir vu le jeune homme.

Tout ce que celui-ci lui avait dit n'avait pas tué en lui l'horrible, l'épouvantable soupçon.

Et il voulait se renseigner encore.

Mais auprès de qui ?...

Qui donc lui dirait enfin la vérité, si atroce fût-elle ?

XXII

Le duc doutait maintenant de tout le monde.

Il voyait tous ceux qui lui étaient chers, sa femme, sa fille, ce Raymond pour lequel il avait une vive affection se liguer en un monstrueux complot pour épaissir autour de lui les ténèbres dans lesquelles il se débattait.

Peut-être jamais ne saurait-il ce qui s'était passé, et il verrait sa fille, Raymond, dépérir, minés par le chagrin, sacrifiant pour d'autres coupables leur avenir et leur bonheur.

Il assisterait, impuissant et morne, à l'anéantissement lent de son enfant, de cette enfant qui lui était si chère, car il n'en doutait pas maintenant, elle aimait Raymond et n'aimait pas ce Maubuée, dont elle se disait la maîtresse.

La maîtresse... elle... son hermine, sa pureté... la maîtresse de cet homme !...

Non, non, ce n'était pas possible.

Mais alors ?

Alors ce qu'il supposait était si abominable, si inouï, qu'il n'y voulait pas croire. Et il était obligé, malgré tout, de repousser cette pensée.

S'il l'admettait un instant, il tuerait sa femme, il tuerait ce misérable !

Et il aimait mieux croire encore à ce qu'on lui disait, aux mensonges intéressés qu'on lui faisait peut-être pour épaissir sur ses yeux la taie qu'on y avait mise.

Quand il rentra chez lui, dans son hôtel fastueux, de son pas incertain et machinal, ne sachant plus que tenter et que faire, et à qui s'adresser, car tous semblaient s'entendre pour le tromper, il demanda au domestique accouru à sa rencontre :

— La duchesse ?

— Elle est dans sa chambre, monsieur le duc.

— Seule ?

— Avec mademoiselle, sans doute.

« Mais il y a quelqu'un au salon.

— Qui donc ?

— M. de Maubuée.

— M. de Maubuée ?

— Il a demandé monsieur le duc.

« On lui a dit que monsieur le duc était sorti.

« Alors il a demandé madame la duchesse.

« Et madame la duchesse a envoyé chercher mademoiselle et a fait prier ce monsieur d'attendre.

— Et il est là ?

— Oui, monsieur le duc.

— Depuis longtemps ?

— Depuis assez longtemps.

— Je vais le voir.

— Et le duc se dirigea vers le salon.

Il trouva M. de Maubuée debout, tournant le dos et regardant par la fenêtre.

Au bruit de la porte qui s'ouvrait, il se retourna, vit le duc.

Et M. de Faucigny remarqua qu'il était devenu très pâle.

Il s'avança vers lui.

— Vous désirez me parler, monsieur ?

— Je voulais entretenir monsieur le duc ou madame la duchesse d'un incident.

— Passez dans mon cabinet, monsieur.

« Je vais faire prévenir la duchesse qu'elle vienne nous y rejoindre.

« Nous avons besoin de causer, en effet.

Le ton sec du duc avait frappé Roland de Maubuée.

Il frémit et répondit, essayant de dominer l'espèce de terreur qui s'emparait de lui :

— Je vous suis, monsieur.

Le duc Enguerrand de Faucigny traversa le salon, s'engagea dans un long couloir, puis, ouvrant une porte.

— Entrez, monsieur, dit-il.

Et Roland de Maubuée se vit dans le cabinet du duc, une pièce très vaste, d'ameublement somptueux et sévère, qu'éclairait une large baie donnant sur le jardin.

Mais la nuit tombait, et il n'entrait alors par cette baie qu'un jour faux et indistinct.

Le duc sonna pour faire apporter de la lumière.

Et il dit à Roland :

— Asseyez-vous, monsieur.

Et le jeune homme se laissa tomber sur un fauteuil.

Puis, quand le cabinet fut éclairé et que le domestique qui avait apporté les lampes se fut retiré, M. de Faucigny dit à Roland de Maubuée :

— Je vous écoute, monsieur.

Alors, le prétendu séducteur de Reine de Faucigny, dont les lèvres tremblaient d'émoi, se décida à dire ce qui l'amenait.

— Je venais vous apprendre, monsieur, ce qui s'est passé aujourd'hui même entre M. de Mauléon et moi.

— Vous vous êtes battus et vous avez blessé gravement Raymond.

— Ah ! vous savez ?...

— Je viens de voir Raymond de Mauléon, dit M. de Faucigny.

— Et comment va-t-il ? demanda avec une hypocrite compassion Roland de Maubuée.

— Bien, répondit le duc, toujours de son ton glacé ; mais si vous ne l'avez pas tué, vous avez tué sa mère.

Roland sursauta violemment.

— Sa mère ?

— Mme de Mauléon est tombée morte en voyant ramener son fils blessé et qu'elle a cru mort.

« Vous avez la main malheureuse, monsieur ! ajouta le duc.

Roland de Maubuée était devenu d'une lividité cadavérique.

Il répondit :

— Je ne pouvais pas prévoir ce malheur. Et je n'y suis pour rien. — Monsieur de Faucigny sait sans doute comment les choses se sont passées... que c'est M. de Mauléon qui est venu à mon cercle me provoquer.

— J'ignorais ce détail.

— C'est M. de Mauléon qui m'a obligé à me battre en m'injuriant grossièrement.

« Je lui ai laissé le choix des armes.

— Je ne doute pas, dit M. de Faucigny, avec une ironie qu'il ne cherchait même pas à dissimuler, que vous n'ayez pas eu le beau rôle.

— Et pourquoi ne l'aurais-je pas eu, monsieur ? répliqua Roland de Maubuée, piqué, et qui avait blêmi encore.

Sans répondre, le duc de Faucigny riva ses yeux aigus sur les yeux clignotants et effarés de Roland, et demanda à brûle-pourpoint :

— Depuis combien de temps aimez-vous ma fille, monsieur de Maubuée ?

Roland s'effara davantage.

Il ne répondit pas.

Et il regarda le duc comme pour deviner où il voulait en venir et pourquoi il lui adressait cette question.

Mais le visage du duc demeurait impassible.

Et Roland eut peur.

Un froid de glace entra dans ses veines.

Que savait le duc ?

Pourquoi lui adressait-il cette question, au moins singulière, étant donné ce qui s'était passé ?

Et, ne sachant que répondre, le prétendu séducteur garda le silence.

A cette heure, il eût voulu être loin et n'avoir jamais connu et séduit Huberte de Faucigny. Mais il était trop tard.

Il ne pouvait pas faire que ce qui était ne fût pas.

Et il pensa que tout n'était pas rose toujours dans le métier de séducteur.

Mais le duc s'impatientait.

Il prononça d'un ton sévère :

— J'attends, monsieur.

« J'attends vos explications.

« Vous êtes disposé à épouser ma fille ?

— Oh ! monsieur...

« J'étais venu justement vous demander de fixer le jour du mariage, car j'ai peur que la cause de notre duel ne soit soupçonnée et que l'honneur de Mlle de Faucigny...

— Ne vous préoccupez pas de cela, monsieur, dit sèchement le duc. Nous parlerons plus tard de ce mariage.

« Répondez d'abord à la question que je viens de vous poser.

Ainsi mis au pied du mur, Roland comprit qu'il ne pouvait plus hésiter.

— Je vais tout vous dire, monsieur, fit-il.

Et il chercha par quels mensonges il pourrait le mieux abuser le malheureux qu'il avait trahi.

XXIII

Roland de Maubuée était, ainsi que nous l'avons dit, ce qu'on appelle un homme à femmes, un de ces bellâtres sans scrupules dès qu'il s'agissait des affaires de sentiment. Il avait le point d'honneur très chatouilleux et n'eût pas fait tort d'un centime à qui que ce fût ; mais quand il s'agissait de mentir pour tromper un mari, trahir une femme ou séduire une jeune fille, il ne jugeait pas sa loyauté engagée et trouvait tout autorisé et de bonne guerre, même les manœuvres les plus perfides et les plus malhonnêtes.

Pour l'instant, oubliant déjà les preuves d'amour qu'il avait reçues de la duchesse — qui s'était mise pour lui dans la plus effroyable situation que puisse connaître une épouse et une mère — il n'avait plus en vue que son mariage avec Reine de Faucigny, qu'il aimait à présent follement et que les obstacles qui l'en séparaient ne lui rendaient que plus désirable... Il n'était pas homme à se préoccuper que cette passion fût ou non criminelle... Il espérait, à force de duplicité, abuser la jeune fille sur la nature des relations qu'il avait eues avec sa mère, comme il allait maintenant tâcher de tromper le duc.

Le principal, pour lui, était de devenir le mari de Reine et de partir avec elle, loin des yeux de la mère et du père.

Quand il serait seul avec cette enfant ignorante et pure, dans quelque site étranger, il ne doutait pas qu'il ne parvînt, avec son pouvoir de séduction qui n'avait pas jusqu'ici trouvé de cruelles, à la faire tomber dans ses bras, et quand elle serait sienne, la mère ne pourrait plus que fermer les yeux et gémir en silence, car elle ne voudrait pas jeter sa fille dans le désespoir et les remords.

Tel était l'odieux calcul de Roland en venant, à la sortie de son duel avec son rival, demander au duc de fixer la date de son union avec Reine de Faucigny.

Et maintenant, Roland n'avait plus qu'un but, gagner les bonnes grâces du père, s'en faire au besoin un allié et pour cela il jugea que le meilleur moyen était de détruire en lui le soupçon et de lui laisser toutes ses illusions.

Au besoin, il s'accuserait lui-même et accumulerait sur lui tous les torts et toutes les réprobations.

Et il débuta ainsi :

— Il faut d'abord que je vous dise, monsieur, que je suis un misérable, que Mlle de Faucigny n'est pas ma maîtresse, malgré les apparences.

Le duc avait eu un tressaillement intime, en même temps qu'une profonde sensation de douleur avait contracté son être.

Allait-il donc savoir ?

Allait-on lui faire l'aveu qu'il redoutait ?

Et déjà sa main se crispait, prête à frapper, sa bouche s'ouvrait pour maudire.

Il ne put arrêter ce cri sur ses lèvres, blêmes d'angoisse :

— Et qui donc, monsieur ?

Mais déjà Roland avait compris ce qui se passait en lui, quelle crainte lui avait arraché cette interrogation anxieuse...

Il eut un sourire et répondit tranquillement :

— Personne, monsieur.

— Personne ?

— Personne.

— Vous me ferez croire que vous pénétriez la nuit chez ma fille...

— J'y suis entré une fois, monsieur, la nuit où vous m'avez surpris, et à l'insu, pour ainsi dire, de Mlle de Faucigny, sans avoir été appelé par elle, sans qu'elle m'attendît et peut-être me désirât...

Le duc regardait, d'un air hébété, l'homme qui lui parlait ainsi.

Il bégaya :

— Je ne comprends pas, monsieur. Expliquez-vous.

Roland prit un temps pour réfléchir.

Et il dit posément, tranquillement :

— J'avais été pris pour Mlle de Faucigny, la première fois que j'eus le bonheur ou peut-être le malheur — car je ne sais pas ce que cette passion donnera — d'un de ces amours insensés, absolus et subits que l'on appelle des coups de foudre et qui fixent à jamais le sort d'un homme. On m'eût dit qu'il m'aurait fallu pour arriver à Mlle de Faucigny commettre des crimes que je les aurais commis sans hésiter. Quant à ma vie, elle était à elle dès la première heure, dès la première minute. Je n'étais pas homme à la marchander.

« Ce que je souffrais alors, monsieur, aucune parole humaine ne pourrait l'exprimer. J'étais d'autant plus torturé que je voyais bien que Mlle de Faucigny faisait à peine attention à moi et que j'avais la terreur de n'être jamais aimé.

« J'appris à ce moment — ce qui redoubla encore mon désespoir — que son cœur était pris déjà, du moins le bruit en courait dans le monde que nous fréquentions, et on parlait de son mariage avec un de ses amis d'enfance, M. de Mauléon, pour l'époque où celui-ci serait revenu d'une mission dont il avait été chargé.

« Jugez de mon état, monsieur, de mes tourments de toutes les minutes, de toutes les secondes.

« Et j'étais obligé de cacher à tous ma passion dont peut-être on se serait moqué, car les femmes qui n'aiment pas sont cruelles pour ceux qui les aiment.

« Je me présentais chez vous souvent. Je venais faire des visites à la duchesse de Faucigny, qui se montrait accueillante et très aimable pour moi sans se douter du mobile qui me conduisait vers elle, car je n'y venais que dans l'espoir de voir Mlle Reine.

« Mais, quand j'étais là, jamais Mlle de Faucigny ne paraissait au salon.

Un soupir s'échappa, en entendant ces paroles, de la poitrine oppressée du duc de Faucigny, mais ce fut un soupir de soulagement.

Les visites fréquentes de M. de Maubuée à la duchesse — et qui lui portaient ombrage depuis que des doutes lui étaient venus sur sa femme — ces visites se trouvaient ainsi expliquées.

Les ombres qui obscurcissaient son esprit s'éclaircissaient peu à peu.

Et c'est d'un air plus bienveillant, presque aimable, qu'il dit à Roland de Maubuée.

— Continuez, monsieur.

— Les choses en étaient là, reprit celui ci, quand il me sembla que Mlle de Faucigny, que je rencontrais souvent dans le monde, me regardait d'un air moins glacé, avec moins d'indifférence.

« Et j'eus même un jour l'espoir fou — et qui me transporta — de pouvoir lui plaire.

« C'est alors, monsieur, que je commis l'insigne folie.

« Une folie qui sera pour moi une cause inouïe de bonheur si j'arrive au but que je désespérais de jamais atteindre et que vous m'avez vous-même fixé.

Ces dernières paroles rappelèrent brusquement le duc de Faucigny au sentiment de la situation réelle, que la détente de ses pensées lui avait fait un instant oublier.

— Si c'est pour arriver à ce mariage que vous désirez monsieur, mais auquel ma fille répugne peut-être encore à cette heure, si c'est pour arriver à ce mariage et nous forcer la main à ma fille et à moi que vous avez résolu de compromettre Mlle de Faucigny, je dois vous avouer que le procédé est peu délicat et indigne d'un gentilhomme.

— Oui, dit vivement Roland de Maubuée, je serais le plus misérable des hommes, et je mériterais tous les mépris si j'avais un instant fait cet odieux calcul. Mais c'est sans réfléchir, monsieur, emporté par la fougue de ma passion désordonnée, que j'ai commis l'imprudence insigne qui me livrait à vous pieds et poings liés, car vous pouviez me tuer, et j'eusse accepté avec bonheur la mort de votre main, et qui faisait tomber sur une irréprochable jeune fille les plus injustes soupçons.

— Ma fille, interrompit le duc, a déclaré elle-même, en présence de sa mère et de moi, que vous étiez son amant.

— Parce que Mlle de Faucigny, dit Roland, ne connaît pas la signification de ce mot amant, qu'elle employait sans doute pour la première fois.

« Mais, je vous le jure, monsieur — et en cela, en effet, le misérable ne mentait pas — je vous le jure, je ne suis pas l'amant de Mlle de Faucigny.

« Mlle de Faucigny est innocente.

« Et elle peut encore épouser un autre homme que moi si je lui suis trop odieux.

— Non, dit le duc, pas maintenant, puisque nous avons annoncé à tous vos fiançailles. Mais comment et dans quel but avez-vous pénétré de nuit chez elle, puisque ce n'était pas pour nous contraindre à vous accorder sa main ?

— C'était pour la voir, lui parler, lui avouer mes sentiments, que je ne pouvais pas lui dire dans un salon... et que je n'osais pas lui exprimer en présence d'autres personnes.

« Je voulais avoir avec elle une explication catégorique, après laquelle le paradis se serait ouvert pour moi... ou j'aurais entrevu les abîmes de l'enfer.

« Si elle m'avait repoussé, je disparaissais à jamais.

« Si elle m'avait, au contraire, fait entrevoir quelque espoir, j'aurais continué à lui faire ma cour et vous aurais demandé sa main.

— Mais pour cela il n'était pas nécessaire de pénétrer la nuit chez elle.

— Je n'ai pas été maître de mes sentiments et de mes désirs.

« Je suis d'une nature irréfléchie et fougueuse.

« Pendant de longues nuits, j'ai rôdé autour de votre hôtel.

« Puis je me suis hasardé à en franchir les murailles pour voir la lumière de ses fenêtres. Je n'avais pas à ce moment d'autre ambition.

« Et peu à peu se forma en mon esprit cette idée que je viens de vous dire, cette idée absurde et folle d'avoir avec elle une secrète entrevue.

« Et la nuit où vous m'avez surpris, elle s'était emparée de moi avec une telle violence que je n'y résistai pas.

« La fenêtre de Mlle de Faucigny étant ouverte, je me hasardai à y grimper et je tombai dans sa chambre comme un aérolithe.

— Et comment vous accueillit-elle ?

— Par un cri de terreur.

« Un cri de terreur qui me pénétra jusqu'au fond du cœur.

« Et je crus qu'elle allait s'évanouir.

« Je me disposais à la rassurer et à m'expliquer quand nous entendîmes des pas dans le jardin.

« C'étaient vos pas.

« Mlle de Faucigny s'écria :

« — Je suis perdue ! Vous m'avez perdue, monsieur. Vous êtes un misérable !

« Puis nous entendîmes votre voix, et nous restâmes comme morts... tous les deux...

« En même temps, Mme la duchesse faisait irruption dans la chambre.

« Elle me vit.

« Une terreur folle s'empara d'elle.

« Et allant à sa fille :

« — Malheureuse ! » cria-t-elle.

« Mais vos pas se rapprochaient.

« Nous n'eûmes le temps de rien expliquer.

« Et nous comprîmes que Mme de Faucigny s'affolait, tremblant peut-être d'être soupçonnée, car elle avait compris à votre accent que vous aviez surpris quelque chose.

« Et c'est alors que Mlle de Faucigny, qui fut sublime à ce moment et ne pensait pas à elle, mais à sa mère seulement, dont l'honneur pouvait être compromis, et à vous, monsieur le duc, que le soupçon pouvait tuer, c'est alors que Mlle de Faucigny vint à moi et dit :

« — A tout prix, monsieur, il faut que ma mère sorte indemne de cette aventure. Vous êtes venu pour moi ?

« — Pour vous seule.

« — Et je dirai, s'il le faut, que vous êtes mon amant... Mais que jamais mon père n'accuse ma mère qui est innocente.

« Voilà, monsieur.

« Vous êtes entré et vous savez le reste.

Roland de Maubuée cessa de parler.

Et il attendit, la tête basse, humilié, l'air confus, que le duc se prononçât et jugeât sa conduite... ou celle du moins qu'il venait de faire connaître...

XXIV

Après le récit de Roland de Maubuée, le duc de Faucigny avait senti son cœur se dilater.

Le soupçon qui dormait en lui s'évanouissait, et de plus il n'avait pas à rougir de l'indignité de sa fille !

Le contentement qu'il éprouvait de voir se dissiper enfin l'horrible cauchemar qui l'oppressait depuis de si longues heures était tel qu'il ne songeait pas à s'indigner et qu'il aurait presque remercié Roland de Maubuée, qu'il aurait dû chasser honteusement de chez lui s'il avait eu la pleine possession de ses idées ; mais le malheureux avait tant souffert qu'il ne voyait plus à ce moment que la fin de son martyre.

Et, c'est sans acrimonie qu'il dit à Roland :

— Je vais faire prévenir la duchesse et Reine que nous les attendons ici. Et ce sont elles-mêmes qui décideront ce qu'il faut faire.

En même temps, il allongea le bras vers un cordon de sonnette et commanda au domestique qui se présenta d'aller dire à Mme la duchesse qu'il la priait de venir avec sa fille le rejoindre dans son cabinet, où se trouvait M. de Maubuée qui désirait leur parler.

Quand on avait annoncé à Mme de Faucigny la visite de Roland, tout de suite elle avait envoyé chercher sa fille, qui arrivait alors, on le sait, de chez Raymond de Mauléon, qui, ayant vu tomber sa mère morte à ses pieds, l'avait chassée et maudite.

La pauvre enfant avait ressenti une telle surprise et une telle douleur qu'elle n'en était pas remise encore quand sa mère la fit prévenir.

Chassée, maudite par lui !... son dernier espoir, le dernier refuge de son cœur meurtri !... par lui, dont le souvenir resté doux et pur lui eût donné le courage de supporter les souffrances qui l'attendaient, Reine n'en revenait pas !

Et de toutes les épreuves qu'elle avait eu à supporter, c'était là certainement la plus cruelle, la plus poignante...

Reine sanglotait désespérément.

Et elle répétait, au milieu de ses pleurs :

— Il me hait !

« Il me hait, lui !

« Que lui ai-je fait ?

« Il me croit infidèle.

« Il m'attribue la mort de sa mère, sa blessure, tous ses malheurs.

« Et il me hait.

« Il me hait, Raymond, l'ami des premiers jours, lui qui a été jusqu'ici le rayonnement, la joie de ma vie !

« Il me hait !

« Et il ne pense plus à moi sans me maudire.

« Mon nom sera pour lui un objet d'horreur.

« Il me hait, et tout est fini pour moi !

« Le plus grand malheur qui pouvait me frapper est tombé sur moi.

« Et jamais maintenant il ne saura que je ne l'ai pas trahi, que j'ai été victime d'une incroyable fatalité, que a dû supporter le poids de la faute d'une autre, de sa mère.

« Sa mère à lui, qui aurait pu le lui dire, ne parlera plus.

« Et jamais il ne saura maintenant la vérité.

« Jamais il ne cessera de me haïr ! »

Les sanglots de la pauvre enfant redoublaient, et jamais encore son malheur ne lui avait paru si complet, si infini.

C'est alors que la duchesse l'envoya chercher.

Elle essuya précipitamment ses yeux, les baigna d'eau fraîche, et elle descendit voir ce qu'on lui voulait.

Elle avait un tel dégoût de la vie en ce moment qu'elle se sentait incapable d'une lutte, d'une résistance.

Que lui importait ce qui pouvait lui advenir désormais, puisqu'elle venait de subir la pire, pour elle, de toutes les catastrophes ?

Elle se présenta devant sa mère, les yeux rougis encore, mais résignée...

Celle-ci lui dit :

— M. de Maubuée est là. Il vous demande. Voulez-vous le voir ?

Reine tressaillit.

Ces seuls mots l'avaient pour ainsi dire galvanisée.

Son abattement disparut.

Elle regarda sa mère.

Et elle demanda hautainement :

— Que peut-il me vouloir, à moi ?

— Mais, bégaya Mme de Faucigny, s'entendre sans doute avec nous.

— A propos de quoi ?

— Du mariage.

— Il a ma parole, dit Reine.

« Vous l'avez, ma mère.

« Je l'ai donnée à mon père.

« Le reste ne m'importe plus.

« Le jour, l'heure, les détails de la cérémonie, qu'il fixe tout à son gré.

« J'ai donné mon honneur, mon amour, ma vie.

« On ne peut rien me demander de plus.

« Faites-en, ma mère, ce que vous voudrez. Réglez cela avec lui, et laissez-moi à ma douleur !

Mme de Faucigny avait frémi.

— Comme tu es cruelle, mon enfant !

— Cruelle, moi !

« Mais vous ne savez donc pas, madame, ce qui se passe, ce qui s'est passé plutôt ? Raymond m'a maudite !

— Maudite !

— Raymond me hait.

« Il m'a chassée de chez lui.

— Chassée !

— Oui, chassée avec colère, avec mépris, avec horreur.

« Il me croit coupable, sans doute.

« Il croit que je l'ai trahi.

« Et c'est moi qu'il rend responsable de tous les maux qui le frappent.

« Car ne lui sont-ils pas venus par moi, et cela à cause de vous, ma mère ?

« Il s'est battu avec M. de Maubuée.

« Il a été blessé, et sa mère est morte.

— Morte, Mme de Maulcon !

— Oui, madame, tuée par vous !

— Par moi !

— Et par qui, si ce n'est par vous ? En voyant apporter chez elle son fils tout sanglant, elle est tombée foudroyée.

— Grand Dieu ! s'écria la duchesse, véritablement saisie... ce n'est pas vrai !

— Je l'ai vue !

« Elle est tombée à mes pieds.

« Et comme je me précipitais pour consoler son fils, celui-ci, quoique blessé, m'a montré la porte du doigt et m'a chassée... chassée, entendez-vous, madame ?

« Chassée comme une femme indigne, comme une femme maudite.

« Et c'est cela que je ne pourrai pas pardonner, madame, que je ne pardonnerai jamais !

— Que de malheurs ! fit la duchesse.

Et elle leva vers le ciel des bras terrifiés.

— Oui, dit Reine, le malheur s'abat sur nous de toutes parts, nous frappe tous à coups redoublés, et cela à cause de vous !

— A cause de moi ! fit Mme de Faucigny sourdement.

« A cause de moi.

« Ah ! comme j'ai hai ma faute déjà et comme je l'ai maudite !

« Et comme je l'exècre à présent !

« Si je pouvais, en donnant ma vie, mon sang jusqu'à la dernière goutte, la réparer en laissant sauf le bonheur de ton père, je ne te demanderais rien, ma fille...

« Et je prierais le ciel de me frapper encore, de me frapper seule.

« Mais il y a ton père.

— Oui, dit Reine, mon père qu'il faut préserver et laisser en dehors de toutes ces détresses.

— C'est pour lui, ma fille, pour lui seul que j'ai tremblé.

« Si je ne craignais pour lui, il y a longtemps que je me serais châtiée moi-même et que j'aurais, par la mort, expié mon crime.

« Mais il reste, lui...

« Il est innocent...

« Il ne doit pas souffrir.

— Je suis innocente aussi, gémit Reine, et je souffre.

« Et je souffrirai toujours.

— C'est pour lui.

— Oui, pour lui, et c'est cette idée seule qui me soutient...

« Et par vous, madame.

— Ne me le répète pas, mon enfant.

« Ne t'amuse pas à tourner et retourner ainsi le poignard dans la plaie dont tout mon cœur saigne.

« Je sais ce que j'ai mérité.

« Ah ! je voudrais être seule à supporter les douleurs que ma faiblesse a enfantées.

« Mais le destin s'est appesanti sur moi, un destin inexorable qui a entraîné ma fille dans mon malheur.

« Et c'est, pour moi, la souffrance la plus terrible.

« Mais en vain je le répéterai, tu ne me croiras pas, ma fille.

« Et tu continueras à m'exécrer.

« Comme toutes les femmes irréprochables, tu es sans pitié pour les crimes d'amour.

« Mais qui sait où ton cœur peut un jour t'entraîner ?...

Mme de Faucigny avait prononcé ces paroles avec un accent si déchirant que Reine en fut frappée.

Elle regarda sa mère.

Elle vit de grosses larmes ruisseler sur ses joues.

Alors, pour la première fois, son cœur s'émut devant cette douleur.

Elle comprit que la coupable n'était peut-être pas indigne de pitié et de pardon.

Elle lui tendit les bras.

— Pardonnez-moi, ma mère, dit-elle, pardonnez-moi les paroles cruelles que la douleur m'a fait prononcer.

« Ce n'est pas à moi, votre fille, de vous juger.

« Je souffre par vous, c'est vrai, mais je ne sais pas quelles ont été vos tortures et vos luttes, et comment vous avez succombé.

« Il n'est pas de fautes que le repentir n'efface.

« Et vous vous repentez.

« Vous pleurez votre faiblesse.

« Pardon !

Et Reine se prosterna devant madame de Faucigny.

La duchesse releva violemment sa fille, la prit dans ses bras, la serra sur son sein en sanglotant éperdument.

Et elle cria :

— Tu es un ange, ma fille, un ange de miséricorde et de bonté et de dévouement aussi !

« Je ne te mettrai jamais en mon cœur assez haut.

« Et jamais ton père ne saura ce que tu as fait pour lui.

« Tu es la plus admirable et la plus héroïque des filles...

« Et je t'aime et te bénis !...

Elles se tenaient encore embrassées, la mère et la fille, mêlant leurs larmes, quand on frappa à la porte.

Elles se redressèrent en tressaillant.
Et Mme de Faucigny demanda :
— Que veut-on ?
— C'est monsieur le duc qui demande à madame la duchesse et à mademoiselle d'aller le retrouver en son cabinet, où il les attend avec M. de Maubuée.
Mme de Faucigny regarda sa fille.
Celle-ci avait déjà essuyé ses yeux.
Et, l'air résolu, exalté, ainsi qu'une martyre prête à affronter le bûcher dont elle entend siffler les flammes, elle prit la main de la duchesse et dit :
— Allons, ma mère !
Et elle l'entraîna.

XXV

Quand la duchesse et Reine entrèrent dans le cabinet où les attendaient M. de Faucigny et M. de Maubuée, les yeux de celui-ci se portèrent aussitôt sur la jeune fille qu'il trouva plus touchante encore et comme embellie par sa pâleur et s'allumant d'une vive flamme. Il n'osa pas porter son regard sur la duchesse.
Reine avait vu cette joie. Elle y répondit par un coup d'œil glacé, empreint d'un tel mépris que Roland sentit un frisson passer par tout son corps.
Le duc, tout aux impressions qui le dominaient à cette heure, n'avait rien remarqué.
Mais comme Reine avait peur qu'il ne s'étonnât de la froideur de sa physionomie et de l'espèce de répugnance et d'horreur même qu'elle avait à se trouver près de celui qui était déjà son fiancé, et qui demain allait être son mari, l'héroïque jeune fille trouva la force de sourire, de sourire à l'homme qu'elle aurait voulu foudroyer.
Et cela acheva de tromper tout à fait M. de Faucigny et dissipa les dernières ombres qui peut-être obscurcissaient encore sa pensée.
Et c'est d'un air tout à fait aimable et presque gai qu'il dit :
— Je vous ai fait venir, duchesse et vous, Reine, pour que nous nous entendions avec M. de Maubuée, qui désire que l'on fixe la date du mariage.
Reine ne put réprimer un frémissement.
La duchesse devint plus pâle, et elle regarda sa fille.
Celle-ci comprit ce que l'on attendait d'elle, et elle répondit :
— Il me semble, mon père, que le plus tôt sera le meilleur.
L'admirable enfant semblait avoir hâte maintenant de s'immoler pour ce père qui lui était si cher, avoir hâte de chasser de son esprit tout souci, dût-elle elle-même mourir de chagrin.
M. de Maubuée avait eu un geste de ravissement.
Sa fatuité était telle que déjà il crut avoir produit sur Reine l'impression qu'il produisait sur toutes les femmes.
Et il voulut trouver pour la jeune fille un mot aimable.
— Mademoiselle, dit-il, un tel empressement...
Il n'en put dire davantage.
Reine lui jeta un regard si méprisant que les paroles s'arrêtèrent en sa gorge. Et il toussa pour cacher son embarras.
Le duc demanda alors, en se tournant vers sa femme et sa fille :
— Croyez-vous, mesdames, qu'un mois soit suffisant pour les préparatifs... pour vos achats, vos toilettes ?
« Nous sommes le 29 mars.
« Nous pourrions prendre le 29 avril.
Il avait consulté un calendrier et ajouta :
— Le 29 est un lundi.
— Je n'y vois pas d'inconvénient pour moi, dit Reine aussitôt.
Et elle pensa :
— Qu'importe le jour où se clora ma destinée, où sera scellé mon malheur définitif ?

La duchesse ne se prononçait pas.
Son mari s'adressa à elle.
— Et vous, duchesse ?
— Je n'ai pas d'autre volonté que ma fille.
— Quant à moi, déclara Roland de Maubuée, dont la voix tremblait horriblement, et qu'une pâleur avait envahi, car il devinait et voyait le mépris qui débordait des yeux de Reine et de sa mère, quant à moi, bien que je trouve cette date trop éloignée pour mon impatience, je ne puis que me ranger à l'avis de madame et de mademoiselle de Faucigny.
Le duc se leva.
— C'est donc entendu pour le lundi 29 avril.
La duchesse s'était levée à son tour.
Elle était impatiente de partir et d'emmener Reine, dont elle comprenait les intimes tortures.
Elle dit :
— Si vous n'avez plus besoin de nous, mon ami ?
Et elle s'éloignait suivie de Reine.
Mais le duc arrêta la jeune fille.
— Reste, toi, mon enfant, dit-il ; j'ai à te parler !
Et, tendant la main à Roland :
— Au revoir, monsieur de Maubuée.
C'était un congé.
Roland s'apprêta aussi à sortir.
Mais lui, la duchesse et Reine s'étaient regardés, et ils avaient regardé le duc comme pour lire sur son visage ses intentions.
Mais rien de particulier n'y transpirait.
Il paraissait naturel et sans arrière-pensée.
Roland salua la duchesse, Reine et le duc, et il se retira le premier, ne sachant que penser, redoutant il ne savait quel incident qui pouvait surgir et mettre à néant ses espérances.
Il s'en alla plein d'inquiétude.
L'anxiété de Mme de Faucigny, qui partit après lui, n'était pas moins vive... et elle était encore peut-être plus justifiée.
Elle se demandait ce que le duc pouvait avoir à dire de particulier à sa fille, surtout après ce qui venait de se passer, après que la date du mariage avait été fixée.
Elle tremblait que Reine ne prononçât quelque mot imprudent... et ne laissât transpirer le secret qu'elles étaient parvenues à garder jusqu'ici au prix de surhumains efforts.
Et elle s'éloignait à regret, impatiente de revoir Reine et de savoir ce que son père lui voulait.
Quand celui-ci fut seul avec sa fille — sa fille bien-aimée, la plus chère de ses affections — il la fit asseoir près de lui, prit entre ses deux mains ridées sa main si douce, et lui dit :
— Je suis heureux, ma fille, que tu te sois fait une raison, que ce mariage ne te paraisse pas odieux comme il avait l'air de l'être hier encore, car il m'eût été pénible de revenir sur la parole donnée, de soulever un scandale qui pouvait te compromettre, en démentant la nouvelle que j'avais officiellement fait connaître de tes fiançailles avec M. de Maubuée, et pourtant je l'aurais fait, mon enfant, je te le jure, si j'avais pensé que cette union pût te rendre malheureuse. Ce que je veux, moi, ma fille chérie, c'est ton bonheur, ton bonheur avant tout !
Pendant qu'il parlait, la main de Reine tremblait entre ses mains.
Et la jeune fille prononça, avec un soupir qui ressemblait à un sanglot :
— Mon bonheur !
— Oui, ton bonheur, mon enfant, poursuivit le duc. C'est le souci de mes vieilles années... Je veux que tu sois heureuse.
« Et tu peux l'être avec M. de Maubuée, qui paraît t'aimer beaucoup.
Reine retira sa main brusquement des mains de son père.
Et elle allait riposter, dire le sentiment de répulsion, de révolte que ces paroles soulevaient en elle.
Mais elle eut peur de tout perdre, de renverser d'un coup l'échafaudage de tromperie et de mensonge qu'elle avait elle-même élevé pour donner le change à son malheureux père

Et elle se contint.

Elle garda le silence.

— Je viens, continua le duc, qui attribua à un sentiment de pudeur bien compréhensible le mutisme de sa fille, je viens de causer avec M. de Maubuée.

« Il m'a tout raconté, l'imprudence que la fougue de son tempérament et son audace lui ont fait commettre, imprudence dès lors très pardonnable.

« Il m'a dit aussi que rien ne rendait le mariage indispensable.

« Que tu étais restée sans reproche, digne de l'estime de ton père et de tous.

Reine leva sur le duc des yeux pleins d'étonnement.

Elle ne comprenait pas bien.

M. de Faucigny appuya.

— Il m'a dit, en un mot, qu'il n'était pas ton amant...

« Et, par conséquent, si cette union te répugnait trop, comme cela m'avait semblé d'abord...

Reine interrompit son père.

— Je ne sais pas, fit-elle, ce qu'a pu vous dire M. de Maubuée.

« Qu'il soit ou ne soit pas mon amant, il est pour moi comme s'il l'était.

« Il a été surpris la nuit dans ma chambre.

« Je me considère donc comme déshonorée par lui.

« Et il est nécessaire qu'il me rende l'honneur qu'il m'a ravi.

— Je te comprends, mon enfant, dit le duc ému, ces sentiments sont dignes de ceux de notre race, qui ont toujours mis l'honneur au-dessus des satisfactions personnelles.

« Mais pourtant, si tu ne l'aimais pas.

— Je l'aimerai, mon père.

— Si tu aimais un autre homme...

— Je ne dois plus aimer que l'homme qui doit être mon mari.

— Tu aimais Raymond de Mauléon.

— J'ai cru l'aimer.

« Il a cru m'aimer aussi.

« Mais il ne m'aime plus.

« Et je l'oublierai, comme il m'a sans doute déjà oubliée lui-même !

La malheureuse enfant étouffait.

Elle faisait des efforts surhumains pour contenir les sanglots qui gonflaient sa poitrine, les larmes qui montaient à ses yeux et comprimaient les déchirements de son cœur.

Elle se leva.

— Tu me quittes ? dit le duc.

— Je vais rejoindre ma mère, qui doit m'attendre pour quelques courses que nous avons à faire ensemble.

« Nous n'avons plus maintenant de temps à perdre.

— Tu pars sans m'embrasser ? fit M. de Faucigny, qui tendait les bras à son enfant adorée.

Celle-ci s'y précipita.

Et toute son énergie l'abandonna.

Elle s'abîma en pleurant sur le sein du duc.

— Tu vois, fit celui-ci, surpris, que tu me caches quelque chose, et que tu n'es pas heureuse ?

— Si, mon père, fit la jeune fille qui se ressaisit brusquement.

« Mais je t'aime, papa.

« Et il va m'en coûter de te quitter.

— Tu vas me quitter ?

— Mon mari va m'emmener.

— Et où ?

— Je ne sais pas... loin d'ici sans doute, loin de cette maison où vous êtes, où vous vivez... où je vous vois tous les jours.

— Oui, dit le duc, il est probable que vous ferez un petit voyage... Mais vous reviendrez.

— Et je ne serai plus à toi, papa, plus à toi comme avant, sanglota la pauvre enfant, qui ne pouvait plus se contenir.

— Il faut, dit le duc, se faire une raison. Les jeunes filles ne peuvent pas toujours vivre avec leurs parents,

« Il leur faut, quand l'âge est venu, se créer un intérieur, une famille.

« Mais sois sans crainte, ma fille chérie, ton père te restera, quoi qu'il arrive... Ton père ne t'abandonnera pas et ne cessera pas de t'aimer.

— O mon père, mon bon père ! cria Reine en pleurant, vous ne saurez jamais combien votre fille vous a aimé !

Et elle s'éloigna vivement.

Elle avait peur de se trahir.

XXVI

— Consentez-vous à prendre pour seul et unique époux M. Roland-Edgard-Astrubald de Maubuée ?

Reine, à qui ces paroles s'adressaient dans la salle de la mairie où elle venait enchaîner sa foi à l'homme qu'elle méprisait et haïssait, Reine hésita à répondre.

Mais à ce moment ses yeux aperçurent la figure pâle et tragique de son père, où étaient revenus le soupçon et l'inquiétude.

Et elle répondit vivement :

— Oui, monsieur.

C'était fait !

Elle était pour la vie liée à cet homme. Et en son esprit elle imaginait une vivante attachée à toutes les horreurs d'un cadavre.

Elle allait désormais porter le nom de cet homme dont elle rougissait, se montrer à son bras dans les salons et dans les bals, pendant que Raymond de Mauléon, la croyant infidèle et traîtresse, la maudissait... Et rien maintenant ne l'arracherait à cette honte.

Elle courba la tête sous le faix écrasant de son malheur. Et elle devint si blême qu'on crut qu'elle allait s'évanouir.

Sa mère lui toucha le coude doucement, et elle se ressaisit un peu ; mais à partir de ce moment il lui sembla qu'elle était le jouet d'un rêve, d'un horrible et monstrueux cauchemar.

Elle entendait comme en un songe, et sans en comprendre le sens, le bourdonnement confus des paroles du maire, et tout le monde autour d'elle avait pris des apparences d'ombre.

Elle vit les gens se lever, se diriger vers la porte, et, machinalement, elle les imita, sans se rendre compte.

Elle comprit que c'était fini, que son malheur était irréparable et complet, et elle eut envie de pleurer et de gémir, de crier tout haut sa douleur et son désespoir.

Elle eut cependant la force de se contenir, et son mari — l'homme odieux, l'amant de sa mère — lui ayant touché le bras, elle posa sans tressaillir son bras sur le sien et sortit avec lui de la mairie.

Il y avait peu de monde. Les témoins seulement et quelques parents les entouraient.

Mais ce ne serait pas de même le lendemain, où la cérémonie religieuse avait lieu en grande pompe, à la Madeleine, devant tout le Paris élégant et mondain.

Où était Raymond ?

Que disait-il ? Que pensait-il ? Était-il guéri ?

Était-ce sur un lit de souffrance qu'il avait appris l'incroyable défection — car il devait croire, lui, à la trahison de Reine, — puisque sa mère n'avait rien pu lui dire. Était-ce sur un lit de souffrance qu'il avait appris l'incroyable défection de celle qui avait juré de l'aimer ?

Cette idée ne quittait pas l'esprit de Reine pendant qu'elle se traînait, languissante, et à demi morte, victime égorgée et perdant tout son sang, aux côtés de Roland de Maubuée, son époux méprisable et détesté.

Que faisait Raymond ? Que pensait-il ?

Il avait dû lire dans les journaux l'annonce du mariage. Il devait connaître l'heure et les détails de la funeste cérémonie.

Demain, il lirait la description de toutes les splendeurs qui allaient entourer cette aristocratique union.

On louerait le bon goût de la toilette de la mariée. On vanterait la beauté peut-être et les grâces de celle qui allait s'appeler Mme de Maubuée.

Peut-être se trouverait-il des journalistes pour envier son bonheur.

Mais y en aurait-il un pour comprendre ce qui se passait en elle, pour jeter au public le cri de cette souffrance et de cette agonie cachées sous les apparences fleuries du bonheur et du luxe ?

Y en avait-il un pour dire à Raymond de Mauléon de ne pas la maudire, et qu'elle était cent fois plus malheureuse et plus torturée que lui ?

Non, il n'y en aurait pas, car personne ne pouvait lire en son cœur et deviner ce qui s'y passait. Personne ne pouvait voir la plaie horrible dont il saignait.

Raymond se laisserait duper comme les autres.

Il croirait, comme les autres, aux choses extérieures, et peut-être penserait-il qu'elle est heureuse — heureuse, elle !...

Un sursaut l'arracha à l'espèce de somnambulisme dans lequel elle se mouvait... Son pied venait de glisser sur une marche de l'escalier qu'elle descendait.

Son mari la serra pour la retenir, et ce contact lui parut si horrible qu'elle poussa un cri rauque et se rejeta en arrière d'un mouvement brusque.

Roland pâlit, et tout le monde regarda la jeune femme.

On avait vu le faux pas qu'elle avait fait, et on crut qu'elle s'était fait mal.

Mais elle s'efforça de sourire et dit :

— Ce n'est rien.

« J'ai eu peur de me donner une entorse.

Elle ne reprit pas le bras de Roland et marcha toute seule vers la voiture qui attendait au dehors.

Cet incident avait produit une pénible impression sur l'esprit de Roland de Maubuée.

Il avait compris la grandeur de la répugnance qu'il inspirait à sa femme et mesuré du regard la profondeur de l'abîme qui les séparait. Il se demanda s'il n'avait pas eu tort de s'attarder en cette aventure et s'il n'aurait pas mieux fait de fuir une alliance qui ne pouvait lui apporter que des humiliations et des déboires.

Mais Reine était si belle, et même à ce moment où son regard exprimait le mépris et le dégoût, il la trouvait si rayonnante et si supérieure à toutes les femmes qu'il était encore fier de l'avoir à son bras.

Et il continuait à se bercer au fond du cœur d'il ne savait quelles fantastiques espérances... Les conditions de la vie se modifient sans cesse. Il pouvait rester seul avec Reine, si sa mère et son père venaient à mourir. Il méditait, on le sait, de la tromper sur la nature des relations qu'il avait eues avec Mme de Faucigny. S'il y réussissait, il se disait que le cœur des femmes est changeant... Déjà, il n'avait plus à redouter la rivalité de M. de Mauléon, qui allait disparaître sans doute pour toujours.

Et ce sont toutes ces idées... toutes ces ombres d'espérance qui l'avaient fait aller jusqu'au bout dans la voie où il s'était engagé.

Le valet de pied s'était précipité pour ouvrir la portière du coupé qui avait amené Reine et ses parents.

Mme de Faucigny, dont la pâleur mortelle avait des apparences cadavériques, y monta la première et Reine la suivit.

Le duc de Faucigny devait monter avec Roland dans un autre coupé.

D'autres voitures attendaient pour les autres invités, qui s'y casèrent l'un après l'autre, et l'on se mit en marche pour l'hôtel de Faucigny, où un lunch devait être servi pour les témoins et les parents qui avaient accompagné les fiancés à la mairie.

Quand Reine fut seule dans le coupé avec sa mère, elle se jeta sur le sein de celle-ci et se mit à pleurer abondamment sans pouvoir prononcer une parole.

La duchesse, le cœur déchiré d'une horrible souffrance, la serra dans ses bras, sans trouver un mot non plus...

Elle souffrait tant de cette douleur qu'elle avait faite, dont elle était l'auteur.

Ah ! l'exécrable faute ! Son impardonnable moment de faiblesse, quelles horribles conséquences il avait !

Elle voyait sa fille désespérée, défaillante et près de mourir de chagrin, et elle ne pouvait rien pour la soulager !

Elle devait se dire, au contraire : « C'est à cause de moi que coulent ces larmes. C'est moi qui ai de mes mains élevé ce désespoir ! »

Elles arrivèrent ainsi à l'hôtel, muettes, les yeux rougis, et tout de suite, elles coururent à leur chambre pour laver leur visage et faire disparaître la trace de leurs larmes avant l'arrivée des autres voitures.

Puis, quand elles entendirent celles-ci rouler sur le pavé de la cour, elles descendirent précipitamment...

Le lendemain, pour la cérémonie religieuse, tout Paris était à la Madeleine, tout le Paris élégant et mondain.

Comme il faisait beau, une foule de curieux, ayant vu faire les préparatifs, transporter les fleurs à brassées, étendre les tapis sur les marches de pierre, une foule de curieux s'étaient amassés autour de l'église, et quand Reine, dans sa robe blanche dont la traîne balayait les marches, aussi blême qu'une morte, mais d'une beauté souveraine, monta les marches au bras du duc, un cri d'admiration s'éleva du sein de ce peuple, d'admiration mêlée de surprise, et cette remarque échappa à plus d'un :

— Comme elle est pâle !

En effet, elle était d'un pâleur extraordinaire, l'admirable enfant, d'un pâleur qui disait ses nuits d'insomnie et ses surhumaines souffrances. Mais cette pâleur seule dénotait les tortures qu'elle endurait ; car, dès qu'elle se tournait vers son père, elle s'efforçait de lui sourire pour lui cacher son intime martyre.

C'est dans ces conditions qu'ils entrèrent à l'église tous les deux, dans le parfum des fleurs et de l'encens, sous les ondes sonores de l'orgue mugissant.

Derrière les mariés venaient tous les luxes, toutes les élégances, des toilettes folles dont les froufrous emplissaient l'église d'un bruit de soie froissée, des chapeaux d'une richesse inouïe, et des bijoux, et des fleurs, tous les rayonnements et toutes les lumières, car toutes les mondaines avaient tenu à paraître à ce mariage, qui était un des mariages élégants de la saison.

Du haut des marches de la Madeleine, on voyait moutonner au-dessous de soi les haute-forme montant lentement.

Des groupes s'arrêtaient pour causer au seuil de la grande porte. D'autres entraient, et on voyait aller et venir, effarés, prenant des notes, les reporters mondains, qui demandaient aux uns et aux autres les noms connus, les noms illustres des assistants.

Il y eut dans l'église quelques minutes d'un brouhaha confus pendant lesquelles on chercha à se caser de son mieux sur les chaises de chaque côté de l'allée transversale, les hommes d'un côté, les femmes de l'autre ; puis les portes se fermèrent, un silence relatif s'établit et la cérémonie commença.

Dans le défilé qui avait eu lieu, on s'était montré, outre la mariée, dont l'étrange pâleur avait frappé tout le monde, la duchesse de Faucigny, aussi blême que sa fille, et dont les yeux cernés et creux indiquaient aussi d'intimes tortures, puis le marié, le beau Roland de Maubuée, rigide, glacé, s'efforçant de paraître radieux, mais dans l'œil sombre duquel se lisait on ne sait quelle inquiétude.

Et les langues marchaient. Les médisances et les calomnies volaient d'une chaise à l'autre pendant les premières paroles de la messe, sans qu'on pût, du reste, rien préciser.

On parlait des bruits qui avaient couru sur la liaison de Roland de Maubuée et de la duchesse de Faucigny et de la passion de M. de Mauléon pour Mlle de Faucigny. M. de Mauléon blessé par Roland et qui n'était pas encore remis sans doute de sa blessure, car personne ne l'avait revu depuis le duel ; on cherchait à deviner ce qui s'était passé, car on ne savait rien de positif, et pourquoi ce mariage de Mlle de Faucigny et de M. de Maubuée que rien ne faisait prévoir, s'était décidé si brusquement, quand on croyait que Reine devait épouser Raymond de Mauléon, son ami d'enfance, dès que celui-ci serait de retour de la mission dont il avait demandé à faire partie et d'où il espérait revenir chargé de gloire et plus digne de celle qu'il aimait.

On s'était habitué, dans l'entourage des Faucigny,

...union, et voilà que brusquement tout avait été changé.

Il y avait eu là un coup de théâtre qui avait frappé tout le monde.

La mort subite de Mme de Mauléon, tombée aux pieds de son fils blessé, avait aussi suscité bien des commentaires.

Et ces commentaires renaissaient soudain, s'augmentaient, s'amplifiaient devant la physionomie plus que soucieuse des mariés.

On aurait donné cher pour connaître le fond des choses, mais personne, en dehors de Reine, de la duchesse et de Roland, n'aurait pu le dire, et ils espéraient bien tous les trois que ce secret mourrait avec eux, dussent-ils périr avec lui.

Maintenant, le marié et la mariée, Reine et Roland étaient côte à côte sur un prie-Dieu, et seuls devant l'autel.

Ils ne s'étaient pas une seule fois tournés l'un vers l'autre, et ils avaient l'air de deux statues.

Mlle de Faucigny semblait absorbée dans une prière, les yeux tournés vers le prêtre, et personne n'eût pu deviner ce qui se passait en l'âme de Reine, dont le regard semblait bien loin de là.

Au-dessus de leurs têtes impassibles, les prières montaient dans un nuage d'encens avec les parfums des fleurs.

Des voix s'élevaient au fond de l'église, chantant le bonheur radieux des époux, et il y avait autour d'eux des abaissements de tête.

La duchesse de Faucigny, la tête cachée en ses mains placées sur son prie-Dieu, n'avait pas une seule fois levé les yeux.

Et le duc, seul auprès d'elle, regardait tout et semblait s'intéresser aux détails émouvants de la cérémonie.

Le calme s'était à peu près fait en son esprit après les derniers incidents, et rien n'y était demeuré des soupçons horribles qui l'avaient hanté un instant.

Il ne trouvait rien de louche dans la conduite et dans l'attitude de la duchesse. Le regard douloureux de Reine seul l'étonnait encore.

Mais il ne savait à quoi l'attribuer puisque c'était librement qu'elle avait donné sa main à M. de Maubuée.

Il croyait à une brouille survenue entre elle et M. de Mauléon et il attribuait à un sentiment de dépit que le temps effacerait vite l'empressement qu'avait mis sa fille à accepter M. de Maubuée, bien qu'elle affirmât qu'il n'était pas son amant et qu'elle parût lui avoir gardé rancune du moyen plus ou moins délicat qu'il avait employé pour rendre indispensable son mariage avec elle ; car le duc croyait maintenant à tous les mensonges qu'on lui avait faits. Il aimait mieux cela que de croire à l'indignité de sa femme ou de sa fille.

Quant à Raymond de Mauléon, on ne l'avait pas revu.

Le duc savait seulement qu'il allait mieux, et qu'il souhaitait avec impatience d'être suffisamment rétabli pour aller rejoindre la mission dont il devait faire partie et qui l'attendait à Marseille.

Quand il serait parti, pensait M. de Faucigny, l'apaisement se ferait tout à fait dans l'esprit de Reine.

Cependant, la cérémonie s'avançait.

Le prêtre descendit les marches de l'autel et s'avança lentement vers les deux époux qu'il allait unir devant Dieu comme ils l'avaient été devant les hommes.

Le maître des cérémonies le suivait, ayant sur un plateau d'argent deux anneaux qu'on venait de bénir.

En voyant approcher le ministre de Dieu, Reine leva les yeux.

Elle frémit jusqu'au fond de l'être et sa pâleur s'accentua.

Roland de Maubuée, malgré l'impassibilité qu'il affectait, n'avait pu s'empêcher de tressaillir aussi.

Le prêtre s'avança et prit la main de Reine, qu'il sentit trembler dans la sienne et qui était si froide qu'elle le glaça.

Il lui passa au doigt l'anneau nuptial en prononçant les paroles consacrées, et il unit sa main à celle de Roland.

On eût dit qu'il mettait sur un fer rouge la main de la jeune fille, car toutes les chairs frissonnèrent comme si ce contact les avait brûlées.

Le prêtre ne parut rien remarquer.

Il remonta vers l'autel et fit une courte allocution où il parla du bonheur qui attendait les époux chrétiens. Le bonheur, toujours le bonheur. On ne parlait à Reine depuis le matin que de bonheur. En latin, en français les chants le criaient, ce bonheur. Elle le retrouvait dans les exhortations du prêtre comme elle l'avait trouvé sur toutes les lèvres de ceux qui étaient venus la saluer. Le bonheur ! Tout le monde lui parlait de bonheur, les personnes et les choses, en ce jour de joie et de fête. Et c'était son malheur qui s'édifiait dans l'encens et les fleurs, sous l'harmonie des voix et des orgues, un malheur comme peut-être il n'y en avait eu jamais encore, et qui pour elle ne devait pas finir !

Un attouchement léger l'arracha à l'engourdissement de ces tristes pensées.

Elle leva les yeux.

C'était son mari qui lui offrait son bras.

Elle y posa le sien, et elle se mit en marche du côté où il la conduisait.

Elle avait à ce moment dans le cœur toutes les géhennes de l'enfer.

XXVII

C'est dans la sacristie surtout que le supplice de la malheureuse Reine devint intolérable. Elle essayait de se maîtriser et de sourire à toute cette foule, parée, bruyante, qui se pressait autour d'elle. Les femmes l'embrassaient, les hommes lui serraient la main, et toutes et tous lui parlaient encore de son bonheur, faisaient des vœux pour ce bonheur et dans tous les yeux qui la fixaient, elle lisait l'envie de ce bonheur. C'était à hurler de douleur, à mordre de rage. Elle écoutait toutes les paroles ironiques, tous les sourires cruels, et elle aurait voulu pouvoir d'un coup de pied frappé à terre faire s'ouvrir le sol pour engloutir ce Roland de Maubuée qui se tenait à son côté, gracieux et fat, répondant à tous et semblant étaler la joie impudente dont il rayonnait au milieu des congratulations et des compliments. Ah ! l'heure cruelle, à jamais inoubliable, que passa là la nouvelle Mme de Maubuée !

Enfin la foule commença à s'écouler. Bientôt il ne resta plus dans la sacristie que le marié et la mariée, leurs parents, leurs témoins, les membres du clergé, et on put songer à gagner les voitures.

A la sortie, la foule des curieux était plus nombreuse encore qu'au moment de l'entrée dans l'église, et c'est au milieu d'une double haie d'admirateurs que Reine dut gagner l'équipage fleuri d'oranger où elle allait prendre place avec son mari — son mari ! — car il n'y avait plus maintenant de pouvoir humain qui pût faire que cela ne fût pas. Il était son mari. Elle était pour la vie unie à cet homme qu'elle haïssait et méprisait, qui avait été l'amant de sa mère et lui apparaissait couvert de toutes les hontes et de toutes les boues, éclaboussé du sang de celui qu'elle aimait et qu'il avait blessé.

Elle était sa femme, et elle ne savait même pas ce qu'était devenu celui à qui elle avait donné sa foi et dont elle avait, pendant les années heureuses de son enfance, nourri avec tant de bonheur le rêve d'être l'épouse !

— Montez, Reine...

Elle se retourna...

C'était cet homme qui lui parlait.

Reine. Il l'appelait Reine !

Elle fut sur le point de s'offusquer de cette familiarité qui lui fit l'effet d'une souillure.

Et elle allait protester, remettre à sa place l'impertinent ; mais elle se rappela sa situation, et, dévorant en silence ce qu'elle considérait comme un affront, elle entra dans le coupé dont il lui montrait la porte ouverte.

Il y monta derrière elle.

Et ils se trouvèrent seuls tous les deux, emportés à travers les Champs-Elysées, à la tête d'un brillant cortège qui venait derrière eux.

Pour Reine, la sensation fut étrange et terrible de se sentir près de cet homme dont elle était la femme, à qui la société, la religion même donnaient sur elle des droits ! Il faudrait bien voir qu'il essayât d'en parler de ces droits et de vouloir tenter de les faire reconnaître ! D'un mot elle le foudroyerait...

En attendant, elle s'était rencoignée dans le fond du coupé pour ne pas subir le contact de ses vêtements.

Et elle n'osait pas lever les yeux de peur de rencontrer l'injure de son regard.

Et ils restèrent longtemps côte à côte sans mouvement, sans parole.

Il n'y avait plus personne autour d'eux dont l'attention contraignait Reine à se montrer aimable et à refouler au-dedans d'elle-même des répugnances.

Elle ne voyait pas les yeux fixes et soupçonneux de son père planer sur elle, et elle n'était obligée à nulle contrainte...

Elle isolait de cet homme et son corps et sa pensée.

Lui, cependant, brûlait auprès de cette harmonie de jeunesse et de grâce, parée de fleurs vierges et rayonnante de pureté, de toutes les ardeurs et de toutes les fièvres.

Il eût donné tout le sang de ses veines pour voir cette statue superbe s'animer un peu, ces lèvres de volupté s'ouvrir pour lui parler et lui sourire.

Et il n'osait pas prononcer une parole, faire un geste, de peur de réveiller la haine et le mépris dormant au fond de ces yeux qui ne voulaient pas le regarder.

La situation était atroce, infernale.

Les souffrances de Tantale n'avaient été que d'enfantines épreuves auprès de celles qu'il commençait à subir, et qu'il subirait peut-être toujours.

Et pourtant il ne regrettait rien.

Il était fier malgré tout et presque heureux d'avoir attaché à sa fortune cette fière et extraordinaire beauté que tout le monde à l'église lui avait enviée et qu'on convoitait encore.

Son amour-propre et son orgueil jouissaient si ses désirs le suppliciaient, — et il y avait l'avenir sur lequel il pouvait toujours compter.

Ce Raymond de Mauléon, le rival exécré, pouvait avoir une autre femme, et ce qu'aucun sentiment peut-être n'aurait pu faire, rapprocher de lui Reine de Faucigny, la jalousie peut-être le ferait, accomplirait ce miracle.

Roland de Maubuée, qui n'avait pas perdu sa confiance en lui, et qui se croyait toujours irrésistible, Roland de Maubuée se berçait de ces chimères — ce qui l'empêchait de désespérer.

Mais il se disait qu'il ne fallait rien risquer, supporter en silence toutes les fantaisies, tous les caprices de celle qu'il voulait dompter, comme on agit avec un pur-sang trop ombrageux, et il était décidé à toutes les attentes et à toutes les patiences.

Il s'agissait seulement pour lui, — du moins il le croyait, — de manœuvrer avec habileté, et il parviendrait peut-être à vaincre la répugnance qu'avait pour lui cette jeune femme dont il avait possédé la mère, surtout s'il parvenait, ainsi qu'il y comptait bien, à lui persuader que ses relations avec Mme de Faucigny étaient restées pures, la duchesse ayant commis seulement la faiblesse de lui donner le rendez-vous si tragiquement interrompu — et que l'arrivée soudaine du duc avait empêché d'être coupable.

Il y avait eu une faute d'intention, mais pas d'acte. Voilà ce qu'il voulait s'efforcer de faire comprendre à Reine, et, par moments, il ne désespérait pas d'y parvenir ; mais d'autres fois se dressait entre sa femme et lui la figure d'Huberte de Faucigny, devenue depuis ces dramatiques événements, depuis la dernière entrevue qu'il avait eue avec elle, de plus en plus énigmatique et indifférente.

L'aimait-elle encore ?

Etait-elle devenue jalouse, comme elle l'en avait menacé ?

Il ne savait plus rien.

Elle ne le regardait plus.

Elle ne lui adressait jamais la parole.

Il paraissait être devenu pour elle aussi indifférent que s'il n'avait jamais existé et n'avait jamais fait battre son cœur.

Son visage était empreint constamment d'une infinie et mortelle tristesse en même temps qu'il di...it le repentir et l'adoration pour son mari, l'admiration pour sa fille.

La vie de la duchesse, il l'avait appris, se passait maintenant à prier.

Elle ne sortait de la solitude absolue dans laquelle elle semblait s'être enfermée que pour aller à l'église et guider chez les fournisseurs les achats nécessaires au mariage de sa fille.

Elle ne faisait plus de visites et ne recevait plus.

Jamais Roland n'avait été admis auprès d'elle.

Cette réserve, ce désir de solitude, ce renoncement à toutes joies qui dénotaient chez la duchesse un changement complet dans ses sentiments, dans la tournure de son esprit, et qui indiquaient que l'ardeur de l'amour malsain dont elle avait un instant brûlé était bien tombée sinon tout à fait éteinte, cette manière d'être en un mot, toute nouvelle et assez inattendue chez une nature comme celle de la duchesse, avait causé à Roland en le rassurant une grande joie.

Il espérait n'avoir plus à lutter contre une passion qu'il n'avait plus... et à ne pas redouter, s'il semblait se rapprocher de sa femme, les éclats d'une jalousie qui pouvait amener d'irréparables catastrophes et dont il avait un instant tremblé dans les salons de l'hôtel de Faucigny quand la duchesse lui avait dit, avec un accent dont il frémissait encore et qu'il ne devait jamais oublier :

— Ne va pas l'aimer !

Mme de Faucigny semblait avoir oublié maintenant ces terreurs et ces craintes.

Elle était devenue pacifique et douce et comme confinée en ses remords.

Roland était persuadé qu'il n'y avait plus rien à redouter d'elle, et que ce n'était pas elle qui l'empêcherait de conquérir les faveurs de sa femme.

Il ne la considérait plus comme un obstacle.

Telles étaient les idées que se forgeait, dans son désir de réussir, le séduisant Roland de Maubuée, qui n'avait jamais désiré une maîtresse comme à cette heure il désirait celle qui était depuis une heure sa femme, celle sur qui son mariage lui donnait tous les droits.

Et n'était-elle pas cent fois désirable en effet et cent fois passionnante malgré sa pâleur ou plutôt avec sa pâleur qui luttait avec la blancheur des fleurs d'oranger qui couronnaient son front virginal... et la souplesse féline de ce corps de jeunesse, dont il devinait sous la soie blanche les contours harmonieux et divins ?

N'était-elle pas cent fois désirable et tentante dans les rêves qui dormaient au fond de ses grands yeux de lumière qui ne se levaient pas sur lui, mais qui devaient contenir toutes les irradiations et tous les éblouissements quand ils regardaient avec tendresse ?

Et c'était sa femme.

Il avait le droit devant tous de la prendre dans ses bras.

Et quand il était seul avec elle — car il avait le droit d'être seul avec elle, à présent — il n'y avait pas de puissance humaine pour l'arracher de ses bras puisque la force des lois ne pouvait au contraire songer désormais qu'à l'y jeter.

Mais il ne voulait pas triompher d'elle par la violence.

Il voulait, avant de vaincre les résistances de son corps, dompter sa volonté.

Sinon se faire aimer, n'être plus du moins haï et odieux.

Cependant l'équipage approchait de la grille opulente de l'hôtel de Faucigny, grande ouverte pour recevoir ses hôtes, et dont l'entrée était décorée de caisses fleuries ; et pas un mot n'avait été échangé encore entre le marié et la mariée.

Roland aperçut sur la chaussée précédant l'hôtel des groupes de fournisseurs et de domestiques, dont les regards curieux allaient plonger dans le coupé et qui pouvaient s'étonner de l'attitude des deux nouveaux époux. Il voulut faire cesser ce pénible silence. Il dit à Reine :

— On nous regarde, Reine.

La jeune femme eut un sursaut léger.

— Eh bien ?

— On va s'étonner...

— De quoi ?

— De nous voir ainsi.

— Comment sommes-nous donc ?

— Vous êtes éloignée de moi... Vous avez l'air hostile...

— J'ai l'air que j'aurai toujours pour vous, monsieur.

— Reine !

— Monsieur !

— Vous êtes ma femme. Si vous ne voulez l'être que de nom, comme vous me l'avez dit, il faudrait au moins sauver les apparences, quand ce ne serait que pour le duc, votre père.

— Ah ! oui, fit Reine, mon père. Que voulez-vous donc de moi, monsieur ? Que je vous sourie ?

— Je n'en demande pas tant. Que vous paraissiez avoir pour moi un peu moins de mépris.

« Nous approchons.

En effet, la voiture franchissait l'espace séparant la chaussée de l'hôtel et sur lequel de nombreux curieux s'échelonnaient.

Reine sortit de son ombre, et son visage gracieux sourit à ceux qui s'étaient approchés pour la saluer.

Puis quand on traversa le jardin, où il n'y avait plus personne, elle dit à son mari :

— Vous êtres content, monsieur ?

Roland ne répondit pas.

Une angoisse, comme un vautour, lui déchirait le cœur.

XXVIII

Pendant les festins, les bals et les distractions de cette journée de fête Reine demeura douloureuse, obsédée, s'efforçant de paraître présente seulement quand on la regardait et répondant avec une amabilité affectée quand on lui adresasit la parole, mais on sentait, on voyait qu'il n'y avait là que son corps, que son âme, toute son âme était ailleurs, et c'était surtout sa mère, la duchesse de Faucigny, qui comprenait cela, qui devinait ce que la pauvre enfant souffrait, et dont l'affection inquiète s'apitoyait.

Cette journée consacrée au monde, à la représentation et à de prétendus plaisirs, sembla interminable à la pauvre Reine et inconsidérément. Il lui semblait que ses tortures ne finiraient jamais.

Elle ne respira un peu que l'orsqu'elle se trouva seule avec sa mère dans la chambre nuptiale — quelle ironie ! — et qu'elle y put pleurer tout à son aise.

De concert avec la duchesse, cette chambre, située au deuxième étage de l'hôtel, qui devait être consacré tout entier aux jeunes époux, cette chambre avait été spécialement aménagée pour la destination qu'en leur esprit lui donnaient les deux femmes, qui savaient que le mariage ne devait pas être consommé et qu'aucun rapport ne devait exister entre mademoiselle de Faucigny et son mari, Roland de Maubuée.

Celui-ci avait accepté ces conventions, mais Reine et sa mère doutaient un peu de sa loyauté et avaient pris leurs précautions en conséquence.

A côté de la chambre nuptiale avait été installée pour M. de Maubuée une seconde chambre séparée de celle de sa femme par une porte à double portière que fermait, du côté de la chambre de Reine, un solide verrou.

Chaque chambre avait son cabinet de toilette et un salon indépendants. Les deux époux pouvaient vivre côte à côte et séparés sans que la domesticité pût se douter que la séparation était si complète et que Reine et son mari devaient rester l'un pour l'autre deux étrangers.

Quand elle fut dans cette chambre où allait s'écouler sa vie de martyre, Reine commença à enlever les fleurs de ses cheveux et se laissa décoiffer par sa mère, puis elle resta habillée. C'est tout habillée qu'elle voulait attendre son mari.

Elle ne disait pas une parole, et sa mère, dont le cœur était brisé d'une incomparable douleur, n'osait pas lui offrir une consolation qu'elle savait illusoire.

Elle avait la conscience du mal qu'elle avait fait à la pauvre enfant et elle en souffrait atrocement.

Un silence profond, pénible, s'était fait entre les deux femmes, dont la souffrance était peut-être égale, bien qu'à celle de la duchesse se mêlassent d'amers remords, quand celle de sa fille était toute volontaire, grande et pure comme les plus beaux sacrifices.

Mais la pauvre enfant aimait, et elle voyait son amour détruit, mis en pièces par ses propres mains et blessant de ses débris un cœur tendrement aimé.

Et au-dessous des deux femmes, l'hôtel trépidait encore des bruits de la danse, et des sons d'orchestres s'élevaient, retentissants et joyeux.

Avant de monter, Reine avait été saluer son père, et comme elle l'avait quitté avec un visage d'apparence heureux, elle l'avait laissé souriant au milieu de ses invités. Personne, pas même lui, qui leur tenait par tant de liens si chers, personne ne se doutait du drame qui se jouait ce soir-là dans l'étage supérieur de cet hôtel en fête.

La duchesse et Reine avaient éloigné toutes leurs domestiques. Elles avaient voulu rester seules, absolument seules pour qu'aucun œil profane ne pût pénétrer le secret de leur douleur. Cependant l'heure s'écoulait.

M. de Maubuée, qui les avait vues disparaître secrètement, allait venir.

Mme de Faucigny se disposa à se retirer.

Elle prit dans ses mains qui tremblaient la tête pâle et résignée de son enfant et l'embrassa avec une sorte d'emportement tendre en la posant contre son sein qui palpitait d'émotion et en mettant sur ses cheveux l'humidité de ses larmes. Et elle lui dit :

— Vous partez demain ?

— Demain matin, ma mère.

« Il voulait partir ce soir. Je m'y suis refusée.

« J'avais peur de me sentir trop seule près de lui pour la première fois.

— Comme tu vas être isolée ! murmura la duchesse. Auras-tu le courage ?

— Oui, ma mère, ne craignez rien.

La mère se mit à sangloter.

— Pardon encore, ma pauvre enfant, pardon !

« Cette soirée, qui aurait pu être pour toi si heureuse avec l'époux de ton choix...

Elle n'acheva pas. Sa fille l'interrompit.

— Ne parlons plus de cela, ma mère.

« Ce qui est fait est fait.

« Je suis résignée maintenant.

« Ne m'enlevez pas mon énergie.

« D'ailleurs Raymond ne m'aimait pas.

« Il ne m'aimait pas comme je devais être aimée.

« Sans cela il n'aurait pas douté de moi.

— Et qui te dit qu'il en a douté, mon enfant ?

« Et pouvait-il s'imaginer cette monstrueuse chose, ce mariage auquel la fatalité, ou plutôt la faute de ta mère, le soin de son honneur, t'ont obligée.

— Sa foi en moi devait être entière — absolue comme la mienne, ma mère — quoi qu'il arrivât.

« Il n'aurait jamais dû, malgré les apparences, me supposer capable de le trahir.

— Tu parles ainsi, ma pauvre enfant, pour me faire croire que tu ne l'aimes plus. Mais je ne crois pas à ton pieux mensonge.

— En tout cas, dit Reine, je ne le reverrai plus maintenant. Je ne dois plus le revoir.

« Ne parlons donc plus de lui.

— Ah ! mon enfant, s'écria la duchesse, comme tu es grande et supérieure à moi, et comme je t'admire !

— Je vous aime, ma mère, dit Reine doucement.

— Tu m'aimes malgré ?...

— Malgré tout, car vous souffrez.

« Et il n'est pas de faute que la douleur et le repentir n'effacent.

— Admirable enfant ! fit la duchesse de Faucigny.

Et de nouveau elle serra sur son sein la tête adorée et si belle de sa fille.

A ce moment, on frappa doucement du dehors.

Les deux femmes tressaillirent et s'arrachèrent à leur étreinte.

Mme de Faucigny essuya précipitamment ses yeux.

— C'est lui ! fit-elle tout bas.

— Oui, dit Reine, voilà l'épreuve suprême.

« Voilà l'assassin... Voilà la honte et l'horreur !

— Veux-tu que je reste ?

« Que je sois là quand il entrera ?

— A quoi bon ? ma mère !

— Et s'il voulait...

— Quoi ?

— Abuser ?

Reine dressa la tête.

Un éclair brilla dans son regard.

Et elle apparut si haute, si dédaigneuse et si fière, que la duchesse demeura comme pétrifiée d'admiration.

— Oui, dit-elle, tu n'auras pas besoin de moi.

« Je le laisse.

Et elle alla ouvrir.

C'était bien Roland de Maubuée qui était derrière la porte.

Il était extrêmement blême et tremblait de tous ses membres.

Il s'inclina profondément devant la duchesse.

Celle-ci le regarda à peine et dit :

— J'ai votre parole, monsieur.

— Soyez sans crainte, madame.

Et il passa.

Il trouva Reine debout, toute habillée, ainsi qu'on le sait, mais nu-tête, et sans sa couronne d'oranger.

Il s'approcha d'elle.

Du doigt la jeune fille lui indiqua la porte de la chambre voisine.

— Voici votre chambre, monsieur.

Roland de Maubuée frémit.

Mais il ne voulut pas laisser paraître sa rage.

Il s'attendait à cet accueil,

Il n'y avait pas là pour lui de déception.

Il espérait pourtant que Reine lui laisserait dire une parole, poser les jalons de la comédie qu'il s'apprêtait à jouer.

Il était froissé dans sa dignité et avait peine à maîtriser sa colère — qui s'augmentait de toute l'impression que produisait sur lui la vue de Reine, qui jamais peut-être ne lui avait paru si tentante et si belle.

Il n'alla pas vers la porte.

— Je sais, madame, dit-il, à quoi je me suis engagé dans un moment de folie que je regretterai toute ma vie.

« Mais vous me permettrez bien cependant de plaider ma cause...

Reine lui jeta un regard empreint d'une violente indignation et d'un intraduisible mépris.

— Quelle cause ? demanda-t-elle.

— La cause d'un malheureux qui se repent et qui souffre.

Il voulu se prosterner à ses pieds.

Elle l'en empêcha.

— Je serai obligée, monsieur, dit-elle fermement et sans que sa voix glacée dénotât la moindre émotion, je serai obligée, si vous me parlez ainsi, de vous laisser et d'aller me réfugier près de mon père, au risque du scandale et de ce qui pourra arriver.

— Vous ne voulez donc pas m'entendre ? gémit le malheureux.

— Je n'ai rien à entendre de vous.

— Vous êtes ma femme.

— Vous savez dans quelles conditions — et plus loin de vous bien que liés par des chaînes qu'on dit sacrées, mais qui sont pour moi cent fois odieuses, — plus loin de vous que si jamais nous ne nous étions connus.

« Loin de nous rapprocher notre hymen a creusé entre nous un abîme que rien jamais ne viendra combler.

« Il y a entre nous deux, monsieur, trop de [illegible]

Roland de Maubuée devint plus pâle encore.

Mais ses yeux s'étant portés sur celle qui était [illegible] et serait peut-être toujours pour lui, malgré son [illegible] mademoiselle de Faucigny, il pensa qu'il ne pouvait pas, malgré tout ce qu'elle lui disait, la [illegible] et la [illegible] dire.

Et il ne répondit à ses injures qu'en s'humiliant, [illegible] dont le tempérament fougueux n'avait jamais pu supporter même un reproche !

Il se borna de répondre :

— Vous ne parlez ainsi, madame, que parce que vous me jugez mal, sur des apparences fâcheuses pour moi, en effet.

Elle le regarda et dit, ne comprenant pas.

— Sur des apparences ?

— Oui les apparences sont contre moi... Vous avez cru, comme votre père, que j'étais l'amant de votre mère.

— Et ce n'est pas ?

— Non, dit Roland, et sur un geste d'énergique dénégation de la jeune fille, il ajouta :

— Permettez-moi de m'expliquer.

XXIX

Reine de Faucigny avait été tellement abasourdie par cette audacieuse déclaration qu'elle resta un moment sans voix.

Roland crut que c'était un acquiescement et il poursuivit avec feu :

— Non, je ne suis pas l'amant de Mme de Faucigny. Si je l'avais été, aurais-je accepté, malgré tout ce qui pouvait m'y contraindre, d'être votre mari ? Ne serait-ce pas un crime de me voir à cette heure à vos pieds, implorant d'être aimé, si déjà j'avais aimé votre mère et surtout si j'avais été aimé d'elle ?

« L'affection que nous avions l'un pour l'autre, Mme de Faucigny et moi, était une affection d'un autre genre...

« Et je vous dirai un jour, quand vous me connaîtrez mieux, quand vous aurez plus de confiance en moi, pourquoi on m'a surpris la nuit dans la chambre de la duchesse.

— Dont vous n'étiez pas l'amant ? fit Reine.

— Dont je n'étais pas l'amant, répéta avec aplomb Roland de Maubuée.

La jeune femme le regarda avec l'expression du plus souverain mépris et laissa tomber ces mots :

— Je vous croyais moins vil.

Il frémit de la tête aux pieds.

— Vous ne me croyez pas ?

— Non, je ne vous crois pas. Comment voulez-vous que je vous croie ? Pensez-vous que je puisse admettre un instant que ma mère qui m'aime, que ma mère que j'ai vue pleurer des larmes de sang de me voir malheureuse par sa faute, pensez-vous donc que je puisse admettre que ma mère m'aurait, si elle n'avait rien à se reprocher, laissée contraindre à ce mariage, qui m'est à cette heure plus odieux que jamais ?

« D'ailleurs, elle m'a confessé sa faute. Je lui ai pardonné le mal qu'elle m'a fait. Et n'essayez donc pas de m'abuser par des mensonges qui ne peuvent que vous rendre plus méprisable à mes yeux.

« Je ne vous aime pas.

« Je ne vous aimerai jamais.

« Je ne pourrais pas vous aimer sans crime.

« Laissez-moi donc pleurer en paix mon amour, ma jeunesse, mon bonheur !

« C'est la seule grâce que j'exige de vous !

Roland de Maubuée eut un geste [illegible].

Il resta interdit, comme écrasé.

Mais il ne bougea pas.

Il ne fit pas un pas vers sa chambre.

Espérait-il donc encore quelque chose ?

Non.

... disait, au contraire, que tout était fini, que jamais ... vaincrait la résistance de cette enfant ; et des contractions de rage folle crispaient sa chair.

— Ma mère, reprit Reine sait trop quel malheur est pour moi ce mariage auquel on m'a obligée pour n'avoir pas tout fait pour m'y soustraire.

« Donc vous me mentez, monsieur.

« Vous me mentez pour essayer de diminuer l'horreur que j'éprouve pour vous.

— Comme vous me haïssez ! murmura sourdement Roland de Maubuée, devenu plus blême.

— On ne hait, dit Reine, que ce que l'on estime...

— Et vous ne m'estimez pas, moi ?

— Comment vous estimerais-je, vous qui avez trompé ma mère, trompé mon père, et qui essayez de me tromper à mon tour ?

— Je ne vous trompe pas, du moins, madame, en vous disant que je vous aime.

— Vous l'avez dit à ma mère... Et ne l'avez-vous pas trompée en le disant ?

— Non, car je l'aimais...

— Vous l'aimiez ! Et maintenant vous ne l'aimez plus.

— Je vous avoue que depuis que je vous ai vue.

— Vous m'aimerez jusqu'à ce que vous en ayez vu une autre.

— Une plus belle que vous ? Il n'y en a pas !

— Aujourd'hui.

— Toujours.

— Votre amour n'est pas de ceux pour lesquels on peut employer ce mot-là... Car votre amour à vous, comme à tant d'autres de votre espèce, c'est le désir du moment, le caprice d'un jour. Vous faites collection de cœurs, comme d'autres font collection de papillons sans vous préoccuper si ces cœurs que vous avez blessés souffrent et expirent après votre passage.

« Vous avez séduit ma mère.

« Vous cherchez à me tromper et à me séduire.

« Et si j'étais assez faible pour vous croire, demain vous séduiriez quelque autre femme ou quelque autre jeune fille.

— Je vous jure... Reine.

— Ne jurez pas.

« Et d'abord ne m'appelez pas Reine entre nous.

« Je ne vous autoriserai cette appellation que devant le monde, pour donner le change et faire croire que nous sommes véritablement mariés, puisqu'il nous faut jouer pour mon pauvre père, qui ne doit pas souffrir de tout cela, cette atroce comédie.

« Ne jurez pas.

« Je ne vous croirai jamais.

« Et d'abord à quoi bon tout cela ?

« Un abîme de honte et de crime est entre nous que jamais je ne franchirai, je vous l'affirme.

« Il est inutile de rien tenter.

« Nous ne serons jamais époux que de nom.

« Je vous l'ai dit.

« Ma mère vous l'a dit.

« Nous ne pouvons ni l'un ni l'autre revenir là-dessus.

« Et je m'étonne que vous-même vous ayez pu, ne fût-ce qu'un instant, y songer.

« Vous savez que ce serait un crime.

« Et que rien ne me fera devenir criminelle.

« Mais si je vous aimais comme j'ai aimé et comme j'aime encore, — je ne rougis pas de le proclamer, — M. de Mauléon, même si je vous aimais ainsi, sachant ce que vous avez été, je vous fuirais. — A plus forte raison quand je ne vous aime pas et que vous me faites horreur !

« J'ai voulu vous donner ce soir toutes ces explications une fois pour toutes, pour que vous n'y reveniez plus.

« Si vous voulez que nous vivions dans une paix relative, ne tentez plus de me parler comme vous venez de le faire. Je ne le souffrirais pas.

« Quoique marié, je vous laisse libre d'aimer qui vous plaira.

« Je ne vous demanderai seulement que de ne pas traîner dans trop de boue...

— Madame !

— Le nom que votre faute m'oblige à porter.

En entendant ces cruelles paroles, l'accablement qui s'était emparé de Roland de Maubuée fit place tout à coup à une de ces colères froides qui ne reculent pas devant les crimes.

Il plongea dans les yeux de Reine ses yeux cruels.

Et il dit avec un accent de méchanceté et d'ironie.

— Et vous allez me demander pour vous, sans doute, la même liberté ?

— Que voulez-vous dire, monsieur ?

— Vous allez me demander que je vous laisse la latitude d'aimer aussi, quoique mariée, quoique portant mon nom qui bon vous semblera, en exigeant seulement de vous ce que vous exigez de moi, que vous ne le traîniez pas dans trop de boue.

Reine tressaillit.

Elle fixa avec une expression de suprême hauteur celui qui lui parlait ainsi et elle dit :

— Je suis la fille du duc de Faucigny, monsieur.

« J'ai été une honnête fille.

« Je resterai une honnête femme.

« Je ne demande aucune liberté pour moi, sinon celle de pleurer mon bonheur perdu et de vivre dans la solitude.

« Je suis trop fière pour m'exposer à un reproche de votre part.

« A défaut d'amour, mon orgueil me gardera !

« Et comme nous n'avons plus rien à nous dire...

Elle le poussait vers la porte.

Il continua.

— Vous me chassez ?

— Je vous prie de me laisser.

— Vous me poussez dehors, et je suis votre mari.

— De nom seulement.

— J'ai sur vous des droits.

— Vous savez le contraire.

— Et ceux qui me verraient vous obéissant...

— Eh bien ?

— Ceux-là me traiteraient de jobard... Vous avez des devoirs...

— Aucun envers vous.

— Ah ! comme on me gouaillerait !...

— Je ne sais pas, dit Reine, si on aurait le droit de se moquer de vous en vous voyant me respecter, mais je sais bien ce qu'on aurait le droit de penser et de dire si vous tentiez, par quelque violence, de rompre le serment que vous avez fait.

— On me traiterait de coquin et de bandit. Eh bien ! soit !... J'aime mieux cela.

« Je suis votre mari.

— Voici deux fois que vous le dites, et d'un air qui semble me menacer. On voit bien que vous n'êtes pas bien sûr de l'être.

— Ah ! madame, fit Roland devenant livide de rage, ne me raillez pas ainsi. Ne me poussez pas à bout !

— Parce que ?...

— Parce que je pourrais dépasser toute mesure... parce qu'on ne joue pas plus avec la passion d'un homme qu'avec le feu, madame, ou les griffes des tigres... parce que...

Il s'était tourné vers Reine, la bouche écumante.

Et il marchait vers elle avec, dans les yeux, de si menaçantes flammes que la jeune femme ne put s'empêcher de frémir.

Elle se dirigea vers une petite porte percée au fond de la chambre.

Et elle dit.

— Prenez garde !

— Vous allez appeler ?... Que m'importe !

« Et qui appellerez-vous ?

« Quelle force, quelle puissance invoquerez-vous qui puisse soustraire une femme, une femme qui s'est librement donnée, aux premières étreintes de son mari ?

« J'ai pour moi la loi et tous les droits, ne l'oubliez pas.

« Et la justice elle-même serait pour moi.

« Il n'est pas de pouvoir au monde...

— Sauf le mien, dit la duchesse de Faucigny, qui avait poussé la porte.

— Huberte ! fit Roland hébété.
— Ma mère ! dit Reine.
— Ta mère, fit Mme de Faucigny, ta mère qui était là, qui a tout entendu et qui vient t'arracher aux brutalités de ce misérable !

XXX

La foudre tombant soudain d'un ciel sans nuages eût moins terrifié Roland de Maubuée que l'apparition inattendue de la duchesse de Faucigny.

Il resta un moment comme hébété, sans voix et sans regard, se demandant s'il ne rêvait pas.

Madame de Faucigny avait fait un pas vers sa fille.

— Je ne t'avais pas abandonnée, dit-elle. J'étais là. Je veillais.

— O ma mère ! gémit la jeune femme.

— Je n'avais aucune foi, reprit la duchesse, dans les promesses, dans la loyauté de cet homme sans honneur.

— Madame ! fit Roland qui était devenu d'une pâleur verdâtre.

— Je vous connais maintenant, dit la duchesse, et je vous sais capable de tout, même d'un crime, car c'est un crime que vous alliez commettre, monsieur, ne l'oubliez pas, en faisant violence à une enfant dont vous avez possédé la mère, car vous m'avez possédée, monsieur, pour mon malheur et pour ma honte.

« J'ai été sa maîtresse, mon enfant, ajouta-t-elle en se tournant vers Reine, quoi qu'il ait voulu te persuader le contraire... J'ai été sa maîtresse, et jamais je ne m'en consolerai. Jamais je ne me laverai de la souillure. Ah ! si ce n'était pas ton père, ton père que je veux préserver malgré tout de ces humiliations et de ces tortures. Avec quels transports je t'arracherais aux mains de cet homme et m'en irais avec toi vers des pays où jamais ne pénétrerait le bruit de son nom.

« Mais il y a ton père, ton malheureux père, qui est innocent, et qui mourrait, s'il apprenait ma bassesse, s'il apprenait ma trahison.

Elle se tourna vers Roland de Maubuée.

— Et vous le savez bien, monsieur... Vous savez bien que cela seul nous tient encore liées à vous toutes les deux, car il n'y a plus pour vous en mon cœur ni affection, ni estime, et vous ne trouverez dans celui de ma fille que du mépris !...

« Ah ! si vous aviez été un autre homme !

« Si vous vous étiez courbé repentant et soumis devant les nécessités de la situation que vous avez créée vous-même.

« Si vous aviez accepté sans révolte votre sort comme une punition de la faute à laquelle vous m'avez entraînée.

« Si, comme vous me l'aviez promis, vous aviez respecté mon enfant, peut-être aurions-nous pu avoir pour vous sinon quelque affection, du moins quelque estime.

« Mais vous venez de vous révéler à nous tel que vous êtes, égoïste, esclave de vos désirs, sans honneur et sans foi ; capable de tout sacrifier à vos passions, même une enfant innocente.

« Ah ! comme vous m'avez trompée !

Mme de Faucigny s'arrêta, et laissant tomber sa tête en ses mains, sa tête tout inondée de larmes, elle resta quelques instants silencieuse, rêvant à l'étendue de son malheur.

Sa fille l'avait écoutée, interdite, souffrant de la voir s'humilier ainsi devant elle et confesser sa faute, souffrant surtout de la voir au pouvoir de cet homme qui, d'un mot, pouvait trahir son secret et la perdre.

Elle avait envie de se précipiter sur elle et de lui crier :

— Arrête, ma mère, arrête, car je sais tout. Ne tremble pas davantage. Cet homme n'est pas digne de t'entendre, car sans doute il ne te comprend pas...

« Cesse de t'abaisser devant lui et partons toutes les deux.

Mais elle aussi elle pensa à son père, à son père qui était encore en bas, dans les salons, au milieu de ses invités, qui s'étonnerait de cette fuite insolite.

Et elle resta.

Mais elle alla prendre sa mère dans ses bras et elles pleurèrent longuement toutes les deux.

Quant à Roland, il était dans un état étrange.

Les sentiments les plus divers, les plus tumultueux agitaient tout son être. Les pensées les plus extravagantes bouillonnaient en son cerveau.

C'était tantôt la honte, la révolte, les idées de vengeance... la colère et la haine, et tantôt une passion une passion folle qui se disputaient son esprit.

Il avait des désirs insensés de tenir tête aux deux femmes qu'il aimait et exécrait tour à tour, de les jeter à ses pieds, d'user de ses droits et de sa force.

Il était seul avec elles, loin de tous.

Les bruits de fête qui montaient des salons auraient étouffé tous les autres bruits.

Du reste, on le pensait enfermé dans sa chambre nuptiale.

Et qui aurait pu se douter de ce qui se passait ?

Il aurait pu impunément peut-être assouvir sur celle qui était sa femme, malgré la présence de celle qui avait été sa maîtresse, sa passion et sa rage.

Et un instant il y songea !

Oui, une minute, cette pensée diabolique hanta son esprit... surtout quand il levait les yeux sur Reine, si éblouissante et si belle, en sa pâleur, en son effroi.

Il y résista cependant.

Il n'était pas un bandit.

Et il se dirigea vers la porte de sa chambre.

Mais Huberte de Faucigny courut à lui.

Et, lui saisissant le bras avec une violence nerveuse qui lui fit pousser un cri de douleur :

— Vous ne partirez pas, dit-elle, avant de m'avoir juré, sur ce que vous avez de cher — mais avez-vous encore quelque chose de cher ? — avant de m'avoir juré, sur ce que vous avez de cher, que vous respecterez ma fille.

« Que des scènes semblables ne se renouvelleront pas.

« Et si vous refusez, d'un bond je serai en bas. Je dirai tout à mon mari, vous ne sortirez pas vivant de cette maison, et ma fille sera délivrée.

« Réfléchissez et choisissez !

Roland de Maubuée secoua la tête.

Il était devenu subitement très grave.

— Ce n'est pas la crainte de la mort, dit-il, qui peut produire sur moi quelque impression. Je l'ai bravée cent fois sans sourciller.

« Mais je ne puis oublier, madame, que nous nous sommes aimés, ou que du moins nous avons cru, ne fût-ce qu'une heure, que nous nous aimions.

« Et je suis disposé à me soumettre à tout ce que vous exigerez de moi.

« Si vous voulez que je parte, je partirai demain.

« Nous devons partir tous les deux, ma femme et moi.

« Dites un mot, et je partirai seul.

— Non, dit la duchesse, il ne faut pas que vous partiez seul, car tout ce que vous avez fait jusqu'ici pour cacher à mon mari tout son malheur deviendrait inutile.

« Il faut que vous partiez demain, comme c'était convenu, avec votre femme.

« Mais, avant de partir, il faut me jurer, et, avec la volonté, cette fois, de tenir votre serment, que ma fille sera toujours une étrangère pour vous.

« Que vous ne tenterez rien pour la séduire, ni pour abuser.

Roland étendit la main.

— Je le jure, madame, dit-il.

« Je le jure sur mon honneur, sur ma vie.

« Je ne veux pas que vous me méprisiez.

« J'ai cédé tout à l'heure, en voyant tant de charmes devant moi, à un mouvement de passion dont je n'ai pas été maître.

[illegible] cela ne se renouvellera plus.

« J'en demande pardon à vous et à celle qui, quoique portant mon nom, ne sera jamais ma femme.

« Et si le pardon se mesure aux souffrances qu'aura à supporter celui qui l'implore, une heure sonnera où vous me l'accorderez toutes les deux !

« Adieu ! »

Il poussa la porte de sa chambre et s'y enferma.

Reine courut fermer le verrou.

Mais la duchesse dit :

— Je crois que c'est inutile maintenant.

« Tu n'auras plus rien à craindre de lui.

Reine laissa la porte fermée néanmoins, et elle commença à se déshabiller.

Elle se sentait brisée. Elle pensait à Raymond, Raymond, avec lequel elle eût été si heureuse, et tout son cœur se gonflait d'une indicible amertume.

Elle considérait sa vie comme finie, une vie sans joie et sans amour, et elle désirait mourir.

Elle n'avait pas la force même tant elle était accablée et abattue, incapable du moindre mouvement d'énergie, elle n'avait pas la force même d'enlever son corsage...

Sa mère lui dit :

— Veux-tu que je t'aide ?

— Non, ma mère.

— Que je t'envoie Aline ?

— Non, je préfère rester seule.

« Laisse-moi maintenant.

— Oui, dit la duchesse, je vais retrouver ton père, qui doit être inquiet.

« Et pardon encore !

Elle présenta son front à sa fille, qui y posa un baiser humide de larmes et elle s'éloigna.

Reine demeura seule.

Elle continua à se déshabiller lentement.

Elle n'osait pas remuer de peur d'être entendue, et quand elle fut prête à se mettre au lit, elle monta sur son lit si discrètement que c'est à peine si on l'entendit.

Mais, si discrètement pourtant qu'elle eût agi, Roland de Maubuée, aux aguets de l'autre côté de la cloison, avait perçu des froissements d'étoffes, des heurts légers de pas... et ces bruits, qui lui faisaient suivre en imagination tous les mouvements de sa femme, ces bruits avaient réveillé en lui toute la force de ses désirs.

Il se l'imaginait telle qu'elle devait être, à demi dévêtue, avec l'éblouissement de ses bras et de ses épaules.

Et il allait et venait en sa chambre avec des hoquets rauques — ainsi qu'un fauve récemment pris à un piège et qu'on vient d'enfermer.

Et il disait avec d'épouvantables transports, avec d'infernales frénésies, que ce serait toujours ainsi qu'il entendrait près de lui sa femme, sa femme !... aller et venir, s'habiller et se déshabiller, et que jamais, jamais il n'aurait le droit de pénétrer jusqu'à elle, de la prendre en ses bras — qu'elle était plus loin de lui que toutes les femmes — séparée de lui de toute la profondeur d'un serment et d'un crime, — abîme qu'il avait cru un instant pouvoir franchir, mais qui lui semblait maintenant insondable et démesuré.

Et il l'aimait.

Il aimait comme il n'avait encore aimé aucune femme, lui qui avait eu tant de passions, celle qu'il ne pouvait pas avoir, qui portait son nom et ne serait jamais à lui, et c'était pour cela sans doute qu'il l'aimait et la désirait avec une si impitoyable frénésie !

Quel châtiment, et comme il aurait mieux fait de fuir !

XXXI

On dansait toujours dans les salons du rez-de-chaussée, encore emplis d'invités, quand la duchesse de Faucigny vint dire à son mari.

— Je les ai laissés seuls.

— Ils sont montés ?

— Oui.

— Et Reine ?

— Elle m'a dit de vous souhaiter le bonsoir.

— Elle semblait bien triste ce soir.

— L'émotion, sans doute.

— Ils partent toujours demain ?

— Ils me l'on dit

— Pourvu qu'elle soit heureuse ! fit le duc.

— Elle le sera, mon ami, dit la duchesse.

Et elle se sépara de son mari.

Elle redoutait d'autres questions, et cette conversation faite de mensonges, où elle avait conscience que tout mentait en elle, les pensées, l'accent et les regards cette conversation la tuait.

Elle traversa le salon où elle avait retrouvé son mari et elle se perdit plus loin au milieu de l'encombrement des danseurs pour essayer de se distraire et de donner un autre cours aux pensées qui la torturaient et qui, maintenant, elle en avait la certitude, la tortureraient toujours !

. . . .

Raymond de Mauléon commençait à se lever quand il lut dans les journaux l'annonce du mariage prochain de mademoiselle de Faucigny avec M. Roland de Maubuée.

— Ah ! soupira-t-il, le corps de ma pauvre mère, tuée par elle, est à peine refroidi ; je suis encore étendu sur le lit où j'ai été couché pour elle, et déjà, sans doute, elle m'a oublié. Demain, elle qui prétendait m'aimer pour la vie, et n'aimer que moi... demain elle sera entre les bras d'un autre ! Elle portera son nom...

L'atrocité de cette pensée fit fermer les yeux au malheureux garçon, qui resta un moment immobile, laissant tomber au pied de son lit la feuille qui lui avait apporté la fatale nouvelle

Et il resta longtemps, abîmé en sa douleur, puis, comme en sursaut il saisit le cordon de sonnette qui pendait au chevet de son lit et le tira avec force.

Valentin, son fidèle valet de chambre, accourut.

— Est-ce que le médecin doit venir ce matin ? demanda Raymond.

— Je ne le crois pas, monsieur, répondit le domestique. Comme monsieur va mieux maintenant, M. le docteur a dit qu'il ne viendrait que tous les deux jours. Or, il est venu hier.

— Il faudra, interrompit le blessé, l'envoyer chercher ce matin et le prier de venir le plus tôt possible.

Un sentiment d'inquiétude se lut sur le visage du fidèle Valentin.

— Est-ce que monsieur, interrogea-t-il, se sentirait plus mal ce matin ?

— Non. Mais j'ai besoin de parler au médecin.

— Je vais l'envoyer chercher tout de suite, monsieur, dit Valentin.

Et il sortit de la chambre.

Quand, une heure plus tard environ, le docteur parut, amené par le valet de chambre. Raymond lui dit :

— Je vous ai fait appeler, docteur, car je voudrais savoir quel jour je pourrai partir...

— Cela dépend du voyage que vous désirez faire.

— Je voudrais aller au plus tôt rejoindre à Marseille la mission dont je fais partie et qui se prépare à se mettre en route.

— Diable ! fit le médecin, c'est un voyage cela et vous êtes bien faible, mon pauvre ami

— J'ai le plus grand intérêt, dit Raymond, à quitter Paris, et à le quitter le plus tôt possible...

— Et à partir pour Marseille ?

— Oui, c'est à Marseille que je désirerais me rendre.

— Mais une fois à Marseille vous ne vous mettriez pas en route...

— Non, j'aurais quelques jours, je pense, pour me reposer.

Le médecin se recueillit un instant.

Il examina le blessé, tâta son pouls, puis il déclara :

— Il me semble que dans une dizaine de jours...

— Je pourrai partir ? fit Raymond avec joie.

— Je n'y vois pas d'inconvénient si d'ici là aucun incident fâcheux ne survient... Du reste je vous verrai d'ici là.

« Il ne faudra pas, par exemple, dans les premiers jours, vous surmener.

— Une fois à Marseille, dit Raymond, je ne sortirai pas. J'attendrai au lit l'heure du départ des camarades auxquels je dois me joindre.

— Et elle doit durer longtemps votre mission ?

— Personne ne le sait. Nous devons traverser le désert. Nous pouvons revenir au bout de six mois comme nous pouvons être retenus trois ans.

— Vous allez essuyer bien des fatigues.

— Et courir bien des dangers, dit Raymond.

« Mais c'est cela précisément qui m'attire, surtout maintenant.

Le médecin regarda le jeune homme.

Il vit dans ses yeux une grande expression de tristesse.

Il demanda :

— Est-ce que vous auriez du chagrin ?

— Qui n'a pas ses soucis ? répondit Raymond évasivement.

Le docteur n'insista pas.

Il prononça quelques paroles d'encouragement banales.

— Vous êtes jeune, dit-il, de solide constitution. Bientôt il ne restera plus aucune trace de votre blessure.

« Espérons que vous surmonterez périls et fatigues, et que vous reviendrez de là-bas sain, bien portant et guéri, moralement s'entend, car physiquement vous le serez dans dix jours.

Le médecin tendit la main à son jeune client.

— C'est tout, demanda-t-il, ce que vous aviez à me dire ?

— Tout, docteur, je vous remercie.

— Je viendrai vous voir après-demain, et je verrai alors si je ne me suis pas trompé, et si vous pouvez bien faire vos préparatifs pour partir dans dix jours.

« En attendant, pas de fatigue.

« Levez-vous le plus que vous le pourrez, mais sans marcher beaucoup. Mangez bien, des choses réconfortantes.

— Soyez tranquille, docteur.

— Buvez du bon vin, et pas de mauvais sang, surtout...

« Cela vous couperait l'appétit et retarderait votre guérison.

Il sortit sur ces paroles et Raymond resta seul.

— Pas de mauvais sang ! murmura-t-il, répétant la recommandation du docteur. S'il se doutait de ce que je souffre !

Il sonna son domestique pour que celui-ci l'aidât à s'habiller.

Et quand il fut debout, il s'installa devant son bureau et en ouvrit un des tiroirs toujours fermé soigneusement.

Puis il prit le tiroir et alla s'asseoir devant le feu en tenant le tiroir sur ses genoux.

Et alors, avec précaution, et les yeux brouillés de larmes, il fit l'inventaire de ce qu'il contenait.

Il y avait là des lettres, des fleurs fanées, des bouts de rubans, reliques sacrées et cent fois précieuses d'un amour que Raymond avait cru devoir être éternel, et qui, depuis qu'il pensait, avait occupé toutes ses pensées.

Chaque objet lui rappelait une heure de bonheur, un serment, et faisait revivre des moments d'extase et de joie qu'il ne connaîtrait plus, sûrement.

Ces quelques violettes, recroquevillées, desséchées, et qui n'avaient plus qu'une odeur de vieilles feuilles, ces quelques violettes venaient d'une promenade faite à la campagne quelques années auparavant, pendant les vacances de Pâques, qu'il était allé passer chez M. de Faucigny.

Reine avait quinze ans.

Il en avait dix-huit.

Jusque-là, ils n'avaient encore songé qu'à jouer.

Ils n'étaient qu'amis et camarades.

Mais Raymond trouvait cette année-là Reine, sortie de pension comme lui pour quelques jours, singulièrement grandie et embellie.

Et il reçut, en la voyant venir à lui pour le recevoir, riante et gracieuse, une impression qui ne devait pas s'effacer.

Dans la journée, comme autrefois, ils étaient allés courir à travers les prairies et les bois, mais Raymond n'avait plus la même insouciance.

Il ne jetait pas sur sa compagne de jeux les mêmes regards affectueux et sans arrière-pensée avec lesquels il avait la coutume de la contempler.

Il se mêlait à sa joie il ne savait quoi de plus émouvant et de plus tendre, qui le prenait aux entrailles et lui faisait trouver le ciel plus radieux.

Il n'était pas bruyant, mais attendri et presque mélancolique.

Et il ne pouvait détacher ses yeux des yeux de Reine.

Reine, bien qu'elle n'eût rien ressenti de pareil encore, n'avait pu s'empêcher d'être frappée de cette attitude, nouvelle pour elle, de son jeune ami.

Elle l'avait interrogé affectueusement, craignant qu'il n'eût quelque chagrin.

Mais Raymond avait répondu que jamais il n'avait été aussi heureux.

Et comme il s'était assis sur une souche et que Reine respirait avec délices quelques violettes à peine ouvertes que Raymond avait trouvées dans la mousse des talus et qu'il lui avait offertes, il lui dit tout à coup, d'un air qui sembla singulier à la jeune fille, tant il lui parut brusque :

— Donne-moi ces fleurs !

Elle le regarda d'un air surpris.

Et, lui tendant le bouquet.

— Les voici !

Raymond les prit convulsivement et dit :

— Je ne m'en séparerai jamais !

Puis il les enfouit dans son sein.

Et il se leva pour partir.

Reine le suivit.

Elle avait peine à cacher sa stupeur.

Elle lui demanda d'un air attristé.

— Qu'as-tu ?

Il ne répondit rien.

— Est-ce que je t'ai fâché ?

Il fit de la tête un signe négatif, l'entraînant, comme s'il avait hâte de se débarrasser d'elle et d'être seul.

La jeune fille avait l'air tout attristée.

Et elle murmurait en le regardant à la dérobée :

— Qu'a-t-il ? Que lui ai-je fait ?

Cependant Raymond s'était arrêté.

Il reprit les violettes, les respira avec délices, puis il dit à Reine.

— Si tu n'étais pas une petite fille, et si tu pouvais me comprendre, je te dirais quelque chose.

« Quelque chose qu'il ne faudra pas que tu répètes à tes parents ou du moins pour le moment.

— Quoi, mon ami ? parle !...

— Eh bien ! fit Raymond, il me semble que je t'aime.

— Tu m'aimes ?

— Oui.

— Mais moi aussi, s'écria aussitôt Reine, je t'aime.

« Je t'aime beaucoup.

« Comme le meilleur de mes amis.

— Ce n'est pas de cette façon, dit le jeune homme, dans un ton grave, et qui avait un peu de mépris pour la naïveté de sa compagne, qui n'avait pas compris ce qu'il voulait dire, car elle ne lui aurait pas répondu ainsi, ce n'est pas ainsi que je t'aime, moi... Je t'aime comme on aime dans les livres, quand on veut se marier.

— Moi aussi, fit Reine.

— Tu voudrais que je sois un jour ton époux ?

— Mais certainement. Et je ne voudrais pas avoir d'autre mari que toi. Je voudrais être avec toi comme maman avec papa, et ne plus nous séparer. Comme nous serions heureux ! Nous jouerions toute la journée.

« Et personne n'aurait rien à dire, puisque nous serions mariés.

— Ah ! fit Raymond que cet aveu si simple avait attendri au delà de toute expression, comme je t'adore, Reine, et comme je t'adorerai toujours !

C'est à cette minute suprême qu'ils avaient échangé leur premier serment.

Telle est la scène que faisait revivre à l'esprit de

[Ray]mond les quelques violettes fanées qu'il tenait à la [m]ain, scène touchante, à jamais inoubliable et dont le souvenir encore emplissait tout son être.

Il contempla longuement les fleurettes qui le ressuscitaient tout à coup devant lui.

Il les arrosa de brûlantes larmes de regrets.

Puis, il s'écria :

— Vous vous êtes fanés comme elles, serments de ses lèvres adorées.

« Comme le parfum de ces fleurs flétries s'est évanouie l'odeur de tant de beauté, de tant de vertus et de tant de grâces !...

« Elles auront duré moins que les fleurs toutes ses perfections, car les fleurs sont là encore... et elle s'est envolée.

« Elle est à un autre maintenant, et je ne la reverrai plus, plus jamais !

Et le malheureux, s'étant mis à sangloter, les violettes échappèrent de ses mains, glissèrent sur ses genoux et tombèrent sur le marbre du foyer.

Raymond se baissa, les prit et les jeta dans le feu.

XXXII

Après ce fut un petit ruban mauve qui tomba sous la main de Raymond. Ce ruban, il l'avait vu comme une pâle fleur, serti dans l'or de sa chevelure... et il lui rappelait son premier accès de jalousie, sa première souffrance.

Le soir où elle le lui avait donné, elle avait dansé beaucoup, et souvent, Raymond l'avait remarqué, avec un jeune homme qu'il s'était imaginé qu'elle lui préférait.

Peut-être avait-elle mis à se montrer avec ce rival un peu de coquetterie... et Raymond avait été toute la soirée atrocement torturé.

Mais, quand il avait pu lui parler, d'un mot elle avait fait fuir ses soupçons... dissipé tous les nuages qui obscurcissaient son front.

— C'est toi, avait-elle dit, que j'aime... que j'aimerai toujours. Jamais je n'aimerai un autre homme. Je t'en donne ma foi.

Et, comme gage, elle lui avait remis ce ruban, ce ruban dont les couleurs avaient pu pâlir, mais qui était là encore comme pour attester la promesse donnée.

Raymond prit avec une sorte de fureur ce discret témoin d'une fidélité qui devait être éternelle, et, le jetant au milieu des flammes :

— Consume-toi, cria-t-il, toi qui as entendu son mensonge !... Va-t'en en cendre et en fumée, comme ses promesses, comme ses serments !...

Et quand le frêle ruban eut été dévoré par les langues ardentes du foyer, dans lesquelles il eut à peine le temps de se tordre, il resta un instant immobile, la tête dans ses mains, regardant le feu qui lentement se consumait, perdu en ses pensées pénibles.

Le temps s'écoulait sans qu'il s'en aperçût.

Et la nuit vint qu'il était là encore devant le feu, dont le rouge échafaudage s'écroulait peu à peu, et qu'il ne songeait pas à ranimer.

Puis il se remit à son douloureux inventaire. Il trouva encore au fond du tiroir, parmi les papiers, d'autres fleurs racornies et différents objets, qui tous avaient marqué comme une étape de leur amour, né avec leur pensée, et qui devait, — se l'étaient-ils juré souvent ! — finir avec elle.

Quand la nuit tomba tout à fait, le valet de chambre heurta à la porte, croyant son maître souffrant, étonné qu'il ne lui eût pas demandé de lumière.

Et comme il n'avait pas reçu de réponse, il avait poussé la porte, en proie à une vive inquiétude.

Il trouva Raymond devant son feu, avec son tiroir sur les genoux, son tiroir vide maintenant, car tout le contenu avait pris peu à peu le chemin du feu.

Au bruit fait par Valentin, Raymond dressa la tête, et il apparut, à la lueur rougeâtre des flammes tombantes, si pâle et si bouleversé, les yeux rouges et humides, que le fidèle domestique s'écria :

— Qu'a donc Monsieur ? Est-ce que Monsieur est malade ?

Cette voix angoissée rappela Raymond à lui-même.

Il se remit un peu et répondit vivement :

— Non, non, laisse-moi, avec un geste impatient pour éloigner l'importun.

— Voyant que Monsieur ne sonnait pas pour avoir de la lumière, je me suis permis d'entrer, dit le domestique, que Monsieur m'excuse ! Monsieur ne veut pas que j'apporte une lampe ?

— Si... apporte, dit Raymond brusquement, et, s'arrachant à l'espèce de torpeur qui l'engourdissait, il se leva.

Il mit à sa place le tiroir vide maintenant.

Et il lui sembla qu'un vide s'était fait aussi en son cœur, qu'un abîme s'y était creusé.

Il poussa un profond soupir et murmura :

— Heureusement je vais partir.

« Je mourrais de chagrin ici !

« Et d'ici mon départ, je ne veux plus lire aucun journal.

Et quand Valentin rentra dans la chambre avec de la lumière, il lui dit :

— Tu ne m'achèteras plus aucun journal d'ici mon départ.

— Bien, monsieur.

— Si par hasard, oubliant ma propre défense, je te donnais l'ordre d'aller en chercher, tu ne m'obéirais pas.

— Bien, monsieur.

— Tu me répondrais que je te l'ai défendu... Et cela suffirait pour me rappeler à moi-même.

— Oui, monsieur.

— Va, maintenant... Va, et qu'on me laisse !

Valentin sortit en ayant l'air de se demander ce qu'avait son maître, s'il n'avait pas tout à coup perdu son bon sens. Et Raymond se replongea dans ses réflexions.

Les dix jours qu'il dut attendre ainsi avant de pouvoir prendre le train pour Marseille lui semblaient ne devoir jamais finir.

Il ne sortait pas, ne lisait aucune nouvelle, se plongeant, pour oublier, dans les lectures anciennes.

Il ne quitta un instant sa solitude que pour aller, avant de s'éloigner peut-être pour toujours, car il avait l'idée qu'il ne reviendrait pas, et il le souhaitait, il ne quitta sa solitude que pour aller au Père-Lachaise prier sur la tombe de sa malheureuse mère, qu'il n'avait pas visitée encore.

Il avait pris un fiacre pour s'y faire conduire, et il arriva à la funèbre nécropole sous un délicieux soleil qui faisait sourire les tombes, mettait des pierreries sur les couronnes de verre et sur les marbres et animait la couleur des fleurs poussées sur les fosses.

Sous cette douce clarté du printemps le cimetière était presque gai.

Raymond se dirigea tout de suite à la tombe de sa mère, enterrée dans le caveau de famille des Mauléon, dans la grande allée du cimetière.

Et là, tête nue, il resta longtemps prosterné et en prières.

A l'âme de sa mère, il disait toutes ses souffrances et tous ses deuils. Il lui semblait qu'elle l'entendait, et il lui parlait en effet comme si elle eût pu l'entendre et lui répondre.

Il lui parlait de Reine... des beaux rêves qu'il avait faits et dont elle avait été la confidente, — rêves si brusquement évanouis.

Et il disait à sa mère.

« Peux-tu croire qu'elle m'ait menti ?

« Moi je ne puis l'admettre encore, et peut-être à cette

heure elle est mariée. Et si elle ne l'est pas encore, elle le sera demain.

« Peux-tu me dire, ma mère, pourquoi elle m'a abandonné ? Ce que je lui ai fait et ce qui a changé son cœur ?

« Si tu savais, ma mère, comme je suis malheureux !

« Je ne t'ai plus pour me consoler. Je n'ai plus personne. Et c'est nous qui t'avons tuée, toi, la meilleure des mères !...

« Comme la vie est triste, semée de douleurs, et comme tu es bien là, dans ton repos ?

« Tu n'as pas vu ton fils se désespérer ! »

Il avait gémi longtemps ainsi, mais à ce moment un convoi entouré d'une grande foule pénétra dans le cimetière, emplissant toute la grande allée où se trouvait Raymond.

Et le jeune homme, arraché à sa douloureuse extase, fit ses adieux à sa mère et quitta le cimetière.

Le lendemain, dès la première heure, il allait prendre à la gare de Paris-Lyon-Méditerranée le train qui devait l'emmener à Marseille.

Il partait !

Dans quelques jours, sans doute, il s'enfoncerait dans le désert avec ses compagnons, et peut-être, au milieu des dangers, des fatigues, trouverait-il enfin un peu d'oubli !

Il ne savait pas si Reine était mariée.

Il n'avait rien voulu apprendre.

Il était assez malheureux sans rien savoir. Que serait-il devenu s'il avait connu le jour, l'heure où son malheur se serait accompli ?

Dans l'ignorance où il s'était maintenu de ce qui avait pu se passer, il pouvait se dire que rien peut-être n'était irréparable encore.

S'il avait été tenu au courant, par les indiscrétions des journaux, de tous les incidents de cette sensationnelle union, quelles n'eussent pas été ses tortures !

Et pendant que le train l'emportait à toute vapeur vers les rives de la Méditerranée, il se disait, pensant toujours à Reine, car il ne pouvait pas, même une minute, chasser de son esprit sa pensée, il se disait :

— Est-elle mariée ?

« Songe-t-elle à moi ?

« Sait-elle que je suis parti ?

« Se demande-t-elle ce que je deviens ?...

« Elle n'entend pas plus parler de moi que je n'entends parler d'elle.

« A-t-elle conservé de moi même un léger souvenir ?

« Il est probable que d'autres pensées la préoccupent.

« Que suis-je pour elle, maintenant ?

« Le passé... Une passion éteinte.

« Lui, c'est l'avenir.

« Mais comment l'a-t-elle aimé ?

« Qui le lui a jeté dans les bras ?

« Sa mère sans doute, qui avait de l'affection pour cet homme, puisque pendant un moment on le lui avait même donné pour amant.

« Mais ce n'était pas vrai, puisque maintenant elle lui donnait sa fille... »

Reine avait dû se laisser séduire par les grands airs du misérable, par son impertinence, cette réputation qu'il s'était faite d'homme à bonnes fortunes.

C'était un élégant cavalier.

Il montait à cheval avec une grâce exquise — dans les steeples de la Marche et d'Auteuil, car c'était un gentleman-rider accompli.

Et cette constatation que faisait mentalement Raymond de toutes ces supériorités mondaines qu'avait sur lui son rival et qui avaient pu attirer sur lui l'attention de Reine, augmentaient encore son amertume et son désespoir.

Cette journée de voyage, emplie tout entière par l'obsession de ces idées cruelles, fut extrêmement pénible pour Raymond.

Et quand la locomotive siffla enfin en gare de Marseille, il eut comme un sentiment de délivrance.

Mais là, une autre émotion l'attendait, la plus terrible peut-être qu'il pût ressentir.

Comme il descendait sur le quai, ayant aux mains sa valise et quelques menus objets, la tournure d'une femme qui marchait devant lui, à côté d'un personnage qu'il semblait aussi reconnaître, le frappa.

Et ce cri échappa à ses lèvres blêmies :

— Elle ! Eux !

Il devint d'une pâleur mortelle et s'arrêta.

Il chancelait.

Puis il murmura :

— Non, ce n'est pas possible. Je suis fou !

Non, il n'était pas fou, car, ayant fait quelques pas pour se rapprocher, ce qui lui fut facile au milieu de l'encombrement, il la reconnut parfaitement.

C'était Reine qui était là... avec son mari.

Ils étaient mariés. Ils voyageaient. Leur voyage de noces, sans doute.

Que faire ?

Raymond eut l'idée d'abord de se jeter sur eux... de les fouler aux pieds... de les broyer.

Mais il pensa combien ce serait absurde de se jeter sur eux... de leur crier des injures, et comme ils riraient de sa rage impuissante.

Et il n'eut plus qu'une idée : n'être pas aperçu, pour qu'ils ne pussent pas triompher de sa douleur.

Et il se dissimula...

Il se dissimula pour la voir passer sans être vu et, quand elle arriva en face de lui, toutes ses idées changèrent.

Sa fureur tomba, et il n'eut plus au cœur que de la pitié, tant il avait lu d'infinie tristesse dans le regard de ces beaux yeux tant aimés.

Il pensa qu'elle n'était pas heureuse, et tous ses doutes le reprirent.

Et de nouveau il se demanda ce qu'il s'était demandé déjà :

Que s'est-il passé ?

Et cette interrogation se posa dans son cœur.

— A-t-elle cessé de m'aimer ?

Mais elle était loin déjà. Tout le monde avait disparu. Raymond était seul sur le quai.

Il revint à la réalité, courut à la salle de distribution des bagages, déjà presque vide, et se fit conduire à l'hôtel où il devait rejoindre ses compagnons.

Quelques jours après, il s'embarquait sans l'avoir revue.

DEUXIÈME PARTIE

I

Trois ans plus tard environ, dans une loge de la Comédie-Française, Reine de Faucigny, devenue Mme de Maubuée, était à côté de son mari, du duc et de la duchesse de Faucigny, occupée à lorgner distraitement la salle, quand elle eut un tressaillement si brusque que la lorgnette lui échappa presque des mains.

Et elle devint subitement d'une pâleur extrême.

Ce mouvement n'avait pas échappé à Roland de Maubuée, qui suivit la direction des regards de sa femme mais il n'aperçut rien qui fût, selon lui, de nature à motiver pareille émotion.

Il demanda à Reine :

— Qu'avez-vous ?

Mais déjà la jeune femme s'était ressaisie, et elle répondit avec calme :

— Rien, monsieur.

Et elle regarda la scène, semblant suivre attentivement le jeu des acteurs.

La duchesse de Faucigny et son mari, assis derrière elle, n'avaient rien remarqué.

Au bout de quelques minutes, Roland de Maubuée, qui passait rarement la soirée près de sa femme, qu'il était venu simplement accompagner, Roland de Maubuée prit congé du duc et de la duchesse de Faucigny, salua Reine et se retira.

Il était, dit-il, attendu à son cercle.

Comme cela lui arrivait tous les jours et que Reine n'était heureuse que lorsqu'il était loin d'elle, elle ne fit aucune observation.

Et ce soir-là, elle était tout particulièrement satisfaite de le voir s'éloigner.

Quand il fut parti, elle reprit sa lorgnette, la fixa sur le point de la salle où elle avait regardé déjà, et elle dit presque tout haut :

— Non, je ne me trompe pas, c'est lui !

Madame de Faucigny, qui avait entendu ces paroles, se tourna vers sa fille.

— Qui as-tu vu ? demanda-t-elle.

Reine lui passa la jumelle et dit :

— Regardez !

— Où cela ?

— Là-bas, à gauche, près de la troisième colonne.

La duchesse regarda un instant.

Puis elle s'écria :

— Mais c'est M. de Mauléon !

— N'est-ce pas ? fit Reine, devenue plus livide encore.

— Oui, dit Mme de Faucigny, c'est lui !

Et les deux femmes donnèrent toutes les deux les signes d'une violente émotion.

Le duc, à ce moment, remarqua leur agitation et demanda :

— Que se passe-t-il ?

— M. de Mauléon.

— Raymond ?... Il est ici !...

— Dans une loge... derrière la colonne.

— J'avais lu dans les journaux, dit le duc, que la mission dont il faisait partie était heureusement revenue à Alger.

« Je ne savais pas qu'ils fussent en France.

« Il est ici ?

— Oui, mon ami, dit la duchesse, qui continuait à regarder... c'est sûrement lui.

Elle ajouta :

— Il n'est pas seul.

— Oui, dit Reine avec une expression de jalousie qui la pâlit encore, il est avec une très jolie femme.

— Il ne sont pas seuls, fit remarquer Mme de Faucigny ; il y a un jeune homme avec eux.

« C'est peut-être quelque parente... ou la femme du compagnon de Raymond.

— Peut-être, fit Reine.

Et elle porta les mains à sa poitrine, comme pour comprimer les battements de son cœur.

Elle souffrait horriblement.

Elle n'avait pas cessé, en effet, d'aimer Raymond de Mauléon, de penser à lui, et elle n'avait pas perdu tout espoir de le revoir un jour et de pouvoir se justifier auprès de lui, bien qu'elle fût persuadée qu'il ne l'aimait plus, lui, et qu'il devait, la croyant infidèle, l'exécrer et la maudire.

Mais elle n'avait jamais pensé qu'elle pourrait le voir un jour aimant un autre femme, marié...

Elle ne pouvait se faire à cette idée.

Et de le voir là tout à coup, près d'une jeune femme qu'elle trouvait belle, avec laquelle elle le voyait causer et rire, cela lui avait porté un coup terrible.

Le duc demanda :

— Est-ce qu'il nous a vus ?

— Je ne sais pas, mon ami, répondit la duchesse.

— S'il nous avait vus, dit M. de Faucigny, il serait venu déjà nous saluer.

Reine frémit.

C'est vrai, il pouvait venir.

Mais elle pensa qu'il ne viendrait pas, qu'il devait lui garder une rancune trop grande de l'avoir trahi et d'en avoir épousé un autre.

Et comme si sa mère avait deviné sa pensée, elle répondit à son mari :

— Non, il ne viendra pas.

— Pourquoi ? demanda le duc.

— Il doit nous en vouloir du mariage de Reine...

— En effet, il l'aimait. C'est pour cela, sans doute, qu'il ne nous a pas donné de ses nouvelles. J'aurais été heureux de l'entendre nous raconter ses exploits. Il paraît qu'ils ont fait une campagne superbe, où Raymond s'est tout particulièrement distingué.

« Je lisais cela tout dernièrement sur mon journal.

Reine n'écoutait plus.

Elle avait repris la lorgnette et elle regardait Raymond.

Elle le regardait qui parlait à l'autre femme. Et elle essayait, au mouvement de ses lèvres, à l'expression de son visage, à ses regards, de deviner ce qu'il lui disait.

Peut-être lui disait-il qu'il l'aimait.

Et à cette pensée tout le sang de la pauvre Reine se glaçait dans ses veines.

On eût dit qu'elle allait mourir.

Sa mère, qui l'observait, lui dit tout bas.

— Tu l'aimes toujours ?

— Et pourquoi, ma mère, demanda la jeune femme, aurais-je cessé de l'aimer ?

— C'est vrai, dit Huberte de Faucigny.

Et elle murmura.

— Ma pauvre enfant, tu n'as pas cessé de souffrir !

Elles ne parlèrent plus, et Reine demeura absorbée dans ses pensées.

Depuis le départ de Raymond..., depuis son mariage, la malheureuse femme avait mené la plus douloureuse, la plus triste, la plus désolée des existences.

Elle n'avait pas eu avec son mari de nouvelle scène.

Elle avait tenu celui-ci rigoureusement à l'écart de sa vie.

C'était l'amant de sa mère, et il n'y avait pas de risque qu'elle se donnât à l'amant de sa mère, qu'elle se fît la complice de ce qu'elle considérait comme un épouvantable crime, comme un véritable inceste.

Roland de Maubuée avait fini par le comprendre et ne la poursuivait plus d'un amour qu'il sentait être odieux à celle qui en était l'objet.

Dès son retour à Paris, après un voyage de noces qui avait été pour lui une déception de toutes les heures et pour Reine un véritable martyre, dès son retour à Paris, il avait repris la vie de dissipation qu'il menait avant son mariage.

Il déjeunait le matin, sauf les jours où il avait quelque rendez-vous, à l'hôtel de Faucigny, avec sa femme.

Et on ne le voyait plus.

Tous les jours il dînait dehors, à son cercle ou ailleurs, sauf le vendredi où il menait sa femme au théâtre.

Mais généralement il disparaissait dès le premier acte.

Une femme aimant son mari eût souffert de cette existence, mais elle répondait trop bien aux secrètes aspirations de Reine pour que celle-ci en témoignât quelque mécontentement.

Si quelque amie la plaignait hypocritement de l'abandon dans lequel la laissait son mari, elle répondait :

— Il est libre.

Et elle ne paraissait pas s'offenser de liaisons que tout le monde connaissait et qu'elle ne devait pas ignorer elle-même.

Le duc avait voulu, dans les premiers temps de cette union qui tournait si mal, faire quelques observations à Roland.

Mais Reine lui avait dit aussitôt.

— Laissez, mon père, laissez mon mari vivre à sa guise.

« Cela ne me gêne pas.

— Tu n'es pas jalouse ?...

— Et comment serais-je jalouse de femmes qu'il n'aime pas, et qui ne servent qu'à son plaisir ?

— Mais il dissipe sa fortune.

— Que m'importe !

— Et quand vous n'aurez plus rien ?

— Il s'arrêtera...

[illegible] le duc de Faucigny n'avait pu blâmer de Reine un mot de reproche ou de blâme pour la conduite de son mari.

Il avait fini par en prendre son parti et ne plus faire d'observation. Car sa femme lui avait dit :

— Ne vous mêlez de rien, puisque cela plaît ainsi à Reine.

Et la vie avait coulé pour le jeune ménage, terne, morne. Reine conservait en son esprit le souvenir toujours adoré du disparu. Roland volait librement chaque jour à de nouvelles liaisons.

Il évitait de se trouver seul avec sa belle-mère, qui avait toujours envers lui une attitude réservée et sévère, et qui menait une existence aussi retirée que sa fille, [illegible], à force de macérations et de prières, de se faire pardonner un moment d'erreur qui serait le tourment de toute sa vie et qu'elle n'oublierait jamais.

Elle passait ses journées près de sa fille, cherchant, à force de tendresse, à réparer le mal qu'elle lui avait fait.

Elle s'entretenait souvent avec elle de Raymond de Mauléon, de cet amour dormant au cœur de la pauvre Reine et qui n'attendait sans doute qu'une occasion pour se réveiller plus ardent et plus vivace.

Or, cette occasion, Mme de Faucigny le sentait, et elle en était épouvantée, cette occasion venait de se produire.

La vue seule de Raymond avait rallumé dans le cœur de sa pauvre enfant toute la flamme d'une passion qui n'était qu'assoupie.

La duchesse suivait avec angoisse sur le front pâli de Reine toutes ses pensées.

Elle voyait qu'elle aimait et qu'elle était jalouse, et qu'elle était horriblement torturée.

Et elle ne savait que dire, que faire pour apaiser cette douleur qu'elle devinait si vive, et qui était son œuvre.

Au moment le plus pathétique de cette contemplation cruelle dans laquelle elle voyait Reine s'absorber, elle prit la main de la jeune femme, et murmura à son oreille :

— Tu souffres, ma pauvre enfant ?

Reine leva les yeux sans répondre.

Mais la duchesse lut dans ses yeux tout son martyre, et elle tressaillit jusqu'au fond des entrailles.

Reine gémit à son oreille :

— Il ne m'aime plus, ma mère.

« Il aime une autre femme.

« Voyez comme elle est jolie !

« La connaissez-vous, ma mère ?

La duchesse prit la lorgnette, regarda et répondit :

— Je ne l'ai jamais vue.

« C'est sans doute une étrangère.

« Je n'ai jamais vu non plus la personne qui est avec eux...

« Ce ne sont pas des gens de notre monde — ou du moins des Parisiens.

— Peut-être, fit Reine, est-ce une fiancée que Raymond va épouser.

Mme de Faucigny ne répondit pas.

Mais Reine fit tout à coup :

— Il nous a vus !...

Et son émoi fut si vif que sa mère la vit chanceler...

II

On se rappelle dans quelles conditions était parti Raymond de Mauléon, qui avait perdu sa mère, vu son amour détruit, le lendemain du mariage de Reine, qu'il avait aperçue ensuite, marchant à côté de son mari, que peut-être elle aimait, sur le quai de la gare de Marseille !...

Le malheureux s'était éloigné avec cette vision, et elle lui avait [illegible] qu'elle avait [illegible] le désespoir dont déjà son âme était pleine.

Ainsi rien ne le rattachait plus à la vie, et [illegible] une âpre joie qu'il s'en allait sur le chemin [illegible] dangers de toutes sortes, où peut-être il trouverait [illegible] l'anéantissement et l'oubli.

Il s'empressa de rejoindre, à l'hôtel où ils l'attendaient, ses compagnons de route, et quelques jours [illegible] s'embarquait avec eux.

Il n'avait pas revu Reine, qui sans doute avait poursuivi avec son mari... son voyage de noces !

Quand il prononçait en esprit ces mots mari, voyage de noces : il semblait à Raymond que tout son être se déchirait et qu'il n'y avait jamais eu au monde douleur pareille à la sienne.

Elle s'en allait avec un autre, celle qu'il avait tant aimée et qu'il aimait tant encore, bien qu'il fût persuadé qu'elle l'avait odieusement trahi.

Elle s'en allait avec un autre qui avait le droit de la prendre dans ses bras, de couvrir de baisers son chaste corps, car Raymond ne pouvait pas soupçonner les conditions dans lesquelles s'était fait ce mariage et la répulsion qu'inspirait à Reine celui qui n'était son mari que de nom et devait le rester toujours.

Il ne s'expliquait pas l'abandon soudain de son amie d'enfance et la préférence qui l'avait portée à accepter les hommages d'un homme qu'hier encore elle connaissait à peine ; mais, il était réel cet abandon, elle était réelle cette préférence, puisque les faits étaient là, et il lui fallait se rendre à cette évidence.

Il fallait même que la préférence de Reine pour cet homme fût grande et son goût définitif, puisqu'elle l'avait accepté pour son mari, même après qu'il eut blessé mortellement celui qu'elle prétendait aimer, et que cette blessure eût causé la mort d'une femme pour laquelle elle disait aussi avoir de l'affection.

Malgré le sang versé, malgré ce drame, Reine avait mis sa main dans la main sanglante de l'homme qui avait frappé ceux qu'elle chérissait.

Il fallait donc qu'elle aimât cet homme et qu'elle l'aimât beaucoup, et Raymond n'avait plus qu'à s'efforcer de ne plus penser à elle, de chasser de son esprit tous les beaux rêves faits autrefois et jusqu'au souvenir de cette passion malheureuse qui avait embaumé les premières heures de sa jeunesse.

C'est avec ces idées qu'il était parti.

On comprend combien, dans ces conditions, il devait faire bon marché de sa vie ; aussi, quand le péril se montra, fut-il le premier à courir au-devant de lui.

On le vit braver les flèches des sauvages, les coups de feu des traîtres embusqués avec une intrépidité qui excita vite l'admiration de ses camarades et de ses chefs.

Il semblait à l'épreuve des coups, insensible à la fatigue et à la maladie.

Et pendant trois ans, il accomplit ainsi d'exploits en exploits, cherchant une mort qui ne venait pas, brûlé par le soleil, tanné par les grands hâles du désert, et se faisant une réputation de bravoure qui excitait l'admiration chez tous ceux qui en étaient témoins.

Il revint en France glorieux, mais non guéri. [illegible] guéri de cet amour qui tenait à lui plus que la chair [illegible] corps.

Ni les dangers, ni les fatigues, ni les aventures [illegible] qu'il avait traversées au cours de cette pénible campagne où la moitié de ses compagnons avaient succombé, [illegible] dont il revenait, lui, qui aurait tant désiré mourir, vivant et sans blessures, n'avaient réussi à en dissiper la pensée.

Il aimait Reine comme au premier jour, Reine qui depuis trois ans était à un autre, avait des enfants peut-être de cet homme.

Et son premier soin, en mettant le pied dans Paris, fut de s'informer d'elle.

Ce qu'il en apprit lui causa autant de surprise que de joie.

Reine vivait avec son mari dans l'hôtel du duc et de la duchesse de Faucigny...

Elle n'avait pas d'enfant.

[illegible] menait une existence retirée, ne recevant pas, n'allant pas dans le monde.

On la voyait quelquefois, le vendredi, à la Comédie-Française, où elle avait sa loge, et une fois par semaine à l'Opéra.

Son mari était rarement avec elle.

Roland de Maubuée menait, au vu et au su de tous, une existence de désordre, passait ses nuits au cercle, avait des maîtresses.

C'était là sans doute la cause de la tristesse constante dont on voyait empreinte la figure angélique et douce de Reine de Faucigny.

— Cet homme ne l'aime pas ! se dit Raymond.

« Cet homme la rend malheureuse, celle qu'il aurait voulu, lui, faire si heureuse !

« Mais elle l'aime peut-être.

« Elle est jalouse et elle souffre.

Et le cœur de Raymond s'emplit de compassion et de pitié.

Mais que pouvait-il faire ?

Avait-il le pouvoir de la consoler, lui qui n'était plus sans doute rien pour elle ?

Elle l'avait repoussé de sa vie, et il n'avait plus le droit d'y revenir.

Aussi ne songea-t-il pas, bien que ses relations avec le duc et la duchesse de Faucigny rendissent cela tout naturel et presque obligatoire, ne songea-t-il pas à lui faire visite.

Mais il avait voulu l'apercevoir, se rencontrer avec elle par hasard et voir l'effet que sa vue à lui produirait sur elle.

Il se demandait si elle avait changé, si ces trois années écoulées l'avaient embellie ou vieillie, avaient produit sur elle le même effet que sur lui.

Il semblait que dix années au lieu de trois avaient amoncelé sur sa tête à lui leur poids et leurs rides.

Il avait considérablement bruni, et ceux qui l'avaient vu autrefois auraient eu peine peut-être à le reconnaître.

Quelques cheveux blancs, fleurs de souci, se montraient, malgré sa jeunesse, à ses tempes brûlées par de torrides étés.

Reine ne l'aurait peut-être pas reconnu.

Mais c'était pour voir Reine qu'il s'était rendu, ce soir-là, à la Comédie-Française.

Et dès son entrée au théâtre il l'avait aperçue. Roland de Maubuée était encore auprès d'elle.

Il n'aurait pas voulu, si elle tournait les regards de son côté, qu'on s'aperçût qu'il l'avait remarquée.

Il s'était dissimulé derrière la colonne à laquelle s'appuyait la loge où il se tenait.

Cette loge avait été louée par lui, et il y avait offert deux places à un de ses compagnons de la mission, qui était venu se reposer quelques jours à Paris, et qui était là avec sa sœur.

Raymond s'était aperçu qu'on l'avait vu, et l'émotion de Reine ne lui avait pas échappé.

Elle pensait donc encore à lui ?...

Il ne lui était pas peut-être aussi indifférent qu'il l'avait cru.

Il reçut de cette constatation une impression étrange, qui tenait de la joie et à la fois de la douleur — joie de n'être pas oublié et douleur d'avoir été sacrifié !

En même temps, il constatait sur la physionomie du visage cette tristesse dont on lui avait parlé, et il remarqua la froideur qu'elle paraissait avoir pour son mari.

Celui-ci, du reste, s'était déjà retiré, sans même avoir échangé avec sa femme, comme avec le duc de Faucigny, une banale poignée de mains.

Raymond avait constaté aussi que la duchesse ne parlait pas à M. de Maubuée, ne le regardait même pas, sans doute à raison de l'existence isolée et morne qu'il faisait à sa fille.

On n'avait rien exagéré.

L'union de Roland de Maubuée et de Reine de Faucigny ne paraissait pas avoir été heureuse.

Raymond aurait pu en triompher, s'en réjouir, mais il aimait tellement Reine qu'il était plutôt disposé à s'en affliger.

Il souffrait pour elle et détestait davantage, si c'était possible, le rival qui lui avait pris son bonheur et n'avait pas trouvé moyen de rendre Reine heureuse.

Il était si préoccupé des idées que faisait naître en lui tout ce qu'il voyait et aussi ce qu'il devinait, que c'est à peine s'il répondait à son ami et à la sœur de celui-ci, qui pourtant s'efforçait de se montrer gracieuse et de lui sourire, car elle le trouvait fort à son goût.

Il lui souriait aussi pour ne pas parler, ne pouvant détacher ses yeux de la vision de Reine, plus belle peut-être qu'autrefois, avec cette pâleur qui lui donnait une distinction presque surnaturelle.

Et son amour s'était réveillé cent fois plus violent.

Qu'allait-il faire ?

Il ne pouvait pas aller dans sa loge la saluer.

Il lui semblait que jamais il n'oserait et que s'il parlait il mourrait d'émotion et de joie.

Et que lui dirait-il ?

Lui rappellerait-il les promesses violées ?

Lui parlerait-il de son amour ?

Elle était mariée.

Elle ne l'aimait plus peut-être.

Alors, comment le recevrait-elle ?

N'allait-il pas courir au devant d'une déception plus grande que toutes celles qu'il avait eues encore et d'une douleur plus vive ?

Il pouvait encore s'endormir en son rêve, rêve fou sans doute, rêve irréalisable.

Mais si elle le repoussait il n'aurait même plus la ressource de pouvoir se forger des chimères.

Il retomberait plus brutalement que jamais dans la froide et dure réalité.

C'est pendant qu'il se faisait toutes ces réflexions, que Reine s'aperçut qu'il l'avait vue.

Et il comprit au mouvement de ses lèvres ce qu'elle disait à sa mère.

— Il nous a vues.

Et il ressentit un choc si violent de se voir ainsi découvert et de penser que Reine s'occupait de lui, qu'il pâlit affreusement et faillit s'évanouir.

Le compagnon de Raymond se pencha près de lui.

— Qu'as-tu ?

— Rien, rien, répondit-il.

Et il se disposa à quitter la loge.

Il dit encore :

— Je vous prie de m'excuser.

« J'ai aperçu quelqu'un.

« Quelqu'un qu'il faut que je voie.

Et il sortit précipitamment.

Il erra comme un fou dans le couloir, pas décidé encore, ayant en lui une voix qui lui disait :

— Va. Elle t'attend.

Et une autre qui murmurait à son oreille :

— Que vas-tu faire là ?

« Elle est mariée.

« Elle ne pense pas à toi.

« Pourquoi rappeler des heures qui ne reviendront pas, qui ne peuvent plus revenir, puisqu'elle n'est pas libre ?

Et il restait indécis, s'arrêtant brusquement ; puis il se remettait à marcher, écoutant la première voix, qui lui disait d'espérer.

Et c'est à celle-ci qu'il finit par obéir.

Car il frappa quelques coups discrets au carreau de la loge.

III

Les coups frappés résonnèrent au cœur de Reine, car elle avait vu Raymond quitter sa place et se doutait que c'était lui qui était là.

Elle devint d'une lividité extrême et porta les mains à sa poitrine pour comprimer les battements de son cœur.

— C'était lui. Elle allait le voir !

Elle se demandait ce qu'elle allait lui dire, ce qu'elle allait lui répondre, qu'elle contenance elle prendrait devant lui... comment elle pourrait cacher les sentiments qui l'agitaient et contenir les élans de tout son être qui allaient la pousser vers lui !

Toutes ces sensations avaient passé en elle instantanément, avec la rapidité de la foudre, dans l'intervalle à peine perceptible qui s'écoula entre le bruit des coups frappés et l'entrée de Raymond.

Car presque aussitôt le duc s'était penché pour ouvrir la porte de la loge.

Et quand le jeune homme parut, il poussa une exclamation de joie.

Puis, se tournant triomphalement vers les deux femmes, immobiles et muettes :

— Je vous disais bien, moi, qu'il viendrait, qu'il ne nous garderait pas rancune !

Il tendit sa main à Raymond.

— Que je suis heureux, mon cher ami, de te voir !

« Mais pourquoi n'approches-tu pas ?

En effet, M. de Mauléon, aussi blême, aussi interdit que Reine, demeurait sur le seuil de la loge, sans avoir la force de faire un pas et de prononcer une parole.

Il avait vu Reine, et tout son sang s'était glacé dans ses veines. Il était comme pétrifié.

La duchesse, comprenant son embarras, lui tendit la main.

Et il la pressa sans parler, puis il salua Reine, s'efforçant de paraître indifférent et correct.

Le duc l'invita à s'asseoir.

Et il se laissa tomber sur un siège.

Il suffoquait d'émotion.

Et Reine n'était pas moins troublée, pas moins douloureusement affectée que lui.

Tous les deux sentaient que tout les poussait l'un vers l'autre, et pourtant il y avait entre eux un abîme que rien ne pouvait combler.

Pour Raymond, la trahison de Reine.

Pour Reine, cet odieux mariage que son dévouement l'avait forcée à subir.

Quelques secondes se passèrent dans un lourd silence. Raymond constatait que Reine n'avait pas changé, était toujours aussi jeune, aussi charmante, quoique plus pâle et plus triste qu'autrefois ; et Reine s'étonnait de voir Raymond si bruni, si amaigri et si différent de jadis, surprise que trois ans de fatigues et de dangers eussent fait du jeune homme doux et un peu timide qu'elle avait aimé, un homme énergique et fier, mais s'apercevant en même temps qu'il ne lui plaisait pas moins ainsi, et que l'amour qu'elle avait eu pour lui ne pouvait que grandir encore. Mais elle ne pouvait plus le dire. Elle était obligée de cacher ses sentiments et de montrer un visage indifférent et froid, quand tout son être brûlait d'indicibles ardeurs.

Cependant, pour faire cesser la gêne qui régnait dans la loge, et que le duc s'expliquait très bien, car il avait connu la passion du jeune Raymond et de Reine, et s'était souvent demandé quelle avait été la cause d'une rupture qui semblait avoir fait le malheur des deux jeunes gens, peut-être un moment de dépit de Reine qui l'avait jetée étourdiment dans les bras de celui avec lequel il l'avait surprise — moment dont elle avait témoigné depuis un violent repentir — le duc, disons-nous, commença à entretenir Raymond de la campagne qu'il venait de faire, et dont il avait suivi avec intérêt dans les journaux les phases dramatiques et glorieuses.

— Vous nous revenez, mon cher Raymond, dit-il au jeune homme, tout couvert de lauriers, ce qui ne m'étonne pas de la part du fils de mon ami Mauléon, et pendant un moment il n'a été question dans les journaux que de vos prouesses.

— On n'a pas de mérite, dit Raymond, à être brave, quand on tient si peu à la vie !

En entendant ces paroles amères, Reine frémit jusqu'au fond de l'âme.

— Ainsi, demanda le duc, vous voulez mourir ?

— J'ai cherché la mort avec une ardeur sans pareille. Elle n'a pas voulu de moi.

— Et qui vous poussait à chercher la mort ?

— Je venais de voir mourir ma mère, fit Raymond.

« La vie m'apparaissait pleine de tristesse et de désenchantements.

— A votre âge !

— Le malheur nous frappe à tous les âges.

— Mais à votre âge, on peut prendre le dessus, réparer...

— Il y a des chagrins, dit Raymond, qu'on ne peut dominer, qui vous frappent aux racines mêmes de la vie.

« Et celui dont je souffrais à ce moment était de ceux-là.

— Je sais, dit le duc, combien est sensible, au cœur d'un fils, la perte d'une mère.

« Mais il est naturel que notre mère meure avant nous, et notre vie tout entière ne peut être attristée par un deuil de ce genre, quelque cruel qu'il ait été pour nous.

Raymond ne répondit pas.

Mais Reine comprit ce qu'il voulait dire. Elle mesura à la grandeur de sa propre souffrance la grandeur de celle que Raymond avait dû endurer.

Elle se dit qu'il n'y en avait pas au monde de pareille et que jamais le jeune homme, qui attribuait la douleur qu'il avait subie à son infidélité, à son ingratitude, à sa déloyauté, ne la lui pardonnerait.

Et tout son cœur saigna de tristesse.

Pour surmonter l'impression qu'elle ressentait et donner à cette conversation, dont toutes les paroles étaient, pour elle qui se savait innocente et ne pouvait pas le dire, un déchirement nouveau, elle demanda à Raymond :

— Avec qui donc êtes-vous ici ?

Elle ne le tutoyait plus.

Elle ne devait plus le tutoyer.

Elle n'était plus son amie... sa petite amie Reine de Faucigny.

Elle était Mme de Maubuée.

Elle portait ce nom exécré par Raymond — le nom d'un homme qui avait failli le tuer et qui avait causé la mort de sa mère.

Elle se sentait pour lui une étrangère, plus qu'une étrangère, une ennemie.

Et cette pensée était pour elle une torture infinie.

Raymond répondit, d'un air qu'il s'efforça de rendre indifférent :

— Je suis avec un de mes compagnons de route, le lieutenant Aubin... et avec sa sœur.

— A qui vous faites la cour, dit Reine, ne pouvant dominer le sentiment de jalousie qui s'était emparé d'elle à la vue de la jeune fille et qui lui revenait maintenant qu'elle en parlait et qu'elle apprenait que c'était une jeune fille que Raymond pouvait aimer et peut-être épouser.

Et si cela était, pensait-elle, si ce projet était venu au jeune homme, elle se disait qu'elle ne pourrait lui faire aucun reproche.

Qu'elle n'avait aucun moyen de l'empêcher de suivre les penchants de son cœur, puisqu'il ne devait plus compter sur elle, et qu'il serait peut-être heureux, au contraire, de la punir, en se mariant, de ce qu'il devait appeler son inconstance.

Mais Raymond répondit, sans mettre d'irritation dans sa réponse, que Reine reconnut sincère :

— Je ne songe à faire la cour à personne.

« Et je ne veux plus aimer.

« L'amour ne peut causer que des douleurs.

« D'ailleurs, j'ai d'autres projets.

« Je vais repartir.

Reine sursauta.

— Vous allez repartir ?

— Oui.

— En Afrique ?

— En Afrique... J'ai appris qu'on allait organiser une autre expédition. Et je vais demander à en faire partie.

— Cette fois, dit le duc, vous allez y laisser vos os.

« C'est de la folie !

— Les laisser là-bas ou ici, un peu plus tôt ou un peu

lard... Qu'est la vie pour celui qui est seul, sans affection ?

— Quel désabusé ! dit M. de Faucigny.

Reine souffrait à mourir.

Chacune de ces paroles de désolation et de désespoir, une désolation et un désespoir dont elle connaissait la cause, et qu'on pouvait croire avoir été causés par elle quand son cœur était tout plein de tendresse et d'amour pour celui qui souffrait ainsi, chacune de ces paroles amères et désenchantées tombait sur son cœur ainsi que des gouttes de plomb fondu.

Elle aurait voulu être seule avec Raymond, pouvoir se justifier, et elle se disait que peut-être il repartirait encore sans qu'il eût cessé de la maudire.

Et elle se demandait ce qu'elle ferait pour faire cesser entre eux l'horrible malentendu, et aussi si elle devait le faire cesser et ne pas accomplir jusqu'au bout son héroïque sacrifice.

Car si Raymond apprenait qu'elle l'aimait, qu'elle n'avait jamais cessé de l'aimer, qu'elle était restée digne de lui, devenue seulement plus grande et plus fière par l'immolation de son amour et de son bonheur, comment se défendrait-elle contre lui, contre les transports de passion que cet aveu ferait naître, et qu'elle-même — elle le sentait bien — ne pourrait s'empêcher de partager ?

Or, elle ne voulait pas succomber.

Elle était trop fière pour déchoir.

Elle avait promis à celui qu'elle avait dû épouser, à défaut d'amour, le respect du nom qu'elle avait accepté.

Elle ne devait pas oublier qu'elle était la fille du duc de Faucigny.

Souffrir, oui, subir toutes les épreuves et toutes les douleurs, mais ne pas s'exposer à rougir devant l'homme qu'elle méprisait !

Cependant, comme l'entr'acte s'avançait, Raymond se leva.

Il s'apprêtait à prendre congé du duc, de la duchesse et de Reine et se disait que, sans doute, il ne reverrait plus celle-ci.

Reine pensait aussi qu'il partait peut-être pour toujours.

Elle ne fut pas maîtresse du désir qui la prit soudain de le revoir... au moins une fois...

Et elle lui dit :

— Ne viendrez-vous pas, Raymond, me rendre visite avant de partir ?

« J'ai été votre amie.

Elle dit cette parole si bas et avec un tel accent déchirant, que le jeune homme frémit jusqu'au fond de l'être.

Mais cette sensation ne fit qu'augmenter son ressentiment contre celle qui avait brisé une vie de bonheur inouï.

Et il répondit presque durement :

— Chez Mme de Maubuée ?

Cette terrible réplique frappa Reine en plein cœur.

Elle chancela comme si elle avait reçu une balle.

Et ses lèvres blémirent.

Mais elle se reprit et elle répondit :

— Il y a dans mon appartement, monsieur, des pièces dont M. de Maubuée n'a jamais franchi le seuil et où je suis chez moi.

Mais Raymond ne voulut pas comprendre.

Une jalousie horrible l'avait mordu au cœur.

Il répondit avec un léger haussement d'épaules :

— A quoi bon ?

Et il disparut.

Reine s'affaissa sur les genoux de sa mère, à demi morte de douleur.

Et Mme de Faucigny, pour éloigner son mari, à qui elle voulait cacher l'émotion de sa fille et sa propre émotion, lui dit :

— Vous devriez, Enguerrand, faire avancer la voiture.

« Reine est un peu souffrante ce soir.

« Et nous ne resterons pas jusqu'à la fin.

— J'y vais, dit le duc.

Et il sortit.

IV

Quand le duc fut hors de la loge, Reine se mit sans contrainte, enfouie dans le sein de sa mère, à gémir et à sangloter.

Elle disait au milieu de ses pleurs :

— Il ne m'aime plus, ma mère.

« Et je ne le reverrai plus.

« Avez-vous vu l'expression méprisante de son regard, entendu l'accent cruel de sa voix ?

— C'est peut-être, dit Mme de Faucigny, de ce qu'il t'aime encore que vient sa fureur.

— Comment m'aimerait-il si je lui fais horreur ?

— Horreur ?

— Ne doit-il pas croire que je l'ai trahi, moi la fidèle compagne de ses jeux, moi qu'il appela souvent le sourire de ses jeunes années ? Ne doit-il pas croire que j'ai été infidèle aux promesses, aux serments que je lui ai faits cent fois, et cent fois renouvelés, promesses et serments que je lui répétais encore la veille du jour horrible.

Ici la duchesse de Faucigny interrompit sa fille.

Elle ne pouvait supporter la vue de cette douleur, qui était son œuvre.

— Moi, dit-elle, je le verrai.

— Et comment le verrez-vous, puisqu'il va partir ?

— Je le verrai avant son départ et je lui dirai tout.

— Vous allez rougir devant lui... avouer. Non, ma mère, non. Je ne veux [illegible] de cette humiliation pour vous.

« Puisqu'il a douté de moi, il ne le mérite pas.

— Tu as trop souffert pour moi déjà, mon enfant. Je veux t'épargner au moins la torture pour toi la plus terrible, le mépris de celui que tu aimes.

« Laisse-moi agir. Essuie tes yeux. Ton père va revenir. Qu'il ne s'aperçoive pas !

Comme Mme de Faucigny achevait ces paroles la porte de la loge se rouvrit.

Le duc reparut.

— La voiture est avancée, dit-il.

Au même instant, il remarqua l'attitude de désolation de la mère et de la fille, vit les yeux encore humides et rougis de l'infortunée et demanda :

— Qu'avez-vous ?

Ni la duchesse ni sa fille ne répondirent.

Alors il se pencha à l'oreille de Mme de Faucigny.

— C'est d'avoir vu Raymond ? Elle l'aime ?

Huberte inclina la tête sans parler.

Sur la scène, le rideau se levait pour le troisième acte.

Le duc offrit le bras à sa femme, et ils traversèrent les couloirs, vides maintenant, pour gagner la sortie.

Reine les suivait en chancelant.

Raymond avait regagné sa place dans sa loge.

Avec une lorgnette, il suivit toute la scène qui s'était passée après son départ entre la duchesse et sa fille, et à laquelle il ne comprit rien.

— On dirait qu'elle pleure, fit-il à lui-même.

Et il se demanda :

— Pourquoi pleure-t-elle ?

Alors il eut peur de s'être montré trop cruel.

Mais n'avait-elle pas reçu la réponse qu'elle méritait ?

Et pourquoi désirait-elle le revoir, maintenant qu'elle était mariée ? Pour se consoler peut-être avec lui de l'indifférence de son mari, pour qu'il lui servît de passe-temps et d'amusette.

Non, non, il ne la reverrait pas.

Il ne mettrait pas le pied dans cette maison, où tout lui parlait du mari, de ce Roland de Maubuée tant exécré.

A quoi bon renouveler les souffrances déjà subies, auxquelles il avait failli succomber et auxquelles il succomberait, il le savait bien ?

Elle avait été ingrate, infidèle, oublieuse de tous les rêves faits en commun. Il la laisserait à son ingratitude et à son infidélité.

Il ne la reverrait plus.

Comme il venait de prendre cette résolution, Mlle Aubin se tourna vers lui et dit :

— Vous avez du chagrin, monsieur de Mauléon ?

Il tressaillit brusquement.

— Moi ? Non. Pourquoi, mademoiselle ?

— J'ai vu des larmes dans vos yeux.

— Des larmes ?

— Vous avez vu quelqu'un qui vous a fait de la peine ?

— Du tout... Je suis allé saluer un vieil ami de mon père, le duc de Faucigny.

— Je vous ai vu dans cette loge où il y a deux dames... la mère et la fille, sans doute.

— Oui, c'est la duchesse et sa fille.

— Elle est bien belle, sa fille. Elle est mariée ?

— Oui. C'est maintenant Mme de Maubuée.

— Et c'est le père, ce monsieur qui vient d'entrer dans la loge ?

— Oui, c'est le duc de Faucigny.

— Il est très bien, très distingué.

Raymond n'écoutait plus.

Il regardait ce qui se passait dans la loge.

— On dirait qu'ils s'en vont, fit la jeune fille.

— Oui, dit Raymond, que ce départ surprenait, faisant en lui plus d'une réflexion, ils s'en vont.

— La pièce les ennuie sans doute, fit Mlle Aubin.

— Sans doute, répondit-il machinalement.

Et comme le rideau se levait sur la scène, il regarda du côté du théâtre pour être tout à ses pensées.

Le silence se rétablit dans la salle, et Mlle Aubin, prise par l'intérêt du spectacle, ne parla plus.

Raymond se demandait :

— Pourquoi sont-ils partis ? Pourquoi n'ont-ils pas attendu la fin du spectacle ?

« Reine est-elle souffrante ou craignait-elle de moi une nouvelle visite ?

« Ne voulait-elle pas me revoir ?

« Qu'est-ce que cela peut lui faire si elle ne m'aime pas ?...

« Elle est malheureuse avec son mari... et peut-être regrette-t-elle maintenant de m'avoir repoussé...

« Peut-être a-t-elle des regrets... des remords...

« A quoi bon ? Il est trop tard. Le mal est désormais irréparable.

Et le malheureux répéta :

— Je ne dois plus la revoir !...

Puis il chercha à penser à autre chose, à s'intéresser aux scènes qui se jouaient.

Raymond s'efforça de trouver jolie la jeune fille qui était près de lui, qui était ravissante, en effet, et qui déjà lui avait fait de discrètes avances auxquelles il n'avait pas répondu.

Mais il avait beau la contempler, trouver du charme dans son regard et dans sa jeunesse, il ne ressentait rien pour elle, et son âme allait tout entière vers celle qu'il maudissait et se jurait de ne plus revoir.

Comme elle lui avait paru attendrissante et désirable en sa pâleur, sous le voile de cette mélancolie qui l'enveloppait comme d'une ombre tendre et ajoutait encore à sa grâce !

Et comme il l'aimait encore !

Tout son cœur se fondait quand il pensait à elle.

Et, soudain, au milieu de la scène la plus pathétique peut-être de la pièce, que toute la salle écoutait dans un silence profond, il eut un mouvement brusque pour s'élancer dehors, qui fit retourner M. Aubin et sa sœur et leur voisin de loge.

L'officier lui mit la main sur l'épaule pour le retenir et lui demanda :

— Où vas-tu ?

Raymond regarda autour de lui d'un air ahuri.

Il avait oublié où il était et ce qu'il avait fait.

Il répondit :

— Nulle part. Je vous demande pardon.

Et il se remit à regarder et à écouter.

Mais il continuait à ne rien voir et à ne rien entendre.

Son esprit était ailleurs, près d'elle. Il la suivait roulant dans la voiture qui l'emportait entre son père et sa mère, et ensuite pénétrant dans l'hôtel qu'il connaissait et où l'autre, le rival exécré, allait bientôt la rejoindre.

L'effet de cette pensée fut de produire chez Raymond un mouvement plus violent encore que le premier, et qui, de nouveau, attira sur lui l'attention de M. et de Mlle Aubin et de quelques voisins.

Le lieutenant lui dit :

— Décidément, tu as quelque chose, Raymond.

Le jeune homme répondit, confus :

— Non, rien, ne faites pas attention !

Il était au supplice.

Il aurait voulu que la pièce fût finie pour rentrer chez lui et rester seul, et il ne s'apercevait pas des regards pleins de reproches et de tristesse que lui jetait Mlle Aubin, qui peut-être avait deviné ce qui se passait en lui.

Cependant, l'équipage qui emportait vers leur hôtel le duc de Faucigny, la duchesse et leur fille roulait rapidement à travers les rues illuminées et les Champs-Élysées brillamment éclairés.

Un silence profond régnait entre ces trois personnes.

Le duc attribuait la tristesse de sa fille aux regrets qu'elle avait du mariage qu'il l'avait peut-être avec trop de hâte obligée à faire.

Et il s'attribuait une part de responsabilité dans la douleur qu'il voyait à la pauvre enfant et qu'avait ravivée la présence de Raymond, l'homme aimé autrefois et qui peut-être, lui, l'eût rendue heureuse.

Il s'en voulait des soupçons odieux qu'il avait un instant conçus et qui l'avaient poussé à exiger l'acte irréparable dont tous souffraient aujourd'hui.

Car, il le voyait bien, sa fille était malheureuse... la duchesse était constamment triste et lui-même souffrait de vivre dans un intérieur de désolation.

Il attribuait tous ces maux au gendre qu'il avait imposé à sa fille et qui peut-être avait, avec une audace d'aventurier, cherché à compromettre la riche héritière qu'il voulait obtenir pour femme.

Mais si cela était, et l'attitude de Reine maintenant semblait le faire croire, pourquoi sa fille s'était-elle si facilement résignée à ce mariage qui lui avait toujours paru odieux ?

Il ne s'expliquait cela que par un mouvement de dépit ou de mauvaise humeur qu'elle aurait à ce moment conçu contre Raymond, et qui depuis longtemps sans doute était dissipé et ne laissait plus maintenant dans l'esprit de la jeune fille que d'amers regrets.

Pour M. de Faucigny une ombre avait toujours enveloppé ce qui s'était passé à ce moment, et au fur et à mesure que le temps s'écoulait et que de nouveaux incidents se produisaient, cette ombre, au lieu de s'éclaircir, s'épaississait.

Le duc cherchait vainement le mot de l'énigme posée depuis cette époque devant lui et qu'il ne pouvait obtenir, il le savait, ni de sa femme ni de sa fille.

Cela le rendait rêveur.

Tout, depuis le mariage de sa fille, le surprenait et était pour lui l'objet de réflexions graves, l'attitude de Reine auprès de son mari, attitude où il était facile de démêler de l'indifférence et même du mépris.

Il est vrai que cette attitude était pleinement justifiée par l'existence que s'était mis à mener, presque dès le lendemain de son mariage, M. de Maubuée.

Mais pourquoi celui-ci avait-il si promptement délaissé une femme qu'il semblait aimer et pour laquelle il n'avait pas hésité à risquer sa vie, car le duc pouvait le tuer ?

De quelque côté que se tournât M. de Faucigny, c'était l'inconnu et l'obscurité.

Et il cherchait encore à percer cette obscurité, quand la voiture s'arrêta brusquement.

On était arrivé.

Alors, il sauta à terre, offrit la main à sa femme et à Reine pour les aider à descendre.

[illegible] rentra dans l'hôtel avec elles, mais il les laissa monter à leur chambre et s'enferma dans son cabinet sous prétexte de travailler. Souvent il lisait ou écrivait la nuit.

Mais cette nuit-là ce n'était ni pour lire ni pour écrire qu'il ne suivait pas sa femme. Il avait d'autres projets.

Il attendait la rentrée de Roland de Maubuée.

V

Vers six heures du matin, quand Roland de Maubuée, qui avait passé une partie de la nuit à jouer et l'autre à souper, entra dans le monumental vestibule de l'hôtel [illegible], éclairé par la lumière tremblotante d'un bec de gaz mis en veilleuse, l'esprit obscurci par les fumées du vin, les yeux clignotants et la démarche légèrement titubante, il fut surpris de voir se dresser dans la pénombre du vestibule la haute silhouette de son beau-père, le duc de Faucigny.

Il [illegible] légèrement et dit, de sa voix pâteuse :

— Vous n'êtes pas couché? Qu'y a-t-il?

— Je vous attendais, monsieur, dit le duc d'une voix [illegible], presque sévère, et si vous voulez passer dans mon cabinet, j'ai à vous parler.

— Ne pouviez-vous pas, beau-père, dit Roland, qui avait [illegible] légèrement, choisir une autre heure? Je suis un peu fatigué, et s'il s'agit de choses sérieuses...

— Peu en état de les entendre?

— J'avoue...

— Vous êtes gris sans doute? fit M. de Faucigny d'un ton dédaigneux.

— Non, mais...

— Venez, monsieur. Ce que j'ai à vous dire ne souffre pas de retard. Et il s'agit précisément de la conduite que vous menez et qui met la désolation dans ma maison.

Roland essayea de se ressaisir.

C'était la première fois que le duc se permettait de lui faire une observation.

Et malgré sa demi-ivresse, il dressa la tête, et, prenant presque un air de défi, il dit :

— Je vous suis, monsieur.

Et il marcha derrière son beau-père.

Quand il fut enfermé avec le duc dans le cabinet où celui-ci l'avait attendu, M. de Faucigny lui dit avant toute chose, remarquant avec ironie le fléchissement de ses jambes :

— Vous paraissez fatigué, en effet. Asseyez-vous.

Roland se laissa tomber sur un fauteuil.

Puis il fixa le duc d'un air hébété, attendant ce qu'il allait lui dire.

— Vous me rendrez cette justice, monsieur de Maubuée, commença le duc de Faucigny, que jamais encore, malgré le droit et peut-être le devoir que j'en aurais eu, que jamais je ne me suis mêlé de vos affaires.

« J'ai vu souffrir ma fille, que vous délaissiez et trompiez, sans que vous ayez reçu de moi l'ombre d'une observation.

« Mais je crois cependant qu'à cette heure la mesure est comble et qu'il est temps que j'intervienne.

« C'est moi qui vous ai imposé la main de ma fille — vous n'avez pas oublié en quelles circonstances, cruelles pour tous.

« Je croyais faire votre bonheur et celui de mon enfant, car j'étais persuadé que vous vous aimiez et qu'en vous donnant l'un à l'autre je comblais les plus chers de vos vœux.

« Je vois aujourd'hui que je m'étais trompé et je ne m'explique pas comment je l'ai été. Toutes les apparences...

— Il ne faut pas toujours, interrompit M. de Maubuée, se fier aux apparences...

Le duc le regarda.

— Que voulez-vous dire, monsieur?

Mais Roland s'aperçut qu'il avait prononcé une parole imprudente.

Il se ressaisit et dit d'un ton calme :

— Poursuivez, monsieur.

— J'arrive donc tout de suite, reprit le père de Jeanne, à ce que je voulais vous dire. Je trouve, monsieur de Maubuée, que vous menez une conduite indigne d'un gentilhomme.

— Ah! permettez...

— Indigne d'un homme marié, tout au moins.

— Oh! fit Roland légèrement, je le suis si peu!

De nouveau, M. de Faucigny fixa son gendre avec stupeur.

Et il demanda :

— Comment cela?

— Vous avez dû sans doute vous apercevoir, puisque ma femme n'a pas d'enfants...

— De quoi, monsieur?

— Que Mme de Maubuée, qui est toujours pour moi Mlle de Faucigny, persistait à me tenir rigueur.

— Je ne vous comprends pas, bégaya le duc, qui, en effet, ne cherchait pas à cacher la stupeur où ces paroles l'avaient jeté...

— Alors, dit Roland, vous ne savez rien?

— Que pourrais-je savoir?

— Votre fille, sa mère, ne vous ont rien dit?

— Qu'auraient-elles pu me faire savoir?

— Que Mlle de Faucigny, ma femme, a mis, le premier soir de ses noces, un verrou à la porte qui séparait sa chambre de la mienne, et que ce verrou, elle ne l'a pas encore retiré.

— Que me dites-vous là? s'écria le duc au comble de l'étonnement.

— La vérité, monsieur.

— Vous n'êtes pas ivre?

— En ai-je l'air?

— Pas en ce moment, je l'avoue.

En effet, Roland, qui s'était levé, semblait avoir retrouvé toute son intelligence et toute son énergie.

Ses yeux étincelaient d'une fureur qu'il avait peine à contenir et où revivaient toutes les tortures qu'il avait endurées, toutes ses rages d'amour repoussé, toutes ses ardeurs comprimées, toute la rancune aussi qui s'était amassée en lui pour celle qui le dédaignait ou le méprisait au cours des nuits passées, haletant de désirs, à quelques pas d'elle, dont il entendait le froissement des robes et des linges, et même les sons de voix, et dont il se trouvait plus loin, de par sa volonté, que si d'infranchissables abîmes les avaient séparés.

Le duc le contemplait d'un air abasourdi, se demandant s'il avait bien entendu, s'il ne rêvait pas.

Et il murmura :

— Pourquoi cela?

— Parce que Mlle de Faucigny ne m'aime pas.

« Parce qu'elle m'a épousé pour vous obéir.

— Mais je vous ai surpris chez elle, la nuit.

— J'y étais malgré elle, je vous l'ai dit.

— Elle n'avait qu'à me le dire.

« Elle m'a dit au contraire que vous étiez son amant.

— Elle croyait que je l'étais.

— Comment cela?

— Du fait seulement d'avoir pénétré la nuit dans sa chambre.

« Vous lui avez dit qu'elle était déshonorée.

« Elle l'a cru.

— Elle était du moins, dit le duc, gravement compromise, et par votre faute, monsieur, une faute doublement répréhensible puisque ma fille ne vous aimait pas, n'était pas votre complice.

« Comment avez-vous eu l'audace de pénétrer chez elle?

— Je l'aimais, moi.

« Et je voulais lui faire connaître mon amour, dont elle ne paraissait pas s'apercevoir.

« J'allais m'expliquer quand vous êtes survenu.

« Alors, elle a eu peur de je ne sais quoi.

« Elle s'est vue perdue.

« Elle m'a dit que vous étiez homme à la tuer en la voyant déshonorée.

« Elle voulait vous obliger à nous unir.

« Je n'ai pas bien compris ce qui s'est passé alors en son cerveau de vierge ignorant encore le mal.

« Vous savez le reste.

— Il fallait au moins, vous, monsieur, me dire ce qui était.

— Je tenais trop, moi, à ce mariage.

— Avec une femme qui ne vous aimait pas ?

— J'espérais me faire aimer d'elle.

« Combien d'unions ont commencé ainsi sans amour, et sont devenues ensuite les plus heureuses de la terre ?

Le duc ne répondit pas.

Il réfléchissait.

Il y avait bien des obscurités dans ce que lui disait son gendre, et le soupçon cruel qui l'avait mordu autrefois, et qu'il avait fini par chasser, ce soupçon montrait de nouveau sa tête sifflante et vipérine.

Et il souffrait atrocement.

Il porta la main à son cœur, comme s'il allait défaillir, et il eut une sorte de gémissement étouffé.

Mais il se ressaisit vite.

— Ainsi, demanda-t-il, ma fille continue à vous dédaigner ?

— Elle semble me haïr plus violemment que jamais.

« Je n'ai fait de progrès que dans le mépris qu'elle semble avoir pour moi.

— Et c'est là le mobile de l'existence que vous menez ?

— Il n'y en a pas d'autre.

« J'ai dû chercher ailleurs les joies qu'on me refusait ici.

— Je vais parler à ma fille, dit le duc, l'air absorbé.

— Faites-lui de la morale, monsieur, dit Roland.

« Qu'elle m'ouvre sa porte, et on me verra passer mes journées et mes nuits ailleurs que dans les cercles de jeu et dans les boudoirs des filles à la mode.

« C'est tout ce que vous aviez à me dire, beau-père ?

— C'est tout, monsieur.

« Vous pouvez aller vous reposer.

« Je verrai ma fille ce matin même.

Le duc prit la lampe placée sur la table, car, bien qu'il fît jour, l'hôtel, dont toutes les persiennes et tous les rideaux étaient fermés encore, restait plongé dans l'obscurité, et il alla le conduire au bas de l'escalier, l'éclairant pendant qu'il montait.

Il le vit tituber légèrement, et il rentra dans son cabinet en murmurant :

— Il est encore ivre.

Mais quand il eut réfléchi il pensa qu'il avait tout son bon sens, quand il lui avait fait la grosse révélation qu'il venait de lui faire et qui le plongeait dans un abîme de réflexions, faisant renaître en lui tous les doutes dont il avait souffert et ravivant la plaie cuisante qui pendant si longtemps avait saigné au fond de son cœur.

Il vint s'asseoir devant son bureau et demeura longtemps immobile, la tête dans ses mains.

Oh ! oui, il parlerait à sa fille.

Il aurait avec elle une explication sur son étrange conduite, une explication qui peut-être serait décisive cette fois.

Quelles raisons puissantes l'avaient contrainte à accepter pour mari un homme qui demeurait pour elle odieux et qu'elle ne voulait pas voir ?

Lui, il avait une raison. Il l'avait dit. Il aimait Reine. Il espérait s'en faire aimer. Mais elle, qui n'avait pas cessé d'aimer Raymond ?

Il y avait là une énigme, une étrange et indéchiffrable énigme.

Le malheureux se leva péniblement, passa sa main sur son front, qui s'était mouillé d'une sueur glacée, et, comme il venait d'entendre du bruit dans les couloirs, que l'hôtel s'éveillait, il posa son doigt sur un timbre et dit au domestique accouru à son appel :

— Dès que ma fille sera réveillée et qu'elle pourra me recevoir, vous me préviendrez.

— Oui, monsieur le duc.

Puis il fit éteindre la lampe, ouvrir les rideaux, et il resta appuyé sur son bureau, blême dans le jour blafard, l'esprit perdu en les plus pénibles réflexions, ayant, comme autrefois, le soupçon qu'on lui avait joué peut-être une horrible comédie, dont sa femme, sa fille et cet homme avaient été les acteurs. Et, las de se débattre dans les ténèbres qu'il pressentait, voulant en faire la lumière, toute la lumière !

VI

Il était près de neuf heures, quand Reine, ayant été prévenue que son père voulait lui parler, fit dire au duc qu'elle l'attendait.

Elle était légèrement inquiète, se demandant ce que son père pouvait lui vouloir pour désirer la voir d'aussi bonne heure.

Elle avait mal dormi. Elle était agitée et fiévreuse, car la vue de Raymond lui avait rappelé toutes les souffrances déjà subies, et ce qu'elle avait à supporter encore, liée comme elle l'était à un homme qu'elle haïssait et méprisait et séparée peut-être pour toujours de celui qui était l'objet de toutes ses pensées.

Elle attendit son père avec une nerveuse impatience, et dès qu'il parut elle jeta les yeux sur lui comme pour lire sur sa physionomie les sentiments qui l'agitaient.

Puis elle lui approcha elle-même un fauteuil et lui dit :

— Vous avez à me parler, mon père ?

Avant de répondre, le duc, qui était resté debout, promena son regard à travers la pièce et dit :

— Tu es seule ?

— Oui, mon père.

— Ton mari ne peut nous entendre ?

— Il est chez lui. Je l'ai entendu rentrer tard. Il doit dormir.

— Oui, dit le duc... il y a deux ou trois heures à peine qu'il est rentré... Je l'ai vu. Je l'attendais.

— Mon mari ?

— Oui. Je voulais lui parler — lui demander compte de sa conduite envers toi — conduite que je trouve odieuse, déshonorante pour lui d'abord, ensuite pour toi, qui es sa femme, et qu'il délaisse et qu'il trompe.

Reine eut un geste de souveraine indifférence.

— Ah ! mon père, dit-elle, les agissements de M. de Maubuée ne m'intéressent guère. Laissez-le vivre de la vie qui semble lui plaire.

— Mais on cause, mon enfant.

— Et qui ?

— Le monde... On le blâme... On te plaint.

— Que m'importe ?

— Oui, dit le duc, je sais que tu ne l'aimes pas. Il m'a même fait une confidence qui m'a plongé dans une stupeur profonde et dont je ne suis pas encore revenu.

Reine avait tressailli.

Elle leva sur son père des yeux anxieux.

Le duc poursuivit :

— Et il y avait bien de quoi être surpris. Il paraît que tu lui as refusé ta porte et que tu n'es encore sa femme que de nom.

Après avoir pâli, Reine devint pourpre.

— Il vous a dit cela ?

— Il vient de me le dire.

— A quel propos ?

— Pour se justifier de mener l'existence que je lui reprochais.

Et voyant que sa fille gardait le silence, M. de Faucigny demanda :

— C'est donc vrai ?

— Tout est vrai, mon père.

— Alors, pourquoi as-tu épousé cet homme ?

— Parce que vous m'avez dit que c'était nécessaire pour sauvegarder mon honneur, le vôtre.

— Tu m'as dit que tu étais sa maîtresse.

— J'ignorais à ce moment ce que c'était qu'être une maîtresse.

« Et c'est vous-même qui me l'avez appris.

— Moi ?

— En me demandant si je l'avais reçu dans mon lit.

— Alors, interrompit le duc, M. de Maubuée était un étranger pour toi ?

— Il l'est toujours, mon père.

— Et je t'ai liée à cet homme pour la vie !

— Vous avez fait ce que vous croyiez devoir faire, mon père. Et je ne vous reproche rien.

— Mais il fallait te défendre... me dire...

— Je me croyais déshonorée... car pour moi le déshonneur consistait à parler à un homme à l'insu de mes parents...

— O candeur ! fit à lui-même le duc, qui sentait son esprit se rasséréner dans cette atmosphère de pureté et d'innocence.

Il ajouta :

— Mais tu n'attendais pas la visite de cet homme ; tu n'étais pas son complice ?

— Non, mon père... il était venu chez moi à mon insu.

— Tu ne l'aimais pas.

— Je n'ai rien dit qui pût le lui faire croire.

— Et il a forcé ta porte ou plutôt ta fenêtre, la nuit... C'est un misérable, et je t'ai donnée à lui !

« Ah ! j'aurais mieux fait de suivre ma première inspiration, de le provoquer et de le tuer.

— Et s'il vous avait tué, mon père ?

— Je n'aurais pas du moins fait ton malheur.

« Mais je croyais qu'il était ton amant, que sa mort n'était pas une réparation.

« Et je pensais que vous vous aimiez.

« Qui aurait pu supposer ?

Le malheureux cessa de parler.

Il porta les mains à son front comme sous l'empire d'une profonde douleur.

Et il murmura :

— Je ne me pardonnerai jamais !

Reine alla à lui.

Elle prit sa main, et la baisant :

— Ne pensez pas à tout cela, mon père. Ce qui est fait est fait. Je ne vous reproche rien. Et je ne suis pas malheureuse.

— Tu n'es pas malheureuse ?

— Je suis avec vous, avec ma mère... et c'est tout ce que je désire.

— Et avec cet homme aussi, fit le duc, avec cet homme qui est un infâme drôle, que tu hais et que tu méprises !

— Non ! dit Reine, je ne le hais pas.

« Je lui ai pardonné aussi.

« Il est pour moi comme s'il n'existait pas.

« Et je l'oublie.

— Oublies-tu Raymond aussi ? dit M. de Faucigny. Raymond que tu as aimé, que tu aimes peut-être toujours... que tu as vu hier !

Reine ne répondit pas.

Mais le duc vit en ses yeux scintiller deux larmes étincelantes comme deux purs diamants.

Et il s'écria :

— Tu es un ange descendu du ciel, ma fille. Et jamais je ne me consolerai d'avoir fait ton malheur !

Reine prit le front de son père, y déposa un baiser et dit tendrement :

— Je vous aime, mon père.

— Tu m'aimes, moi, ton tourmenteur, moi, ton bourreau ?

— Vous, mon père !...

M. de Faucigny s'était laissé tomber sur un fauteuil.

Il sanglotait amèrement.

A ce moment, on frappa à la porte de la chambre de Reine, donnant dans l'appartement de M. de Maubuée.

La jeune femme tressaillit.

Le duc avait dressé la tête.

— Qui frappe là ? demanda-t-il.

— Lui, sans doute.

— Ton mari ?

« M. de Maubuée ? que te veut-il ?

— Je ne sais pas, mon père.

— S'excuser, peut-être... Tu vas le recevoir ?

— Je ne puis pas ne pas le recevoir.

— Dis-lui que je suis là.

Reine alla à la porte et demanda :

— C'est vous, monsieur ?

— C'est moi, répondit la voix de Roland de Maubuée.

— Je suis avec mon père, dit Reine.

— C'est bien. J'attendrai.

« Ayez l'obligeance de me faire prévenir quand vous serez seule... J'ai à vous parler.

— Oui, monsieur...

« Je vous enverrai Jean.

— Je te laisse, dit le duc.

« Je ne veux pas voir cet homme.

« Si je le voyais maintenant, je ne serais pas maître de moi et je ferais un malheur.

« Je le hais peut-être autant que toi.

— Il ne faut pas le haïr, mon père, mais le plaindre.

— Le plaindre ?

— Il est malheureux.

« Il m'aime et il sait que je ne l'aimerai jamais...

— Ah ! fit M. de Faucigny, je ne pourrai plus maintenant supporter sa vue ; car c'est par lui que la douleur est entrée dans notre maison...

« Et je ne pourrai jamais l'oublier !

— Calmez-vous, mon père, dit Reine doucement.

Mais le duc semblait emporté par une surhumaine colère.

— Non content, fit-il, d'avoir fait notre malheur... il nous voue au mépris et nous déshonore par sa scandaleuse conduite.

— Père, murmura Reine, il est là. Il peut vous entendre...

— Que m'importe ? fit le duc.

« Je lui aurais dit face à face, cette nuit, ce que je dis là si j'avais su à ce moment ce que je sais maintenant.

« Mais cela finira, ma fille.

« Compte sur moi, compte sur l'affection de ton père !

— Que je ne vous voie pas malheureux, dit Reine, et je serai heureuse.

— Tu es un ange ! répéta M. de Faucigny.

Et, ayant serré sa fille sur son sein dans un élan d'affection éperdu, il s'éloigna précipitamment.

Quand il fut parti, Reine demeura rêveuse.

— Mon pauvre père ! fit-elle... quelle comédie cruelle dois-je jouer pour continuer à le tromper !

« J'ai vu un instant dans ses yeux que le soupçon horrible allait revenir... et je ne sais pas si j'ai réussi à le chasser entièrement.

Elle se redressa, et se dirigeant vers la porte :

— Voyons maintenant ce que me veut cet homme.

Elle ouvrit, appela Jean et lui dit de prévenir M. de Maubuée qu'elle l'attendait.

VII

— C'est le duc, fit Roland de Maubuée en entrant dans la chambre de sa femme, qui était là avec vous ?

— Vous le savez bien, monsieur, puisque je vous l'ai dit.

— Il venait sans doute vous répéter la conversation...

— Ce que m'a dit mon père, dit Reine d'un ton hautain, ne peut pas vous intéresser, et ce n'est pas, je pense, pour me le demander que vous avez témoigné le désir de me voir ?

— Non, dit Roland, un peu déconcerté malgré son

aplomb par cet accueil, où le mépris ne cherchait même pas à se déguiser, non ce n'est pas pour cela. J'avais autre chose à vous dire.

— Parlez alors, monsieur, et faites vite. Ma mère doit s'étonner de ne pas m'avoir vue encore ce matin, et j'ai hâte d'aller vers elle.

Roland prit une chaise, mais il ne s'assit pas et s'appuya seulement sur le dossier en fixant sur Reine, debout à quelques pas de lui, des yeux étincelants.

— Vous savez, fit-il, que j'ai tout dit à votre père.

— Je le sais...

— La façon dont vous me traitez, moi, votre mari, et qui est contraire à toutes les lois divines et humaines.

— Ce qui serait contraire, riposta Reine sans baisser les yeux, à toutes les lois divines et humaines, c'est que je vous traitasse autrement, vous, qui avez été l'amant de ma mère.

— Et que vous haïssez, et...

— Et que je n'aime pas, dit la jeune femme.

— Ainsi, fit Roland, qui ne put contenir un geste de rage et de fureur, rien ne pourra vous faire changer, dompter cet entêtement ?

— Rien, monsieur. Je vous l'ai dit déjà, je vous le répète encore. Rien ! jamais !

— Vous savez que votre père a été fort étonné.

« Qu'il a dû faire des réflexions ?

— Et ?

— Et que ces réflexions pourraient le porter à soupçonner enfin la vérité.

— Qu'y puis-je faire, monsieur, si vous avez été assez lâche...

— Assez lâche ?

— N'est-ce pas une lâcheté, riposta Reine vivement, d'avoir dit à mon père ce que vous auriez dû être le plus acharné à tenir caché, c'est-à-dire le secret de votre infamie ?

— Votre père me reprochait d'avoir d'autres femmes, de mener une conduite indigne d'un gentilhomme, d'un homme marié.

« Alors, je n'ai pas été maître de mon dépit.

« Et j'ai laissé échapper l'aveu du dédain que vous me témoignez.

— Vous n'avez à vous plaindre de rien.

« Vous savez à quoi nous nous sommes engagés tous les deux pour sauver l'honneur de ma mère.

« Vous avez accepté comme moi ce pacte, et ce n'est pas vous, je suppose, qui avez dû le plus en souffrir.

— Qu'en savez-vous ? dit Roland de Maubuée.

Et il plongea de nouveau ses regards dans les yeux de Reine.

— Savez-vous, reprit-il, si ce n'est pas pour m'étourdir, pour oublier vos mépris, que je me suis jeté dans cette vie de dissipation et de débauche que l'on me reproche ?

— Je ne vous l'ai jamais reprochée, dit Reine.

— Non, fit amèrement Roland, vous ne m'avez jamais fait l'honneur d'être jalouse de moi.

« Et ce n'a pas été le moindre de mes tourments de constater cette indifférence que vous avez toujours eue.

— Et que j'aurai toujours, déclara Reine froidement.

Roland fit un mouvement comme en fait le taureau quand il reçoit la pointe aiguë du piccador.

Ses yeux devinrent méchants et cruels.

— Soit ! fit-il...

« Je ferai mon deuil de cette passion à laquelle vous ne croyez pas peut-être, et qui me dessèche et me ronge.

« Mais vous ne serez pas heureuse tant que je serai malheureux.

— Je ne vous demande rien, dit Reine d'un ton dédaigneux.

« Je n'attends rien de vous, ni bien ni mal. — Vous êtes, quoique mon mari, moins qu'un étranger pour moi.

« On peut se rapprocher d'un étranger — et non...

— D'un être indigne, allez, dites le mot !

— Je m'étonne, dit Reine sans emportement, que vous ne l'ayez pas compris, et que vous insistiez.

Roland eut un nouveau geste de dépit et de fureur.

— Je n'insisterai pas, dit-il, et j'arrive tout de suite à l'autre partie des observations que j'avais à vous faire.

— J'écoute, dit Reine.

— J'ai été prévenu hier, au cercle, après vous avoir quittée, que M. de Mauléon était à Paris.

— Eh bien ! fit Reine qui n'avait pu s'empêcher de pâlir, mais avec un air de hauteur suprême.

— Eh bien ! car je ne veux pas vous prendre en traître, je tenais à vous prévenir...

— De quoi, monsieur ?

— Que si vous revoyiez cet homme...

— S'il vient ici voir mon père, je le verrai.

— Que je ne le sache pas ! fit Roland, pâle de rage.

— Je ne m'abaisserai jamais, dit Reine, à me cacher.

« Si M. de Mauléon, qui a été mon ami d'enfance, pour lequel mon père et ma mère ont conservé de l'affection, se présente à l'hôtel et demande à me voir, je le recevrai.

— Que je ne le soupçonne pas ! dit Roland plus menaçant encore, car si je l'ai manqué une fois, je ne le manquerai pas deux !

— M. de Mauléon, dit Reine, n'a que faire de vos menaces, monsieur. Si vous le provoquez, il se défendra.

— Et il me tuera. C'est ce que vous souhaitez, sans doute.

— Cette idée ne m'est jamais venue, dit Reine, avec plus de fierté et plus de hauteur encore en ses beaux yeux de loyauté. Et vous me prêtez vilainement vos propres pensées.

Cette attitude si grande, si digne, ne servit qu'à exaspérer Roland, qui écumait.

Reine lui montra la porte avec un calme plein d'ironie.

— C'est tout, monsieur, ce que vous avez à me dire ?

— Non, ce n'est pas tout.

— Faites vite, alors. Je vous l'ai dit, j'ai hâte d'aller retrouver ma mère qui doit s'inquiéter de ne pas m'avoir vue encore.

— Et à qui vous allez répéter ces paroles humiliantes.

— Vous me prenez trop souvent pour vous, monsieur, riposta Reine.

Et cette réponse sanglante fit monter à son paroxysme la fureur de Roland, qui bégaya, sans trop savoir ce qu'il disait :

— Non, je n'ai pas tout dit. Vous semblez rire de mes menaces. Mais je vous jure bien que si cet homme passe le seuil de cette maison, qui est aussi la mienne, qui est le toit de votre mari...

— Eh bien ?

— Je le tuerai.

— Vous l'avez déjà dit, monsieur.

— Vous ne me croyez pas ?

— Je vous crois capable de toutes les mauvaises actions.

— Ce serait donc une mauvaise action de venger mon honneur ?

— Votre honneur n'a pas été compromis par moi, monsieur.

— Pas encore. Mais il ne tarderait pas à l'être si je laissais cet homme...

Pour toute réponse Reine regarda son mari.

Puis elle lui dit ensuite :

— Je suis la fille du duc de Faucigny.

Et ces paroles pour elle contenaient tout.

Mais Roland, emporté par la colère, riposta :

— Votre mère était sa femme.

— Et elle a succombé ? C'est ce que vous voulez dire, monsieur. Vous avez l'audace !...

— Dame, je ne dis que ce qui est.

« Elle l'a avoué elle-même.

« Et je sais, par expérience, que quand l'amour tient une femme, il n'est pas de titre, pas de vertu.

— Vous étiez vulgaire déjà, monsieur. Vous allez devenir grossier, et je vous prie de vous retirer.

— Vous me chassez ? fit Roland qui blêmit... Et si je ne voulais pas sortir ?

— C'est moi qui sortirais, dit Reine.

Et elle se dirigea vers la porte.

— Non, dit Roland... c'est moi qui pars. — Mais n'oubliez jamais ce que je viens de vous dire !

Et avec un nouveau geste de menace il rentra dans son appartement.

— Goujat ! murmura Reine, qui referma la porte sur lui.

Puis elle se dirigea vers l'appartement de sa mère.

VIII

La bourrasque avait passé à côté de la duchesse de Faucigny sans l'effleurer, car sa fille avait eu l'héroïque courage de lui cacher les scènes auxquelles avait donné lieu le retour de Raymond, mais le martyre de la pauvre enfant s'était aggravé, car elle avait lu dans le regard de celui qu'elle aimait toujours le reproche — et peut-être le mépris et cela la tuait ! — Elle se disait que si Raymond partait sans qu'elle l'eût revu, et sans qu'elle eût pu se justifier à ses yeux, elle en tomberait malade, et elle serait tombée malade, en effet, si cela était arrivé.

Mais l'amour était trop fortement enraciné encore dans le cœur de Raymond pour que celui-ci mît à exécution sa menace et songeât à s'éloigner sans avoir tenté de revoir Reine malgré les injustes préventions qu'il avait contre elle... et que toutes les apparences rendaient pour lui plausibles... Déjà, à peine rentré chez lui, après la rencontre de l'Opéra, il se reprochait sa froideur et ce qu'il appelait sa dureté.

La vue de celle qu'il aimait toujours avait rallumé en lui toutes les ardeurs passées et le feu des chastes désirs conçus autrefois.

Il la trouvait, en sa pâleur, plus rayonnante et plus éthérée, et la tristesse qu'il avait lue en ses yeux l'avait pénétré jusqu'au fond des entrailles.

N'était-elle pas heureuse ? Souffrait-elle ? Avait-elle cessé de l'aimer et était-elle réellement coupable d'infidélité et d'abandon ?

Toutes ces questions torturaient cruellement le pauvre Raymond, qui ne savait maintenant que croire et que penser.

Il lui avait semblé retrouver, sous la mélancolie de son regard, toute la tendresse d'autrefois, mais une tendresse attristée et comme épurée.

Et il était repris de tous ses doutes...

On ne voyait presque jamais Reine avec son mari. Elle n'avait pas d'enfant. Qui sait si elle aimait ce Roland de Maubrée, et si elle n'avait pas été contrainte à ce mariage par... il ignorait quelle nécessité ?

Comme il se reprochait à cette heure de l'avoir si durement chassée quand elle était venue chez lui peut-être pour lui donner l'explication attendue, désirée !

Mais il avait vu tomber sa mère, dont la mort, semblait-il, avait été causée par la trahison de la jeune fille, et il n'avait pas été maître du premier mouvement de sa douleur et de son désespoir.

Maintenant il se lamentait.

Il se demandait où et comment il pourrait revoir Reine, et si son indifférence affectée ne l'avait pas éloignée de lui pour toujours.

Si elle était innocente, elle devait le trouver injuste... lui en vouloir et le maudire.

Il ne savait plus comment faire... quel parti prendre.

Et pourtant il voulait la revoir. Il fallait qu'il la revît.

Il lui semblait que moins que jamais il pourrait vivre loin de la lumière de ses yeux.

Cette lumière avait été le soleil de sa jeunesse, et vit-on sans soleil ?

Elle disparue, c'était l'ombre : c'étaient les ténèbres.

Pendant toute cette nuit-là, ces pensées hantèrent l'esprit enfiévré de Raymond et chassèrent de lui tout sommeil.

Il se tournait et se retournait sur sa couche, brisé, implorant le ciel et lui demandant ce qu'il devait faire.

Puis une idée lui rendit enfin un peu de calme.

Il pensa qu'il ne pouvait pas quitter Paris, si réellement il se décidait à s'éloigner, sans avoir été saluer le duc et la duchesse de Faucigny, qui s'étaient toujours montrés si bons pour lui, qui étaient les amis affectueux de son père, et qui l'avaient un instant traité comme leur propre enfant.

Il se présenterait donc chez eux, et si Reine désirait le voir, s'entretenir avec lui, elle serait là.

Si elle ne venait pas, c'est que tout serait fini entre eux.

S'étant arrêté à cette résolution, Raymond fut moins torturé. Le jour était haut déjà. Il se leva.

Il était descendu dans un hôtel dont les fenêtres donnaient sur le boulevard.

Il alla regarder par ces fenêtres l'aspect de Paris, de ce Paris où il avait rêvé de vivre si heureux et qu'il avait quitté ayant dans l'âme une si mortelle tristesse après la perte de tout ce qui lui était cher, sa mère et son amour ; de ce Paris qu'il avait si bien compté ne plus revoir, et qu'il retrouvait toujours indifférent et toujours le même. Tels ces rochers que les flots de la mer couvrent incessamment d'eau et d'écume, et qui restent insensibles et muets.

Ainsi le long des murs de Paris se brisent des douleurs et des misères. Des sanglots s'y heurtent. Des larmes les inondent... et aucune secousse morale n'a de prise sur leur masse indifférente et froide. Des générations passent, naissent, meurent, se lamentent... et ils demeurent inamovibles, et leur inamovible force a quelque chose, pour la fourmilière humaine qui grouille au milieu d'eux, se hâtant vers la mort, de goguenard et de narquois.

Ce matin-là Paris était plus triste que de coutume. Il avait plu pendant la nuit. Le trottoir était humide et gras, l'air brumeux.

Sur la chaussée, que quelques fiacres commençaient à sillonner, la boue jaillissait de chaque côté des roues semant à droite et à gauche des étoiles de fange.

Peu de passants encore.

Quelques magasins s'ouvraient.

Des garçons nettoyaient les devantures.

D'autres faisaient tomber, avec bruit, les volets de tôle qui les protègent pendant la nuit.

Il y avait, dans ce réveil humide de Paris, une sorte d'âpre poésie qui prenait Raymond à la gorge, pour ainsi dire, qui lui rappelait des heures heureuses de sa jeunesse et qui lui faisait désirer de ne plus partir, de ne plus quitter ce Paris qui avait pour lui, comme il l'a pour tous ceux qui y ont vécu, un charme qu'on ne s'explique pas, mais qu'on ressent, et qu'on ressent surtout quand on en a été éloigné quelque temps et qu'on songe, comme y songeait Raymond, à s'en éloigner encore.

Le jeune homme resta longtemps devant la fenêtre, à méditer. Il se disait encore combien il serait heureux de vivre à Paris, et d'y vivre avec son amour.

Mais Reine ne pouvait être pour lui qu'une amie. N'importe !... Il se contenterait de cette platonique affection, si cette affection lui était rendue, et s'il apprenait que Reine ne l'avait pas volontairement trahi.

Il était près de dix heures quand il s'arracha à sa contemplation... et à ses réflexions... tantôt si cruellement pénibles et tantôt colorées d'un reste d'espérance.

Il songea qu'il était temps de s'habiller pour aller déjeuner et se rendre ensuite, car il était décidément résolu à cette visite, à l'hôtel de Faucigny.

Il sonna le garçon, se fit monter de l'eau et commença sa toilette.

A onze heures il descendait. Il se dirigea vers un des restaurants où il mangeait souvent autrefois et s'y fit servir un déjeuner simple mais substantiel.

Il cherchait surtout à tuer le temps, à attendre l'heure où il pourrait se présenter correctement chez le duc de Faucigny.

Il lui semblait, tant le temps lui paraissait long, que cette heure ne viendrait jamais.

Il mangea sans appétit, l'esprit absorbé, et, quand il eut terminé, il alluma un cigare, et sortit sur le boulevard, où il se promena de long en large, allant de la rue Drouot à la Madeleine et réciproquement.

Il redoutait de rencontrer quelque connaissance qui l'aurait distrait ; mais, comme il y avait, ce jour-là, des courses où se rendaient la plupart de ses anciens amis, il eut la chance de ne voir personne.

A trois heure il prit un fiacre et se fit conduire à l'hôtel de Faucigny. — Il était peut-être de bonne heure encore, mais il était tout frémissant d'une impatience qu'il ne pouvait plus dominer.

En route, il se demandait s'il serait reçu, s'il la verrait, si son ancien rival, Roland de Maubuée, le mari maintenant, ne serait pas là.

Il pensa qu'il avait dû aller aux courses. C'était un assidu de sport.

Mais si Reine avait accompagné son mari ?

Un frisson d'angoisse traversa tout son corps à cette pensée, mais il réfléchit qu'on ne voyait jamais Reine avec son mari, qu'on le lui avait dit... et qu'on ne l'avait jamais vue ni à Auteuil ni à Longchamp.

Il se rassura un peu.

Elle était là.

Elle l'entendrait sonner, ou si elle était dans son appartement, sa mère, sans doute, la ferait appeler.

Du moins, il se forgeait cet espoir.

Quand, descendu du fiacre qui l'avait amené, il pressa le bouton de sonnette de l'entrée particulière du somptueux hôtel de Faucigny, il tremblait tellement et il était si pâle qu'on eût dit qu'il avait la fièvre.

La porte s'ouvrit et le concierge, qui connaissait bien M. de Mauléon, apparut sur le seuil de sa loge.

Il salua gracieusement le jeune homme, et à la demande que celui-ci lui fit si la duchesse de Faucigny recevait, il répondit :

— Mme la duchesse ne reçoit pas aujourd'hui, mais si monsieur veut que je lui fasse passer sa carte, Mme la duchesse y sera sûrement pour monsieur.

— M. le duc est à l'hôtel ?

— Oui, monsieur, et Mme de Maubuée aussi.

Raymond chancela.

Reine était là.

Et son mari ?

Il voulut savoir s'il était là aussi.

D'une voix altérée, privée de salive, et si basse qu'on l'entendit à peine, comme s'il n'osait pas prononcer le nom de cet homme, il demanda :

— Et M. de Maubuée ?

— M. de Maubuée est sorti.

Alors, respirant moins péniblement, il sortit sa carte de son portefeuille et dit :

— Si vous voulez faire remettre ma carte à Mme la duchesse.

— Oui, monsieur.

Le concirge donna un coup de cloche.

Un valet de chambre parut sur le sommet du perron de la porte d'entrée.

Le portier alla lui remettre la carte et fit entrer Raymond dans le vestibule, puis dans le petit salon du rez-de-chaussée que déjà il connaissait bien, où il avait joué souvent avec Reine.

Raymond marchait comme dans un rêve, au milieu de tous les souvenirs qui se levaient sous ses pas.

Il entrait là, autrefois, en ami, en familier.

Il était reçu avec des exclamations et des sourires.

Et maintenant, il se présentait en tremblant, presque en intrus ou en ennemi ayant peur de n'être pas reçu.

Quels changements peuvent se produire au cours des existences humaines, souvent si courtes, cependant !

Pendant que Raymond réfléchissait ainsi, un pas se fit entendre — celui du valet de chambre.

Et la porte du petit salon s'ouvrit.

— Mme la duchesse, dit le domestique, prie M. de Mauléon de monter chez elle.

Et Raymond, content, le cœur battant à se rompre, monta les marches du somptueux escalier conduisant à l'appartement de la duchesse de Faucigny.

IX

La duchesse de Faucigny était seule, en son salon particulier, quand Raymond y pénétra. Elle était vêtue d'une robe noire très simple, qui faisait ressortir la pâleur de son visage, où étincelait la lumière de deux grands yeux autrefois très beaux et très lumineux, maintenant voilés d'une constante tristesse qui en adoucissait l'éclat, mais n'avait pas cependant diminué leur charme.

Etendue sur une chaise longue, elle tenait à la main un livre qu'elle était en train de parcourir, et quand elle vit entrer le jeune homme, elle eut un geste gracieux de la tête pour le saluer et lui faire signe de s'approcher.

Raymond était si ému qu'il restait à la même place, immobile, comme hypnotisé, et la duchesse contemplait avec une mélancolie pleine d'une profonde amertume celui que sa fille aimait, avec lequel sans doute elle eût été heureuse et qu'elle ne se consolerait jamais de lui avoir fait perdre.

— Je n'ai pas voulu, madame, dit Raymond, incliné très respectueusement, je n'ai pas voulu quitter Paris sans venir vous présenter mes hommages et vous faire mes adieux, qui seront sans doute les derniers, car je n'ai pas la pensée de revenir en France.

Du geste, Mme de Faucigny indiqua près d'elle un siège au jeune homme, et elle demanda :

— C'est décidé, alors, vous allez repartir ?

— Oui, madame.

— Et sans esprit de retour ?

— Et sans esprit de retour.

La duchesse ne parla plus... Elle leva les yeux sur Raymond et vit dans ses paupières briller une larme.

— Il faut, dit-elle, un grand désenchantement.

— Dites un grand désespoir, madame.

— Il faut un grand désespoir pour prendre à votre âge ces résolutions extrêmes.

— La vie n'a plus pour moi aucun attrait, dit Raymond de Mauléon, et Paris, qui aurait pu m'offrir tant de charme, ne fait plus que m'irriter en me rappelant constamment ce que j'ai perdu — ce que j'aurais pu être et ce que je suis devenu.

— Vous aviez de l'ambition.

— Je n'ai jamais ambitionné qu'un peu de bonheur, dit tristement le jeune homme, et depuis que j'ai perdu l'espoir de ce bonheur, tout s'est dérobé autour de moi. La vue des hommes m'irrite et j'aspire à retourner au plus vite vers le désert d'où je viens. Là, la mort vous guette à chaque pas, et on peut entrevoir la fin rapide de ses maux.

Chacune de ces paroles, dites par le jeune homme avec une expression d'amertume indéfinissable, était pour Mme de Faucigny, qui se savait l'auteur de cette douleur, comme un coup de poignard retourné dans la plaie dont elle n'avait pas cessé de saigner.

Elle aurait voulu dire à Raymond :

— Ne parlez pas ! Elle vous aime toujours.

« Elle ne vous a pas trahi.

« Elle n'a pas trahi le pur et saint amour que vous lui avez inspiré.

« Elle est toujours digne de votre adoration.

« C'est pour moi qu'elle s'est immolée, qu'elle a sacrifié son bonheur et le vôtre, sans en avoir le droit, peut-être, car elle ne souffre pas seule. Elle vous a entraîné avec elle dans le désespoir et la douleur.

Elle aurait voulu crier ces choses à Raymond, réparer le mal qu'elle avait fait à sa fille et à lui. Cet aveu eût allégé ses remords.

Mais elle n'osait pas.

Il y avait son mari.

Et elle était si atrocement pâle que le jeune homme s'aperçut de l'altération de ses traits.

Il demanda aussitôt.

— Qu'avez-vous, madame, seriez-vous souffrante ?

La duchesse ne répondit pas.

Elle hocha la tête douloureusement.

Et prononça au bout d'un instant :

— Le mal qui me ronge, et dont je mourrai sans doute, ne peut être soulagé par aucun médecin.

Elle demanda ensuite :

— Verrez-vous Reine avant de partir ?

Raymond tressaillit violemment.

Puis, le souvenir de ses tortures jalouses lui revint, et il répondit :

— Pourquoi la reverrais-je ?

— Elle a été votre amie d'enfance.

— Elle l'a oublié. Elle s'est mariée. Elle a trahi les serments qu'elle m'avait faits, si souvent, et si solennellement.

— On n'est pas toujours, dit la duchesse, maîtresse de sa destinée.

— On peut toujours être maîtresse de son cœur ?...

— Qui vous dit que celui de Reine a changé ?

Raymond tressaillit de nouveau, plus profondément.

Il fixa sur Mme de Faucigny des yeux d'angoisse.

— Ah ! madame, s'écria-t-il, ne me leurrez pas de faux espoirs !

« Ne cherchez pas à faire renaître en moi des pensées, des espérances qui raviveraient toutes mes tortures... tor-[illegible] j'avais, par l'absence, essayé de me guérir.

« Non, Reine ne m'aime pas.

« Reine a délaissé son ami... a failli à tous ses engagements... et je ne dois plus chercher qu'à chasser de mon esprit son nom et son souvenir.

« Mais y parviendrai-je jamais ?

« Je ne le crois pas, madame.

« Et c'est pour cela que je m'éloigne encore.

« C'est pour cela qu'il est plus sage que je parte sans l'avoir revue.

— Elle est dans son appartement, dit Mme de Faucigny. Je puis la faire appeler.

Et elle tendit la main vers un cordon de sonnette.

Mais Raymond dit précipitamment :

— Non, madame, ne la faites pas venir.

« Toutes mes douleurs renaîtraient à sa vue.

Mais déjà la duchesse avait tiré le cordon de la sonnette.

Elle dit à la servante qui se présenta :

— Allez dire à Mme de Maubuée qu'il y a quelqu'un chez moi qui désire lui parler.

Raymond, venu, on le sait, avec l'espoir de voir celle qu'il aimait, s'écria néanmoins :

— Que faites-vous, madame ?

— Votre bonheur, peut-être.

— Mon bonheur ?

— Reine désire aussi peut-être vous parler ?

— Et que peut-elle me dire, sinon me confesser ce que je sais, qu'elle ne peut plus être à moi, qu'elle appartient à un autre.

— Qui sait ? fit la duchesse d'un air énigmatique.

Et Raymond vit dans ses yeux comme un coin de mystère.

Un grand frisson le traversa, et il se sentit pris d'il ne savait quel espoir obscur, un espoir insensé et fou, et qui soudain le transporta.

Que voulait dire la duchesse ?

Quel secret se cachait sous ses réticences ?

Il ne pouvait pas le deviner.

Mais il se disait qu'il avait bien fait de venir, que son destin allait peut-être prendre une autre tournure, qu'il n'était peut-être pas indifférent et méprisé.

Mais pourtant Reine était mariée.

Elle n'était plus libre de l'aimer.

Et cet homme était son maître.

N'importe ! Il avait, à cette heure, d'étranges palpitations.

Et il attendait, avec une anxiété qu'il avait peine à dominer, le retour de la servante envoyée vers Reine de Maubuée.

Cette fille revint enfin et dit :

— Mme de Maubuée est un peu souffrante.

— Lui avez-vous dit, demanda la duchesse, qui était là ?

— Madame me l'a demandé.

« Je n'ai pu le lui dire.

« J'ai répondu que c'était un monsieur que je ne connaissais pas.

— C'est vrai, dit Mme de Faucigny, vous n'avez jamais vu ici M. de Mauléon. Dites à ma fille que c'est M. de Mauléon qui voudrait lui faire ses adieux.

— Oui, madame.

La soubrette s'esquiva.

— Est-elle réellement souffrante ? demanda Raymond dont la voix était si altérée qu'on l'entendait à peine.

— Non, répondit Mme de Faucigny.

« Elle a déjeuné avec nous.

« Mais elle n'aime pas le monde et fait souvent cette réponse quand on lui demande, en dehors de notre jour de réception, de descendre au salon.

Quelques minutes se passèrent dans un grand silence, puis Raymond entendit dans le couloir, derrière la porte, un pas léger.

Elle, sans doute !

Il se dressa, si livide, si blême, qu'on eût dit qu'il allait se trouver mal.

Presque aussitôt, la porte s'ouvrit et Reine parut.

— Je vais demander à ton père, dit à sa fille la duchesse qui s'était levée, s'il peut venir voir M. de Mauléon.

Et elle s'esquiva vivement.

Raymond et Reine restèrent seuls en présence.

Et il y eut un moment d'émotion indicible.

La même angoisse, angoisse mêlée de joie et de souffrance, les étreignait tous les deux, et ils ne trouvaient pas un mot à se dire.

Raymond pensait aux phrases mystérieuses de la duchesse, à ses regards qui semblaient couvrir des abîmes, et il se disait :

— Que vais-je apprendre ?

Reine, de son côté, pensait :

— Que vais-je lui dire ?

« Dois-je laisser échapper le secret de mon cœur, ou braver ses reproches, son mépris et garder le silence ?

« Si c'était mon devoir, ajoutait-elle en elle-même, en aurais-je la force ?

Et elle sentait, en effet, en contemplant celui qu'elle avait tant aimé, et qu'elle aimait à cette heure peut-être plus que jamais, qui avait eu les prémices de ses pensées... et qui représentait pour elle tout le rayonnement de son enfance heureuse, elle sentait qu'elle n'aurait pas le courage...

Elle ne pourrait pas s'exposer de nouveau à ce qu'il doutât d'elle, à ce qu'il la soupçonnât de ne plus l'aimer et d'en aimer un autre.

Et dès les premiers mots échangés, le mystère qui mettait entre eux des obscurités d'abîme, ce mystère allait s'éclaircir.

Cette situation ne pouvait se prolonger longtemps.

Reine, dominant ses impressions, se dirigea vers la chaise longue que venait de quitter sa mère.

Et indiquant à M. de Mauléon le siège qu'il avait occupé déjà :

— Asseyez-vous, Raymond, dit-elle.

En entendant le son de cette voix harmonieuse et douce, et son petit nom prononcé ainsi, comme il l'avait été autrefois, avec la même tendresse, Raymond sentit se fondre toutes ses arrière-pensées, toute sa rancune. Son cœur entier se déchira, et il éclata en sanglots bruyants et désordonnés.

X

De longues minutes se passèrent, puis Reine leva ses yeux d'ange qu'embuaient aussi les larmes.

Et elle dit à Raymond :

— Pourquoi es-tu venu ?

— Ah ! oui, s'écria le jeune homme avec un transport insensé, dis-moi « tu » comme autrefois ! Ne suis-je pas encore ton camarade, ton ami ?

« Il me semble que j'ai subi un hideux et long cauchemar et que je reviens enfin à la vie, à la lumière...

Ils se contemplaient...

Et ils retrouvaient en se regardant leur jeunesse, leurs joies, toutes les sensations exquises qui les élevaient autrefois au-dessus des hommes et qu'ils croyaient perdues pour jamais.

L'ombre s'était dissipée.

Et ils rayonnaient en pleine lumière.

Il y eut là pour eux quelques minutes inoubliables, intraduisibles, puis brusquement Raymond se rappela ce qu'il venait d'oublier : qu'elle était mariée... qu'elle avait menti à ses serments et à son amour.

Et il murmura, subitement attristé :

— Je venais vous faire mes adieux.

Elle tressaillit longuement, rappelée aussi à la dure réalité.

Et elle dit :

— Tes adieux !... Tu vas partir ?

— Pour toujours, cette fois.

— Pour toujours ?

— Que ferais-je ici, où tout, à chaque minute, me rappellerait ma souffrance ?

Elle le regarda au fond des yeux, attendrie par la douleur que cette physionomie tant aimée exprimait.

Et, posant sa main sur l'épaule penchée du jeune homme courbé sous le poids du chagrin, elle murmura :

— Tu crois que je ne t'aime plus ?

A ce contact, au son de cette voix qui le prenait aux entrailles, à cette question, qui semblait pour lui si singulière, et contenait il ne savait quelle place à l'espérance, Raymond sembla se ranimer.

Il redressa la tête.

Et fébrilement :

— Comment, s'écria-t-il, pourrais-je croire que tu m'aimes... que tu m'as aimé même, fût-ce un jour, fût-ce une heure, puisque tu es maintenant la femme d'un autre ?

Reine prononça, avec la tranquillité et le calme d'une conscience qui n'a rien à se reprocher, avec la hautaine fierté d'un cœur qui n'a pas failli :

— Je ne suis pas sa femme.

Raymond la regarda.

Il ne comprenait pas.

Il crut qu'une folie subite l'envahissait et qu'on voulait le tromper encore, se jouer de sa crédulité et de son amour.

Et il s'écria avec une sorte d'emportement :

— Tu n'es pas madame de Maubuée ? Tu n'as pas épousé...

— Si, interrompit Reine, j'ai épousé M. Roland de Maubuée. Je porte son nom. Mais je ne suis pas sa femme.

— Que veux-tu dire ? fit Raymond, dans les yeux duquel passa comme un éblouissement.

— Ce secret, dit Reine, que personne ici ne doit pénétrer, je l'avais dit à ta pauvre mère, car je ne voulais pas être mal jugée par toi, être maudite et méprisée par celui à l'estime et l'amour duquel seul j'ai jamais tenu. Elle devait te le redire. Puis la mort l'a frappée. Et tu m'as chassée. Et je ne t'ai plus revu.

« Tu entendais mes [illegible] [illegible] [illegible] était levé.

Il [illegible] pas [illegible] les transports qui [illegible]

Il lui semblait que ses yeux venaient d'être [illegible] tout à coup d'une lumière qui l'éblouissait.

Il dit comme en proie à une folie.

— Mais que s'est-il donc passé ?... Que m'appris-tu là ?

« Tu m'aimes encore !

— Je n'ai jamais cessé, dit Reine, de t'aimer.

— Et cet homme...

— Mon mari ? Je le méprise. Je le hais. Et il me [illegible] horreur.

« Et jamais, je te le jure, il n'a touché le bout de mes doigts.

Raymond se demandait s'il était bien éveillé.

Et un [illegible] peignit sa stupeur.

— Et tu l'as épousé ? fit-il.

— Contrainte et forcée.

— Par qui ?

— J'ai subi la loi d'une inexorable fatalité. Il me fallait sauver l'honneur de ma mère... le bonheur et le repos de mon pauvre père.

— Ah ! fit Raymond... je comprends... cet homme...

— Cet homme était l'amant de ma mère.

« Mon père l'avait surpris.

Raymond s'écroula à terre.

Et saisissant le bas de la robe de celle qu'il aimait :

— Et moi, fit-il, je t'ai condamnée.

« J'ai douté de toi, de ta pureté... de ta [illegible]...

« O Reine, Reine, me pardonneras-tu jamais ?

— Je ne t'en ai jamais voulu, dit la jeune femme de sa voix douce.

« J'avais contre moi toutes les apparences.

« Et tu ne pouvais pas [illegible]

— J'aurais dû deviner ce qui s'était passé.

« Et ne jamais te soupçonner.

« Mais je t'aimais.

« J'étais jaloux.

— Oui, dit Reine, je l'ai compris.

« Je n'ai jamais gardé dans mon cœur aucune rancune.

« J'ai souffert. Mais c'était pour [illegible]

— O ange descendu du ciel, plus pur, plus saint que tous les anges, qu'as-tu dû penser de moi qui t'ai cru capable de mensonge et de trahison ?

— J'ai pensé que tu étais malheureux, que tu l'étais à cause de moi, et c'est à moi de te demander pardon.

— A toi, le dévouement... l'immolation. A toi [illegible] on devrait baiser les pas à genoux !

— Je t'ai fait souffrir, murmura Reine.

— Et toi, n'as-tu pas souffert ?

— Ah ! si... Et si tu savais !

Elle n'acheva pas.

Toutes les rancunes, tous les dégoûts qu'elle avait dû subir lui étaient remontés au cœur.

Et Raymond l'avait compris.

Il murmura :

— Je ne t'aimerai jamais assez.

« Je ne t'aimerai jamais assez pour te faire oublier.

Puis, la jalousie le mordant :

— Ainsi cet homme ?

— Cet homme, fit Reine vivement, cet homme n'a jamais pénétré dans ma chambre.

« Cet homme est, comme au premier jour, un étranger pour moi.

« Je ne pouvais pas oublier, n'est-ce pas, qu'il avait été l'amant de ma mère ?

« Il m'a toujours été odieux.

— Alors, fit Raymond, rien ne te lie.

— Que mes serments... prononcés au pied des autels.

— Que tu peux rompre.

— Pas tant que mon père vivra.

« Cet homme pourrait lui apprendre...

« Et il me tient par là.

— Il se laisse ?

— Il l'aime ?

— C'est par dépit qu'il se livre à ses débauches.

— Ah ! fit Raymond, que ne l'ai-je tué !

— Mais ce n'est pas lui.

— Maintenant que je suis revenu à Paris.

— Je te défends, dit Reine, de lui chercher querelle... de te battre avec lui...

— Mais s'il m'insultait, lui...

— Ne vas-tu pas partir ?

— Non, je ne pars plus, maintenant...

— Je ne veux pas m'éloigner de toi.

— Mais nous ne pourrons plus nous voir.

— S'il apprenait que tu es venu...

— Qu'importe ! — Mais si la maison m'était fermée, je saurais que je suis près de toi... que je puis te rencontrer au théâtre, dans une rue, comme cela m'est arrivé déjà, et cela suffirait à me rendre heureux.

— Si tu savais, Reine, comme je t'aime !

— Et maintenant que je sais que tu n'as pas cessé de m'aimer... que ton cœur, ton corps même m'est resté fidèle, non, non, je ne partirai pas. Je ne pourrais plus, Reine, m'éloigner de toi.

— Je partagerai tes chagrins et tes joies.

— Si tu es malheureuse, tu sauras que je suis là, que tu as près de toi l'ami de la jeunesse, l'ami des jours heureux, prêt à donner pour toi son sang, sa vie.

— Oui, dit Reine, pénétrée d'une émotion si vive qu'il lui semblait qu'elle allait mourir, oui, Raymond, je sais que tu m'aimes.

— Et tu ne veux pas que je m'éloigne ?

— Ce serait plus sage pourtant.

— Plus sage ?

— Si nous ne pouvons pas nous voir, nous serons malheureux.

— Et si nous nous voyons, serons-nous assez forts pour rester, moi, une épouse sans reproches...

— Tu ne dois rien à cet homme, interrompit Raymond violemment.

— Je ne puis pas pourtant, moi, la fille du duc de Faucigny, devenir une épouse adultère et sans honneur.

— Cet homme, reprit Raymond, a commis un crime en t'obligeant, toi qui ne l'aimais pas, à devenir sa femme.

— C'est mon père, dit Reine, qui a exigé ce mariage. Je te raconterai tout, un jour, plus tard...

— Nous nous reverrons donc ? fit Raymond qu'une joie inexprimable envahit.

— Aurai-je le courage, maintenant, de vivre séparée de toi ? Mais il faut que tu me fasses un serment, Raymond, c'est d'être fort si je devenais faible, et de me protéger toi-même contre notre amour.

— Je suis ton esclave, dit Raymond, et je t'aime.

Il tomba à genoux et prit la main de Reine qu'il baisa éperdument.

Reine chancelait d'émotion et de bonheur.

Elle eut pourtant la force de se dégager.

Et elle dit à Raymond :

— Il faut partir.

— Partir ?

— Voici la nuit qui vient. Ma mère pourrait s'étonner...

— Mais nous nous reverrons ?

— Oui...

— Tu me le promets, tu me le jures !

— Crois-tu donc que je n'ai pas autant envie que toi de te revoir ! dit Reine, qu'une rougeur soudaine envahit et qui baissa confusément les yeux.

— Ah ! fit Raymond, que je t'aime !

Il la serra dans ses bras... puis il partit comme un fou.

Il lui semblait qu'il marchait sur des étoiles...

XI

A quelques jours de là, Roland de Maubuée fut abordé, dans le pesage de Longchamp, par un ami qui lui dit :

— J'ai eu l'honneur d'être présenté à Mme de Maubuée, que je ne connaissais pas. Quelle charmante femme !

— Oui, dit Roland, qui avait pâli légèrement, elle est très jolie.

— C'est une demoiselle de Faucigny ?

— La fille du duc et de la duchesse de Faucigny.

— Il y a longtemps que vous êtes mariés ?

— Environ trois ans.

— Heureux coquin !

Roland fit une grimace pleine d'amertume que l'autre ne remarqua pas, et il demanda :

— Vous avez des enfants ?

— Pas encore.

— Que faites-vous donc ? dit l'ami, dont ces mots accentuèrent encore la grimace qui avait contracté les traits de Roland.

Il ajouta avec un sourire :

— C'est impardonnable !

Roland ne répondit pas.

Chacune de ces phrases était comme un acide mis sur la plaie vive dont il saignait.

Il tendit la main à son ami pour s'éloigner.

Mais celui-ci ne le lâcha pas.

Il dit encore :

— Et c'est une femme pareille que tu trompes ! car tu la trompes, je le sais. Tu es le dernier des criminels ! ajouta l'ami en riant.

Roland s'esquiva.

Pendant tout le temps que durèrent les courses, il resta sombre. Il fuyait ses amis et semblait ne s'intéresser à rien. Il ne songea pas à parier.

Les paroles de son ami avaient ravivé le chagrin intime dont il souffrait.

Son amour pour Reine, ou plutôt le désir qui le consumait pour cette femme qui était la sienne, et dont il n'avait jamais pu, Reine l'avait dit, toucher voluptueusement le bout du doigt, cette passion insensée et folle que les obstacles insurmontables dressés devant elle ne faisaient qu'attiser, cette passion augmentait chez Roland de jour en jour et pour ainsi dire d'heure en heure.

Les débauches auxquelles il se livrait pour apaiser sa chair... calmer ses cuisantes insomnies, ces débauches étaient pour lui sans effet.

Dans les bras d'une autre femme, c'est à Reine qu'il pensait.

Et quand il rentrait chez lui abêti, brisé, toute sa chair était secouée d'ardents frissons en passant dans les couloirs où Reine avait passé, et où planait encore un peu de l'odeur qui se dégageait de ses parfums préférés.

Sur le lit, où il se tournait et se retournait, il pouvait entendre son souffle, le bruit léger de ses jupes de soie.

Et c'était un supplice infernal qu'il subissait.

Les paroles de son ami venaient de lui rappeler toutes ces tortures — toutes les luttes atroces de sa chair soulevée.

Et il se disait qu'il était temps peut-être de prendre une résolution extrême.

Qu'entendait-il par résolution extrême ?

Lui-même ne le savait pas bien. — Il avait eu des envies folles parfois de se ruer sur la porte qui séparait de sa chambre la chambre de Reine, de la faire voler en éclats, de saisir cette jeune fille, qui était sa femme après tout — et de l'emporter, écrasée de caresses et de baisers — et même sans connaissance, sur le lit où il l'avait tant désirée.

Jamais il n'avait osé.

Mais il se disait qu'il était temps peut-être de mettre fin à ses maux, de cesser d'être en butte aux moqueries discrètes de ses amis, qui paraissaient ne savoir rien de ses peines et ne pouvaient les soupçonner, mais qui s'étonnaient de voir sa femme sans enfants, de le rencontrer toujours sans elle, et le lui témoignaient.

Oui, il fallait faire cesser cet état de choses.

Il avait montré déjà trop de patience et de magnanimité.

Il venait de franchir la grille du pesage.

Il chercha du regard son valet de pied, lui fit signe, et, monté dans son coupé, il donna à son cocher l'adresse de son cercle.

Il devait y dîner avec des amis et courir ensuite les petits théâtres jusqu'à l'heure où la partie commençait.

Or, ce jour-là, et comme il était dans ces dispositions d'esprit, une des premières personnes qu'il rencontra au cercle fut un des amis qui lui avait servi de témoin dans son duel avec Raymond de Mauléon.

Et la première parole que lui dit ce jeune homme fut celle-ci :

— J'ai rencontré aujourd'hui ton ancien adversaire.

— M. de Mauléon ?

— Oui.

— Il est donc revenu à Paris ?

— Il faut le croire.

« Il était à pied.

« Il montait les Champs-Elysées.

« Je ne sais pas s'il m'a vu et si, m'ayant vu, il m'avait reconnu.

« Il n'en a rien laissé paraître et ne m'a pas salué.

« Mais je suis sûr que c'est lui.

Roland de Maubuée était devenu très pâle.

— Il allait chez elle, pensa-t-il.

« S'il est resté à Paris, c'est qu'ils se voient.

« Ah ! comme ils doivent rire de moi !

Ses yeux étaient devenus si menaçants et si sombres sous ses sourcils froncés que son ami en fut frappé.

— Qu'est-ce que tu as ? interrogea-t-il.

— Rien, rien, dit Roland précipitamment.

— Tu en veux toujours à ce jeune homme ?

— Moi ? Je ne l'ai pas revu.

« Pourquoi lui en voudrais-je ?

— Je ne sais pas. Tu as l'air tout drôle.

« C'est ce que je viens de t'apprendre ?

— Pas du tout. Où dînes-tu ?

— Je voulais dîner ici.

— Viens dîner avec moi au café Anglais.

— Je le veux bien.

— J'ai besoin de me griser ce soir.

— Tu vois bien, dit l'ami, que tu as quelque chose.

— Non, je t'assure.

« Je suis un peu énervé seulement.

« J'ai attrapé aux courses une assez forte culotte.

— Vraiment ?

— Oui... un imbécile qui m'a mis dedans.

« Viens. Nous allons noyer cela dans des flots de champagne.

— Parions, dit l'ami, que tu avais pris Ventre-à-Terre.

— Justement.

— Une rosse ! Je l'ai dit à tous ceux qui ont voulu m'entendre.

« Ventre-à-Terre ne fera jamais rien.

« C'est une réputation surfaite.

« Tous ceux qui comptent sur lui auront des déceptions.

« C'est un cheval sans cœur, incapable de finir une course.

— Oui, oui, partons, dit Roland, que les appréciations de son ami sur un cheval qui ne l'intéressait pas impatientaient.

Ils quittèrent le cercle tous les deux et se rendirent à pied au café Anglais, qui était situé à quelques centaines de mètres seulement.

Roland, pendant le dîner, but outre mesure, mais il ne parvenait pas à se griser. On eût dit, au contraire, que les vins qu'il absorbait mettaient du plomb dans son sang. Ses tempes se serraient, et de féroces lueurs s'allumaient en ses yeux durs.

Mais il gardait toute sa raison.

Et quand il se leva de table il ne chancela pas.

— Qu'allons-nous faire maintenant ? demanda son ami.

— Rentrer au cercle.

— Ne devions-nous pas aller aux Variétés ?

— Il est trop tard.

« On doit commencer à jouer.

« Je veux jouer.

— Pour te rattraper des pertes de la journée ?

— Oui.

— Ou pour les doubler ?

— Ou pour les doubler.

Les deux amis allumèrent un cigare, puis ils sortirent, se dirigeant vers le cercle.

Roland ne s'était pas trompé.

La partie battait son plein.

Il attendit qu'une banque fût aux enchères, et il la prit.

Pendant qu'il donnait des cartes il se fit servir du punch et du champagne, et au bout d'une heure il était tout à fait gris.

Il gagnait ce qu'il voulait.

Les jetons, l'or, les billets de banque s'amoncelaient devant lui.

Et avec le regard hébété de l'homme ivre il répétait constamment, sans qu'on comprît autour de lui ce qu'il voulait dire.

— Ça ne m'étonne pas !

« Je devais gagner ce soir.

« Ça ne m'étonne pas !...

Et il ricanait.

Puis, quand il eut terminé sa banque, il ramassa son gain qu'il fourra pêle-mêle dans toutes ses poches.

Et il se leva.

Il titubait.

— Il est gris comme toute la Pologne ! murmura-t-on autour de lui.

Il n'entendit pas ou ne prit pas garde à ce qu'on disait.

Il se fit donner son pardessus, sa canne, son chapeau qu'il mit de travers sur son front.

Et il sortit.

Un de ses amis demanda :

— Veux-tu que je t'accompagne ?

— Non, c'est inutile.

— Tu vas prendre une voiture ?

— Oui. Bonsoir !

Et il s'en alla...

XII

Vers trois heures du matin, Reine de Faucigny, ou plutôt Reine de Maubuée dormait profondément, et l'hôtel tout entier était plongé dans un obscur silence, quand il lui sembla que l'on frappait à la porte qui séparait sa chambre de celle de son mari. Elle se dressa en sursaut.

Avait-elle rêvé ?

C'est l'idée qui lui vint tout d'abord.

Mais comme on frappait de nouveau, avec plus d'insistance, elle reconnut qu'elle ne s'était pas trompée.

Qui frappait ainsi ?

Etait-ce son mari ?

Il aurait cette audace !

Elle sauta à terre, mit ses pantoufles, s'enveloppa dans une robe de chambre et elle alla voir.

Peut-être M. de Maubuée était-il souffrant.

Elle demanda :

— C'est vous qui frappez ?

— Oui, c'est moi.

— Que voulez-vous ?

— J'ai besoin de vous parler.

— Vous me parlerez demain.

— Non, il faut que je vous parle tout de suite, une chose urgente.

Comme elle hésitait, il dit d'un air gouailleur.

— Avez-vous peur ?

Ce mot la décida.

Elle tira le verrou.

Mais avant qu'elle eut le temps d'ouvrir la porte, cette porte, poussée avec violence, faillit la renverser, et Roland entra comme une avalanche.

Elle poussa un cri, eut un mouvement de recul.

Mais déjà son mari était sur elle, le visage enflammé, les yeux hagards...

Et elle reconnut qu'il n'avait pas son bon sens.

— Ah ! mon Dieu ! fit-elle, vous êtes ivre !

Et elle voulut le repousser.

Mais il se jeta sur elle, la saisit.

Et la dévorant toute de ses yeux violents.

— Non, dit-il, je ne suis pas ivre.

— Alors, que voulez-vous ?

Elle s'était ressaisie, l'avait rejeté loin d'elle, et elle apparaissait sévère, comme enfermée en une dignité hautaine.

Malgré son ivresse, il recula, impressionné.

Il bégaya pourtant :

— Je suis votre mari.

— Eh bien ! fit-elle.

— J'ai des droits.

— Pas sur moi.

— Et ces droits, je veux...

Elle l'interrompit.

Et, le fixant de ses yeux durs.

— Vous n'avez rien à me demander, vous le savez bien. Sortez !

Il ne bougea pas.

— Et, si vous ne sortez pas, au risque de ce qui peut arriver, je vais appeler ma mère, mon père entendra.

— Vous n'appellerez pas, dit méchamment Roland, dont la physionomie distillait la jalousie et la haine, — une haine féroce de dédaigné — vous n'appelleriez pas si c'était lui qui eût forcé votre porte.

Reine toisa l'instrus de la tête aux pieds et dit :

— Je ne vous comprends pas, monsieur.

« De qui voulez-vous parler ?

— De votre amant.

Il y eut dans son regard plus de mépris et elle dit :

— Je n'ai pas d'amant. Vous le savez bien.

— Non, riposta-t-il, je ne le sais pas. Je sais le contraire, au contraire. Je sais que cet homme que j'ai eu le malheur de ne pas tuer est toujours à Paris, qu'on l'a vu aux abords de cet hôtel, où il venait et d'où il sortait.

— Ma mère a reçu en effet la visite de M. de Mauléon, car c'est de lui que vous voulez parler, n'est-ce pas ?

— Oui, c'est de lui, fit Roland d'une voix qui sifflait, oui c'est de lui, de ce misérable que vous avez aimé, que vous aimez sans doute encore.

— Que j'aimerai toujours, déclara Reine fièrement.

— Vous osez me le dire !

— Je n'ai jamais craint de dire la vérité.

— C'est me braver, fit Roland hors de lui, me braver courageusement. Ah ! prends garde !

— Aucune menace venant de vous, monsieur, ne saurait m'émouvoir...

Ce calme hautain, où Roland sentait l'indifférence et le mépris, porta jusqu'au paroxysme la fureur qui l'envahissait déjà et fouetta son ivresse...

C'est avec des hoquets de rage qu'il vociféra :

— Ainsi cet homme est venu ici !

« On l'a reçu malgré ma défense.

« Et vous l'avez vu sans doute ?

— Oui, je l'ai vu, dit Reine.

« Il a été mon ami d'enfance.

— Et vous l'aimez toujours ?

— Oui, je l'aime toujours.

— Et c'est votre amant !

— Je vous ai déjà dit, monsieur, que je n'avais pas d'amant.

— Pas encore, peut-être, mais vous en aurez demain. Cet homme sera votre amant demain, si vous continuez à le voir.

« Et voilà ce que je ne veux pas.

« Je vous ai confié mon honneur, madame.

« C'est pour cela que j'ai demandé à vous voir.

— Qu'exigez-vous ? demanda Reine.

— Que cet homme quitte Paris.

— Je ne suis pas maîtresse de sa volonté.

— Qu'il ne soit pas reçu ici.

— Il faut demander cela, monsieur, au duc mon père.

« Ou à la duchesse.

« Ils n'ont aucune raison de fermer leur porte à M. de Mauléon.

— Ils savent que M. de Mauléon vous a fait la cour.

« Vous aime encore, sans doute.

— Ils savent aussi, monsieur, dit Reine fièrement, que je suis leur fille, une honnête femme.

— Tout cela, fit insolemment Roland, ce sont des mots.

— Monsieur !

— Et je m'inquiéterais fort peu de M. de Mauléon, persista-t-il, si vous vouliez être ce qu'une femme doit être avec son mari.

— Oublier que vous avez été l'amant de ma mère !

— Il y a longtemps que, moi, je ne m'en souviens plus.

— J'ai plus de mémoire, monsieur, riposta Reine.

— Ce qui veut dire ?

— Que je ne l'oublierai jamais.

— Et moi, cria Roland, à qui l'ivresse enlevait à la fin le peu de raison qui lui restait, et moi je vous déclare que je suis las de souffrir.

— De souffrir ?

— Dame, je vous aime, je vous désire...

— N'avez-vous pas vos maîtresses ?...

— Ce n'est pas la même chose. Ce ne sont pas mes maîtresses que j'aime, c'est vous, et pour un mot de vous je les quitterais toutes.

— Non, ne les quittez pas.

« Jamais je ne vous demanderai ce sacrifice.

« Retournez près d'elles, au contraire.

« Je ne suis pas jalouse.

« C'est votre place, surtout en ce moment, vous seriez mieux dans leur boudoir que dans ma chambre.

— Cette chambre, hurla Roland, c'est la mienne.

« C'est notre chambre nuptiale. J'ai le droit d'y rester.

— Et moi, dit Reine, j'ai le droit d'en sortir.

Et elle se dirigea vers la porte.

Il courut après elle.

Et, lui serrant le bras avec une violence qui la fit crier.

— Où allez-vous ?

— Dans quelque endroit où je ne vous entendrai pas et ne vous verrai pas...

— Vous voulez donc, cria-t-il au comble de la rage, que je vous tue !

— Je veux, dit Reine, que vous vous retiriez... que vous rentriez dans votre chambre...

« Et que vous me laissiez à ma solitude.

— Eh bien ! non, non, et non ! fit Roland exaspéré, ce serait trop bête à la fin. Et vous-même, vous ririez de moi.

« Nous sommes seuls.

« Je suis votre mari.

« Vous êtes ma femme.

« Et je vous aime.

« Je veux t'avoir, misérable !

Et, en prononçant ces paroles, les yeux hors de la tête, insensé et dément, Roland se précipita sur Reine.

Mais, d'une poussée violente, la jeune femme, outrée d'indignation et de dégoût, le rejeta en arrière.

Et il alla rouler au milieu de la chambre.

Reine le contempla un instant répugnant et immobile, vautré en son ivresse et sa bestialité, puis elle ouvrit la porte donnant sur le couloir et disparut.

Dans le vestibule, elle trouva un manteau de fourrure, le mit sur ses épaules, prit une toque sur sa tête et quitta l'hôtel.

Il était environ quatre heures du matin.

XII

Ne voulant pas éveiller son père et sa mère, faire du bruit et mettre quelqu'un de l'hôtel dans la confidence de son aventure, et désirant cependant fuir cet homme qui lui faisait horreur, quand elle eût dû le fuir jusque dans la mort, Reine traversa le jardin, se fit ouvrir la porte par le concierge, fort étonné de voir Mme de Maubuée sortir à cette heure, mais auquel elle ne daigna même pas donner d'explication, et quand elle fut dehors, marcha au hasard le long de l'avenue, sans idée et sans but, la tête perdue, et se dirigeant d'instinct du côté de la Seine. Voulait-elle donc mourir ?.. Elle y songeait vaguement, mais sans rien de précis, sans que son esprit se fût arrêté sur un genre de mort quelconque. Elle aurait voulu mourir, mais sans se donner la mort, mourir de dégoût, de tristesse, de lassitude de la vie... Mais il lui eût répugné de se jeter à l'eau, de penser que son corps serait retiré déformé, rigide, hideux, par des indifférents et soumis en cet état aux regards des curieux, exposé à la Morgue peut-être. Cette seule pensée fit passer dans tout son être un long frisson glacé, et elle cessa d'aller du côté de l'eau.

Le ciel était très noir ce matin-là. Le jour ne paraissait pas encore, et les becs de gaz encore allumés n'éclairaient qu'imparfaitement les ténèbres. La peur s'empara bientôt de Reine, qui crut voir des ombres se mouvoir dans les coins restés sombres. Où allait-elle ? Que voulait-elle faire ? Elle n'y avait pas songé. Elle n'avait pensé à rien, qu'à fuir, à fuir au plus tôt et le plus loin possible de cet ivrogne qu'elle avait laissé vautré dans sa chambre, et qui, à cette heure, hideux et sordide, dormait peut-être profondément sur son tapis, au pied de son lit.

Elle avait fui, chassée par lui. Et maintenant elle ne savait plus où aller, en quel coin de Paris se réfugier.

Elle allait.

Bientôt elle entendit derrière elle des pas.

Elle se figura qu'elle était suivie.

Et une frayeur intense la cloua, pour ainsi dire, à sa place.

Elle n'avait plus la force de faire un mouvement.

Elle n'osait pas regarder derrière elle de peur de se trouver face à face avec le danger qu'elle redoutait, danger sorti de l'ombre et de la nuit, et qu'elle s'imaginait effrayant, moins effrayant toutefois pour elle que celui qu'elle fuyait, car elle aurait préféré l'attouchement d'un assassin, du bandit le plus immonde, à celui de l'homme dont elle s'était délivrée.

Elle ne s'était pas trompée.

Il y avait bien quelqu'un qui marchait derrière elle.

Alors elle jeta sur l'avenue des regards éperdus... et au loin elle vit briller les lanternes louches d'un fiacre de nuit.

Elle alla vers cette lumière, comme vers le salut.

La voiture venait vers elle.

C'était une de ces guimbardes qu'on trouve la nuit aux abords des gares, dont les caisses disjointes font entendre des bruits de chaudron fêlé et que mènent des bêtes apocalyptiques.

N'importe, sa vue rassurait Reine, qui alla d'un trait à la rencontre du véhicule.

— C'est une voiture que vous cherchez, ma petite dame, demanda le cocher, qui avait remarqué les allures désordonnées de Mme de Maubuée, son air inquiet.

Machinalement, la jeune femme demanda :

— Vous êtes libre ?

— Oui, madame...

Reine monta dans la voiture.

Et quand elle y fut installée, elle osa regarder celui dont le bruit des pas l'avait terrifiée.

C'était un malheureux vêtu de loques, qui n'avait rien de menaçant, et qui s'approcha de la portière en tendant la main.

Un vieillard, vêtu de misère, sur lequel avaient plu tous les orages, toutes les amertumes de la vie, un pauvre être malheureux et plaintif, qui cherchait peut-être, comme Reine elle-même, mais pour d'autres raisons, un refuge dans la mort contre les désespoirs de l'existence.

Reine tressaillit.

Elle se rappela qu'elle était en robe de chambre avec un manteau pour la couvrir et qu'elle n'avait pas d'argent.

Elle pensa qu'elle ne pourrait pas aussi payer le cocher qu'elle venait de prendre.

Mais, à ce moment, la lueur d'un bec de gaz tout près de là fit scintiller le diamant d'une des bagues qu'elle avait à la main qu'elle venait de poser sur la portière.

Elle prit le bijou et le tendit au mendiant.

— Je n'ai pas d'argent, dit-elle. Prenez cela.

Le mendiant eut un geste de refus.

Et il laissa tomber ces mots :

— Que voulez-vous que j'en fasse ?

— Vous la vendrez.

— Et on m'arrêtera.

— Pourquoi ?

— On dira que je l'ai volée.

— Mais non. Vous direz que c'est une dame qui vous l'a donnée.

— Quelle dame ? On demandera le nom, l'adresse... Ah ! on ne me croira pas comme ça. Il y faudra des tenants et des aboutissants... Non, non madame, gardez votre bague. Et que Dieu vous bénisse tout de même pour l'intention.

L'homme allait s'éloigner.

Reine lui montra du doigt l'hôtel qu'elle venait de quitter.

Elle lui dit :

— Venez demain à cet hôtel que vous voyez là-bas. Vous demanderez Mme de Maubuée. Vous vous rappellerez le nom ?

— Madame de Maubuée. Oui, madame.

— Venez, et je vous donnerai en argent le prix de la bague.

— Bien, madame. Merci, madame, dit le vieillard, et il s'éloigna.

Cet incident avait pour un moment arraché Reine à ses pénibles pensées. Elle y retomba dès que le mendiant fut parti.

Et comme elle ne donnait au cocher aucun ordre, trop absorbée pour se rappeler même qu'elle était en voiture, cet homme demanda :

— Où faut-il vous conduire, ma petite dame ?

Reine eut un sursaut.

C'est vrai. Où allait-elle ?

Elle réfléchit un instant, puis elle pensa à Raymond, à Raymond chez lequel elle pouvait trouver un refuge au moins pour quelques heures. Car elle ne voulait pas rentrer chez elle avant que son père et sa mère fussent levés et pussent la défendre.

Et elle donna au cocher l'adresse de M. de Mauléon, qu'elle connaissait.

Elle avait en Raymond, en la pureté de son amour, une telle foi, qu'elle se rendait chez lui sans appréhension.

Elle s'étonnait de n'y avoir pas pensé plus tôt.

Elle l'avait revu depuis, Raymond... depuis l'entrevue que l'on sait. Il n'avait pas quitté Paris, et chaque jour il s'était présenté à l'hôtel de Faucigny et y avait trouvé Reine. Tout malentendu dissipé entre eux, ce malentendu qui lui avait causé tant de tortures, les ombres qui avaient un instant obscurci son amour avaient disparu, et cet amour, comme un soleil radieux, vainqueur des brumes s'était remis à rayonner de tout son éclat.

Reine et lui s'aimaient comme ils s'étaient aimés autrefois, avec plus d'ardeur peut-être, car la séparation dont ils avaient souffert avait mis au sentiment qui les unissait une âpreté qui en doublait le charme.

Ils s'aimaient lumineusement, avec tous les éblouissements d'une passion décuplée. Et l'un comme l'autre eût donné sa vie pour affirmer et prouver cet amour.

Ils gémissaient d'être séparés, et Reine pensait à la surprise qu'allait être pour Raymond son apparition, si inattendue à une pareille heure.

Une surprise et une joie sans nom.

Elle avait hâte maintenant d'arriver.

Elle lui expliquerait ce qui s'était passé, et tous les deux prendraient des mesures pour se débarrasser de cet homme, le seul obstacle désormais à leur bonheur.

Déjà ils y avaient songé.

Ils n'avaient rien trouvé, rien du moins qui satisfît Reine, qui ne voulait pas de scandale à cause de sa situation vis-à-vis de son père.

La première idée de Raymond avait été de provoquer le misérable.

Mais Reine s'y était opposée.

— Il peut te blesser encore, avait-elle dit à Raymond, et si tu le tues, je ne pourrai pas épouser le meurtrier de mon mari.

— Pourtant, avait dit Raymond, s'il me provoque?

— Tu te défendras.

— Et si je le tue?

— Nous fuirons tous les deux. Mais je ne veux pas que la provocation vienne de toi, car nous aurions l'air d'avoir combiné ce meurtre.

Devant ces raisons, Raymond s'était tenu coi.

Il avait évité même de se rencontrer avec M. de Maubuée, fuyant les endroits où il aurait pu se trouver avec lui, prenant des précautions quand il se présentait à l'hôtel de Faucigny pour n'être pas aperçu de Roland.

Mais le jeune homme souffrait de la contrainte où il était de ne pas voir quand il le voulait, et comme il le voulait, celle qui était toute sa vie.

Il souffrait et pensait que longtemps encore peut-être ils seraient séparés, si pour eux la délivrance devait venir un jour, — ce dont, à certaines heures de découragement, il désespérait.

Il souffrait, et Reine souffrait comme lui, mais elle n'osait pas dévoiler ses tortures, qu'elle gardait enfouies au fond de son cœur.

Elle ne voulait pas se plaindre pour ne pas augmenter, même par un sentiment exquis, les remords de sa mère...

Et même à Raymond elle cachait ses intimes pensées et semblait résignée.

Mais l'outrage qu'elle venait de subir avait été cette fois trop violent. Elle ne pouvait plus rester au pouvoir de cet homme — qui pouvait, étant ivre encore — renouveler contre elle ses brutalités.

Elle y avait échappé une fois — peut-être une seconde fois en serait-elle la victime.

Et alors il ne lui resterait plus qu'à mourir de honte et de dégoût.

Il fallait donc, par tous les moyens possibles, obtenir sa délivrance, et elle ne pouvait confier ses maux à nul autre qu'à Raymond, son seul et unique défenseur désormais.

Avec lui, peut-être, trouverait-elle un remède contre les poursuites de cet homme, car elle était maintenant décidée à tout pour lui échapper, même à fuir avec Raymond.

C'est avec ces idées qu'elle frappa, comme le jour commençait à blêmir les fenêtres du couloir, à la porte de la chambre de M. de Mauléon, qu'un des garçons de l'hôtel était venu lui indiquer.

Quand Raymond, réveillé en sursaut, entendit frapper à sa porte, il ne pensa point à Reine.

Pouvait-il s'imaginer que c'était elle qui fût là?

Il songea à tout... à un accident, au feu pris à la maison, plutôt qu'à une visite de Reine.

Il cria, encore à demi endormi :

— Qui est là? Que veut-on?

Et quand il entendit le son d'une voix qu'il crut reconnaître, mais qu'il n'osait pas reconnaître, tant il avait peur de se tromper, il vint à la porte et dit :

— Toi! c'est toi, Reine!

— Oui, répondit la jeune femme... ouvre-moi!...

Raymond, affolé, hors de lui, tremblait à la fois de joie et d'inquiétude, car il ne savait pas ce qui s'était passé, ce qui avait pu amener Reine chez lui à cette heure invraisemblable. Raymond s'empressa de passer son pantalon, mais il était si troublé qu'il n'y parvenait pas, mettant sa jambe à côté du vêtement et ne cessant de répéter, dans sa stupeur :

— Reine... Reine ici... chez moi!...

Et, étant enfin parvenu à se vêtir à moitié, il ouvrit la porte en criant :

— Qu'y a-t-il?

Mais Reine était déjà dans ses bras.

Elle enfouit sa tête dans son sein en sanglotant éperdument.

XIV

La duchesse de Faucigny était dans sa chambre, occupée à arranger sur sa tête, pâlie par les chagrins, mais toujours belle, l'édifice harmonieux de sa chevelure, car elle se coiffait toujours elle-même, et on entendait dans la pièce à côté les pas du duc qui allait et venait, déjà levé, quand la porte s'ouvrit brusquement, et une jeune fille entra, affolée, en proie à la plus vive émotion.

C'était la femme de chambre de Reine.

— Madame la duchesse, demanda cette fille, ne sait pas où est madame?

Mme de Faucigny eut un sursaut violent.

— Ma fille?

— Je ne l'ai pas vue dans sa chambre. Je n'y ai trouvé que monsieur, qui dort à terre, couché sur le tapis.

« J'ai cru d'abord qu'il était blessé.

La duchesse n'écoutait plus.

Déjà, elle s'était élancée, prise d'une terreur soudaine.

Que s'était-il passé?

Elle redoutait toutes les catastrophes.

Elle arriva avec une violence d'ouragan dans la chambre de sa fille.

Et là, un spectacle horrible frappa ses yeux.

Vautré à terre, au milieu des déjections, Roland de Maubuée dormait profondément, hideux, la barbe salie.

La duchesse, en proie à la plus violente indignation, se jeta sur lui, le secoua éperdument en demandant :

— Où est ma fille? Qu'avez-vous fait de ma fille?

Roland, enfin éveillé, mais l'intelligence encore alourdie par l'ivresse, ouvrit des yeux hébétés et regarda avec étonnement Mme de Faucigny, qu'il semblait ne pas reconnaître, n'ayant pas l'air de comprendre ce qu'on lui disait.

Sa belle-mère le secoua avec plus de force et répéta avec une croissante impatience :

— Où est ma fille? Qu'avez-vous fait de ma fille?

Puis, s'apercevant que la femme de chambre, restée là, écoutait et regardait curieusement, elle la renvoya.

— Laissez-nous, dit-elle.

Et, cette fille partie, Roland de Maubuée parvint enfin à se mettre sur ses pieds, les jambes tremblant encore.

Il eut honte de l'état dans lequel il se vit, des souillures qui tachaient ses vêtements.

Il essuya sa barbe et dit :

— Excusez-moi... j'ai été souffrant.

Mais la duchesse ne l'écoutait pas.

Elle demanda encore :

— Qu'est ma fille, misérable ?

« Qu'en avez-vous fait ?

« L'avez-vous donc tuée ?

Et elle le secouait comme pour réveiller l'intelligence encore engourdie de l'ivrogne.

Celui-ci semblait sortir d'un rêve.

Il bégaya :

— Votre fille ?

— Oui... Reine... votre femme... ma fille... qu'est-elle devenue ?

Il balbutia :

— Je ne sais pas.

— Vous ne savez pas ?

— Non. Elle est partie.

— Partie ?

« Partie parce que vous l'avez menacée sans doute ; parce que vous avez voulu, étant ivre, abuser...

Il répondit :

— Elle est ma femme.

La duchesse pâlit.

— Votre femme !... Vous avez voulu ?...

Puis :

— Ah ! je comprends tout !

« Ma fille s'est enfuie...

« Ma fille est morte peut-être.

« Ah ! le dernier des hommes !

— Madame ! s'écria Roland, qui reprenait un peu de sang-froid.

— Vous savez bien, dit la duchesse, que ma fille ne peut pas être une femme pour vous. Vous ne pouvez pas avoir oublié dans quelles conditions vous l'avez épousée, après quels serments...

« Qui saura maintenant ce qu'elle est devenue ?

« Si elle est morte, vous ne mourrez que de ma main !

Elle s'était dressée, menaçante, effrayante.

Et malgré son reste d'ivresse, Roland, livide, avait peur.

Il allait répondre, mais à ce moment la porte s'ouvrit.

Le duc se montra blême et chancelant.

— Que se passe-t-il donc ?

Tous les deux restèrent un instant comme médusés.

Roland allait ouvrir la bouche.

Mais la duchesse, craignant qu'il ne laissât échapper quelque parole imprudente, ordonna :

— Taisez-vous !

Puis à son mari :

— Vous le voyez.

« M. de Maubuée est rentré ivre, selon son habitude.

« Il a voulu sans doute chercher querelle à notre fille.

« Et Reine est partie.

— Oui, dit le duc, elle a quitté l'hôtel vers quatre heures du matin... On vient de m'en prévenir.

— Vers quatre heures !

— Elle est sortie à quatre heures. C'est le portier qui vient de le déclarer.

— Ah ! mon Dieu ! cria la duchesse, éperdue d'angoisse, ma fille est morte !

Elle se tourna vers Roland.

— C'est votre faute ! C'est vous qui l'avez tuée !

— Voilà plusieurs fois, monsieur, dit le duc, que j'essaye de vous faire des remontrances au sujet de la vie de désordre que vous avez embrassée et qui est indigne d'un homme marié et d'un gentilhomme.

« Vous avez refusé de m'entendre.

« Mais cette fois, je l'espère, vous m'écouterez, car vous avez dépassé les bornes. Regardez-vous, et si vous avez du cœur, vous rougirez de honte !

Roland, que ces injures avaient mis hors de lui, eut un geste violent.

— Tout cela, dit-il, ce sont des mots.

« Ma femme n'est pas partie parce que j'étais ivre.

« Elle s'est enfuie parce que je voulais l'obliger à remplir ses devoirs d'épouse.

— Dans votre état ! dit le duc.

— Ah ! malheureux ! s'écria Mme de Faucigny, que l'indignation empourprait.

— Et elle a préféré, acheva Roland, aller retrouver son amant.

— Son amant ! dit le duc. Ma fille n'a pas d'amant.

— M. de Mauléon...

« Il est à Paris.

« Je le sais.

« On m'avait prévenu.

« J'avais défendu à ma femme de le recevoir.

— C'est moi, dit la duchesse, qui l'ai reçu.

— Mais elle l'a vu.

— En ma présence.

— En votre présence, ici.

« Mais ailleurs ?

— Ma fille, dit Mme de Faucigny, ne sort jamais sans sa mère.

— Sauf cette nuit...

— Si vous l'avez chassée.

— Je ne l'ai pas chassée, madame.

« Elle est partie seule.

— Parce que vous l'avez menacée...

— Parce que j'ai voulu la contraindre...

— Malheureux ! fit la duchesse.

Et elle jeta sur Roland un regard chargé de tant d'indignation et d'horreur, et si menaçant, que celui-ci, terrifié, se tut.

— Ce qu'il faut avant tout, dit le duc, c'est savoir ce qu'est devenue notre fille. Qui nous dira maintenant où son désespoir l'a conduite ?

— Il suffit, dit Roland avec un regard mauvais — tout brûlé de jalousie — il suffit d'aller la demander à M. de Mauléon.

— Misérable ! fit Mme de Faucigny.

Et, se tournant vers son mari :

— C'est vers quatre heures qu'elle est partie ?

— Quatre heures venaient de sonner, m'a dit le portier.

« M. de Maubuée était rentré environ une heure auparavant.

— Pourquoi Jean lui a-t-il ouvert la porte ?

— Il ne savait pas qui sortait quand il a tiré le cordon.

« Et quand il a reconnu Mme de Maubuée, il était trop tard.

« Reine était déjà sortie.

— Où est-elle allée à cette heure ? fit Mme de Faucigny, déchirée d'angoisse.

« Il fait nuit encore.

« Les rues sont désertes.

« Peut-être lui est-il arrivé malheur...

« Peut-être, conduite par le désespoir...

« Ah ! mon Dieu ! mon Dieu ! s'interrompit-elle en prenant sa tête à deux mains, je n'avais donc pas assez souffert !

Le chagrin de la pauvre femme semblait si violent, l'accent de sa douleur était si pénétrant, que le duc, tout ému, alla à elle et la prit en ses bras.

— Calmez-vous, mon amie, dit-il.

« Que craignez-vous ?

— Je crains de ne plus revoir ma fille.

— Vous avez peur qu'elle soit morte ?

« Qu'elle ait attenté ?...

— J'ai peur de tout...

« Je redoute tous les malheurs...

« Ah ! si vous saviez !...

« Et c'est cet homme !...

« Cet homme !...

Elle allait se jeter sur Roland de Maubuée, devenu tout livide de terreur, quand la porte de la chambre s'ouvrit.

Une femme de chambre annonça :

— Voici Madame !

— Ma fille ! cria la duchesse.

Et elle se précipita au-devant de Reine, qu'elle saisit en ses bras.

Le duc et Roland se regardèrent, comme médusés.

XV

L'aspect de Reine était effrayant.

Blême, les traits convulsés, son manteau à demi arraché des épaules, et laissant paraître la robe de chambre dont elle était vêtue, les cheveux humides et en désordre, elle offrait l'image d'un tel affolement, d'un tel oubli de toute coquetterie, que le duc et la duchesse furent pris d'une grande pitié, en même temps que d'une grande peur.

Ils craignaient que la malheureuse ne fût devenue folle.

Déjà Roland s'avançait vers elle, la bouche ouverte pour demander sans doute des explications, quand Mme de Faucigny, qui tenait sa fille étroitement serrée contre elle, comme pour la protéger, et qui avait saisi la signification du regard chargé d'angoisse de Reine, dit d'un air d'autorité :

— Laissez-moi avec ma fille.

— Oui, dit le duc à son gendre, venez !

Et comme celui-ci ne bougeait pas, avait l'air de vouloir parler encore, il l'entraîna.

Quand la mère et la fille furent seules, Reine sanglota longuement dans les bras de sa mère, refermés sur elle, et de temps en temps elle gémissait :

— O ma mère, ma mère !

— Tu es malheureuse, ma pauvre enfant, disait la duchesse déchirée, malheureuse par ma faute.

« C'est moi qui ai brisé ta vie, ton bonheur, tué ton amour !

— Je ne te reproche rien, ma mère chérie, répondait Reine. Je suis heureuse de souffrir pour toi et pour lui, pour mon père si bon.

« Nous avons été victimes de la fatalité qui s'est appesantie sur nous, ou plutôt nous avons été victimes toutes les deux de la lâcheté et de l'indignité de cet homme.

— Comme je voudrais, s'écria Mme de Faucigny, te délivrer de lui !... Si je pouvais, au prix de ma vie, te rendre libre !

— Oui, je sais, ma mère, que tu m'aimes, que tu dois être malheureuse, et je ne t'en veux pas.

De longues minutes se passèrent en ces gémissements qui eussent attendri le cœur d'un tigre.

Puis la duchesse demanda à sa fille, quand sa douleur fut un peu calmée :

— Tu as voulu mourir ?

— J'étais sortie pour cela.

« Je fuyais cet homme, mon mari, que j'avais vu dressé contre moi, l'œil menaçant, les bras ouverts, ivre de vin et de luxure.

« Ah ! ma mère, ma mère, l'effroyable image !

« Je reverrai toujours cette vision me dominant comme une vision de cauchemar.

« Qu'il était hideux et effrayant !

— Comment, ma pauvre enfant, as-tu pu lui échapper ?

— Dieu m'a donné des forces.

« Comme il voulait se ruer sur moi, je l'ai repoussé avec une telle violence qu'il est allé rouler, étourdi, au milieu de la chambre.

— C'est là qu'on l'a trouvé ce matin, dit la duchesse.

« Il n'avait pas pu se relever.

« L'ivresse l'avait terrassé.

« Ah ! quand on est venu me dire cela, m'annoncer que tu avais disparu !

— Tu as eu peur, mère chérie ?

— Oh ! oui, bien peur !

« Je ne pouvais m'empêcher de penser que tout venait de moi... que j'étais la cause...

— Ne parle plus ainsi, ma mère, dit Reine, en fermant avec un geste d'une grâce infinie la bouche de Mme de Faucigny, tout est oublié.

« Je n'en veux plus qu'à cet homme, au misérable qui est la cause de tous nos maux.

— Parce que tu es l'indulgence et la bonté, dit Mme de Faucigny.

« O ma fille ! ma fille ; s'écria-t-elle, c'est sur toi que le malheur est tombé, toi si digne pourtant d'être heureuse !

En prononçant ces paroles, d'abondantes larmes coulaient des yeux de la pauvre femme.

Doucement, tendrement, Reine les essuya.

Puis elle dit :

— Je voulais avant tout m'éloigner de cet homme.

— Pourquoi n'es-tu pas venue chez moi ?

— J'avais peur de réveiller mon père.

— Je t'aurais défendue, moi, dit la duchesse.

« J'aurais été jeter à la face de cet homme son ignominie.

« Il sait bien pourtant qu'il ne peut pas être ton mari, qu'il m'a juré à moi de te respecter, qu'il te l'a juré à toi-même...

« A défaut de serment, l'honneur seul lui faisait un devoir de n'être jamais qu'un étranger pour celle dont il avait séduit la mère.

« Mais est-il même des devoirs pour cet homme ?

« Ah ! le misérable ! le misérable !...

« Si j'ai eu quelque amour pour lui, il n'y a plus depuis longtemps en mon cœur que du mépris et de la haine !

La duchesse s'était laissée tomber sur un siège, et elle resta un moment comme accablée par la grandeur de son infortune et de celle de sa fille, la tête en ses mains.

Après un silence, elle demanda :

— Où es-tu allée, seule, la nuit, ma pauvre enfant ?

« Que voulais-tu faire ?

— Je marchai d'abord au hasard, dit Reine.

« J'avais très peur !

— Tu avais peur ?

— Je craignais de rencontrer dans l'ombre quelque bandit ; mais même un bandit m'eût effrayée moins que mon mari, m'eût causé moins d'horreur.

« J'allai vers la Seine.

— Vers la Seine ?... Tu vois bien, fit la mère, qui avait frémi tout entière, que tu voulais mourir ?

— Ce fut, en effet, ma première idée.

« Je pensais que la mort seule pouvait m'éloigner assez de cet homme.

« Puis, j'ai pensé à Raymond.

— Tu l'as vu ?

— Je sors de ses bras.

— De ses bras ? Tu es sa maîtresse ?

Reine inclina sa jolie tête qui venait de s'empourprer délicieusement.

Puis elle cria :

— Ah ! ma mère, ne me maudis pas !

— Te maudire, moi !

— J'aime Raymond, tu le sais, ma mère.

« Tu sais depuis combien de temps je l'aime...

« Depuis combien de temps il m'aime lui-même et comme il a souffert !

— Oui, dit la duchesse, songeuse, je sais tout cela.

— Je n'ai pas voulu partir, dit Reine, mourir ou partir, m'éloigner à jamais, car je ne vivrai plus sous le toit qui couvre cet homme...

— Nous partirons toutes les deux, dit Mme de Faucigny.

— Et mon père ?

— Ton père nous suivra.

« Nous laisserons cet homme à Paris.

« Il y a ses habitudes et ses plaisirs...

« Mais continue, mon enfant, dis-moi...

— Tu comprends, ma mère, à quel sentiment j'ai obéi.

« Je voulais que Raymond fût heureux, qu'il ne regrettât pas, le reste de sa vie, de m'avoir connue, de m'avoir aimée.

« J'étais sa fiancée depuis longtemps.

« C'est à lui, à lui seul, que je devais appartenir.

« Maintenant, l'union est accomplie.

« Je suis sa femme, sa femme devant Dieu.

« Vous ne me condamnez pas, ma mère ?

— Te condamner !

— C'est moi qui ai voulu cela.

« Qui ai voulu mettre ainsi un nouvel abîme entre moi et le misérable dont je porte le nom.

« Maintenant, s'il me poursuivait encore, je lui dirais : « Je ne puis plus être à vous, je suis à un autre. Je suis la femme de Raymond de Mauléon. »

— Il tuerait Raymond, s'il savait...

— Raymond est brave.

« Et son amour lui donnerait des forces.

« Mais je ne veux pas qu'il se batte, qu'il cherche querelle à son indigne rival.

« Je le lui ai défendu.

« S'il était provoqué, seulement, je lui permettrais de tirer l'épée.

« Car il est à moi maintenant.

« Il doit m'obéir.

« Et, je suis fière, ma mère, et heureuse d'être sa femme !

« Il refusait, ma mère. Il ne pouvait pas, disait-il, me déshonorer.

« Il avait pour moi trop d'admiration et de respect.

« C'est moi qui ai voulu être à lui.

« Je me roulais dans ses bras..., je frôlais ma tête en larmes contre son épaule et je lui disais :

« — Je suis ta femme, Raymond... je suis ta femme. Prends-moi !

« Il me répondait :

« — Quand cet homme ne sera plus. Que j'aurai pu devant tous te donner mon nom.

« Je ne voulais rien entendre.

« — Je suis à toi, déclarais-je, à toi que j'aime plus que ma vie, que je n'ai jamais cessé d'aimer. D'être à toi, cela me donnera des forces pour me défendre, du courage pour vivre. Cet homme a voulu me faire violence. Et je ne veux pas être à lui... Je suis à toi, à toi seul, mon Raymond, mon aimé, mon mari. Prends-moi !...

« Il m'a saisie enfin...

« Ah ! ma mère, c'est bien mal ce que j'ai fait là !

« Je suis maintenant une créature indigne.

« Et vous n'allez plus m'aimer !

Pour toute réponse, la duchesse de Faucigny saisit la tête adorée de sa fille, tout emperlée de larmes de pudeur et d'amour, et l'écrasa contre son sein.

— Si tu savais, ma mère, dit la pauvre enfant comme pour s'excuser, si tu savais dans quel état j'étais !...

« J'avais perdu la notion de tout.

« J'étais folle...

« J'avais le besoin, un besoin inouï, insurmontable, de me laver des souillures que m'avait faites la vue seule de cet homme, et ses menaces, et ses regards, et ses gestes qui m'injuriaient.

« L'amour pouvait me rendre ma pureté, effacer toutes les taches, et c'est dans l'amour de Raymond que je me suis baignée.

— Je ne te reprocherai rien, mon enfant. Tu avais le droit d'être heureuse.

— Je suis maintenant la femme de Raymond de Mauléon, dit avec une sorte de fierté Reine de Faucigny.

« Je puis défier les menaces de cet homme !

La duchesse restait rêveuse.

Les confidences qu'elle venait d'entendre, et qu'elle ne pouvait blâmer, car elle eût fait sans doute ce qu'avait fait sa fille si elle s'était trouvée dans la pénible situation où se débattait la malheureuse enfant, ces confidences leur créaient, à sa fille et à elle, de nouveaux devoirs.

Elle dit, après un silence :

— Nous partirons demain...

— Et sans cet homme ?

— Sans ton mari.

— Avec Raymond ?

Madame de Faucigny ne répondit pas.

Mais Reine s'écria :

— Je ne pourrais plus, maintenant, ma mère, me passer de lui.

— Il faut être prudente, mon enfant, dit la duchesse.

« La moindre faute peut attirer sur nous les plus grands malheurs.

« Je t'aime, acheva-t-elle. Ta mère te reste et tu trouveras toujours en moi une défense et un appui.

« Mais pense à ton père.

— Oui, dit Reine, il faut avant tout qu'il meure heureux, sans le soupçon d'une tache à l'honneur de celle qui porte son nom.

— Tu es, s'écria la duchesse de Faucigny, la meilleure des filles et la plus digne d'être aimée !

Elle prit de nouveau Reine en ses bras, et la mère et la fille restèrent un long moment étroitement embrassées.

Le lendemain, elles quittaient Paris avec le duc, sans que M. de Maubuée eût osé les suivre.

TROISIÈME PARTIE

I

Par une brumeuse matinée d'octobre, où le pied des chevaux glissait sur le pavé gras, un coupé supérieurement attelé s'arrêta devant une maison d'apparence presque sordide située à l'angle de la rue Croix-des-Petits-Champs et de l'ancienne rue des Moulins, et qui a disparu depuis dans les démolitions de ce quartier.

Cette maison, qui semblait dater de plusieurs siècles, qui était habitée par des commerçants en gros dont les véhicules de tous genres encombraient la cour, vaste et mal pavée, ouvrait sur la rue par une immense porte cochère et avait au fond de la cour deux escaliers menant aux appartements particuliers.

Tout le devant, du rez-de-chaussée au quatrième, était pris par des magasins et contenait des marchandises.

Quand on arrivait à l'entrée de cette maison, celui qui y pénétrait pour la première fois restait un peu comme décontenancé, ne sachant à qui s'adresser pour demander le renseignement dont il avait besoin, car on n'apercevait pas au premier abord, de loge de concierge, puis, il était ahuri par le bruit des lourds camions roulant sous la voûte, les allées et venues des employés et des garçons à travers la cour, le piaffement des chevaux dont on chargeait les charrettes, et mille bruits de tous genres qui assourdissaient de leur cacophonie les oreilles peu habituées au vacarme, comme celles du gentleman que nous venons de voir descendre de son coupé capitonné et qui se hasardait peut-être pour la première fois de sa vie dans un de ces capharnaüms parisiens.

Cet homme, mis avec une extrême élégance, et qui avait peur de salir ses fines chaussures, cherchait, à travers les flaques de la cour, les endroits où il pouvait poser les pieds et semblait s'orienter difficilement au milieu de l'encombrement qui l'entourait.

Il cherchait du regard un écriteau, l'entrée d'une loge de concierge, un point de repère enfin qui pût le guider, et il était déjà au milieu de la cour, quand un des [illegible] à quarante [illegible] pas devi[illegible] embarras, lui demanda ce qu'il cherchait.

— [illegible] concierge, répondit [illegible] Il n'y a donc [illegible] concierge ?

— Si, monsieur, sous la voûte, à main gauche, dans [illegible] enfoncement que vous n'avez pas sans doute re[marqué], car il est caché par le cadre de l'escalier.

— Non, dit le gentleman, je n'ai rien vu. Je vous re[mercie], monsieur.

[Il] rebroussa chemin et trouva enfin ce qu'il cherchait, [la] loge, ou plutôt un trou qui servait de loge à une [vieille] qui semblait aussi vieille que la maison, le vi[sage] [illegible], la tête casquée de cheveux gris coupés court, [et] qui ne bougea pas à l'entrée du visiteur pour de[mander] ce qu'il désirait.

— M. Suzon d'Annelet, dit le personnage dont la tour[nure] irréprochable contrastait avec la sordidité de tout [ce qui l']entourait. C'est ici ?

— [Oui], monsieur.

— Où habite-t-il ?

— Au *cintième*, au fond de la cour à droite, la porte [illegible].

— Bien, madame, dit le questionneur, qui ajouta, ne [se] sentant pas désireux de faire pour rien une telle [ascension] : Savez-vous si je le trouverai chez lui ?

— Ah ! monsieur, s'écria la bonne femme, pour ça je [ne] puis rien dire... Je sais que M. d'Annelet y est d'ha[bitude] le matin, mais il y a tant de locataires dans la [maison] que je ne puis guère surveiller leurs allées et [venues]. D'ailleurs, ce n'est pas mon affaire... Chacun est [maître] chez soi...

L'homme au coupé était déjà loin.

Il s'essayait pour la seconde fois au passage périlleux de la cour.

Il arriva enfin sans encombre et sans trop de taches à l'extrémité opposée, aperçut l'escalier qu'on lui avait indiqué, qui était un escalier de pierre assez large, mais très humide, et dont les marches, usées par le passage de plusieurs générations, étaient à certains endroits si minces que c'est à peine si on pouvait mettre le pied.

L'inconnu monta avec précaution, mais le plus vive[ment] possible, car il y avait dans l'escalier une odeur [illegible] et de moisissure qui affectait péniblement [illegible].

Et il se demandait, tout en montant cette sorte de [illegible], lui habitué aux parfums des salons, aux odeurs [illegible] et capiteuses des boudoirs, comment il se pou[v]ait que des êtres humains consentissent à vivre dans une aussi puante atmosphère, quel genre de type était [ce] monsieur d'Annelet qu'il allait voir et qui avait établi [son] domicile, et à quelles promiscuités on s'expose [quand] on sort de son milieu pour aller se commettre avec des gens d'industries plus ou moins louches.

Mais [illegible] dans les ambassades qu'on trouve les personnages dont avait besoin l'homme dont nos lec[teurs] suivent avec nous la peu agréable pérégrination.

L'homme venait enfin de mettre le pied sur le carré du *cintième*, ainsi que disait la concierge, et il vit devant [lui], car ce carré était assez large, trois portes de même dimension et de même forme, dont les cordons de son[nette] seuls différaient.

Devant chacune de ces portes, il y avait un petit pail[lasson] boueux.

Le visiteur fut un moment assez embarrassé, mais il [illegible] à propos que c'était la porte de droite qui [était] celle de l'appartement de M. Suzon d'Annelet, et [c']est le cordon pendant près de cette porte qu'il tira après [un] peu d'hésitation.

Un tintement grêle se fit entendre dans l'intérieur de l'appartement mais personne ne vint ouvrir.

Ce n'est qu'au bout d'un assez long moment que l'homme au coupé vit, par un petit judas qu'on avait [pratiqué] discrètement, une paire d'yeux se braquer sur [lui] curieusement.

L'inspection dont il venait d'être ainsi l'objet avait [sans] doute été favorable, car, après un grand bruit de [verrous] tirés, comme il s'en fait pour l'ouverture d'une [prison], l'huis tourna sur ses gonds et le visiteur se [trouva] en présence d'un [illegible] coiffé d'un bonnet grec, vêtu d'un paletot de drap outrageusement râpé et luisant, qui tenait une plume à la main et avait un crayon derrière l'oreille.

Cet homme demanda à l'arrivant ce qu'il désirait.

— Je voudrais, répondit-il, parler à M. d'Annelet.

— Lui-même ?

— Sans doute...

— C'est pour affaire ?

— Probablement.

— Je ne sais pas si M. d'Annelet est ici.

— Dites-lui que je viens de la part de M. de Saint-Flour.

— Le député ?

— Oui.

— Entrez, monsieur, dit le petit vieillard, qui ouvrit tout à fait la porte.

Le visiteur franchit le seuil en se disant :

— Il paraît que Saint-Flour est bien dans la maison. A quels diables de tripotages peut-il se livrer avec M. d'Annelet ?

Il pénétra d'abord dans une antichambre à demi obscure, puis de là dans une sorte de petit cabinet moi[tié] salon, moitié bureau, où l'homme au bonnet grec le laissa en disant :

— Je vais aller prévenir M. d'Annelet.

Resté seul, l'inconnu examina curieusement la pièce où il avait été introduit.

Elle n'offrait rien de remarquable : une petite table d'acajou couverte d'un tapis aux couleurs fanées, une carpette défraîchie à terre, un canapé, quelques chaises, et dans un coin un bureau d'acajou, le vulgaire bureau des hommes d'affaires.

Sur la cheminée, deux flambeaux entre deux vases où s'empoussiéraient des fleurs artificielles. Sur une des chaises, des cartons verts à demi ouverts et qu'on voyait bourrés de papiers jaunis.

Et le visiteur se rappelait ce que lui avait dit son ami M. de Saint-Flour, quand il lui avait parlé de ses en[nuis], ennuis dont on devinera bientôt la nature :

— Va voir d'Annelet. D'Annelet te tirera d'affaire.

Et comme celui auquel on donnait ce conseil n'avait jamais entendu parler de ce d'Annelet que M. de Saint-Flour avait l'air de traiter en homme célèbre, universel[le]ment connu, il demanda :

— Qu'est-ce que c'est que M. d'Annelet ?

— Tu ne le connais pas ?

— Je n'ai jamais entendu parler de lui.

— Tu le connais de vue au moins... Qui ne le con[naît] pas ?...

— Je ne le crois pas.

— C'est un de ces hommes que l'on voit partout, au pesage, aux expositions, aux séances d'escrime, partout où se rencontrent les Parisiens.

— Qu'est-ce qu'il fait ?

— Tout... De la police, de la finance, de la politique. Il prête de l'argent aux besogneux, s'en fait prêter quand il n'en a pas... fait des mariages, en défait... ren[verse] des ministères, en élève... patronne des candidats pour les élections... démolit les députés désagréables. C'est un de ces hommes qui touchent à tout, que l'on trouve dans tout et partout... ni député, ni journaliste, ni policier, ni usurier, mais tenant un peu à toutes ces choses... ni honnête, ni foncièrement malhonnête, ren[dant] service à l'occasion, et pour rien, et ne reculant pas au besoin devant une infamie profitable... un per[sonnage] utile à connaître et dangereux à fréquenter. C'est étonnant que tu ne le connaisses pas. Mais je suis sûr que tu le connais et que tu t'écrieras, quand tu le verras : « Mais je ne connais que lui ! »

Et l'inconnu, se rappelant les différentes touches de ce portrait, se demandait en attendant l'apparition du personnage :

— Est-ce donc vrai que je le connais ?

Il faillit tomber des nues quand il le vit entrer...

Et il fit un mouvement comme pour tendre la main en s'écriant :

— C'est vous ! C'est vous qui êtes monsieur d'Annelet ?

Mais M. d'Annelet, gourmé et froid, s'était borné à faire un salut correct en disant :

— C'est à monsieur de Maubuée que j'ai l'honneur de parler ?

— Vous me connaissez ? fit celui-ci dont la surprise augmentait.

— Qui ne connaît, fit le personnage, M. Roland de Maubuée, le gendre du duc de Faucigny, le mari de la belle...

Un geste de Roland interrompit le dithyrambe auquel allait sans doute se livrer M. d'Annelet.

Et celui-ci, reprenant son attitude froide, se borna à offrir un siège à Roland en lui demandant à quoi il devait l'honneur de sa visite.

Mais Roland ne répondit pas tout d'abord.

Il regardait l'homme.

Il l'avait rencontré non pas dix fois, mais cent fois — dans les théâtres, aux courses, un peu partout — sans avoir jamais pu mettre un nom sur cette figure énigmatique.

M. d'Annelet avait en effet une de ces têtes que l'on remarque et qu'au bout de quelques années tout le boulevard connaît.

Visage glabre, sans barbe, un lorgnon enfoncé sous l'arcade sourcilière, l'air impertinent, mis toujours avec élégance, mais une élégance un peu recherchée, un peu voulue, qui dénotait une assez basse extraction, un regard fuyant et louche, l'air d'un larbin s'il n'avait pas eu son lorgnon, qu'il ne quittait jamais.

Il était vêtu comme pour sortir, avec une jaquette de bonne coupe, mais la cravate — et c'était là la note vulgaire — la cravate était un peu voyante, pas assez discrète.

Au premier abord, l'aspect était assez antipathique, bien que le personnage s'efforçât de sourire aimablement, quand, après avoir produit son effet, du moins l'effet qu'il croyait produire, il se décidait à abandonner son air glacial, diplomatique.

Il abordait alors, la glace rompue, et quand il voulait séduire ses clients, le rôle bon enfant et rigoleur.

C'était un parfait comédien.

Bien qu'il habitât Paris depuis vingt ans au moins, qu'il fût devenu une des fleurs, fleurs vénéneuses ou tout au moins viciées du boulevard, personne ne savait d'où il venait et comment il s'appelait, car ce nom de Suzon d'Annelet qu'il s'était donné avait un parfum d'apprêté et de convenu qui sautait aux yeux.

Et nul ne savait au juste à quels singuliers métiers il se livrait dans cette officine de la rue Croix-des-Petits-Champs, qui était pour lui comme la tanière où il venait se reposer après avoir déchiré ses victimes, mais où il n'habitait pas, car il avait — M. de Maubuée le sut plus tard — un élégant petit entresol situé rue Taitbout, où il recevait ses amis et ses amies.

On ne le voyait au coin de la rue des Moulins que le matin et pour affaires — et il n'était visible que pour ceux qui montraient patte blanche ; c'est-à-dire pour ceux qui venaient, comme M. de Maubuée, envoyés par quelque ami discret et sûr.

Mais maintenant qu'il avait vu l'homme, Roland hésitait à lui confier ses ennuis... et à lui demander le service qu'il attendait de lui.

II

Il serait peut-être bon, avant d'aller plus loin, de dire les raisons qui amenaient, à cette heure matinale, chez le faiseur louche de la rue des Moulins, l'élégant Roland de Maubuée.

Le lendemain de la scène que l'on sait, la duchesse de Faucigny, prenant pour prétexte la santé de sa fille, avait décidé le duc à quitter Paris et à aller passer dans leur château de Bretagne une partie de l'été.

Mais avant de s'en aller, elle avait pris à part Roland de Maubuée et lui avait dit, en le fixant de ses yeux impérieux, avec l'autorité que lui donnait sur lui la complicité de la faute ancienne :

— Vous savez pourquoi nous partons. Je compte que vous ne nous accompagnerez pas !

Sans paraître se formaliser de cette défense, qui, en d'autres circonstances, eût semblé plus que singulière puisqu'elle séparait une femme de son mari, Roland répondit :

— Je ne puis pas quitter Paris en ce moment.

— Alors, fit la duchesse, tout est pour le mieux.

— Et quand partez-vous ?

— Le plus tôt possible... demain sans doute.

— Aurai-je l'autorisation, fit Roland avec une intention d'ironie qu'il ne chercha pas à déguiser, de dire au moins adieu à ma femme ?

— Si vous y tenez beaucoup, dit Mme de Faucigny, qui répondit sur le même ton, je pense que Reine ne refusera pas de vous saluer.

Sur ces mots, ils s'étaient séparés, et Roland s'était éloigné en grinçant des dents de rage.

— On me l'enlève, murmura-t-il, mais qu'ils prennent garde !... Que l'autre ne s'avise pas de rôder par là-bas, car alors je ne ménagerai rien !

Et il les avait laissé partir.

Du reste, à ce moment, il avait à Paris des occupations. Il s'était fait présenter à une divette à peine sortie du Conservatoire, et qui venait d'obtenir un très grand succès sur une scène d'opérettes.

Elle était toute jeune, et on la disait sage encore.

C'était une conquête qui promettait à Roland gloire et plaisir, aussi s'y employa-t-il avec toute la persévérance et toute la séduction dont il était capable.

La victoire, du reste, ne se fit pas attendre et la belle capitula quelques jours à peine après le départ de Reine.

Roland était en pleine lune de miel, et cela l'occupa tout un grand mois.

Puis, ayant découvert que la divette le trompait avec un cabotin de son théâtre — le queue-rouge, ce qui lui parut encore plus humiliant — il se détacha de cette passion et chercha à Paris d'autres distractions qu'il ne trouva pas.

Alors sa pensée se reporta sur Reine, sur le château où elle vivait entre son père et sa mère, et qui lui faisait l'effet d'un paradis où il lui était interdit de pénétrer.

Il rompit avec sa chanteuse et, pour se distraire, l'époque des courses d'été étant venue, il partit pour Trouville, où il passa ses nuits et ses jours à jouer.

Après Trouville, il alla à Dieppe. Il suivit tous les grands déplacements de la saison et il atteignit ainsi la fin de l'été.

Il rentra à Paris au moment où les théâtres se rouvraient et où la vie élégante recommençait.

Entre temps, il s'était préoccupé de savoir ce que devenait M. de Mauléon, son rival, qu'on ne voyait plus à Paris.

Et il avait lu dans les journaux qu'il était parti pour Marseille, dans l'intention d'organiser une nouvelle expédition.

Cela l'avait tranquillisé, et il n'avait plus de craintes de ce côté, quand une rencontre qu'il fit sur le boulevard lui remit, comme l'on dit, la puce à l'oreille.

On lui apprit que M. de Mauléon avait échoué, avait quitté Marseille depuis longtemps, et qu'on ne savait pas ce qu'il était devenu.

— Il est là-bas ! se dit tout de suite Roland de Maubuée.

Toute sa quiétude disparut.

La jalousie recommença à lui déchirer le cœur de ses griffes aiguës.

Il pensa à partir pour la Bretagne.

Mais il ne pouvait se présenter au château sans raison, après la défense qui lui en avait été faite par la duchesse de Faucigny.

Il aurait fallu qu'il eût un grief sérieux contre Reine...

qu'il eût appris, par exemple, la présence dans le pays de M. de Mauléon...

Alors il pourrait se présenter en époux outragé ou redoutant de l'être, et Mme de Faucigny, enfin, ne pourrait pas le renvoyer.

Et s'il apprenait qu'il y eût eu entre sa femme et M. de Mauléon quelque entrevue secrète, alors il redeviendrait maître de la situation.

Il pourrait à son tour parler haut, sévir, et se venger de toutes les humiliations subies, de tous les refus et de tous les dédains...

Or, pour être renseigné, il fallait envoyer là-bas un espion, quelque homme habile qui découvrirait le secret du château des Roches-Grises, si secret il y avait, et c'est pour se procurer cet homme, qu'il était venu, sur les conseils d'un de ses amis, le député de Saint-Flour, frapper à la porte de M. Suzon d'Annelet, qu'on lui avait dit capable de lui fournir l'homme discret et de confiance dont il avait besoin pour la mystérieuse mission qu'il voulait lui confier.

Après avoir vu l'homme d'affaires, Roland de Maubuée avait hésité, avons-nous dit, à entrer dans la voie des confidences, et cette hésitation n'avait pas échappé à l'œil exercé de l'aigrefin, qui se mit à sourire...

— Je vois, dit-il, que monsieur de Maubuée n'a pas confiance en moi...

Roland avait fait un geste comme pour protester.

Mais l'homme avait poursuivi.

— Il est inutile de vous défendre, monsieur de Maubuée, cela est trop naturel. Je ne vous en veux pas... Vous ne me connaissez pas... ou vous me connaissez trop. Dans les deux cas, vous avez raison de vous tenir sur vos gardes. Vous voyez que je vous mets à l'aise, et que je sais ce que je vaux. Je vous demanderai seulement de quelle nature est votre défiance, si vous doutez de mes talents ou de ma loyauté. Des deux, peut-être ? fit le singulier personnage avec un sourire aigu, en voyant que son interlocuteur ne répondait pas. Mais là, monsieur de Maubuée, vous auriez tort, car si l'on peut soupçonner mon honnêteté, je ne permettrai à personne de douter de mon habileté et de mon intelligence. Je n'ai jamais rien entrepris, monsieur de Maubuée, que je n'aie réussi ! C'est ce qui fait ma force et ce qui a fait ma réputation. Quant à la discrétion, je sais être discret tout comme un autre... quand je n'ai pas trop d'intérêt toutefois à trahir le secret que l'on m'a confié, ce qui, je dois le dire, arrive très rarement. Vous voyez, monsieur de Maubuée, qu'à défaut d'autres qualités, j'ai du moins celle de la franchise, et vous me connaissez maintenant comme si vous me fréquentiez depuis des années. Voyez ce que vous avez à faire. Je ne vous force pas la main. Vous êtes libre de vous retirer sans m'avoir rien dit de ce que vous veniez chercher chez moi, et il me restera l'avantage d'avoir fait la connaissance d'un homme honorable et parfaitement distingué, ce qui n'est pas à dédaigner par le temps qui court.

Comme Roland, un peu abasourdi par ce verbiage, où il y avait, comme l'on dit, à boire et à manger, restait toujours silencieux, M. d'Annelet reprit, comme pour aider aux confidences.

— Je ne pense pas que ce soit pour un emprunt que vous venez... Je ne pense pas que M. de Faucigny vous laisse dans l'embarras ?

Machinalement, Roland fit un signe négatif.

Puis, tout à coup, sortant de l'espèce de torpeur dans laquelle il était plongé, il dit :

— Pouvez-vous me fournir un homme intelligent ?

— Oh ! monsieur, s'écria aussitôt le faiseur, l'intelligence foisonne aujourd'hui. On n'a qu'à se baisser.

— Ayant, ajouta Roland, quelque distinction ?

— La distinction est partout.

— Sachant porter la toilette ?

— Tout le monde sait la porter. Il n'y a, la plupart du temps, que la toilette qui manque.

« Parcourez, une nuit, monsieur de Maubuée, comme je l'ai fait souvent, ce qu'on appelle les bas-fonds de Paris, cabarets borgnes, bouges louches ; faites quelques rafles sous les ponts et dans les carrières abandonnées, vous serez étonné de ce que vous ramènerez. A côté d'ignobles bandits, car il y en a encore, vous découvrirez un tas de pauvres diables, à qui rien n'a manqué pour réussir, pour devenir, comme d'autres, députés, ministres, académiciens ou présidents de République qu'un peu de chance ou de conduite. Ils ont du talent jusqu'au bout des ongles et surprendraient l'Institut par leurs aperçus. Décrassez-les, peignez-les, et faites-les habiller par un tailleur à la mode, ils seraient beaucoup moins déplacés que d'autres dans les salons mondains et dans les ambassades. Le talent, la distinction, l'esprit, tout pullule aujourd'hui, mais malheureusement beaucoup de ces qualités restent en friche et brutes, faute du cercle d'or qu'il faudrait pour les monter et les faire resplendir aux vitrines de la société.

— Ainsi, dit Roland pour couper court à cette phraséologie, vous pourriez me procurer l'homme discret, habile, dont j'aurais besoin ?

— Mais certainement, monsieur.

— Pouvant porter la toilette au besoin, car il faudrait peut-être se présenter dans le monde ?

— Portant la toilette comme vous et moi.

— Et cela assez rapidement ?

— Dans une heure si vous le voulez, le temps à l'homme de s'habiller.

— Et il pourrait quitter Paris ?

— Sur un signe de moi, les hommes que j'emploie iraient au bout du monde.

« Vous faut-il un savant ? un avocat ?

« J'ai à ma disposition des licenciés en droit qui, pour deux écus, mordraient au crâne de leur grand-père.

« Ah ! vous ne savez pas, monsieur de Maubuée, vous qui êtes né riche, qui l'avez toujours été, et n'avez jamais manqué du billet de mille qui vous était nécessaire, vous ne savez pas ce que c'est que la misère ! Et la misère, aujourd'hui, dans notre siècle de jouissances et de luxe, n'a jamais été plus âpre... Vous ne savez pas ce que c'est, et ce qu'elle fait faire... Ah ! si je vous racontais des histoires que je connais ! Mais ce serait trop long.

— En effet, dit Roland, qui voyait son interlocuteur égaré dans ses divagations, je suis un peu pressé.

— Enfin, dit M. d'Annelet, un peu vexé de voir interrompre son éloquence, quel homme vous faut-il et que voulez-vous lui demander ?

— Il faut, dit Roland de Maubuée, se décidant à faire connaître l'objet de sa visite, que cet homme parte pour la Bretagne et pénètre au besoin dans le château des Roches-Grises qu'habitent en ce moment mon beau-père, le duc de Faucigny, la duchesse et Mme de Maubuée, ma femme, surveiller ce qui s'y passe, se faire présenter, si besoin est... et me dire si on reçoit ouvertement ou en secret M. de Mauléon, qui est le fils d'un ami du duc de Faucigny, et qui a été le fiancé de Reine de Faucigny.

— Bon, fit M. d'Annelet, je comprends. Vous êtes jaloux... et vous avez peur ?

— Peu importe, dit Roland d'un ton sec, le sentiment qui me fait agir. Je veux savoir si cet homme est venu au château, s'il y vient encore...

— Et le faire surprendre ?

— Qui vous a parlé de cela ? fit Roland d'un air hautain.

Et il ajouta :

— Mme de Maubuée, monsieur, est au-dessus d'un pareil soupçon.

— Bien, bien, fit l'homme d'affaires, qui battit tout de suite en retraite. Vous voulez savoir seulement si M. de Mauléon est devenu un des familiers du château. Rien de plus facile, monsieur. Et j'ai justement l'homme qu'il vous faut sous la main. C'est un gentilhomme. Il était reçu autrefois à Froshdorf, chez le comte de Chambord ; c'est vous dire que sa noblesse est des plus authentiques et qu'il a du monde. Ruiné par le krach de l'Union générale, il est tombé dans la plus basse misère. Je l'ai recueilli ouvrant des portières, et encore aujourd'hui vous lui tendriez deux sous si vous le voyiez sortir de chez moi, où il est en train de nettoyer mon salon ; mais je vous l'enverrai demain, si ce n'est pas trop tard, nettoyé, verni, rafistolé, rasé et peigné, et vous lui offririez votre fille en mariage, si vous en aviez une, tant il vous paraîtra distingué. Il sait danser, chasser, monter à cheval. Il conduit un mail-coach, ce qu'il y a de plus difficile peut-être dans le métier d'homme du monde, et il fera honneur au duc de Faucigny, s'il l'admet au nombre de ses invités. Il porte un nom que vous trouverez dans le Gotha.

— Qu'il vienne demain à dix heures, interrompit Roland de Maubuée, je l'attendrai et je lui expliquerai ce que je veux de lui.

— A l'hôtel du duc de Faucigny ?

— Oui.

— A demain donc, monsieur.

« Et vous serez content de lui et de moi.

— Je l'espère, dit Roland.

Et, saluant légèrement, il sortit de l'antre.

III

Dans le vaste et somptueux hôtel du duc de Faucigny, que Roland de Maubuée habitait seul, depuis que le duc, la duchesse et leur fille étaient partis pour la campagne, le mari de Reine venait de se lever, après que son valet de chambre eût ouvert, selon l'ordre qui lui en avait été donné la veille, les persiennes de la chambre, quand il entendit résonner dans le vestibule le timbre de la porte d'entrée.

Il regarda la délicieuse pendule de Boulle placée sur la cheminée. Dix heures. Etait-ce l'homme qu'il attendait ?

Curieusement, il alla regarder à la fenêtre et vit un homme de mise très correcte, presque élégante même, qui traversait le petit jardin.

Ce personnage avait toutes les apparences d'un véritable gentleman, et Roland, malgré ce qu'on lui avait dit, ne put pas croire que c'était l'homme qu'on lui envoyait pour faire ce bas métier d'espion et de policier dont il avait parlé à M. Suzon d'Annelet.

Mais il avait beau regarder. Il ne pouvait pas mettre un nom sur cette physionomie, et ce visiteur n'était certainement pas de ses connaissances.

Ce pouvait être quelqu'un qui venait pour son beau-père ou pour se recommander à lui, avec une lettre de ses amis, mais il ne voulait pas admettre que ce fût là l'envoyé de M. d'Annelet.

Il passa à la hâte un veston, et il était habillé quand son valet de chambre vint lui apporter la carte, artistement gravée, du vicomte de Monistrol.

Evidemment, il s'était trompé. Ce n'était pas l'homme qu'il attendait.

Il donna l'ordre de faire entrer le visiteur dans le petit salon du rez-de-chaussée et dit qu'il allait descendre.

Cependant, le vicomte de Monistrol, introduit dans cette pièce luxueuse, regardait curieusement autour de lui, semblant tout étonné de se voir là, car il y avait longtemps qu'il était brouillé avec le luxe, et il se demandait à quel personnage il allait avoir affaire et ce qu'on allait lui demander pour lui avoir fait endosser, dès dix heures du matin, une telle toilette, car le vicomte de Monistrol était bien l'envoyé de M. Suzon d'Annelet.

Celui-ci ne lui avait rien dit au sujet de la mission dont il allait être chargé, voulant laisser le soin à M. de Maubuée de la lui expliquer.

Il était un peu ému de pénétrer dans un si fastueux hôtel... et il tremblait légèrement quand la porte s'ouvrit et que Roland parut.

Néanmoins, il rappela à lui tous ses anciens souvenirs d'élégance et fit un salut à la fois respectueux et de bon goût.

Avant d'inviter le vicomte à s'asseoir, Roland l'examina avec un peu d'attention et reconnut vite, avec son coup d'œil exercé, que son visiteur n'avait de l'élégance que le vernis.

Il y avait des détails dans sa toilette qui indiquaient l'improvisation et une sorte d'inaccoutumance, si l'on peut s'exprimer ainsi.

De plus, il y avait sur le visage du vicomte, dont il eût été bien difficile, à première vue, de déterminer l'âge exact, des flétrissures, des marques de fatigue et de misère qu'on ne voit pas sur la figure des véritables gentilshommes habitués à la paresse et à la bonne chère, et dont la vie se passe dans le luxe.

Il constata sur le front, autour des yeux, des rides précoces et des plis creusés par de bas soucis et des privations vulgaires.

Et Roland pensa alors que le comte de Monistrol pouvait bien être l'envoyé de la maison de la rue des Moulins.

Il se félicita *in petto* de sa réserve, et avant de faire à ce personnage aucune politesse, il lui demanda ce qu'il voulait et de la part de qui il venait.

— Je vous suis envoyé, monsieur, dit le vicomte, par M. d'Annelet.

— Alors, fit Roland de Maubuée en toisant des pieds à la tête le personnage, c'est vous le gentilhomme qui avez été reçu par le comte de Chambord ?

— Oui, monsieur ; je faisais partie d'une délégation

— Ah ! bon, fit Roland qui eut l'air de dire : « C'est bien différent ! »

Il ajouta :

— Qui avez été ruiné par le krach ?

— Pour être ruiné, monsieur, dit le vicomte de Monistrol, il aurait fallu posséder quelque fortune, et je n'ai jamais rien eu.

« Mais au moment du krach, j'avais une situation. — J'avais fondé auprès de la Bourse une maison de coulisse où je plaçais des titres de l'Union générale et des différentes valeurs que cette banque patronait. La débâcle qui est survenue alors a renversé ma marmite — pardon, si je me sers d'une expression si vulgaire, mais elle peint parfaitement ce qui m'est arrivé. Du jour au lendemain, j'ai vu mon pot-au-feu dans les cendres et j'ai été si complètement ruiné qu'il ne me restait pas de quoi manger. Mon mobilier avait été saisi. Tout ce que je possédais fut vendu, et comme la secousse m'avait un peu détraqué, je fus emmené à Sainte-Anne, où je restai deux ans. Quand je sortis, j'étais nu comme un petit saint Jean, et c'est alors que je rencontrai M. d'Annelet, que j'avais connu au moment de mon opulence.

— Vous vous appelez bien, demanda Roland, le vicomte de Monistrol ?

— Je crois, monsieur, que j'ai droit à ce nom et à ce titre. La vérité est que je suis enfant naturel non reconnu, mais ma pauvre mère m'a dit bien souvent que j'étais le fils du comte de Monistrol, que celui-ci avait toujours eu le désir de me reconnaître, et que les circonstances seules l'en avaient empêché. J'ai cru me conformer à ses volontés en prenant ce nom...

— Bien, dit Roland, qui commençait à voir ce que valaient les gentilshommes de M. d'Annelet et ce que devait valoir M. d'Annelet lui-même, malgré ses prétentions et ses grandes phrases, mais pour ce qu'il voulait il ne pouvait pas, après tout, employer des hommes du monde.

Il ajouta donc d'un ton léger :

— Mais tout cela m'importe peu, après tout. Venons-en tout de suite, si vous le voulez bien, monsieur, à l'objet de votre visite.

« M. d'Annelet vous a dit ce que j'attendais de vous ?

— M. d'Annelet ne m'a rien dit que ceci : « Voici de l'argent. Vous allez vous acheter trois costumes complets, un pour vous habiller — c'est celui que j'ai sur un costume de voyage et un costume de chasse, car il se peut que vous soyez appelé à chasser. Vous êtes homme du monde, vous savez ce qu'il vous faut, et je m'en rapporte à votre goût... Pour le prix, vous n'avez pas à vous gêner. Cela me sera remboursé. Il vous faudra du linge, des chaussures et des cartes de visite.

« J'ai passé ma journée d'hier à me procurer tout cela, et me voici maintenant à vos ordres.

« Mais avant, il faut que je vous remette la note que m'a donnée M. d'Annelet, la note des dépenses déjà faites et de celles que j'aurai sans doute à faire, et il y a ajouté le montant des honoraires qu'il désire voir s'attribuer, et sur lesquels il me payera.

« Voici cette note sous enveloppe cachetée...

Et le vicomte remit à Roland une large enveloppe soigneusement scellée.

M. de Maubuée la prit, fit sauter les cachets, et jeta un coup d'œil sur cette addition qui lui sembla outrageusement enflée...

Mais il se contenta de faire cette observation :

— Vous avez des tailleurs bien chers, monsieur de Monistrol !

— Je n'avais pas une minute à perdre. Je les ai beaucoup pressés...

— Pour leur faire rendre beaucoup de jus...

Le vicomte eut un sourire.

— Ce n'est pas moi, monsieur, qui en profiterai, soyez-en sûr... Je joue auprès de M. d'Annelet le rôle de Raton avec Bertrand.

— C'est vous qui retirez les marrons ?

— Et c'est lui qui les croque...

— Ce sont vos affaires, dit Roland, qui avait hâte d'en finir. Arrivons au fait. Je désirerais vous voir partir dès demain... aujourd'hui même, si c'était possible.

— Je suis prêt à partir aujourd'hui.

— Je désirerais vous voir partir pour le château des Roches-Grises, en Bretagne.

— Quelle ligne ?

— Ligne de Brest.

— Bien...

« Faudra-t-il descendre au château même ?

— Non... vous descendrez à Lannion...

« Vous irez ensuite rôder aux environs du château.

« Vous tâcherez de faire connaissance avec quelqu'un qui vous présentera au duc de Faucigny, mon beau-père.

— Devrai-je me recommander de vous ?

— Non. Mon nom ne doit pas être prononcé.

« Ce serait peut-être le moyen de vous faire fermer les portes. Mais le duc est très accueillant. Et quand il saura que vous êtes gentilhomme — car vous n'aurez pas besoin de raconter votre histoire et de dire que vous n'êtes pas un vrai Monistrol — et quand il saura surtout que vous avez été présenté au comte de Chambord, pour lequel il avait un véritable culte, nul doute qu'il ne vous invite à venir le voir. Si vous êtes habile, vous pouvez facilement, dans ce pays où on ne voit personne, devenir un des familiers du château, et c'est là où je voudrais arriver...

— Bien, monsieur.

— Car je voudrais savoir si un homme, M. de Mauléon, que je soupçonne d'être reçu au château, y va réellement et a des entrevues, ouvertement ou en cachette, avec Mme de Maubuée.

Le vicomte eut un geste d'illumination subite.

— Je comprends. Monsieur voudrait les faire surprendre ?

— Je voudrais, dit Roland, savoir ce qui se passe.

« Vous me tiendrez jour par jour au courant.

« Après, je verrai ce qu'il me reste à faire.

« Je ne puis pas aller moi-même, pour des raisons que je n'ai pas à vous dire, au château des Roches-Grises, et je voudrais être renseigné sur ce qu'on y fait.

— Bien, monsieur.

— Vous avez compris ?

— Oui, monsieur.

— Vous voyez qu'il faut quelque habileté, de la discrétion... de la discrétion surtout.

— Monsieur n'aura pas à se plaindre de moi.

— Et si je suis satisfait, dit Roland, outre la gratification que j'aurai à payer à M. d'Annelet, je vous promets, pour vous, une gratification personnelle qui vous aidera à sortir de la position pénible où vous me paraissez être descendu.

« Quant à M. d'Annelet, vous pourrez lui dire qu'il fera encaisser quand il le voudra la somme qu'il me demande, puisqu'il me recommande de ne pas vous la donner à vous-même.

— Je ne voudrais pas m'en charger, du reste, dit le vicomte.

— Pourquoi donc ?

— Parce que les affaires d'argent, moi, ce n'est pas mon affaire.

— Et vous partirez ce soir ?

— Oui, monsieur. Je vais consulter l'indicateur, voir s'il y a un train.

— Et je pourrai avoir une lettre après-demain ?

— Oui, monsieur, je le pense.

— Vous ne m'écrirez pas ici.

— Bien, monsieur.

— Mais à l'adresse que je vais vous donner.

— Où il plaira à monsieur.

Roland prit dans son portefeuille une carte sur laquelle il griffonna une adresse, puis il la remit au vicomte de Monistrol, qui se retira en saluant jusqu'à terre.

— Bizarre personnage ! fit M. de Maubuée qui le regardait s'éloigner en pensant à la fois à lui et à son patron.

De son côté, l'envoyé de M. d'Annelet se disait en s'en allant :

— Drôle de mission !

« Le torchon brûle sans doute dans le ménage de M. de Maubuée.

« Et M. de Maubuée voudrait le divorce.

« Il y a dans son existence un M. de Mauléon qui paraît le troubler quelque peu...

« Ainsi, on a beau être jeune, être riche...

Et la garde qui veille aux barrières du Louvre
N'en défend pas les rois...

Sur cette réminiscence qui l'égayait et le consolait peut-être un peu de ses propres misères, le vicomte de Monistrol franchit allègrement la porte somptueuse de l'hôtel de Faucigny et s'éloigna dans l'avenue.

IV

Le château des Roches-Grises, où s'étaient réfugiées, pour fuir Roland de Maubuée, la duchesse de Faucigny et sa fille, que le duc avait accompagnées dans leur retraite, n'était pas ce qu'on appelle une propriété d'agrément. Venu au duc par suite d'un héritage, il était resté longtemps abandonné, et jamais M. de Faucigny, qui n'avait pas l'intention de l'habiter, n'y avait fait faire les réparations qui auraient été indispensables pour un séjour prolongé.

Sa situation au sommet d'une falaise, creusée à pic sur la mer, était des plus pittoresques et des plus sauvages, et l'aspect de ses murs massifs et sombres, la nuit, par un clair de lune, avait quelque chose de monstrueux et de farouche... L'isolement de cette demeure était complet. D'un côté, c'était la mer, la mer houleuse, hérissée de rochers, qui vient se briser sur cette côte bretonne féconde en naufrages ; de l'autre, la lande, la lande à perte de vue, la lande déserte, tapissée de bruyères, hérissée d'ajoncs, où les animaux eux-mêmes ne se hasardaient pas, car ils n'avaient rien à y brouter...

La falaise où se dressaient sept monstrueux rochers noirs, de même couleur que les murs du château, battus comme eux par les tempêtes, polis par les embruns, et qu'on voyait, dans les gros temps avec une crête d'écume au sommet, semblable à une cocarde blanche, la falaise se nommait la côte des Sept-Roches.

Reine n'y était venue qu'une fois pour quelques jours, — et c'est là qu'elle allait vivre — mais elle était heureuse d'y venir, malgré la solitude où elle s'enfermait, car sa mère lui avait dit :

— Ton mari ne nous y suivra pas.

Et sa félicité eût été complète, car elle n'aimait pas le monde et ne regrettait aucune de ses joies, si elle avait pu avoir l'espoir d'y voir Raymond de Mauléon.

Mais celui-ci, ainsi que les journaux l'avaient annoncé, venait de partir pour Marseille, où il allait organiser une nouvelle expédition, d'où peut-être cette fois il ne reviendrait pas.

Et elle ne pouvait s'empêcher de regretter ce qu'elle lui avait dit dans la suprême entrevue qu'ils avaient eue, car c'est elle qui, redoutant pour lui la vengeance de M. de Maubuée et pour elle-même sa propre faiblesse, l'avait engagé à s'éloigner.

A cette heure elle ne lui conseillerait pas de partir, quoi qu'il pût advenir, car elle sentait bien qu'il lui était désormais impossible de vivre sans lui.

Et jamais cette impossibilité ne lui était apparue aussi nettement que depuis qu'elle était perdue en la retraite lointaine des Sept-Roches.

Comme elle eût été heureuse si elle avait pu errer avec lui, loin de tout regard humain, dans cette lande où se mariaient si magnifiquement, dans ce commencement d'été, l'améthyste pâle des bruyères et l'or des ajoncs...

Un silence complet, troublé seulement par quelques cris de mouettes qui passaient, enveloppait toutes choses et mettait dans l'âme une paix infinie.

Les bruits de la mer eux-mêmes s'y éteignaient et, à certains moments, tant la solitude y était profonde et le calme solennel, on s'y serait cru au bout du monde.

Mais où était Raymond à cette heure ?

Parti déjà peut-être pour les pays farouches où la mort le guettait.

Songeait-il à elle ?

Reine n'en doutait pas, car elle savait combien elle était aimée.

Mais reviendrait-il et le reverrait-elle ?

Dieu seul aurait pu répondre à cette question.

Les jours s'écoulaient lents et mornes, sous un horizon où se confondaient, par les beaux jours, l'azur du ciel et celui de la mer, et où semblaient se mêler, par les jours de tempête, les vagues tumultueuses de la mer et des nuées, uniformément grises ou sombres.

Parfois la duchesse accompagnait sa fille dans ses promenades à travers les roches ou dans la lande, et le duc, son fusil sous le bras, parcourait la côte pour tuer des sarcelles ou des mouettes.

Pour motiver ce départ précipité de Paris, la duchesse lui avait dit :

— Il faut séparer pour quelque temps Reine de son mari, car Reine tomberait malade.

Et il les avait suivies sans d'autre explication.

Il avait pour sa fille une telle adoration qu'il en était venu à exécrer presque autant qu'elle celui qui la rendait malheureuse et dont la conduite avait si souvent excité son indignation.

Mais quand Mme de Faurigny était fatiguée ou ne semblait pas disposée à sortir, Reine s'en allait seule à travers les bruyères, rêvant à celui qui était toute sa vie.

Et un après-midi qu'elle s'en allait ainsi, disparaissant à demi entre deux haies d'ajoncs aussi hauts qu'elle et tout casqués d'or, elle entendit tout à coup... ou du moins il lui sembla entendre, car elle croyait bien rêver, une voix qui la cloua sur place immobile et presque sans vie.

Elle avait cru entendre la voix de Raymond.

Mais non .. elle s'était trompée.

Cette voix chantait toujours à son oreille.

Et c'était son cœur qui avait parlé.

Pourtant elle avait cru que c'était son nom qui avait été prononcé

Reine !

Elle n'osait plus avancer.

Elle n'osait pas même regarder autour d'elle de peur de faire taire la douce illusion... comme ces pollens de fleurs qu'un souffle emporte.

Elle était prête à défaillir et elle se sentait mourir, quand tout à coup un visage apparut au-dessus de la nuée d'or des ajoncs.

Elle jeta un cri éperdu.

Elle avait reconnu ce visage.

C'était celui de Raymond.

Lui... ici... près d'elle !

Raymond répéta :

— Reine !

Celle-ci ne croyait pas encore que ce fût vrai, que ce fût lui qui fût là.

Elle regardait le ciel, la terre, Raymond, se demandant si elle n'était pas le jouet d'un songe, d'un songe éblouissant et trompeur qui allait s'évanouir.

Et elle dit, comme pour se persuader elle-même.

— Toi, c'est toi !

— C'est moi, dit Raymond.

— Tu n'es pas parti ?

— Pouvais-je partir ?

« Pouvais-je partir et te savoir là ?

« Non, non, j'ai tout rompu.

« Je ne m'en vais pas, et je suis accouru.

« Je ne pourrai plus vivre où tu n'es pas.

« N'es-tu pas désormais toute ma joie, toute ma vie ?

— Mais, dit la pauvre Reine tristement, nous ne pouvons pas nous voir.

— Pourquoi ?

— Si cet homme apprenait que tu es venu dans le château.

« Il m'a tant défendu de te recevoir !

« Sache, mon ami, qu'il possède notre secret.

« Qu'il tient en ses mains l'honneur de ma mère.

« Et que mon père mourrait de douleur, s'il apprenait.

— Je ne pénétrerai pas au château, dit Raymond.

« Personne ne saura que je suis ici.

« J'y vais vivre caché, enfermé en mon amour.

« Je te verrai quand tu passeras de loin si je ne puis te voir de près, mais je te verrai, je saurai que tu es là.

« La nuit, j'irai regarder la lumière de ta fenêtre.

« Ce sera mon phare, mon étoile.

« Oh ! ne me renvoie pas !

De nouveau le jeune homme s'était précipité aux pieds de l'aimée.

Il tendait vers elle des mains adorantes.

Reine sentit tout son cœur se fendre.

— Te renvoyer, dit-elle, quand depuis que je suis ici tout mon cœur t'appelait !

— Tu m'appelais, s'écria Raymond, éperdu, tu m'aimes ?

— En peux-tu douter après ce qui s'est passé, après la preuve que je t'ai donnée de ma passion sans bornes ?

— Non, mon aimée, non, je ne doute pas.

« Tu m'aimes comme je t'aime moi-même.

« A l'infini, plus que notre vie.

« Ah ! si nous pouvions un jour être réunis !

Reine tendit la main.

— Relève-toi, ami, dit-elle.

« Je n'ai pas le courage de te faire des reproches.

« J'avais l'espoir que tu allais venir, et je t'attendais.

« Mais qu'allons-nous devenir ?

— Nous nous aimerons.

— Je ne veux pas que mon père sache que tu es là.

« Je ne veux pas le dire à ma mère.

— Je me cacherai, dit Raymond.

« Et je m'embusquerai sur les chemins où nul ne pourra me voir, pour te regarder passer.

« Quand tu pourras me parler, tu me parleras.
« Quand tu ne pourras pas m'adresser la parole, du fond de ma cachette obscure, je te contemplerai.
« Et cela me suffira.
« Je serai heureux...
« Heureux comme on ne peut pas l'être...
« Tu vois, ô mon aimée ! c'est le bonheur pour moi !
— Comme tu m'aimes ! soupira Reine, émue à mourir.
— Comme on ne peut pas l'imaginer et l'exprimer ! dit Raymond.
— Nous serions si heureux, dit la jeune femme, si nous étions libres !
Raymond eût un tressaillement profond.
— Veux-tu que je te délivre ?
— Et comment ?
— En tuant cet homme, ce misérable.
— Mais non, je t'ai dit que je ne voulais point de lutte entre vous.
— Crains-tu donc pour moi parce qu'il m'a blessé déjà ?
« J'ai pris des forces depuis.
« Et mon amour guidera ma main.
— Non, dit Reine, je ne crains pas pour toi.
— C'est pour lui, alors, que tu crains ?
— Pour lui !
Et l'accent avec lequel ce mot fut dit indiqua tout l'abîme de mépris creusé en le cœur de Reine par son mari.
Elle prononça :
— Je ne veux pas de sang.
« Je ne veux pas de mort.
« Pas de cadavre entre nous.
« Cela tuerait, peut-être, notre amour.
— Que faire alors ! dit Raymond.
— Attendre.
— Attendre quoi ?
— Que le ciel punisse lui-même cet homme.
— Ah ! fit Raymond avec un grand geste de découragement, si nous comptons sur le ciel !
— Tu ne crois pas au ciel ?
— Je ne crois pas que le ciel se mêle des amours de la terre.
— Et moi, dit Reine, avec une sorte d'exaltation mystique, j'y crois !
« J'y crois fermement.
« Nous avons été assez malheureux sans l'avoir mérité. L'heure de la joie va peut-être sonner pour nous.
Elle ajouta avec une expression de tendresse infinie.
— Et elle a sonné, mon Raymond, puisque je t'ai là, que je te vois, que tu m'aimes.
« Et que demain peut-être je te verrai encore et t'entendrai encore !
— Si rien ne nous sépare, dit Raymond.
— Et qui nous séparerait ?
— Cet homme, s'il venait.
— Cet homme ne viendra pas. Ma mère le lui a défendu.
— Qui sait quelle fantaisie peut le prendre, quel soupçon l'attirer par ici ? Ton père ne pourrait pas lui fermer sa porte.
— C'est ton mari.
— Oui, dit Reine amèrement, c'est mon mari, mon maître !
Et elle se tut.
Il lui semblait qu'un gouffre venait de s'ouvrir et d'engloutir tout d'un coup ses illusions et les rêves qu'elle faisait déjà.

V

L'Angélus égrena à ce moment ses notes lentes et argentines dans la paix du soir, et une mélancolie tombe avec la nuit sur la lande et la mer.
Reine se ressaisit.
Avec une inflexion de voix d'une tendresse infinie et en tendant à Raymond une main blanche et douce et qui était toute frémissante d'amour :
— Il faut nous séparer, dit-elle.
Raymond eût un tressaillement profond.
— Déjà ! murmura-t-il.
— La nuit vient, dit Reine. Ma mère s'inquiéterait. Mon père pourrait se mettre à ma recherche, et il ne faut pas que l'on te voie...
— Quand nous reverrons-nous ? demanda Raymond, qui ne pouvait se faire à l'idée de ne plus revoir celle qui depuis longtemps possédait toutes ses pensées.
— Ecoute, dit Reine en mettant sur l'épaule du jeune homme qui frémit de plaisir, sa main qui tremblait.
« Il y a devant le château, du côté de la mer...
Elle désignait l'endroit du regard et du doigt.
— Il y a un rocher qui domine l'horizon ; j'y viens souvent m'asseoir la nuit et rêver.
« La solitude est absolue.
« On n'y entend d'autre bruit que le clapotement des vagues qui se brisent au pied de la falaise et qui rendent le silence plus profond.
« Tu pourras y venir et tu m'y attendras.
« Quand il m'aura été possible de t'y rejoindre, je t'y rejoindrai.
« Quand tu ne m'auras pas vue à dix heures, tu t'en iras.
— J'y serai tous les jours, dit Raymond.
« Et tous les soirs je t'attendrai.
« Tous les soirs mon cœur t'appellera. Dieu seul sait avec quelles aspirations et quelles délices !
« Je ne suis donc pas maudit, puisqu'il y aura encore pour moi de telles heures de joie ! dit le jeune homme.
Il semblait transporté par le bonheur et comme transfiguré.
Il saisit d'un élan fou la main de Reine, y écrasa ses lèvres et s'enfuit en criant :
— A demain, à demain !
Et bientôt, il disparut à travers les massifs des ajoncs d'or que le crépuscule assombrissait.
Reine le suivit un instant du regard en murmurant :
— Comme il m'aime !
Puis, d'un pas lent, elle se dirigea vers le château.
La nuit était alors tout à fait venue.
Sa mère, un peu inquiète peut-être, l'attendait au haut du perron.
Elle dit :
— Comme tu viens tard ?
Et, remarquant l'étrange animation de sa fille, le rayonnement de ses yeux, elle demanda :
— Tu as rencontré quelqu'un ?
Reine, incapable de mensonge, inclina la tête.
Et la duchesse dit :
— M. de Mauléon ?
— Oui, ma mère.
— Oh ! fit tout de suite Mme de Faucigny, effrayée qu'on ne sache pas qu'il est ici !
— Non ! dit Reine, il ne se présentera pas au château. Tout le monde le croit à Marseille. Et personne ne le verra.
— Songe ce que pourrait nous coûter une imprudence dit la duchesse, si ton mari apprenait !
— Raymond est prévenu, dit Reine. Il prendra de grandes précautions.
— Il va donc rester ici ? Tu vas continuer à le voir !
— Il m'a dit qu'il ne pouvait pas vivre sans moi.
— Et toi ?
— Je pense comme lui, dit Reine en enfouissant dans le sein de sa mère sa tête charmante et déjà toute rougissante.
— Je t'ai déjà fait assez de mal, fit Mme de Faucigny pour que je m'offusque de te voir heureuse.
« Mais prends garde !
« Je vais trembler pour toi.
— Sois tranquille, mère, dit Reine.
Elle releva la tête et demanda :
— Mon père n'est pas rentré ?

— Pas encore... je l'attends comme je t'attendais toi-même.

Mais comme la duchesse prononçait ces paroles, on entendit un pas sur le gravier du jardin.

— Le voici, dit-elle.

Et le duc de Faucigny parut, son éternel fusil sur l'épaule.

Il avait à la main une mouette dont l'aile brisée pendait, et dont quelques gouttes de sang tachaient les plumes blanches.

— Comment pouvez-vous, mon ami, dit la duchesse, prise d'une grande pitié, tuer d'aussi charmantes bêtes ?

— Ce n'est pas moi qui l'ai tuée, dit M. de Faucigny. Je l'ai trouvée blessée au bord de la mer.

« Et je l'ai achevée pour mettre fin à ses souffrances.

— C'est affreux, la chasse ! dit Mme de Faucigny. Et je ne comprends pas que les hommes s'y livrent encore.

— Oh ! pour ce que je tue ! fit le duc en souriant.

— Oui, je sais, dit la duchesse, que vous n'êtes pas, vous, un chasseur féroce. Mais il y en a qui tuent pour tuer, comme celui, par exemple, qui a tiré sur la mouette que vous tenez à la main.

« Mais l'heure du dîner approche, dit Mme de Faucigny. Et la fraîcheur tombe. Rentrons !

Et tous les trois franchirent la porte du château.

C'est à partir de cette journée que Reine et Raymond goûtèrent des joies qui semblaient ne devoir appartenir qu'au ciel.

Presque tous les soirs, même quand la pluie tombait et que le vent soufflait, ils se retrouvaient à l'endroit convenu, et devant la majesté du ciel et de la mer, ils s'aimaient.

Quand le ciel était clair, tout criblé d'étoiles, ils avaient des rayons au-dessus et au-dessous d'eux, car la mer calme reflétait le scintillement frémissant des astres.

Ils étaient environnés de la clarté douce des nuits azurées et bercés par le murmure monotone des vagues tranquilles.

Si la tempête soufflait, au contraire, ils étaient environnés de tumulte et de bruit. Tout s'agitait autour d'eux.

La mer les inondait de son écume, le ciel de ses cataractes.

Mais ils ne s'éloignaient pas.

Ils se pressaient l'un contre l'autre, tout enveloppés d'orage, et leur amour semblait grandir encore dans le désordre des éléments.

L'été se passa ainsi dans d'inoubliables extases, et la présence de Raymond de Mauléon dans le pays ne fut pas soupçonnée par le duc de Faucigny.

Mais, ainsi que le paratonnerre attire la foudre, il semblerait que le bonheur appelle les catastrophes.

Septembre était venu.

Le duc passait maintenant ses journées à la chasse, qui venait d'ouvrir.

Il ne se contentait plus de tirer les oiseaux de mer au bord de l'eau, il s'enfonçait dans les terres pour tâcher de découvrir quelque perdrix ou quelque lièvre. Mais c'étaient des lapins surtout qu'il tirait.

S'il faut dire la vérité, il s'ennuyait et commençait à se demander pourquoi on ne rentrait pas à Paris.

Mais la duchesse affirmait que Reine était souffrante, qu'il lui fallait encore l'air de la campagne et de la mer.

En effet, depuis quelque temps, la jeune femme avait de temps en temps de légères indispositions, et sa pâleur semblait s'accentuer.

Une frayeur avait saisi la duchesse, qui interrogea sa fille, et bientôt ni l'une ni l'autre ne purent douter du nouveau malheur qui fondait sur elles, — car la même fatalité semblait peser sur la tête de la mère et de la fille et les rendre solidaires l'une de l'autre.

Reine était enceinte !

— Oh ! non, s'écria la duchesse, ce n'est pas le moment de rentrer à Paris.

« Il faudrait, au contraire, éloigner le duc et tâcher de rester seules.

Les deux femmes, impressionnées et nerveuses, se serraient avec angoisse l'une contre l'autre comme pour faire tête au malheur.

Hélas ! le malheur était plus près d'elles qu'elles ne le pouvaient supposer.

Sur ces entrefaites, et comme Mme de Faucigny, de concert avec sa fille, cherchait un prétexte pour éloigner le duc, celui-ci revint le soir de la chasse en compagnie d'un homme d'un âge indéfini, ayant un visage glabre... où se voyait plus d'une flétrissure du vice ou de la vieillesse, mais d'aspect assez distingué, qu'il présenta à sa femme et à sa fille sous le nom de vicomte de Monistrol.

Il ajouta :

— J'ai fait la rencontre de monsieur à la chasse.

« Monsieur m'a rendu quelques petits services.

« Et j'ai connu autrefois, à Paris, le comte de Monistrol.

« Nous ne sommes donc pas tout à fait des étrangers l'un pour l'autre, monsieur et moi.

« Je ne croyais pas cependant que le comte eût un fils aussi âgé...

— Je suis l'enfant d'un premier lit, dit l'espion de M. de Maubuée.

« Je n'ai été reconnu que plus tard, quelques jours seulement avant la mort de mon père.

« Et comme M. de Monistrol n'avait pas d'autre enfant...

— Vous avez hérité du titre.

— Et des biens, dit l'aventurier.

— Il était riche, je crois, de Monistrol ?

— Au moment de sa mort sa fortune était bien diminuée.

— Oui, dit le duc, je m'en souviens, il menait un peu la vie à grandes guides.

Cette conversation commençait à ennuyer le prétendu de Monistrol, qui n'avait sur celui qu'il disait son père que des données vagues.

Il craignait des questions plus précises et se disposa à prendre congé.

Son œil, glacé et froid comme les yeux du basilic, n'avait pas cessé de fixer Mme de Maubuée, qui, plusieurs fois, gênée, avait détourné le regard.

Et quand l'homme fut parti, après s'être confondu en salutations, elle dit à sa mère, en se rappelant la pénible impression que lui avait causée ce regard :

— C'est peut-être le malheur qui vient d'entrer chez nous, maman.

— Avec cet homme ? fit la duchesse surprise. Et pourquoi donc ? Que penses-tu ?

— Je ne sais pas... C'est une impression que j'ai comme cela.

« N'avez-vous pas remarqué, ma mère, avec quel insistance il me fixait ?

« C'est peut-être fou, et cet homme ne sait rien, sans doute, de nos histoires, mais ses yeux m'ont glacée.

— Tu lui plaisais, sans doute.

« Que peux-tu craindre de cet homme que tu n'as jamais vu, et que, sans doute, nous ne reverrons plus ?

— Je ne sais pas, ma mère, dit Reine comme frappée à mort. J'ai peur !

Elle devint si pâle que sa mère eut peur qu'elle ne s'évanouît et se précipita pour la recevoir dans ses bras.

Mais Reine ne tomba pas.

Elle se raidit.

Et elle sourit à sa mère en disant :

— C'est vrai, maman, je suis folle. Je n'ai jamais été aussi impressionnable.

« C'est mon état sans doute.

Son état !...

Oui, c'était là surtout ce qui terrifiait la duchesse.

Voilà, pensait-elle, le danger, le vrai, celui qu'elle ne savait comment conjurer !

VI

« Je suis enfin parvenu à entrer dans la place, écrivait, le lendemain de cette présentation, le vicomte de Monistrol à Roland de Maubuée. Ce n'a pas été sans peine. Il me paraît un peu *ours*, votre duc de Faucigny.

« Pendant plusieurs jours, j'ai fait sans succès le pied de grue autour du château. Mais, je n'ai pas cependant perdu mon temps.

« J'ai profité de ce répit pour prendre des renseignements, et je sais pertinemment qu'on n'a reçu personne au château de Faucigny, pas plus M. de Mauléon que qui ce soit, du moins ostensiblement, mais je ne puis pas répondre que Mme de Maubuée n'ait pas eu dans la campagne, ou chez elle, la nuit, des entrevues secrètes.

« C'est à cela que vont tendre maintenant tous mes soins et toute mon intelligence.

« C'est le hasard qui m'a fait faire connaissance avec le duc de Faucigny... Je l'avais rencontré plusieurs fois partant pour la chasse et en revenant, et je l'avais salué le plus gracieusement possible.

« Il m'avait répondu, mais très froidement, et hier j'ai eu l'occasion de lui rendre un petit service. Il n'avait pas de feu pour allumer son cigare.

« Je lui en ai offert, et nous avons causé. J'ai pu lui dire qui j'étais. Et il s'est trouvé qu'il avait connu mon père, le comte de Monistrol.

« Il m'a invité à l'accompagner jusqu'au château, et il m'a présenté à la duchesse et à Mme de Maubuée.

« J'ai trouvé Mme de Maubuée bien belle, quoique très pâle, et Mme la duchesse très distinguée.

« Elles m'ont regardé, je dois le dire, d'un air plutôt indifférent ; mais j'espère, à force d'amabilités et de prévenances...

— Imbécile ! fit Roland de Maubuée.

Et il cessa de lire la lettre.

— Va-t-il s'aviser, ajouta-t-il, de devenir amoureux de ma femme ? Ce n'est pas pour cela que je l'ai envoyé là-bas.

Et il resta furieux contre son agent jusqu'à ce qu'il eût reçu de lui une deuxième lettre, ainsi conçu :

— Cette fois, s'écriait le vicomte, j'ai découvert le pot aux roses.

« On ne reçoit personne au château de Faucigny, mais presque tous les soirs, quand tout le monde dort au château, Mme de Maubuée — c'est bien elle, je ne me suis pas trompé, je la connais assez pour ne pas commettre d'erreur, et je l'ai fort bien vue — Mme de Maubuée sort du château avec précaution et va, sur la falaise, au bord de la mer, rejoindre quelqu'un. »

— Tonnerre ! fit Roland, et il eut un geste si brusque qu'il laissa tomber la lettre.

Puis il cria :

— C'est lui !

« Ils se voient la nuit.

« C'est son amant !

Pendant quelques minutes, il marcha de long en large, ainsi qu'une bête en cage, ayant peine à dominer l'accès de fureur qui s'était emparé de lui.

Il trépignait.

Ses yeux lançaient des éclairs...

Et il cria :

— Je me vengerai.

« Je tuerai cet homme !

« Je les tuerai tous les deux !

Ensuite il se baissa pour ramasser sa lettre, et il poursuivit sa lecture, la face envahie d'une pâleur, à demi fou de jalousie et de rage.

— Elle se refuse à moi, disait-il encore.

« Et elle est à un autre.

« Et c'est ma femme !

« J'ai tous les droits

« Insensé que j'ai été ! »

Il reprenait, à travers la chambre, sa marche saccadée, martelant de son pied fiévreux les épais tapis de Smyrne.

« ... Je ne sais pas, continuait le vicomte de Monistrol, si l'homme que Mme de Maubuée va retrouver est M. de Mauléon.

« Je ne connais pas M. de Mauléon.

« Et je ne l'ai pas vu...

« Tout ce que je sais, c'est qu'il m'a paru jeune, distingué, élégant...

— C'est lui ! répéta encore Roland de Maubuée, dont la fureur parut centuplée.

Il continua à lire :

« ... Mais j'ai surpris deux fois leurs rendez-vous.

— Deux fois ! répéta Roland.

« ... Je n'ai pas voulu écrire avant d'être sûr.

» Que dois-je faire, maintenant ?...

Pour toute réponse, Roland griffonna cette dépêche :

« Rien. Je pars... Attendez-moi au train. »

Puis il sonna un domestique, et il donna cet ordre :

— Ceci au télégraphe tout de suite.

— Bien, monsieur.

— Envoyez quelqu'un et revenez préparer ma valise. Il me faudra du linge pour plusieurs jours.

« Vous me sortirez un costume de voyage.

— Bien, monsieur.

— Et vite.

— Oui, monsieur.

Le domestique s'élança hors de la chambre.

Une demi-heure après, Roland était habillé et prêt à partir.

Il regarda un indicateur de chemin de fer, vit qu'il y avait des trains pour Lannion, le soir, vers huit heures.

Il ne pouvait partir que le soir.

Il eut le temps de se calmer un peu et de réfléchir.

Qu'allait-il faire ?

Pour lui, ce n'était plus douteux.

C'était M. de Mauléon que sa femme allait retrouver la nuit sur la falaise.

M. de Mauléon était l'amant de Reine, peut-être depuis longtemps.

Comme ils devaient rire de lui, de sa naïveté, de sa jobardise !

Car enfin il aimait sa femme, il la désirait, il la respectait... Il n'avait pas osé encore, fût-ce par violence, user sur elle de ses droits.

Parce qu'il avait aimé la mère, il avait peur, pour ainsi dire, de la fille.

Il se sentait glacé par le mépris qu'elle lui témoignait.

Il se laissait dominer par ses grands airs.

Et pendant ce temps, elle donnait des rendez-vous à un autre, la nuit.

C'était fou !..

Comme ils devaient rire !

Et c'est cette pensée surtout que sa femme et son rival se moquaient de lui qui portait à son comble son exaspération.

Il rêvait meurtre et assassinat.

S'être laissé jouer ainsi !

Et il était maître de la situation !

Il était possesseur d'un secret qui pouvait perdre la mère et la fille.

Il n'avait qu'à menacer de tout révéler pour les faire rentrer sous terre, dans la crainte qu'elles avaient de causer le désespoir du duc.

Et il ne l'avait pas fait !

Il avait, obéissant à il ne savait quel point d'honneur imbécile... accepté philosophiquement le sort qu'on lui faisait de mari sans femme... un sort ridicule, et ridicule surtout maintenant qu'il apprenait que cette femme, qu'il n'avait pas osé soumettre à ses volontés, avait un amant !...

Mais c'en était trop.

Il allait prendre sa revanche...

Une terrible, une épouvantable revanche...

Et il avait hâte de partir, d'être là-bas, de reprocher à sa femme son indignité et, profitant de sa surprise de l'obliger enfin à s'humilier et à réclamer son pardon.

Ce pardon il l'accorderait, mais à une condition, à condition qu'on l'aimerait enfin, ou que du moins on ferait semblant de l'aimer.

Il arriva à Lannion dans la matinée, une matinée claire, tout ensoleillée, semblant faite pour la joie.

Une légère buée bleue montait de terre, se répandait dans les champs, dont les herbes, tout humides de rosée, scintillaient comme si elles avaient été ourlées de perles et de pierreries.

Roland de Maubuée avait regardé d'un air indifférent toutes ces splendeurs de la campagne ou ce commencement d'automne où l'on se trouvait.

Son esprit se tendait tout entier vers la pensée, qui, seule, le préoccupait.

Ce soir, il allait surprendre sa femme.

Ce soir, il allait se venger, parler enfin en maître, imposer sa volonté ! et il frémissait dans toute sa chair en pensant quelle serait sa victoire, et que bientôt il tiendrait dans ses bras sa femme vaincue, pantelante, toute blême de terreur, et que depuis si longtemps il désirait avec une si sauvage ardeur !

Le vicomte de Monistrol était sur le quai de la gare qui l'attendait.

Dès qu'il l'aperçut, il courut à lui.

Roland lui saisit le bras avec une violence qui le fit crier.

Et, le regardant au fond des yeux.

— C'est bien vrai, fit-il, vous ne m'avez pas menti ?

— Oh ! monsieur !...

— Nous allons partir pour là-bas tout de suite. Vous les avez revus ?

— Hier soir encore.

— Oh ! les misérables !

— Mais ils ne se sont pas attardés longtemps.

« Il m'a semblé que Mme de Maubuée était un peu souffrante.

« Elle avait l'air de se traîner difficilement.

— Et lui ? demanda Roland avec une sorte de hurlement.

— Il la soutenait de son mieux.

— Il la soutenait ?...

— Et cette fois je l'ai bien vu.

« Les cheveux bruns, la moustache noire.

— Ah ! fit Roland. C'est lui, c'est bien lui !

« Je ne puis pas m'y tromper.

— Je ne l'ai jamais vu dans le pays le jour, dit le vicomte.

— Il se cache, fit Roland.

« Il ne sort que la nuit.

« Et depuis longtemps, peut-être, il est là, il la voit...

« Partons ! partons !

Il entraînait le vicomte, un peu ahuri, hors du quai, hors de la gare.

Quand celui-ci put enfin parler, il dit :

— Il serait plus sage peut-être de ne pas partir tout de suite, de rester pendant la journée à Lannion.

— Pourquoi ?

— Parce que si votre présence était signalée, peut-être ne sortiraient-ils pas ce soir. Et peut-être ne pourrions-nous pas les surprendre.

« Car vous voulez les surprendre, si j'ai bien compris votre dépêche ?

— Si je veux les surprendre ! fit Roland.

— Alors, il faut agir avec précaution.

« C'est pour un divorce ? Vous voulez faire constater ?

Roland regarda l'homme d'un air singulier.

Il ne semblait pas comprendre ce qu'il voulait dire.

Il répéta :

— Un divorce ?

— En ce cas, poursuivit M. de Monistrol, il faudrait prévenir le commissaire.

— Le commissaire ? Non, non, fit Roland, je veux être seul, tout seul.

« Je saurai me venger tout seul. Vous m'indiquerez seulement l'endroit.

— Je vous conduirai, dit le vicomte.

— Allons, fit Roland en entraînant l'espion. Je voudrais déjà être à ce soir.

« Il me semble que ce soir ne viendra jamais !

Et ils cherchèrent dans Lannion un hôtel pour passer la journée.

VII

Souvent c'est en croyant aller vers le bonheur qu'on fait du côté du malheur le pas décisif.

Ce soir-là, dix heures venaient de sonner à l'horloge du château, quand Reine, voyant tout le monde endormi et toutes les lumières éteintes, franchit, avec les précautions habituelles, la petite porte basse donnant du côté de la mer. Cette porte en bois plein était fermée seulement par un verrou que Reine tirait de l'intérieur, et pour pouvoir rentrer elle laissait la porte ouverte.

Il faisait une soirée superbe... Des milliers d'étoiles scintillaient dans un azur clair, et la lune moirait d'argent toute la mer, dont les petites vaguelettes ressemblaient à un ruissellement de diamants.

Le calme était si profond que les cris des grillons tapis dans les bruyères, la note mélancolique du crapaud dans les ajoncs, et le battement léger de la mer au bas de la falaise, qui ressemblait à un froissement de soie, prenaient l'apparence, agrandis, pour ainsi dire, par le silence ambiant, de formidables bruits.

Reine s'avançait lentement, d'un pas qui chancelait presque, vers l'extrémité de la falaise, à l'endroit où d'ordinaire elle rencontrait M. de Mauléon.

Elle paraissait souffrante...

Et pendant toute la journée, en effet, elle s'était traînée, affaiblie par les petites indispositions inhérentes à son état, mais elle n'avait pas voulu manquer de parole à Raymond. Elle savait qu'il l'attendait. Et elle, n'aspirait-elle pas autant que lui à le voir ?

Mais, ce soir-là, elle n'allait pas vers lui avec la joie habituelle. Son esprit, sans qu'elle devinât pourquoi, était plein de funestes pressentiments.

Comme elle tournait le mur du jardin entourant le château, il lui sembla entendre à côté d'elle un froissement léger.

Elle tressaillit, mais elle se rassura bien vite.

C'était sans doute quelque oiseau, tapi dans les mousses ou les touffes de fougères, qui s'était levé, comme cela était arrivé souvent sur son passage.

Elle trouva comme à l'habitude, Raymond derrière la roche, qui l'attendait.

Devant eux s'étendait l'immensité lumineuse de la mer. Elle tomba dans les bras de l'aimé, mais elle se dégagea bien vite en disant :
géa bien vite en disant :

— Je ne resterai pas longtemps, ce soir.

— Pourquoi ? fit Raymond, déjà tout désolé.

— Je n'ai pas été bien aujourd'hui, et puis, j'ai peur.

— Peur ? et de quoi ?

— Je ne sais pas. Il me semble qu'un malheur nous menace. J'ai cru entendre un bruit en venant.

« Si on nous épiait ?

— Et qui ?

— Quelqu'un du pays, par méchanceté, qui préviendrait mon père.

— Tu n'as pas d'ennemis ici, ma Reine, dit l'amoureux Raymond. Et peux-tu en avoir quelque part ?

— Ou cet homme qui me ferait surveiller.

— Ton mari ?...

— Oui.

Raymond allait répondre...

Mais Reine, qui avait à ce moment les yeux sur la lande, lui saisit le bras violemment et dit à voix basse...

— Cache-toi !

Raymond disparut derrière le roc.

Et, levant sur Reine des yeux inquiets...

— Qu'y a-t-il ?

— J'ai vu quelqu'un...
— Où cela ?
— Dans la lande, une ombre qui se dressait.
— C'est quelque pêcheur.
— Non... non...
— Que crois-tu donc ?
— Je ne sais pas.
Ils étaient immobilisés par l'angoisse, retenant leur souffle. Et Reine restait les yeux fixés sur la lande, regardant toujours.
— Tu ne vois plus rien ? demanda Raymond, après un moment qui parut un siècle, tant leur angoisse à tous les deux était vive.
— Non, répondit-elle.
Elle ajouta :
— Mais j'ai vu quelqu'un, j'en suis sûre.
— Un homme du pays ?
— Non, non, il n'était pas mis comme les hommes du pays.
— C'est quelque promeneur venu de Paris.
Reine, qui continuait à regarder, eut un tressaillement plus profond que les autres. Sa main entra comme une griffe dans l'épaule de Raymond.
Et elle dit :
— Silence !
— Quoi ?
— C'est lui !...
— Qui, lui ?
— Mon mari !
— Ton mari ?
— Ah ! va-t'en, cache-toi ! ajouta Reine, il vient ici.
— Ce n'est pas pour moi, dit Raymond, que je m'en irai.
— Que ce soit pour moi, fit Reine, encore indécise... qu'il ne te voie pas !... Il pourrait arriver les plus grands malheurs.
— Ce n'est pas moi, dit Raymond, qui te perdrai...
« Et quand je devrais disparaître dans l'abîme...
Avant que Reine eût pu faire un mouvement il s'était glissé vers l'extrémité de la falaise et disparaissait dans le trou béant.
Reine, éperdue, allait crier, se précipiter.
Mais, à ce moment, elle vit son mari devant elle.
— Qui était avec vous, madame ? demanda Roland de Maubuée.
Et sans attendre la réponse de la pauvre Reine, plus morte que vive, il se pencha sur la crête de la falaise, où Raymond avait disparu. Mais il ne vit personne.
Raymond, qui avait pu saisir les racines d'un arbuste et s'y tenait suspendu, crispé, au-dessus des flots mouvants, Raymond était caché dans l'anfractuosité d'un rocher. Reine, pendant ce temps, s'était ressaisie un peu.
Elle dit à Roland :
— Qu'êtes-vous venu faire ici ?
« Pourquoi me surveillez-vous ?
« N'ai-je pas le droit de me promener le soir ?
— Seule, mais pas avec votre amant.
— Mon amant ?
— Je sais que M. de Mauléon est ici, que vous vous rencontrez avec lui presque chaque soir, et s'il n'est pas venu c'est que vous l'attendiez.
— Vous me faites donc espionner ? demanda Reine.
« Et de quel droit ?
— Ne suis-je pas votre mari ?
— Vous savez bien que non.
— Et c'est ce dont je me plains.
« Vous me refusez à moi ce que vous accordez à un autre.
« Et c'est ce que je ne veux pas.
« Ce que je ne souffrirai pas.
— Osez-vous, fit Reine, en proie à la plus violente indignation, venir me parler ainsi après ce que je sais !
— Vous portez mon nom, fit Roland.
« J'ai le droit de veiller sur mon honneur.
— Votre honneur ! s'écria Reine.
« C'est autrefois qu'il fallait y veiller.
« Vous n'auriez pas été contraint à subir des conditions devant lesquelles un gentilhomme eût dû reculer.

« Mais je vous ai dit déjà ce que je pensais à ce sujet :
« Souffrez que je me retire.
— Pas avant que nous ayons vu M. de Mauléon.
— Mauléon ne viendra pas.
— Parce qu'il est venu déjà.
— Parce qu'il s'est enfui.
Comme Roland de Maubuée achevait ces paroles, un craquement se fit entendre sous la falaise.
Reine jeta un cri.
Et d'instinct elle se précipita comme pour porter secours à celui qu'elle croyait en danger.
Mais Roland se mit devant elle.
— Vous voyez bien, cria-t-il, qu'il est venu, qu'il est là !
Le bruit effrayant de la chute d'un corps l'interrompit
Et Reine, échappant aux mains de son mari, courut vers l'abîme.
Mais Roland la saisit à temps, la rejeta en arrière
Et Reine roula à terre, inanimée, aussi raide et aussi blanche qu'une morte.
— Ah ! fit Roland, avec un geste de désespoir, je l'ai tuée !
Puis il appela M. de Monistrol, qui se tenait près de là.
Celui-ci accourut.
Et quand il vit Reine, immobile, inanimée, il demanda :
— Que s'est-il passé ?
« Vous l'avez tuée ?
— Il faudrait, dit Roland, un médecin tout de suite
« Je ne veux pas être vu ici.
« Courez au château.
« Vous sonnerez. Vous réveillerez tout le monde.
« Et, comme on vous connaît, vous direz que vous avez trouvé Mme de Maubuée malade sur la route.
« Quand je verrai venir quelqu'un je disparaîtrai.
« Allez, allez vite !
Le vicomte se précipita vers le château.
Roland, resté seul avec Reine inanimée, la regarda.
Il la contemplait avec des yeux qui étincelaient, de jalousie, de haine et d'amour !
Elle était sienne, et si loin de lui !
S'il la saisissait dans ses bras, il n'aurait jamais d'elle, même si elle revenait à la vie, que son cadavre.
Son cœur, ses pensées étaient à un autre.
Mais il était bien vengé.
Cet autre, à cette heure, disparu dans les abîmes sans fond de la mer, ne reparaîtrait plus.
Il en était délivré.
Mais sa mort n'allait-elle pas creuser encore l'abîme de mépris et de ressentiment qui le séparait de Reine et qu'il n'avait plus désormais l'espoir de franchir jamais ?
Il resta longtemps livré à ses pensées, penché sur Reine, à qui il ne songeait même pas à donner des soins.
Il fallut le bruit de gens accourus en tumulte, sans doute les gens du château, avertis par M. de Monistrol, pour l'arracher à sa torpeur hébétée.
Quand il les vit approcher, il s'éloigna précipitamment et disparut comme s'il était poursuivi par mille furies.

VIII

Précédés du vicomte de Monistrol, le duc et la duchesse de Faucigny accouraient, à demi habillés, suivis de plusieurs domestiques, réveillés comme eux en sursaut.
Et tout en les conduisant à l'endroit où il prétendait avoir trouvé Mme de Maubuée évanouie, M. de Monistrol expliquait :
— Je me promenais au bord de la mer quand tout à

coup, j'ai aperçu devant moi une forme blanche, dans laquelle je reconnus bientôt une femme.

« Je m'approchai davantage.

« Et quelle ne furent pas ma stupeur, mon effroi même !

« Cette femme était Mme de Maubuée, à qui j'avais eu l'honneur d'être présenté.

« Je me trouvai assez embarrassé.

« Je crus d'abord qu'elle était morte, mais m'étant assuré qu'il n'en était rien, je me précipitai vers le château pour demander du secours. »

A ce moment on était arrivé près de la roche au pied de laquelle Reine était étendue, et bientôt elle apparut comme une grande tache blanche sous la clarté paisible de la lune.

La duchesse ne fit qu'un bond, ne poussa qu'un cri.

Et déjà elle était près de sa fille, qu'elle souleva de ses bras qui tremblaient, en sanglotant :

— Ma fille, ma fille chérie, que t'est-il arrivé ? Pourquoi es-tu sortie à cette heure, toi qui toute la journée avais été souffrante ?

Madame de Faucigny savait bien pourquoi Reine avait quitté le château et qui elle venait rejoindre à l'extrémité des Sept-Roches, mais elle ignorait pourquoi elle était évanouie, pourquoi Raymond de Mauléon n'était plus auprès d'elle.

Et elle parlait, comme nous l'avons dit, pour chasser de l'esprit de son mari et de la pensée des domestiques qui l'écoutaient tout soupçon que Mme de Maubuée fût sortie pour un rendez-vous d'amour.

Tout en parlant, sa main, anxieusement, fouillait la poitrine de sa malheureuse enfant pour voir si Reine vivait encore.

Le duc s'approcha, tout blême d'angoisse.

— Est-ce qu'elle serait morte ? interrogea-t-il d'une voix déchirante et qui s'éteignit dans un sanglot.

— Non, mon ami, répondit la duchesse.

« Je sens le cœur qui bat.

Le duc respira.

Profitant de l'émotion qui s'était emparée du duc, de la duchesse et des domestiques à la vue de Reine sans mouvement, M. de Monistrol s'était discrètement esquivé, redoutant sans doute qu'on lui posât quelque embarrassante question.

Il alla rejoindre M. de Maubuée, qui l'attendait à quelque distance.

— Eh bien ? fit celui-ci.

— Tout le monde est là : le duc, la duchesse, — des domestiques.

— Elle est toujours évanouie ?

— Toujours.

— Rentrons à Perros, dit Roland. Nous observerons là ce qui se passera.

Et il s'en alla, suivi de son complice, à travers l'étendue de la lande silencieuse et déserte.

Il avait plus d'une préoccupation, le beau Roland.

Sa femme, allait-elle mourir de son émotion ou tomber sérieusement malade ?

Cela était possible.

M. de Mauléon s'était-il tué dans sa chute ?

Voilà ce que M. de Maubuée surtout voulait savoir, et c'est pour cela qu'il tenait à ne pas s'éloigner.

Il marcha rapidement du côté de Perros.

Reine, avec sa mère et son père autour d'elle, resta, malgré les soins qui lui furent prodigués, car les domestiques avaient apporté des sels, plus d'une heure encore sans connaissance.

Quand elle rouvrit les yeux sous les baisers de sa mère, qui cherchait à lui insuffler la vie, et qui, à demi morte d'anxiété, ne cessait de répéter, en la prenant dans ses bras :

— C'est moi, ma fille !

« Réponds-moi. Regarde-moi. Je suis ta mère ! »

Et qui s'éperdait en voyant sa malheureuse enfant rester malgré tout immobile et muette.

Quand Reine, ranimée sans doute par ces caresses, ouvrit les yeux, elle promena d'abord autour d'elle un regard empreint du plus profond étonnement.

Où était-elle ?

Et pourquoi l'entourait-on ainsi, comme si un malheur s'était passé ?

Elle vit au-dessus d'elle le ciel tout scintillant d'étoiles, autour d'elle l'immensité de la mer, d'un côté, de l'autre celle de la lande.

Elle reconnut, penchés sur elle, sa mère, son père, [illegible] domestiques de la maison.

Une lueur soudaine se fit en son cerveau.

Et de nouveau retentit à ses oreilles le bruit de la chute horrible qui l'avait fait s'évanouir.

Elle comprit tout.

Et un gémissement sourd sortit de sa poitrine oppressée.

— Ah ! mon Dieu !

Et elle voulut se lever pour courir vers la falaise, mais elle était si faible encore qu'elle retomba.

Sa mère la reçut dans ses bras en murmurant :

— Tu souffres, ma chérie ?

— Ce n'est pas le corps, dit Reine.

« Si tu savais ! »

Elle allait parler sans doute, dire l'accident horrible dont le souvenir faisait saigner toute sa chair, mais à ce moment elle vit, fixés sur elle, les yeux de son père, [illegible] son père qui ne devait rien savoir... et des domestiques à qui il fallait aussi cacher le secret.

Et tout bas à l'oreille de sa mère :

— Plus tard, je te dirai... à toi... à toi seule !

La duchesse prit un des bras de sa fille, la souleva et demanda :

— Pourras-tu marcher ?

— Oui, fit Reine.

Son père la soutint sous l'autre bras.

Et le pitoyable groupe se mit en marche vers le château, lentement, d'un pas chancelant — entouré des domestiques tout émus, et qui restaient silencieux, tout intrigués par cette catastrophe à laquelle ils ne comprenaient rien.

Quand Reine eut été transportée dans sa chambre et placée sur son lit toute habillée, Mme de Faucigny, qui lisait dans les yeux de sa fille son désir d'être seule avec elle, éloigna tout le monde et pria le duc de les laisser.

— Elle n'est pas en danger ? demanda M. de Faucigny, dont l'inquiétude n'était pas encore dissipée.

— Non, mon ami.

« Mais elle a besoin de repos.

« Je vais l'aider à se déshabiller et à se coucher.

« Demain, sans doute, il n'y paraîtra plus rien. »

La duchesse essayait par son calme de cacher au duc l'anxiété qui la dévorait. Elle était impatiente d'être enfin seule avec sa fille et de pouvoir apprendre d'elle ce qui s'était passé.

Docilement M. de Faucigny s'éloigna, après avoir déposé sur le front pâle de Reine un baiser où il mit toute sa tendresse.

Dès que Reine se vit seule avec sa mère, elle se jeta dans ses bras en sanglotant, en prononçant des mots confus.

— Ah ! ma mère... ma mère !

— Qu'y a-t-il ? interrogea Mme de Faucigny, prise d'un véritable effroi en présence d'un pareil désespoir.

Et Reine laissa enfin échapper, au milieu de ses larmes, le secret dont son cœur étouffait.

— Raymond est mort.

La duchesse se dressa, livide.

— Raymond ?

— Oui, ma mère.

— Mais comment ?

— Une chose horrible. Mon mari...

— M. de Maubuée ?

— M. de Maubuée nous a surpris.

— Il est donc ici ?

— Il était là ce soir.

La duchesse, en proie à un affolement, fixait sa fille avec des yeux pleins d'égarement.

Elle se demandait si c'était bien vrai ce qu'elle entendait. Si sa fille n'avait pas perdu la raison, et si elle-même comprenait bien ce qu'elle disait.

Elle semblait en proie à un horrible cauchemar.

... répéta :

— Raymond, ton mari...

— Voyons, explique-toi, car je ne comprends rien.

— Voici, ma mère, dit Reine, essayant de mettre un peu d'ordre en ses explications. J'étais sortie, comme je le faisais souvent, tu le sais, pour rejoindre Raymond, qui m'attendait derrière la roche où vous m'avez ramassée.

« Nous étions ensemble depuis quelques minutes quand j'aperçus M. de Maubuée, debout dans la lande.

— M. de Maubuée ! murmura Mme de Faucigny.

— Il nous espionnait, poursuivit Reine. Il savait que je venais là presque chaque soir.

« J'eus peur pour Raymond.

« J'eus peur pour mon père, car pour moi...

« Mais Raymond, pour ne pas me perdre, avait déjà rampé vers la falaise et je l'avais vu disparaître dans le gouffre.

« Comment se maintint-il au-dessus ? Dieu seul le sait sans doute... Et je savais, moi, qu'il risquait sa vie, que c'était une question de minutes, de secondes peut-être.

« Juge dans quel état je devais être... dans quel état j'étais !...

— Ma pauvre enfant !... murmura la duchesse en prenant dans ses bras la tête de sa fille pour la consoler...

— Cependant, poursuivit Reine, M. de Maubuée m'avait rejoint...

« Il se doutait, il savait plutôt que je n'étais pas seule.

« On l'avait prévenu, car il était, ma mère, admirablement renseigné.

— Par qui ? demanda Mme de Faucigny.

— Je ne sais pas, dit Reine, j'ai toujours soupçonné cet homme, que mon père nous a présenté.

— M. de Monistrol ?

« C'est lui, en effet, qui est venu nous prévenir qu'il t'avait trouvée évanouie.

— Vous voyez bien, ma mère... Il était là. C'était son espion.

— Il a disparu ensuite, fit Mme de Faucigny, qui se rappela l'espèce de fuite du misérable, il a disparu d'une façon bien vive... Je m'en souviens maintenant... Mais qu'importe ! Continue, mon enfant.

« Pourquoi Raymond est-il mort ?

« M. de Maubuée l'a donc aperçu ?... M. de Maubuée l'a donc tué ?

— Non, ma mère, mais pendant que je répondais de mon mieux aux accusations de mon mari, nous avons entendu tout à coup un bruit horrible... de chute.

« C'était Raymond qui dégringolait dans le gouffre.

« M. de Maubuée ne s'y est pas trompé.

« Je ne m'y suis pas trompée moi-même.

« Car j'ai poussé un cri perçant, et je suis tombée évanouie.

« Et Raymond est mort, ma mère, acheva en sanglotant la malheureuse Reine, Raymond est mort par moi, pour moi !

Sa mère la prit dans ses bras, essayant de la calmer et de la consoler, mais ses larmes coulaient avec celles de Reine.

— C'est moi, murmura-t-elle, qui suis la cause !...

Mais Reine lui ferma la bouche.

— Ne parlons plus de cela jamais.

« Ce qu'il faut savoir, ma mère, c'est si Raymond est mort... retrouver son corps.

— Je m'en occuperai dès demain.

— Et s'il est mort, je le suivrai dans la tombe, dans l'oubli.

— Et moi, tu me quitteras, tu quitteras ton père ?

— Je quitterai l'être odieux...

— Ta mère ?

— J'aime mieux mourir cent fois, ma mère, que de le revoir jamais !

— Tu ne le reverras plus, ma fille. C'est moi qui t'en donne l'assurance. Mais j'espère que Raymond n'est pas mort. Il sait nager.

— Il a dû se briser sur les rochers. Songe à la chute terrible !

— Si la mer était pleine il est tombé à l'eau.

« Et il y a de l'espoir encore.

— Oh ! ma mère, fit la désolée Reine, je n'espère plus, moi, et je voudrais mourir !

Mme de Faucigny entoura sa fille de ses bras, la couvrit de caresses et de larmes, et elles passèrent le reste de la nuit à pleurer toutes les deux.

IX

Vers le matin, brisée par les émotions, Reine s'était endormie d'un sommeil lourd, pesant. Sa mère, restée près d'elle, et qui ne pouvait pas, elle, trouver d'assoupissement à son mal, la veillait avec une inquiète et tendre sollicitude, le cœur déchiré par les souffrances dont elle était témoin, dont elle devinait l'intensité, et dont elle s'attribuait la cause primordiale, quand la jeune femme tout à coup fut tirée de son repos par une horrible crise.

A demi sortie du lit, terrifiée, comme s'il venait de se présenter devant ses yeux une vision tragique, Reine poussait des cris rauques, inarticulés, en repoussant de ses mains éperdues des fantômes que sa mère ne voyait pas, mais qui s'étaient dressés soudain devant elle.

La duchesse, effrayée, essaya d'abord de calmer la malheureuse jeune femme, mais, n'y réussissant pas, elle fut prise d'une épouvante et sonna avec force...

Une servante accourut.

— Ma fille est souffrante, dit-elle à la servante toute émue, qu'on réveille le duc et qu'il vienne tout de suite.

— Oui, madame, dit la domestique, qui disparut après avoir jeté sur sa maîtresse un regard plein à la fois de curiosité et de pitié.

Quelques instants après, le duc accourut, à demi vêtu.

Mais à ce moment Reine semblait calmée.

Elle était retombée dans son morne assoupissement, mais sa tête flambait, et son père qui, la veille, l'avait vue si pâle, était effrayé maintenant de la voir si rouge.

Il demanda, la voix étranglée :

— Qu'y a-t-il ?

— Reine n'est pas bien. Elle vient d'avoir une crise terrible.

— Elle a la fièvre ?

— Je le crois.

— Il faudrait envoyer chercher un médecin.

— Oui, dit la duchesse, il faut donner des ordres.

— J'y cours, dit son mari.

Et il s'élança hors de la chambre.

Quand il revint, il demanda à la duchesse, tout bas, car Reine dormait toujours.

— Savez-vous ce qui s'est passé ?

— Je crois que Reine a eu une grande frayeur.

— Pourquoi était-elle sortie seule à cette heure ?

— Elle sortait souvent ainsi, m'a-t-elle dit, pour contempler la mer la nuit : et elle s'asseyait sur la roche au pied de laquelle nous l'avons trouvée.

« Elle s'ennuie tant, la pauvre enfant !

« Le calme de la nuit, le grand repos dont elle était enveloppée lui faisaient du bien.

« Elle pouvait se livrer en paix à ses pensées, à ses rêves.

« Qu'a-t-elle vu ? D'où lui est venue la frayeur qui l'a fait tomber évanouie ? Elle n'a pas su nous le dire, et peut-être ne s'en est-elle pas bien rendu compte elle-même.

« Vous savez qu'elle est un peu nerveuse.

— Oui, dit le duc, rêveur.

Il ajouta :

— C'est terrible de se voir délaissée, à son âge... Ah ! ce mariage !

M. de Faucigny ne dit pas autre chose.

Il retomba dans son silence.

Il s'attribuait une grande part dans les douleurs qui accablaient sa pauvre enfant, et qui venaient toutes, selon lui, du funeste mariage auquel il l'avait contrainte.

Et il avait le cœur plein d'une profonde, d'une incommensurable pitié.

Le médecin vint une heure après. C'était un médecin de Perros, encore un peu jeune, inexpérimenté.

Le duc se retira pendant qu'il procéda à l'examen de la malade.

Et quand il eut terminé il dit à la mère, dévorée d'angoisse :

— Je crains, madame, une fièvre cérébrale.

— Une fièvre cérébrale ?

— Mme de Maubuée a dû avoir une grande émotion.

— Une grande peur... oui, monsieur.

— Et la maladie peut devenir grave, surtout dans son état... Vous savez qu'elle est enceinte ?

— Oui, monsieur.

— La maladie n'est pas déclarée encore, et je crois que nous pouvons la prévenir si on parvient à éviter à la malade toute émotion nouvelle — si son esprit venait à se rasséréner. — Une grande joie produirait sans doute un bon résultat.

— Ah ! pensa Mme de Faucigny, je sais bien ce qui la guérirait ! Si je pouvais lui amener Raymond !

« Mais Raymond n'est-il pas mort à cette heure, et le reverra-t-elle jamais ?

Elle demanda au médecin :

— Que faut-il faire ?

— Je vais donner une potion pour la calmer momentanément.

« Et ce soir je reviendrai voir ce qui se sera passé.

« Surtout beaucoup de calme, beaucoup de repos.

« Qu'elle ne voie personne !

— Elle ne verra, dit Mme de Faucigny, que son père et moi.

— Et son mari ?

— Il est absent.

— Il faudrait peut-être lui télégraphier.

— Est-ce donc si grave ?...

— Cela peut le devenir...

La duchesse chancelait sur ses jambes, à demi morte.

— Peut-être, dit le médecin, la vue de son mari lui ferait-elle du bien.

Mme de Faucigny ne répondit pas.

Elle donna au médecin ce qu'il fallait pour écrire.

Celui-ci rédigea son ordonnance et s'éloigna.

Reine reposait toujours, comme assommée.

Et sa mère l'observait avec terreur, redoutant quelque nouvelle crise.

Le duc, revenu dans la chambre, s'était assis sur un fauteuil, au pied du lit, et, la tête dans ses mains, il songeait.

Le diagnostic du médecin, que la duchesse lui avait rapporté, l'avait terrifié.

Et la journée se passa ainsi, sans incident nouveau, sans nouvelle crise, Reine ne sortant pas du morne abattement où elle était plongée.

Cependant, dans Perros, une toute petite ville, le bruit s'était répandu qu'il y avait quelqu'un de très malade au château des Roches-Grises... qu'on avait envoyé chercher le médecin à la hâte, et ce bruit était arrivé aux oreilles de Roland de Maubuée.

Qui était malade ? Sa femme sans doute. On ne le disait pas.

Ne pouvant se rendre au château, dont la duchesse certainement lui interdirait l'entrée, il pensa aller interroger le médecin.

Il se fit indiquer sa maison et sonna à la grille de cette maison, qui était séparée de la rue par un petit jardin.

— M. le docteur Delahaye, demanda-t-il.

— M. le docteur est sorti.

— Ne va-t-il pas rentrer ?

— Il n'est pas loin, sans doute. Si monsieur veut le voir tout de suite on peut l'envoyer chercher, dit le domestique qui était venu ouvrir à Roland.

— Oui, dit celui-ci, je désirerais lui parler le plus tôt possible.

— Si monsieur veut entrer, dit le serviteur, qui introduisit M. de Maubuée dans un petit salon assez élégant, après lui avoir fait traverser le jardin, je vais courir chercher M. le docteur.

— Oui, fit Roland, et pressez-vous.

— Dans cinq minutes, monsieur, je serai de retour.

Le brave homme s'élança dehors, et, cinq minutes après, il revenait.

— M. le docteur va venir tout de suite, monsieur.

Roland, resté debout, continua à examiner le salon.

Il ne tenait pas en place.

Il avait la fièvre.

Il avait envoyé le vicomte de Monistrol à l'endroit où il croyait que M. de Mauléon était tombé dans la mer.

Celui-ci n'était pas revenu encore, et il ne savait rien de ce qui s'était passé, si son rival était mort, si cette mort était connue.

Et c'était sans doute le bruit de cette chute, que sa femme avait entendue comme lui, qui avait causé la maladie de Reine, car pour Roland ce ne pouvait être que Reine qui fût malade.

Reine devait croire M. de Mauléon mort, s'il ne l'était pas réellement...

Il avait hâte de voir arriver le docteur.

Celui-ci parut enfin.

C'était, nous l'avons dit, un fort jeune homme de vingt-cinq à vingt-huit ans à peine, sorti depuis quelques mois seulement du quartier Latin et d'allure assez distinguée.

Il salua correctement M. de Maubuée.

Celui-ci, qui n'avait pas cessé de se tenir debout, et d'aller et venir en proie à une violente agitation, qui n'avait fait que croître à l'apparition du docteur, celui-ci dit :

— Je vous demande pardon, monsieur, de vous déranger.

« Mais je suis en proie à une mortelle inquiétude.

« Je suis Roland de Maubuée...

— Ah !... fit le docteur, qui regarda curieusement son interlocuteur...

Roland poursuivit.

— Je viens d'apprendre à Parros que vous aviez été appelé au château des Roches-Grises...

— C'est vrai, monsieur.

— Et je tremble que ce ne soit ma femme qui soit malade...

« Je serais parti tout de suite, mais j'attends quelqu'un, et je voudrais savoir si ma présence est nécessaire là-bas, ou s'il s'agit seulement d'une indisposition...

Le médecin continuait à examiner son visiteur.

On voyait à sa physionomie qu'il s'étonnait qu'il ne fût pas parti au premier bruit de la maladie de sa femme.

Il est vrai qu'il ne savait peut-être pas que c'était Mme de Maubuée qui était malade.

Il répondit.

— C'est en effet pour Mme de Maubuée que j'ai été appelé au château des Roches-Grises.

— Elle est souffrante ?

— Assez souffrante.

« Je l'ai trouvée en proie à une fièvre violente.

« Et je crains quelque maladie grave, une fièvre cérébrale peut-être.

— Une fièvre cérébrale ! fit Roland avec une expression de frayeur qui était sincère.

— La maladie n'est pas déclarée encore, dit le médecin.

« Mais je la crains.

« Je retournerai ce soir voir Mme de Maubuée.

« Vous n'étiez pas au château, ce matin.

— J'arrive de Paris.

— J'ai dit à Mme la duchesse de Faucigny de vous télégraphier, car la maladie peut faire rapidement des progrès, étant donné l'état de Mme de Maubuée...

Roland regarda le médecin avec une stupeur voisine de l'hébétement.

— Son état ! répéta-t-il.

— Vous n'ignorez pas sans doute que Mme de Maubuée est enceinte...

— Enceinte ! fit Roland avec une sorte de râle qui fit lever au médecin des yeux pleins de surprise.

— Vous ne le saviez pas ? dit celui-ci.

— Non, monsieur...

— Mais cela n'a rien que de naturel.

« Mme de Maubuée est mariée.

— Oui, oui, dit Roland, qui ne savait plus ce qu'il disait. L'émotion, la joie...

Et il se précipita dehors avec une sorte de hurlement rauque.

— Enceinte !

Pendant que le médecin, ahuri, se disait :

— Est-ce qu'il devient fou ?

X

Fou... Roland le devenait et se sentait le devenir. Reine était enceinte ! Reine avait trahi le serment qu'elle lui avait fait !

Reine était la maîtresse de M. de Mauléon.

Reine l'avait déshonoré !

Malgré les torts qu'il savait avoir, il avait peine à croire encore que cela fût vrai — que Reine l'eût trompé.

Il avait en elle, en la grandeur de ses sentiments, en la beauté de son cœur, une telle confiance.

Hier, quand il l'avait surprise avec M. de Mauléon... et qu'il lui avait reproché d'être sa maîtresse, il ne croyait pas lui-même à cette accusation qu'il lançait ainsi pour se venger de l'indifférence et du mépris de sa femme.

Même, sachant que Reine avait des rendez-vous avec M. de Mauléon, il était persuadé, tant il était sûr de la pureté de Reine, de l'innocence de ces rendez-vous.

Autrement il aurait tué M. de Mauléon. Il aurait tué Reine.

Et maintenant l'évidence était là.

Reine était enceinte... Reine avait traîné dans la boue son honneur, qu'elle s'était engagée à maintenir intact, si elle lui refusait d'autres joies...

Il avait un rival, un rival heureux... qui allait être père d'un enfant qui serait inscrit sous son nom.

Cet homme qu'il haïssait, qu'il exécrait, avait tenu en ses bras Reine, sa femme, qu'il aimait et pour laquelle il séchait de désirs toujours trompés depuis des années.

C'était trop. C'était trop...

Et la folie sonnait en son cerveau.

Le malheureux posa avec un geste de dément la main sur son crâne qui fumait, puis il traversa le perron en quelques enjambées rapides et alla s'enfermer dans la chambre d'hôtel où il devait attendre M. de Monistrol...

Il voulait être seul avec sa frénésie jalouse...

Jamais encore peut-être il n'avait tant souffert...

Il lui semblait que si on venait lui annoncer la mort du rival, cela seul pourrait le soulager, calmer l'âpre irritation qu'il ressentait chaque fois qu'il pensait qu'un autre avait goûté à ce fruit délicieux, si ardemment désiré, et qui était resté pour lui, le mari pourtant, le fruit défendu !

La vision si éclatante de Reine, que sa beauté fière plaçait au-dessus de toutes les femmes et qui ne le quittait pas, cette vision de lumière et de chair mettait dans ses veines, au lieu de sang, des coulées de lave brûlante...

Il se disait qu'il ne pourrait plus vivre s'il savait vivant encore celui qui avait possédé tous ces trésors et qui était aimé !...

Ah ! qu'était loin, à cette heure, de l'esprit de Roland de Maubuée le souvenir de toutes les femmes qui avaient été à Paris ses maîtresses, et à qui il avait prodigué ses caresses et son or... Belles pourtant, admirées et séduisantes, fleurs de grand luxe poussées en la serre parisienne, et qui avaient des noms de grandes dames, et que tous les journaux célébraient !

Comme elles étaient petites, obscures, insignifiantes auprès de cet astre de charme et de grâce hautaine qu'était Reine de Maubuée, sa femme.

Sa femme dont il n'avait pas encore baisé le bout des doigts, et qui était enceinte, enceinte — d'un autre !

C'était à hurler...

Et Roland, qui oubliait tous ses torts, qui ne voyait plus l'abîme que son passé avait creusé entre sa femme et lui, Roland hurlait en effet de douleur et de rage entre les murs froids de sa chambre.

Et son complice n'arrivait pas !

Quelle nouvelle allait-il rapporter ?

Reviendrait-il avec le récit de la découverte du cadavre sanglant de M. de Mauléon, trouvé brisé sur les rochers de la côte, ou ramassé, tuméfié et vert, en tout cas horrible, par la marée montante ?

Apprendrait-il, au contraire, que le rival avait échappé à la mort et était sorti sain et sauf des flots dans lesquels il avait été précipité ?

Cette incertitude le torturait.

Si M. de Mauléon vivait, il irait le provoquer à nouveau. Il se battrait avec lui, mais cette fois reviendrait-il vainqueur ?

Il n'avait pas peur d'être tué, mais de ne pas tuer le rival.

La mort de M. de Mauléon, dans l'état où il se trouvait, était pour lui plus précieuse et plus désirable que sa propre existence...

Enfin un coup léger fut frappé à la porte.

Il eut un bond de bête et se trouva nez à nez avec M. de Monistrol.

— Eh bien ?

— Rien.

— Comment rien ?

— On n'a rien trouvé.

— Le corps ?

— Ni mort ni vivant, on n'a rien vu. Personne ne sait rien. J'ai moi-même parcouru, à marée basse, tout le rivage, fouillé les anfractuosités des rochers... soulevé les herbes... creusé les vases... Rien... Aucune trace. Et pourtant, le long de la falaise, j'ai vu la déchirure produite dans la terre par la chute, par l'arrachement de l'arbuste qui a cédé sous le poids de M. de Mauléon. Cela est visible, très visible. Mais c'est tout. Pas d'autres vestiges de l'accident. Si M. de Mauléon s'est tué, son corps a été emporté par un courant vers la haute mer. S'il s'est échappé, personne ne sait ce qu'il est devenu.

Roland de Maubuée prit son chapeau, sa canne.

— Vous partez ?

— Oui.

— Seul ?

— Seul.

— Dois-je vous attendre ?

— Oui.

Il sortit. Il donna l'ordre d'atteler une voiture et se fit conduire au château des Roches-Grises.

Il voulait voir sa femme, avoir avoir elle une explication suprême.

Comme il n'était pas connu des domestiques, le duc de Faucigny n'ayant amené de Paris avec lui que son valet de chambre, quand il se présenta à la porte, on lui refusa l'entrée.

— M. le duc ne reçoit pas.

Roland toisa des pieds à la tête, d'un air impertinent, l'homme qui lui faisait cette réponse.

— Vous ne savez donc pas qui je suis ?

— Non, monsieur.

— Je suis Roland de Maubuée, le gendre du duc, et je viens voir ma femme qu'on m'a dit souffrante.

— Bien, monsieur, répondit l'homme sans paraître intimidé, je vais prévenir M. le duc, ou plutôt Mme la duchesse, car M. le duc repose en ce moment.

— Mais, s'écria Roland avec impatience, vous n'avez donc pas entendu ? Je suis chez moi.

— J'ai l'ordre, dit poliment mais fermement le portier, de ne laisser entrer personne.

— Cette consigne ne peut être pour moi !

— On n'a pas fait d'exception.

— Parce qu'on ne savait pas que j'allais venir.

— Peut-être, monsieur, mais je suis obligé de suivre ma consigne. Si monsieur veut attendre un instant, je vais aller jusqu'au château.

Roland ne le laissa pas achever.

Il était déjà dans la cour.

Il franchit en trois bonds le perron et pénétra dans le vestibule.

Mais là il fut arrêté par d'autres domestiques, qui lui barrèrent respectueusement le passage.

— Ah ! c'est trop fort ! s'écria-t-il. Je suis Roland de Maubuée, le mari...

Mais déjà un des serviteurs s'était élancé pour prévenir la duchesse, et bientôt Mme de Faucigny parut en haut de l'escalier.

Elle aperçut Roland, que les domestiques avaient peine à contenir, et elle descendit rapidement ; puis, ne voulant pas que les serviteurs entendissent ce qui allait se dire entre eux, elle ouvrit la porte d'un petit salon et y fit entrer Roland, et quand elle fut seule avec lui, elle lui demanda de son grand air hautain :

— Que venez-vous faire ici, monsieur ?

— Mais, fit Roland, interloqué, et devenu blême de surprise à la fois et de colère, voir ma femme.

— Vous savez bien que vous n'y deviez pas venir.

— J'ai appris que ma femme était souffrante.

— Que vous l'avez tuée...

— Quoi ?

— Oui, car elle peut mourir, et c'est vous, je sais tout, qui êtes la cause de la maladie qui s'est abattue sur elle et qui va peut-être l'emporter.

— Moi ? se récria Roland... elle d'abord, si elle ne m'avait trompé, si elle n'avait pas trahi ses serments et n'avait pas eu d'amant, je n'aurais pas eu la peine de venir la surprendre.

« Car je sais tout aussi, madame.

« Je sais que ma femme est la maîtresse de M. de Mauléon.

« Et je sais qu'elle va être mère.

Mme de Faucigny avait pâli légèrement.

— Qui vous a dit cela, monsieur, quelque espion ?

— Le médecin qui a visité ma femme, et qui ne pouvait pas savoir, n'est-ce pas, qu'étant le mari, je devais ignorer...

« Ah ! je comprends maintenant, madame, pourquoi vous l'avez emmenée.

« Pourquoi vous m'avez défendu de la suivre.

« Vous vouliez qu'elle eût le temps de mettre au jour le bâtard.

— Quand Reine a quitté Paris, dit la duchesse hautainement, j'ignorais qu'elle fût enceinte.

— Vous ne l'ignorez pas, maintenant ?

— Je n'ignore rien. Ma fille m'a tout dit.

— Et vous trouvez que c'est superbe !

— Ce n'est pas moi qui la condamnerai, la pauvre enfant. Elle a assez souffert pour moi et pour vous, monsieur, — pour vous sauver la vie.

— J'aurais préféré cent fois, dit violemment Roland, qu'elle me laissât mourir.

« Mais là n'est pas la question.

« Elle avait pris envers moi un engagement solennel et sacré.

« Vous ne serez jamais mon mari, m'avait-elle dit, mais je porte votre nom, et jamais vous n'aurez à rougir de moi. »

« Qu'a-t-elle fait de ce serment ?

« J'ai bien le droit, j'espère, de venir le lui demander.

— Vous ne la verrez pas, dit la duchesse en se plaçant devant Roland, qui s'était dirigé vers la porte.

« Le médecin m'a recommandé de lui éviter toute émotion.

— Et ma vue lui en causerait sans doute de l'émotion ?

— Assurément.

— Une émotion désagréable ? fit Roland avec une intraduisible expression d'amertume.

— J'en suis certaine, répondit la duchesse, tranquillement.

— Et, fit Roland violemment, si je voulais passer outre ?

— Vous serez obligé de me fouler aux pieds, dit Mme de Faucigny en étendant les bras.

« Mon devoir est de défendre ma fille, de préserver ses jours, même au péril de ma vie.

— Pourtant, fit Roland.

— Vous ne pénétrerez pas chez elle, tant que votre vue pourra être un danger pour elle.

— Elle est ma femme.

— Vous savez dans quelles conditions.

— Elle est malade, on pourrait s'étonner que je ne sois pas venu.

— Qui s'étonnerait ?

— Le duc... vos gens.

— Rien de vous, monsieur, ne peut plus étonner mon mari, après la vie qu'il vous a vu mener.

— Une vie à laquelle on m'a contraint.

— On n'est jamais forcé de se vautrer dans la boue. On ne va à la boue que lorsqu'on a du goût pour elle.

— Madame ! fit Roland.

— Quant à mes gens, poursuivit la duchesse, ils ne vous connaissent pas.

« — J'ai dit qui j'étais.

— Que m'importent leurs bavardages ?

« Nous sommes au-dessus de cela, ma fille et moi.

— Pourtant il faut que je prenne des nouvelles. Si Reine est en danger...

— Elle vous intéresse ?

— Beaucoup, quoi que vous puissiez penser.

— Je vous en enverrai. Vous n'avez qu'à me dire l'endroit.

— Non, je viendrai en prendre tous les jours, jusqu'au jour où je pourrai enfin être introduit près d'elle.

— Priez Dieu, fit la duchesse, qu'il arrive ce jour, car, moi, je ne l'espère plus guère.

Elle avait, en prononçant ces paroles, des larmes dans les yeux.

Roland se sentit ému malgré lui.

— Elle est si mal ? demanda-t-il.

— Elle est très mal.

— Et je ne puis la voir !

— Si vous ne voulez l'achever.

— J'attendrai, dit Roland.

Et il sortit.

— Le misérable ! fit Mme de Faucigny en le regardant s'éloigner ; et elle remonta vers sa fille.

XI

Une nouvelle heureuse devait faire plus de bien à Reine que toutes les médications du médecin, et cette nouvelle lui fut apportée le matin du troisième jour de sa maladie, quand le docteur n'était pas encore rassuré sur son compte.

Sa femme de chambre était venue la prévenir qu'il y avait en bas un homme du pays, un pêcheur, qui avait à lui remettre une lettre très urgente, et qu'il ne voulait remettre qu'à elle-même. Mme de Faucigny, brisée par trois nuits passées sans sommeil, venait de se coucher, et la femme de chambre avait pris sur elle de faire entrer l'homme. Elle venait demander à Reine ce qu'il fallait dire.

La jeune femme semblait, ce matin-là, aller beaucoup mieux, et c'est pour cela que sa mère l'avait laissée à la garde de sa femme de chambre.

En entendant les paroles de cette femme, un long frisson avait traversé le corps de la malade, qui tout de suite avait pensé à Raymond, et ses yeux s'étaient allumés d'une joie intense.

— Faites entrer cet homme, ordonna-t-elle.

Et elle avait peine à cacher l'émotion qui la secouait et la rendait toute tremblante.

L'homme parut :

C'était un vieillard noueux et courbé, le visage tanné par les bises, le corps déformé par le travail.

Il entra avec hésitation en tenant son bonnet de laine à la main.

Et il présenta un papier.

Reine se précipita dessus avec l'avidité d'un fauve sur une proie.

Et, dès les premières lignes, elle poussa un cri léger, ses yeux se fermèrent et elle resta évanouie.

L'homme, affolé, la croyant morte, se mit à pousser des cris aigus, qui firent accourir la femme de chambre puis la duchesse, réveillée en sursaut, et qui ne comprenait pas ce qui s'était passé.

Elle demanda sévèrement à la femme de chambre :

— Quel est cet homme?

« Pourquoi est-il ici?

La servante lui dit ce qu'il était venu faire et Mme de Faucigny aperçut la lettre, cause de tout le mal, restée sur le lit de sa fille.

Elle la prit, la lut.

— Ah! fit-elle, c'est la joie!

« Et peut-être le salut!

Elle demanda de l'eau, des sels, et s'empressa de donner des soins à Reine.

Au bout de quelques minutes, la malade ouvrit les yeux. Une béatitude inondait son visage, enflammait ses yeux.

Elle vit sa mère penchée au-dessus d'elle.

Et tout de suite elle s'écria :

— Il vit!

— J'ai lu la lettre, dit Mme de Faucigny.

— Il vit, dit Reine.

« Il vit pour m'aimer.

« Oh! ma mère, que je suis heureuse!

« Je ne suis plus malade.

« Je voudrais me lever.

Et Reine, en effet, faisait un mouvement pour sortir de son lit.

Mais sa mère la retint.

— Pas encore, mon enfant.

« Il faut être prudente.

— Mais lui!

— Il viendra dès qu'il le pourra.

« Tu as lu! Il est souffrant encore.

— Ah! ma mère, s'écria Reine. Quelle surprise... Quelle heureuse et quelle inexprimable surprise... Vivant! c'est Dieu qui l'a sauvé.

Dans sa lettre, Raymond racontait ce qui s'était passé.

Précipité du sommet de la falaise, il était tombé dans la mer, qui était pleine à ce moment et très calme.

Il était resté quelques instants comme étourdi, sans savoir ce qu'il faisait, et se croyant mort ; puis le sentiment lui était revenu et, comme il était très bon nageur, il s'était mis à agiter les bras, les jambes et à se diriger vers la côte.

Malheureusement, il savait que de ce côté-là le bord, formé de rochers à pic et très glissants, surtout quand ils sont humides, est à peu près inaccessible et qu'il lui faudrait faire un grand trajet pour pouvoir prendre pied.

Et il avait peur de ne pas pouvoir effectuer ce trajet, car il avait le corps tout meurtri et comme brisé par sa chute.

Il pensait aussi à ce qui devait se passer sur la falaise, où il avait laissé Reine face à face avec la fureur de son mari.

Et son inquiétude achevait de le paralyser.

Mais tout à coup, tout près de lui, surgissant de derrière un bloc de rochers qui la cachaient, il vit venir lentement vers lui, et sans bruit, avec une faible lumière à la proue, une barque de pêche.

Il appela les hommes qui la montaient, et ceux-ci ayant pris leurs rames, car pour pêcher ils avaient cargué leurs voiles, ceux-ci, disons-nous, furent en un clin d'œil près de lui.

Ils étaient deux, le père et l'enfant.

Raymond fut hissé dans la barque, et comme il avait perdu connaissance, ces hommes, quittant la pêche, se dirigèrent vers le petit port près duquel était construite leur chaumière.

Il était près de minuit.

Tout le monde dormait à terre et sur la mer.

Ils portèrent Raymond chez eux, l'étendirent sur un lit, et, aidés de la femme et de sa fille, qui s'étaient levées précipitamment en les voyant entrer avec leur fardeau, ils lui firent reprendre connaissance.

Rappelé à lui, Raymond se rappela confusément ce qui s'était passé, et tout de suite il dit à ses sauveurs.

— Que personne ne sache que je suis ici! C'est du plus grand intérêt pour moi!

On lui promit le secret.

Mais ce sont les seules paroles qu'il put dire.

Il tomba dans une sorte d'anéantissement d'où il ne sortit que le troisième jour. Et c'est alors qu'il pensa à envoyer à Reine cette lettre qui devait la combler d'une si grande joie.

La jeune femme demanda au pêcheur, demeuré immobile au milieu de la chambre, tournant entre ses mains d'un air embarrassé, son bonnet de laine.

— C'est vous qui l'avez sauvé?

— S'il vous plaît?

Il se rapprocha et montra son oreille comme pour indiquer qu'il entendait difficilement.

— C'est vous, répéta Reine, parlant plus haut, qui avez retiré de l'eau ce jeune homme qui vous a remis cette lettre?

— C'est moué, ma bonne dame, avec mon petit.

— Et il est chez vous?

— Toujours... Y n'a poué pu bouger encore... vu qu'il a le corps comme roué.

— Vous avez fait venir un médecin?

— Y n'a poué voulu.

« Y n'veut pas que personne sache qu'il est là.

« Et dans le pays on ne le sait poué.

« C'est un bien brave jeune homme.

« Il a fait de biaux cadeaux à ma fille et à ma femme.

« Et il sera bien heureux quand il saura que je vous ai vue.

« Car c'est vous sans doute, madame, qu'il appelle sa Reine.

« Et vous êtes assez belle, en effet, pour faire une reine.

« Et c'est de vous qu'il parlait tout le temps quand il avait sa pauvre tête qui battait la breloque, car il a été très malade et ne savait pas toujours ce qu'il disait.

— Et maintenant?

— Maintenant il va mieux, bien mieux. C'est ma femme et ma fille qui l'ont soigné.

« Et elles s'y entendent un peu à soigner les malades.

— Vous lui direz, mon brave homme, dit Reine, dont la voix et tout le corps tremblaient d'une intense joie et qui semblait revenue à la santé, à la vie, vous lui direz que vous m'avez vue.

— Oui, madame.

— Et que je vais mieux aussi.

— Faudra-t-il lui dire que vous êtes malade?

— Oui, mais que je vais mieux, beaucoup mieux, et que bientôt, sans doute, je pourrai me lever pour aller le voir.

— Oui, madame, je lui dirai tout ça.

« Et il sera bien content.

— Allez, mon brave, dit la duchesse.

« Entrez à la cuisine, on vous servira un verre de vin.

« Et voilà pour votre jeune fille, car vous avez une fille!

— Oui, madame.

— Quel âge?

— Dans les seize ans.

— Vous lui donnerez cette pièce de ma part.

« Ce sera pour lui acheter une robe.

Et Mme de Faucigny remit à l'homme une pièce d'or.

— Ah ! madame, s'écria le pêcheur, ébloui, que vous êtes bonne !

« C'est plaisir de travailler pour du monde comme vous.

« Adieu, madame, et il sera bien soigné chez nous votre jeune homme.

Le vieux pêcheur se retira.

— Ah ! ma mère, s'écria Reine quand il eut disparu... que je suis heureuse !

« Je le croyais mort.

« Je croyais ne plus le revoir.

« Comme je vais vite guérir maintenant pour aller le soigner !

— Il faut prendre garde, mon enfant.

— A qui ?

— Il y a ton mari... Il est resté dans le pays... Il vient tous les jours prendre de tes nouvelles.

— Ma santé l'intéresse donc ?

— Non, sans doute. Mais il voudrait te voir. Il sait que tu es enceinte... et il est furieux.

« Il voulait te reprocher ta trahison.

« J'ai réussi jusqu'ici à l'éloigner.

— Laisse-le venir, ma mère.

« Je ne crains rien de lui, et je saurai lui répondre.

— Il peut te faire bien du mal.

— Et comment ?

— En faire à Raymond, du moins.

« Ils se sont battus déjà.

« Raymond a été blessé.

— Raymond ne le craint pas plus que moi, ma mère.

« Tout ce qu'il peut, c'est se séparer de moi.

« Et il mettrait le comble à mes vœux.

« Il ne songe pas à me tuer, je suppose ?

— Je le crois capable de tout.

« En tout cas, il vaut mieux que tu ne le voies pas avant d'être tout à fait rétablie.

« Une nouvelle crise pourrait t'être fatale, et le médecin craint toujours pour toi les émotions.

— Vous ferez ce que vous jugerez convenable, ma mère, mais cet homme m'est indifférent, surtout maintenant que Raymond vit !

Reine cessa de parler et resta comme absorbée en un rêve lumineux.

XII

Par le médecin de Perros, Roland de Maubuée avait appris que sa femme allait beaucoup mieux, qu'elle se levait, et, d'autre part, il savait que les recherches faites par son complice, le vicomte de Monistrol, pour s'assurer de la mort de M. de Mauléon avaient été sans résultat et que cette mort était de jour en jour plus douteuse ; il se trouva repris de toute sa jalousie frénésie et résolut d'avoir, coûte que coûte, avec Reine, l'explication que rendaient nécessaires pour lui les révélations qui lui avaient été faites.

Cette trahison de Reine, que celle-ci ne pouvait plus chercher à nier en présence des faits qu'il connaissait, cette trahison devait courber à ses pieds, pensait-il, la malheureuse femme, abattre son orgueil et la lui livrer pieds et poings liés.

Il fallait donc pénétrer à tout prix au château des Roches-Grises, voir Reine et profiter de l'embarras, de la stupeur, de la honte qui allaient s'emparer d'elle quand elle verrait sa faute connue par son mari, pour exiger d'elle des engagements, des complaisances même qu'il n'aurait jamais osé espérer sans cela, ou, si on le repoussait encore avec le même dédain, avec la même hauteur, tirer enfin de ce mépris une vengeance éclatante.

Telle était la pensée qui inspirait Roland de Maubuée, quand, profitant d'une absence du portier, il put franchir la cour du château et pénétrer enfin dans le vestibule, dont la porte lui avait été jusque-là fermée.

Plusieurs domestiques s'étaient précipités à sa rencontre, et parmi ces domestiques se trouvait Jean, le valet de chambre du duc, qui le connaissait.

— Jean, lui dit-il, comme s'il ne prévoyait aucun refus, conduisez-moi à l'appartement de Mme de Maubuée. Il faut que je lui parle sans retard.

Le ton était si péremptoire, le regard si impérieux, que Jean, ignorant la gravité des motifs d'une brouille qu'il ne faisait que soupçonner, ne crut pas pouvoir désobéir.

Il s'élança dans l'escalier en disant :

— Si Monsieur veut me suivre.

Roland monta derrière lui.

En haut, il le vit parlementer avec une femme de chambre que Roland ne connaissait pas et qui était sans doute la femme de chambre de Mme de Maubuée.

Mais il semblait qu'il y avait des difficultés, car il y eut des chuchotements, des allées et venues pendant lesquels Roland resta immobile à l'entrée du couloir, pâle de rage, rongeant son frein, tout humilié d'être obligé de faire le pied de grue, en présence des domestiques, devant la porte de sa femme, et bien décidé, si on faisait mine de ne pas vouloir le recevoir, à forcer cette porte.

Toute sa fureur l'avait repris devant ces difficultés qui se dressaient devant lui et lui rendaient plus sensible encore la profondeur de l'abîme creusé entre lui et cette femme qui était sa femme !

Enfin, la soubrette vint dire :

— Madame attend Monsieur...

Et elle conduisit, au fond du couloir, M. de Maubuée devant une porte qu'elle ouvrit.

Roland entra et trouva Reine debout, vêtue d'un robe de chambre blanche, fort élégante, très pâle encore, mais le regard plein de vivacité et de lumière.

Il ne put s'empêcher de l'admirer et de regretter davantage encore de n'avoir pas même pu prendre sa main pour y déposer un baiser et de se précipiter à genoux pour crier son amour et ses désirs.

Reine semblait de marbre.

Elle s'avança vers lui avec une rigidité de statue et dit :

— Vous avez désiré me parler, monsieur ?

— Oui, madame, répondit-il en se maîtrisant et cherchant à rester calme, aussi glacé que Reine elle-même, j'ai appris des faits qui nécessitent entre nous une explication.

Il fit une pause de quelques secondes :

Reine s'assit, lui indiqua un siège et dit :

— Je vous écoute.

Mais il resta debout.

Il était trop frémissant, il avait eu trop grand besoin de montrer, de laisser échapper en mouvements et en gestes la colère concentrée en lui et qui y bouillait comme de la vapeur qu'on comprime, pour songer à s'asseoir.

Et il commença :

— Quand vous m'avez fait connaître, madame, avant et après notre mariage, les conditions que vous m'imposiez...

— Et que vous avez acceptées.

— Que j'ai dû accepter... vous m'avez dit : « Je ne serai jamais votre femme, mais vous n'aurez jamais à rougir. Je sais les obligations que m'impose ce mariage — quelque odieux qu'il me soit, car vous ne me ménagiez pas les injures et ne perdiez aucune occasion de me jeter à la face votre haine — et jamais je n'y faillirai. Je suis la fille du duc de Faucigny ; votre honneur est entre bonne mains. »

En entendant ces paroles dont elle avait compris tout de suite le sens, Reine était devenue plus pâle encore.

Elle s'était levée.

Et, incapable de prononcer un mot, elle regardait son mari.

Celui-ci crut la tenir.

Il poursuivit avec un commencement de violence :

— Eh bien ! c'est de cet honneur, madame, que je viens aujourd'hui vous demander compte.

« Je sais que vous l'avez foulé aux pieds.

— Monsieur !

— Je vous ai surprise avec M. de Mauléon.

« Et je sais que vous allez être mère.

Reine eut un tressaillement et, se redressant :

— Je ne m'abaisserai pas à mentir, monsieur... Tout est vrai.

— M. de Mauléon est votre amant ? fit Roland avec une expression de fureur indicible.

— Il était mon fiancé, dit Reine, avant que je vous connusse. Sans la faute que vous avez commise, où vous avez entraîné ma mère et qui a brisé ma vie, il serait aujourd'hui mon mari et nous serions heureux.

« Ce n'est pas à vous, par qui tous les malheurs me sont venus, à me reprocher d'avoir donné un peu de joie à un infortuné, innocent de toutes ces infamies et qui en souffrira pourtant peut-être toute sa vie.

« Quant à moi, je n'ai jamais cessé d'être malheureuse !

En disant ces paroles, des larmes avaient perlé dans les yeux gonflés de Reine, et l'expression de son visage était devenue si attendrissante que tout autre que Roland de Maubuée en eût été touché.

Mais la façon dont Reine avait parlé de M. de Mauléon n'avait fait qu'augmenter sa fureur jalouse.

— Enfin ! s'écria-t-il rudement, je n'en ai pas moins été trompé !

« Je n'en suis pas moins ridicule.

« Vous aimez cet homme.

« Vous le lui prouvez.

« Et moi, votre mari...

— Vous savez bien, monsieur, dit Reine, que vous n'êtes pas mon mari, que vous ne le serez jamais.

« Et je m'étonne de vous entendre parler ainsi.

— Je vous parle ainsi parce que vous avez manqué la première à nos conventions, et que je n'ai plus maintenant à remplir les miennes.

— Que voulez-vous donc ? demanda Reine, qui se redressa le front hautain.

— Que vous soyez ma femme.

— Jamais ! fit Reine avec un geste de dégoût si violent que Roland en fut profondément irrité, ce qui mit le comble à sa rage.

— Que vous soyez ma femme, répéta-t-il cependant, et je pardonnerai, j'oublierai tout.

— Je n'ai que faire, dit Reine, de votre pardon et de votre oubli.

— Vous voulez donc que je ne garde plus aucune mesure, que je tue votre amant, s'il n'est pas mort ? Car je ne sais pas encore s'il est mort ou s'il vit, mais je le saurai. Et s'il est vivant !...

— Il est vivant, dit Reine.

— Vous le savez ?

— Il m'a écrit.

— Ah ! madame, prenez garde alors, car votre dédain pourrait cette fois être son arrêt de mort !

— M. de Mauléon, je vous l'ai dit déjà, ne craint rien de vous.

— Et vous ?

— Pas plus que lui.

— Et votre bâtard ? Le bâtard que vous portez dans vos flancs, et que la loi déclare être mon fils, qu'en ferez-vous ?

— Raymond lui donnera son nom.

— Il ne peut pas le reconnaître. Vous voyez bien, madame, que vous êtes entre mes mains, que vous avez besoin de moi, et que vous avez tout intérêt, ne serait-ce que pour votre enfant, à ne pas me pousser à bout.

— Je ne veux rien de vous ! fit Reine.

— Pourquoi alors m'avez accepté pour époux ?

— Vous le savez bien, misérable !

« Vous savez bien que si vous avez été surpris dans ma chambre — ce qui m'a obligée à ce mariage — vous savez bien que ce n'est pas pour moi que vous y étiez.

Au moment où Reine prononçait ces paroles avec tout l'éclat de l'emportement et de la fureur, sa porte s'ouvrit.

Et le duc qui, prévenu de la présence de son gendre, accourait avec sa femme à la défense de sa fille, le duc parut.

Il resta comme médusé.

Et, fixant alternativement Reine et Roland :

— Pour qui donc ? demanda-t-il.

Ces mots avaient fait affluer à son cerveau tous les soupçons anciens, tous les soupçons terribles dont il avait autrefois souffert.

Un cri s'étrangla dans la gorge de Reine.

— Mon père !

Et elle resta interdite...

Mais la duchesse, qui suivait son mari, entra alors et dit :

— Pour moi...

Il y eut un moment inexprimable.

Le duc regarda sa femme avec des yeux où il y avait de la démence.

Il vit la gravité de sa physionomie, la supplication muette de ses yeux et comprit qu'elle ne mentait pas.

Il eut un cri étouffé.

— Grand Dieu !

Et il s'affaissa, comme frappé à mort.

— Ah ! s'écria Reine, qui s'était précipitée pour le recevoir en ses bras, en se tournant vers Roland, hébété et muet, vous avez tué mon père !

— Vous voilà satisfait ! dit à son tour la duchesse d'une voix stridente... Votre œuvre est accomplie. Votre œuvre néfaste, votre œuvre de mort !

« Sortez maintenant, et ne reparaissez jamais devant mes yeux !

Elle était, en prononçant ces paroles, si haute, si grande, si *surhumaine*, si l'on peut parler ainsi, que Roland, écrasé, courba le front et s'enfuit sans un mot, sans même oser regarder derrière lui.

XIII

La duchesse s'était précipitée sur son mari, qu'elle entourait de ses bras, en gémissant au milieu des sanglots.

— Ah ! mon ami, c'est moi qui t'ai tué !... C'est ma faute, mon exécrable faute, qui a causé tous nos malheurs !

« Mais si tu savais ce que j'ai souffert, en ma fille surtout, et en moi-même, tu excuserais un moment de faiblesse et tu aurais pitié de moi !

« Tu aurais pitié surtout de l'enfant innocente qui s'est immolée pour moi, qui a sacrifié pour moi plus que sa vie : son pur et innocent amour !

« Pardon ! pardon !

La malheureuse, échevelée, les yeux en pleurs, frappait par moments le tapis de son front, et quand elle se penchait sur son mari elle laissait tomber sur sa face des larmes cuisantes, dont la brûlure eût fait renaître un mort.

Pendant ce temps, Reine donnait des soins à son père.

Au bout d'un instant, le vieillard releva la tête.

Il semblait avoir entendu tout ce que sa femme avait dit, avoir compris la vie de tortures menée par sa femme et sa fille depuis l'heure fatale où, trompé par les apparences, il avait jeté Reine dans les bras d'un homme indigne et qu'elle exécrait.

Cet acte de dévouement sublime — qui n'avait pas eu une défaillance puisque jusqu'à présent il n'avait rien pressenti — cet acte de dévouement sublime excitait son admiration et l'avait pénétré jusqu'au fond de l'âme.

Il se jeta d'un élan dans les bras de Reine.

— Ah ! mon enfant ! s'écria-t-il, mon enfant chérie, qui as subi toutes les humiliations, toutes les souffrances pour m'épargner une douleur, que faut-il faire pour te témoigner ma reconnaissance et mon amour ?

Reine montra sa mère en pleurs.

— Pardonner à ma mère, dit-elle.

« A ma pauvre mère qui a expié si cruellement une heure d'oubli.

« A ma pauvre mère qui s'est laissé abuser par un homme sans cœur et sans entrailles, et n'a cessé depuis de pleurer sa faiblesse.

« A ma pauvre mère dont j'ai vu le repentir, et à qui depuis longtemps je n'en veux plus, moi dont elle a brisé la vie.

« Il n'est pas de faute que des regrets sincères n'effacent.

« Laissez-vous toucher, mon père. Ouvrez-lui vos bras et je serai payée au centuple de tout ce que j'ai fait.

Le duc leva les yeux, regarda sa femme et il eut un instant d'hésitation qui pénétra de douleur Mme de Faucigny.

Mais il lut dans ses yeux un tel repentir, une telle souffrance qu'il en fut touché malgré lui. Il avait adoré sa femme.

Il se rappela les heures de joie qu'elle lui avait données.

Il ne voulut pas, au seuil de la mort, se montrer impitoyable.

Il ouvrit ses bras et dit :

— Tout est oublié !

La duchesse se précipita sur son sein avec de nerveux sanglots et un redoublement de larmes, puis quand le moment d'émotion fut passé, le duc doucement se dégagea.

Il prit son air hautain.

— Et maintenant, dit-il, il me reste un devoir à accomplir. Venger mon honneur et délivrer mon enfant.

La duchesse et Reine le regardèrent.

Elles avaient peur de comprendre.

— Que voulez-vous faire ? demandèrent-elles ensemble.

— Te battre ? fit ensuite la duchesse. Risquer ta vie pour moi ?... Et s'il te tue ?... Je ne veux pas ! je ne veux pas !

La pauvre femme s'était jetée sur son mari et l'entourait de ses bras comme pour le protéger, le garder de tout péril.

Mais le duc l'écarta.

Et il dit :

— Cet homme ne me tuera pas... Je ne suis pas un adversaire pour lui. Je suis la justice. Je suis le châtiment, le châtiment qui va le frapper à coup sûr et sans risques.

« Je vais délivrer de lui ma fille et la rendre à celui qu'elle aime.

« Dites-moi où je pourrai trouver cet homme !

La duchesse hésita d'abord.

Puis, après quelques instants de réflexion, et comme prise d'une inspiration subite, elle dit :

— C'est Dieu peut-être qui t'inspire...

« Dieu qui veut enfin le bonheur de cette enfant, son triomphe, sa revanche... Va... nous allons prier pour toi !

— Où trouverai-je cet homme ? demanda le duc.

— A Perros, à l'hôtel de la Plage. Il doit y être encore.

— Demain, dit le duc, il n'y sera plus, et Reine sera libre.

Il s'élança dehors avant que sa femme et sa fille eussent pu faire un mouvement pour le retenir.

Les deux pauvres femmes se jetèrent dans les bras l'une de l'autre en sanglotant.

Le duc de Faucigny arriva à Perros au moment où Roland de Maubuée, descendu dans la salle à manger, allait se mettre à table en compagnie du vicomte de Monistrol, à qui il n'avait rien dit de ce qui s'était passé, mais qui avait deviné à l'air sombre de sa physionomie qu'il y avait eu quelque chose.

En voyant paraître son beau-père qu'il n'attendait pas, il devint extrêmement pâle et se leva vivement pour aller à sa rencontre.

— Vous devez vous douter, monsieur, dit tout de suite le duc, de ce qui m'amène.

— Non, monsieur, fit Roland, qui essaya de faire bonne contenance. Ma femme est plus mal ?

— Ma fille va bien, répondit le duc.

« Et ce n'est pas pour vous apporter de ses nouvelles que je suis ici. Vous n'avez plus à vous inquiéter d'elle.

« C'est pour vous dire de chercher deux témoins, deux hommes discrets.

— Un duel ! se récria Roland... avec vous ?

— Avec moi, répondit le duc en le regardant dans les yeux... avec moi que vous avez trompé, dont vous avez sali l'honneur...

— Le gendre et le beau-père ! bégaya Roland.

— Il n'y a plus aucun lien entre nous, monsieur, dit le duc, depuis que je sais ce qui s'est passé. Vous êtes devenu le mari de ma fille par suite d'un mensonge et d'une imposture. C'est de ce mensonge et de cette imposture que je viens vous demander raison.

— Mais votre âge...

— Qu'importe mon âge !

— On trouvera peut-être étrange...

— Je n'engage pas, dit sévèrement le duc, ceux à qui ces réflexions viendraient à l'esprit de les dire tout haut.

« Et je n'admettrai pas, je vous en préviens, une seconde d'hésitation de plus, ou je serai obligé de vous tenir pour un lâche et de vous traiter en conséquence.

— Soit ! dit Roland, je suis à vos ordres. Quand ?

— Tout de suite.

— Les armes ?

— J'ai des pistolets dans ma voiture.

— C'est au pistolet que nous nous battons ?

— Oui... Vous avez quelque observation à présenter ? Ce n'est pas pour me contester, je suppose, le choix des armes ?

— Non, monsieur, non.

— Allez chercher deux témoins, et faites vite... Nous nous battrons sur la falaise, au bord de la mer, et celui qui succombera sera jeté à l'eau. Cela vous va ?

— Tout me va.

— Je vous attendrai en haut du coteau, dans une heure.

— J'y serai.

Une heure après, au sommet d'une falaise dominant la mer et faisant face, grâce à une échancrure capricieuse des terres, qui formait là une sorte de baie, à la colline sur laquelle était situé le château des Roches-Grises, le duc de Faucigny et son gendre, le premier assisté de deux douaniers, le second de M. de Monistrol et d'un employé de régie qu'il avait trouvé à son hôtel, le duc et son gendre, disons-nous, placés l'un en face de l'autre, à la distance arrêtée entre les témoins, levaient l'un contre l'autre leurs pistolets.

Au coup de trois, dit par un des témoins, un brigadier de douane, ancien soldat, les deux coups partirent à la fois.

Le duc resta debout et Roland roula à terre.

Il avait été atteint en pleine poitrine.

Il était mort.

Selon les conventions acceptées de part et d'autre, on jeta le corps à la mer, et on le vit pendant quelques instants se balancer sur les flots qu'il teignit de sang, puis disparaître au fond de l'eau.

Sans laisser paraître la moindre trace d'émotion, le duc regagna sa voiture, se fit conduire au château des Roches-Grises et dit à sa femme et à sa fille, qui l'attendaient avec une anxiété que l'on devine, à la première :

— Tu es vengée !

Et à Reine :

— Tu es libre !

Les deux femmes tressaillirent longuement.

— Il est mort ?...

— Il est mort !... dit le duc.

Elles tombèrent à genoux et prièrent.

A ce moment, un domestique se présenta. Il avait une lettre à la main.

— Pour Mme de Maubuée, dit-il.

Reine prit la lettre.

Ses yeux étincelèrent d'une joie profonde...

— C'est de Raymond, dit-elle à sa mère.

Elle déchira l'enveloppe, lut et dit :

— Il est sauvé !...

— Il demande s'il peut se présenter ici.

— Dites-lui, ordonna le duc, qu'il vienne tout de suite et qu'il ne parte plus !

— Ah ! mon père, s'écria Reine, mon bon père !

Et elle se jeta en pleurant de bonheur dans les bras de M. de Faucigny.

La duchesse regarda son mari.

Elle avait aux yeux une supplication muette.

Le duc la comprit.

Il l'attira sur son sein et dit d'une voix qui tremblait d'émotion :

— Viens... Tous nos maux sont finis !

A son tour, Mme de Faucigny se jeta en sanglotant de reconnaissance et de joie dans les bras du duc.

Et ils restèrent longtemps ainsi, oubliant dans cette étreinte suprême tous leurs malheurs, dont la mort de Roland de Maubuée venait enfin de marquer le terme.

ZIZI

DIT

"LE TUEUR DE BOCHES"

Roman inédit d'Aventures Militaires

PAR MARCEL ALLAIN

(L'un des auteurs du célèbre " Fantômas ")

CHAPITRE PREMIER

UN ENRAGÉ

M. Lantier, le vieil instituteur de Longlaville — un humble village, presque un faubourg de Longwy — était seul depuis quelques instants, dans la grande salle de son école. Il avait, à quatre heures et demie, rendu la liberté à ses élèves, heureux d'échapper à sa surveillance, cependant peu sévère, plus heureux encore d'être enfin libres de courir à la ville voisine s'informer des nouvelles de l'après-midi. Il songeait...

— La guerre !... Ce serait épouvantable !

Et il fixait le titre flamboyant d'un journal, une manchette imprimée en caractères gras et qui résumait douloureusement la situation politique, ce samedi 1er août 1914 :

« Les chances de guerre l'emportent sur les chances de paix. L'empereur Guillaume II a décrété l'état de siège en Allemagne. »

M. Lantier, brusquement, fit un effort pour s'arracher à sa songerie.

— Ah ! ça, il n'arrive pas, ce maudit gamin ?

Et presque au même moment, il reprenait :

— Le voici !..

Dans la cour déserte de l'école, une voix jeune éveillait soudain les échos, hurlant à pleins poumons la *Marseillaise*...

Il y eut un battement de porte — dont les bâtiments tremblèrent — puis, avec une impétuosité peu respectueuse, un adolescent entra dans la classe, et, cessant de chanter, cria, du seuil :

— Bonjour, m'sieur Lantier !...

C'était un grand garçon de treize à quatorze ans, au visage ouvert et franc, aux yeux pétillants d'intelligence, au maintien décidé.

Il portait un tablier noir retroussé dans la ceinture ; sa culotte bleue était quelque peu déchirée ; ses cheveux, mal peignés, s'ébouriffaient sous une casquette dont la visière à moitié arrachée pendait sur le front.

L'instituteur tourna vers le jeune garçon un visage souriant.

— Du calme, Zizi ! commanda-t-il. Pourquoi es-tu en retard ?

Zizi — tel était le surnom du gamin — se déroba à une explication périlleuse :

— Ah ! j'ai couru !... fit-il... j'ai chaud !...

Et il lançait à la volée sa casquette sur les bancs de la classe...

L'instituteur interrogea encore :

— Est-ce qu'il y a du nouveau ?

— Non, rien, m'sieur Lantier, des bruits qui courent...

Zizi allait se lancer dans l'explication compliquée des bruits contradictoires qui circulaient, en effet, de tous les côtés, le maître d'école l'en empêcha d'un geste.

— Eh bien ! travaillons, fit-il, et sachons être patients !

Mais, précisément, le jeune garçon ne semblait point décidé à obéir :

— Ah ! zut pour le travail ! faisait-il avec une franchise un peu brusque ; il s'agit bien de cela !... Est-ce que vous y croyez, vous, à la guerre, m'sieur Lantier ?

Il était venu s'accouder, lui aussi, au bureau du maître d'école, il jetait un coup d'œil anxieux au journal étalé devant l'instituteur :

— Qu'est-ce qu'il dit, votre canard ?

M. Lantier plia rapidement la feuille et gronda un peu :

— Zizi !

— Eh bien ! Quoi ?...

— Veux-tu ne pas parler comme cela !

Mais Zizi se croisait les bras d'un air goguenard :

— Ah ! comme ça ou autrement, ça n'a plus d'importance ! On en dira bien d'autres, au régiment !

Puis, il interrogea, anxieux :

— Dites, de quelle classe est-ce que je suis ?

M. Lantier, étonné, le regarda :

— Comment, de quelle classe tu es !... Mais, tu sais bien que tu as ton brevet, voyons ! et que tu ne fais partie d'aucune classe. Si je te donne des leçons après l'école, c'est précisément parce que ton parrain...

— Eh ! je ne vous parle pas de ça ! interrompit Zizi. L'école, c'était bon autrefois... Je vous demande de quelle classe militaire je fais partie !...

Cette fois, un sourire égaya la physionomie de l'instituteur.

— Tu ne fais partie d'aucune classe, Zizi, tu es trop jeune... il faut avoir vingt ans...

— Pourtant, si je voulais me battre...

— On ne t'accepterait pas !

— Je ne pourrais pas m'engager ?

— Non, bien sûr !

Zizi devint rouge de fureur.

— Alors, protesta-t-il, si on déclare la guerre, s'il y a un coup de tampon, je resterai là, à me croiser les bras, comme les vieux, comme les femmes !... Ah ! mais non ! Pas de ça !... Je veux marcher ! Je suis fort !...

M. Lantier haussa les épaules.

— Nous perdons du temps, fit-il. Travaillons !... Voyons un peu ton histoire ?... Louis XIV, t'ai-je dit...

Mais Zizi était indiscipliné, vraiment !

— Louis XIV ?... fit-il ; je m'en moque !... On n'en est

[illegible] là... Les rois qui comptent, en ce moment, [illegible] vous les dire, moi, m'sieur Lantier : c'est George V, roi d'Angleterre, Nicolas II, empereur de Russie, Guillaume II, empereur d'Allemagne... et... François-Joseph, empereur...

M. Lantier se fâcha tout rouge :

— Zizi, tais-toi !... Veux-tu travailler, oui ou non ?...

— Non ! dit Zizi. Vive la guerre !...

Il dansait maintenant une sorte de pas sauvage autour du bureau de M. Lantier. Soudainement, il s'arrêta :

— Nous reprendrons l'Alsace, hein ? dit-il ; et la Lorraine ?...

— Certes !

— Nous sommes sûrs d'être vainqueurs ?

— Parbleu !

— Ah ! m'sieur Lantier ! m'sieur Lantier !...

Le gamin était devenu tout pâle. Il déclara :

— Ça me tarde ! voyez-vous... Je voudrais me cogner tout de suite !...

Mais l'instituteur, d'un coup de règle, frappait sur la table, lui imposait silence :

— Ah çà ! Tu es enragé !...

— J'suis Français ! protesta Zizi. J'suis même deux fois Français : j'suis fils d'Alsaciens...

Sa physionomie était devenue sérieuse, cependant qu'il ajoutait :

— Mon père s'appelait Louis Urwiller... vous le savez bien puisqu'il était le frère de parrain qui m'élève maintenant. Ils étaient de Mulhouse. En 70, papa s'était battu ; et si l'année dernière, il s'est tué en dégringolant du haut d'un toit, c'est que, depuis sa blessure, il n'avait pas la jambe très solide... C'est alors que j'ai quitté Paris, pour venir ici, chez parrain...

— Je sais !... Je sais !... voulut interrompre l'instituteur.

Mais Zizi, lancé, continuait :

— Et vous voudriez que je ne me batte pas ?... Et vous voudriez que je ne souhaite pas la guerre ?... Allons donc !... M'sieur Lantier, c'est pas des choses possibles ! Quand on a pris des coups, on les rend !... J'connais qu'ça ! Et on les pilera, les Boches, cette fois !...

La déclaration de Zizi fut brusquement arrêtée par l'apparition, dans le cadre de la porte, d'un soldat français.

Il s'agissait d'un simple pioupiou, exagérément grand, inénarrablement mince, ayant, avec cela, un air de bon diable, un visage de perpétuel effarement.

Ce soldat questionna :

— Pardon, excuse ! messieurs et la compagnie, si c'est que je trouble votre système... Mais, des fois, faudrait voir à voir à ce que le nommé Zizi m'accompagne immédiatement ! Ordre supérieur !... Il est-il là ?...

L'instituteur ne répondit rien, stupéfait...

Quant à Zizi, il s'élançait au-devant du soldat :

— On me demande ?... Qui est-ce qui me demande ?... Qu'est-ce qu'on me veut ?... Qu'est-ce qu'il y a ?... Et la guerre ?...

Le soldat recula de trois pas...

— Ah ! minute ! faisait-il. N'en j'tez plus !... Faut marcher à l'ordre et au commandement ! Trois mouvements, pas un de plus... et, en décomposant, encore !... On m'expédie vous chercher ; ça suffit, je pense ?...

Cela pouvait suffire pour Zizi, mais l'instituteur questionna :

— Enfin, mon ami, qui demande Zizi ?

— Mon lieutenant, donc !... et le maire de votre patelin aussi, je crois !... et peut-être bien la Rillette avec sa pipe... D'abord, je n'ai pas d'explications à fournir !... Demi-tour... droite !

[illegible] effectuant, en effet, un demi-tour sur [illegible] raide, digne, mais souriant, le soldat, avisant Zizi, [illegible] donna :

— Vous, le conscrit, emboîtez le pas !

— Va, Zizi ! conseilla M. Lantier. Peut-être a-[illegible] besoin d'un renseignement, et...

Mais M. Lantier n'acheva pas...

Zizi était déjà loin. Il emboîtait le pas au soldat, [illegible] longeant les enjambées, visant à l'attitude militai[illegible] questionnant ardemment :

— C'est ton lieutenant qui me demande ?... Qu'es[illegible] qu'il me veut ?...

— Sais pas ! fit le soldat.

— Où est-il ?...

— Dans la cabane à l'aiguilleur.

— Chez mon parrain, alors ?...

— Sais pas !...

— Parrain est là ?

— Non, n'y a que la Rillette.

— La Rillette ?...

— Oui, le type à la pipe... il a un nom comme ça [illegible] Le Rilley... la Rillette... c'est pas d'sa faute !...

Zizi n'était pas revenu de sa surprise que son compa[illegible]gnon et lui arrivaient à la cabane de l'aiguilleur.

— Halte ! commanda le militaire.

Et comme Zizi ne s'arrêtait pas, il l'immobilisa d'un[illegible] main :

— Veux-tu halter ? bougre de conscrit !...

Puis il frappa.

— Entrez ! fit une voix.

La porte ouverte, le soldat annonça :

— Au rapport, mon lieutenant !... J'ai réussi le sys[illegible]tème ! v'là l'phénomène !...

Zizi, à ce moment, tout étourdi, ne comprenant rien à ce qui lui arrivait, regarda avec effroi l'intérieur de la cabine d'aiguillage, d'ordinaire proprette et parfaitement en ordre qu'habitait son parrain.

L'aspect en était stupéfiant.

Au travers d'un nuage de fumée, Zizi, d'un coup d'œil notait les chaises renversées, l'armoire éventrée, les li[illegible]vres de service jetés pêle-mêle sur le plancher, en mon[illegible]ceaux.

Un tiroir rempli de paperasses officielles était vidé sur le sol...

Enfin, deux personnages se trouvaient là :

L'un d'eux, vêtu d'un costume de sportsman, semblait-il, était tranquillement assis par terre, le dos au mur [illegible] ne bougeait point. Sa parfaite immobilité n'était même trahie que par le mouvement perpétuel de ses lèvres qui, à intervalles réguliers, laissaient échapper les épaisses bouffées bleuâtres d'une fumée âcre, odorante néanmoins, qu'il tirait d'une énorme pipe.

Le second personnage était un officier français. Il était à genoux devant le tas de papiers, et, fiévreusement, des deux mains, il le triait.

Mais, qu'est-ce que tout cela voulait dire ?

Zizi vit le lieutenant tourner la tête.

— C'est toi, Système ? interrogeait-il. Et, tu ramènes le gosse ?... Eh bien ! fais-le entrer !

— Le voilà, mon lieutenant !

Zizi fit un pas en avant. L'officier continua :

— Maintenant, fais-moi le plaisir de t'éclipser, Système ! Tu m'entends, hein ! Colle-toi devant la porte et n'en bouge pas !... C'est compris ?...

— Oui, mon lieutenant !

Le soldat se reculait, il monologuait :

— Tout de même, en v'là un fourbi !...

Et il ne manquait point d'user du mot qu'il affectionnait entre tous !

— Un drôle de truc, un bizarre de système !...

CHAPITRE II

PRÉSENT !

[illegible]ystème — puisque tel était le sobriquet de l'ordon[illegible]nce du lieutenant, — n'avait point disparu que le [illegible] officier, se redressant un peu, s'avançait vers Zizi [illegible] lui posant la main sur l'épaule, l'attirait devant une [illegible] sur laquelle il s'asseyait :

— Mon bonhomme, déclarait-il, tu vas tâcher de me [illegible] clairement ?

— Oui, m'sieur !

— Appelle-moi : mon lieutenant !

— Bien, m'sieur ! pardon... mon lieutenant !

— Et tu aimes la France, n'est-ce pas ?

Zizi se croisa les bras, devenu rouge de colère.

— Et vous ? fit-il, d'un air furieux.

Un sourire passa sur les lèvres de l'interrogateur de [illegible].

— Pas mal répondu ! dit-il. Eh bien, mon petit, tâche [illegible] comprendre cela : puisque tu aimes la Patrie, et que [illegible] sais que la guerre menace, tu [illegible] qu'il faut [illegible] tous les Français s'entr'aident. Donc, tu vas m'aider. [illegible] me diras la vérité, hein ?

— Mais oui, mon lieutenant... bien sûr ! je ne mens [j]amais, d'abord !...

— C'est parfait. Écoute-moi : où est ton parrain ?... [illegible] c'est ton parrain, n'est-ce pas, M. Urwiller, l'aiguil[illegible] de ce poste ?

— Oui, mon lieutenant, c'est mon parrain et c'est mon [illegible].

[illegible] était de plus en plus étonné. Comment cet officier [qu]'il n'avait jamais vu pouvait-il connaître sa famille... [illegible] puis, que voulait-il ? Que faisait-il dans le poste en [illegible] ?

[illegible] l'officier répétait sa question :

— Eh bien ! où est ton parrain ?...

Zizi haussa les épaules.

— Comment voulez-vous que je le sache ? J'arrive de [illegible]... Il n'est pas ici ?...

— Non...

— Alors, il a dû aller à la gare... ou le long de la [illegible]... ou peut-être au disque...

— Non...

— Pourtant, parrain ne s'éloigne jamais d'ici rapport [aux] trains. Peut-être est-il chez le bistro ?...

— Non...

— Alors... je ne sais pas !

L'officier s'était levé brusquement en entendant les [pre]miers mots de Zizi.

Il se promenait désormais, de long en large, d'un pas [illegible], faisant [illegible] ses éperons. Soudain il s'immobi[lisa] face à son compagnon qui, toujours assis par terre, [conti]nuait à fumer.

— Vous voyez ?... dit l'officier.

— Je vois ! répondit laconiquement le personnage.

Le lieutenant revint vers Zizi.

— Qu'a fait ton parrain, ce matin ?

— Ce qu'il a fait ?... Je ne peux pas vous le dire... je [ne] déjeune pas toujours avec lui... Ce matin, j'ai été à [la] ferme des Hales.

— Alors, tu ne l'as pas vu depuis hier soir ?

— Qui ? Parrain ?... Non !

— Et, hier soir, qu'a-t-il fait ?

— Mais rien...

— Il était gai ou triste ?... Il t'a parlé de la guerre ?

[Zizi] haussa les épaules d'impatience :

— Oh, oui, naturellement !

Une crispation altéra le visage de l'officier.

— Ah ! vraiment... Et, qu'est-ce qu'il t'en a dit ?

— Qu'on allait flanquer une trottée aux Boches !...

Zizi avait répondu tout d'une haleine ; il ajouta, [illegible]tant :

— C'est bien votre avis, m'sieur, dites ?... Et, vous y croyez, à la guerre, vous ?...

Le lieutenant ne lui répondit pas. Il s'était repris à marcher, il paraissait réfléchir profondément...

Alors, une inquiétude irraisonnée s'empara de Zizi. Qu'est-ce que tout cela voulait dire ? Qu'est-ce que tout cela signifiait ?...

Pourquoi lui posait-on toutes ces questions ?

Quel était cet officier ?

Quel était surtout son compagnon ?

Comment ces deux hommes se trouvaient-ils là, chez son parrain, en train de bouleverser les papiers administratifs avec des allures de véritables cambrioleurs ?

Zizi, que l'émotion avait rendu muet fort longtemps — près de trois minutes — voulut interroger à son tour :

— D'abord, commença-t-il, pourquoi faire me demandez-vous tout ça ?

Mais, à sa voix, l'officier cessa de marcher, et, le considérant fixement :

— Tu me jures, n'est-ce pas, que tu ne sais rien de plus sur ton parrain ?

— Oui, je vous le jure !...

— Alors, fiche le camp !

Le lieutenant, d'un geste, avait désigné la porte. Il ne s'occupait plus de Zizi. Il s'agenouillait devant le tas de papiers jonchant le sol, répétant :

— Il faut absolument trouver ce que nous cherchons !

— Il faut ! approuva le laconique personnage à l'énorme pipe.

Tout cela, néanmoins, ne faisait pas le compte de Zizi. Une colère même montait en lui de ne point comprendre la scène qui se déroulait sous ses yeux.

La casquette à la main, il fit un pas en avant :

— Mon lieutenant !

L'officier sursauta.

— Comment ! Tu es encore là, toi ?... Veux-tu ficher le camp ?...

Zizi serra les poings :

— Non ! articula-t-il. Je ne veux pas !...

— Pourquoi !

— Parce que je ne comprends pas ce que vous voulez !... parce que je suis chez mon parrain et que j'ai le droit de savoir...

Mais la parole expira sur ses lèvres...

Le lieutenant s'était relevé et le contemplait, [illegible] amusé.

— C'est un enragé ! déclarait-il. Ne trouvez-vous pas, Teddy ?

— Si, je trouve ! fit le personnage à la pipe.

Déjà l'officier appelait :

— Système ?

L'ordonnance apparut :

— Mon lieutenant ?

— Tu vois ce gamin ?

— Oui, mon lieutenant !

— Flanque-le dehors !

Et Zizi n'avait pas eu le temps de protester à nouveau, de demander encore une explication, qu'il était empoigné par Système — tel était bien le sobriquet de l'ordonnance — et traîné devant la cabine d'aiguillage...

Alors, Système desserra un peu son étreinte...

— Eh bien ! conscrit, faisait-il, soufflant légèrement, t'as de la poigne ! Mâtin !... Mais, pourquoi qu'tu veux pas t'trotter puisque mon lieutenant te l'ordonne ?

Haletant, Zizi rétorqua :

— Et pourquoi qu'il veut que je me trotte, mon lieutenant ?

— Ça, mon vieux, fit le soldat, j'peux pas dire ! c'est le système !... Et d'abord, tu sauras...

Mais Zizi ne se souciait pas de savoir !

Profitant du court répit que lui donnait son interlocuteur, saisissant son inattention, il lui échappait et, rapide comme une flèche, il courait de toutes ses forces vers la cabine où l'officier français et son compagnon se trouvaient toujours enfermés...

— Tiens ! pensait Zizi, faudra bien tout de même qu'ils me répondent, ceux-là !

Le gamin, d'une poussée, ouvrit la porte :

— D'abord, j'veux savoir... commença-t-il.

La voix de l'homme à la pipe s'éleva :

— Enragé !... il l'est !

Au même instant, l'officier tonna :

— Comment, te revoilà ?

— Mon lieutenant, j'veux savoir...

— Attends !

Système arrivait à son tour, fort essoufflé :

— Pardon ! Excuse !... commençait-il.

L'officier lui coupa la parole :

— Tu es un idiot, Système !... Ça vaut quatre jours !...

Et, tendant le bras, montrant à l'autre extrémité de la cabine une sorte de soupente remplie d'outils et divisée en deux compartiments dont le second semblait comble de charbon.

— Tu vois ce gosse, ordonna l'officier, puisqu'il ne veut pas qu'on le flanque dehors, prends-le et flanque-le dedans !

Il fallut moins de temps pour emmener Zizi dans la soupente au charbon qu'il n'en avait fallu pour le mettre à la porte quelques instants auparavant, tant Système déploya d'énergie à exécuter la consigne !

Mais être ainsi, par deux fois, traîné, là où il ne voulait pas aller, être mis dehors, puis être mis dedans, ne pouvait convenir à l'impétueux Zizi.

Une dernière bourrade de Système l'avait fait rouler sur le charbon ; il se releva furieux... pour voir la porte de la soupente lui claquer au nez.

Zizi eût donné tout au monde pour savoir ce que pouvaient bien se dire en ce moment les deux étranges visiteurs qui se trouvaient dans la cabine d'aiguillage, mais, du fond de la soupente où on l'avait jeté, il ne pouvait, hélas, percevoir la moindre parole...

Soudain, il fit claquer ses doigts :

— Chic ! une idée !

Zizi s'avisait, au même instant, que rien n'était plus facile que sortir de sa soupente. La porte en était bien fermée ; le verrou était bien à l'extérieur, mais Zizi, depuis longtemps, savait que les gonds étaient descellés et qu'il suffisait de pousser un peu en biais sur la serrure pour pouvoir ouvrir...

Zizi n'y manqua pas.

Toutefois, il agissait avec douceur, évitant de faire le moindre bruit.

Et, rien, en effet, n'avait encore trahi sa manœuvre, qu'il avait déjà quitté la resserre au charbon, qu'il collait son oreille à la seconde porte qui, seule, désormais, le séparait de la cabine de l'aiguilleur où se trouvaient les deux étranges personnages.

Alors, le cœur de Zizi cessa de battre...

Il entendait, en effet, un dialogue émotionnant au possible !

Le lieutenant disait :

— Je vous affirme que vous êtes trop grand ! D'autre part, je suis, moi, trop large d'épaules... Il n'y a qu'un enfant qui puisse passer, c'est tout au long dans le rapport officiel... vous entendez, Teddy Riley ?

— J'entends...

— Et, par conséquent, je ne vois pas pourquoi je ne m'adresserais pas à un enfant ?... C'est une chose capitale, et mes ordres sont formels. D'ailleurs, il serait peut-être trop tard... demain... et puis cela peut sauver trois ou quatre mille vies humaines. Vous me suivez bien, Teddy Riley ?

— Je vous suis, oui... alors ?

— Alors, je vous propose ceci : prendre le gamin que nous venons de voir et lui demander de nous aider ?

La voix de Teddy Riley riposta :

— Et le danger ?...

Il y eut un instant de silence, le lieutenant répondit bientôt :

— Le danger ?... Oui ! il est réel ; le gosse peut y rester, c'est sûr... eh bien, je l'en préviendrai. C'est un Français, il n'aura pas peur... D'abord, fils d'Alsacien, il a de qui tenir et puis, pas un enfant de chez nous n'hésiterait, j'en suis certain !... Tenez ! Voulez-vous parier que si je lui fais cette proposition il va me répondre...

Le lieutenant s'interrompit net.

Derrière lui, la porte de la soupente s'était brusquement ouverte. Une voix d'adolescent, la voix de Zizi, faisait la réponse devinée :

— Présent, mon lieutenant !...

Soc. anon. des Imp. Wellhoff et Roche, 16-18, rue Notre-Dame-des-Victoires, Paris. — Tél. : Louvre 16-33. — Ancxan, directeur

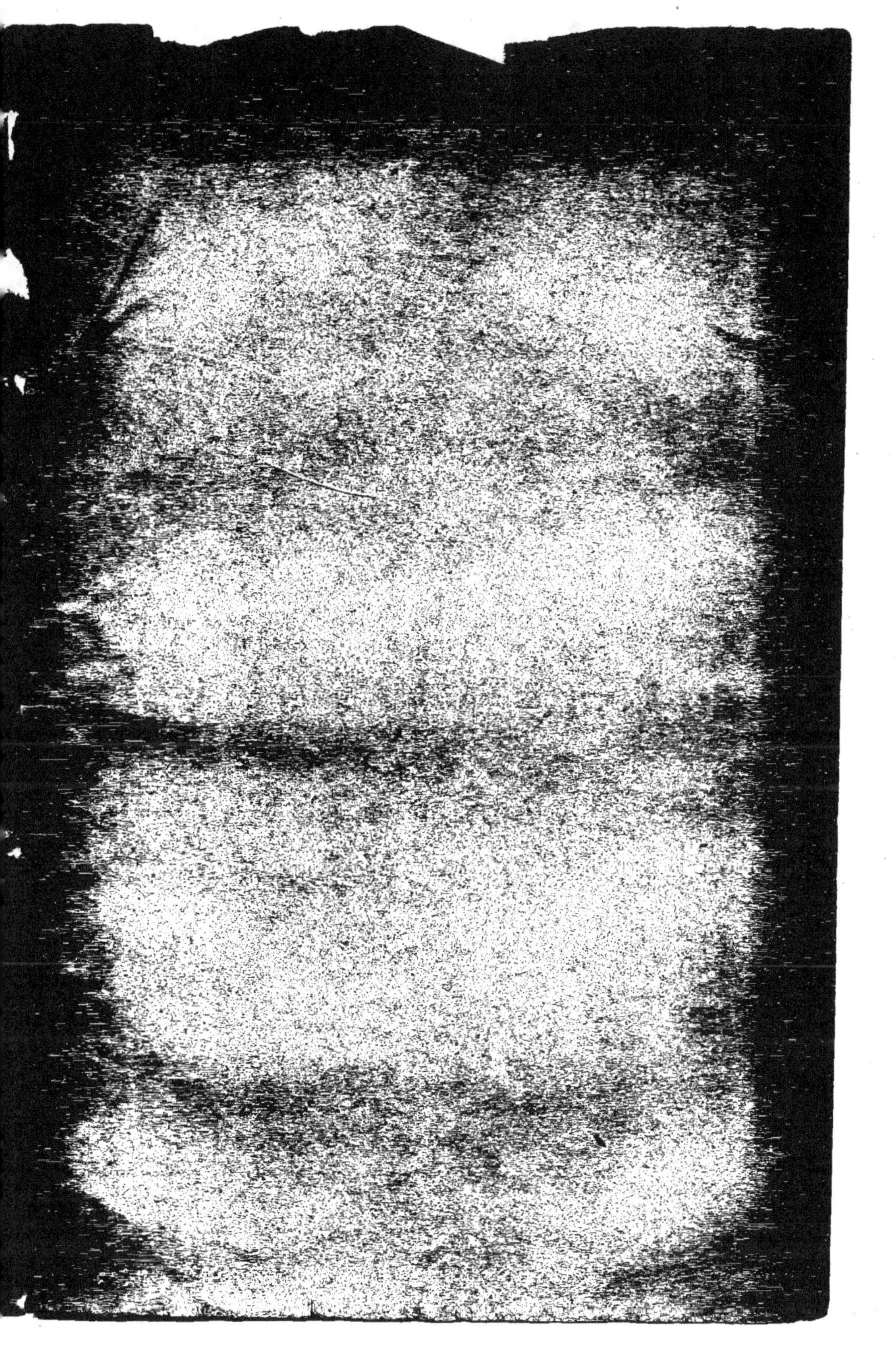

www.ingramcontent.com/pod-product-compliance
Lightning Source LLC
Chambersburg PA
CBHW060430260626
47161CB00005B/1868

* 9 7 8 2 0 1 1 3 4 7 7 2 5 *